KB036367

3

이옥李鈺(1760~1815)

이옥의 자는 기상其相, 호는 문무자文無子 · 매사梅史 · 경금자絅錦子 등이 있다. 정조 14년(1790) 증광增廣 생원시에 합격한 후 성균관成均館 상재생上齋生으로서 정조 16년(1792) 응제문應製文으로 작성한 글의 문체가 패관소설체稗官小說體로 지목되어 국왕의 견책譴責을 받았다. 이후 정조 19년(1795) 경과慶科에서도 문체가 괴이하다는 지적을 받고, 과거 응시를 금지하는 '정거停擧'에 이어 지방의 군적에 편입되는 '충군充軍'의 명을 받았다. 처음에는 충청도 정산현定山縣에 편적되었다가 경상도 삼가현三嘉縣으로 이적되어 사흘 동안 머무르고 돌아왔다. 이듬해 다시 별시別試 초시에서 방수傍首를 차지했으나, 계속 문체가 문제되어 방말傍末에 붙여졌고, 정조 23년(1799) 삼가현으로 다시 소환되어 넉 달을 머물게 되었다. 해배된 이후에는 경기도 남양南陽에서 글을 지으며 여생을 보냈던 것으로 보인다. 이옥의 문학 작품들은 그의 절친한 벗 김려金鑢가 수습하여 《담정총서藫庭叢書》에 수록해 놓았으며, 그 밖에 《이언俚諺》, 《동상기東床記》, 《백운필白雲筆》, 《연경烟經》이 전한다.

실시학사實是學舍 고전문학연구회古典文學研究會

벽사 이우성 선생과 젊은 제자들이 모여 우리의 한문 고전을 정독하고 연구하는 모임이다. 1993년부터 매주 한 차례씩 독회를 열어 고전을 강독해왔고, 그 결과물의 일부를 《이향견문록》, 《조희룡전집》, 《변영만 전집》 등으로 정리해 출간하였다. 고전 텍스트의 정독이야말로 인문학의 기초이자 출발점임을 명심하며 회원들은 이 모임의 의미를 각별히 여기고 있다.

이우성李佑成 학술원 회원, 성균관대학교 명예교수
송재소宋載邵 성균관대학교 한문학과 명예교수
김시업金時鄴 성균관대학교 국어국문학과 교수
이희목李熙穆 성균관대학교 한문학과 교수

권순긍權純肯 · 세명대학교 한국어문학과 교수 | **권진호**權鎭浩 · 한국국학진흥원 연구원 | **김동석**金東錫 · 중국 북경대학교 한국학연구중심 연구원 | **김명균**金明鈞 · 한국국학진흥원 연구원 | **김영죽**金玲竹 · 성균관대학교 한문학과 강사 | **김용태**金龍泰 · 부산대학교 점필재연구소 연구교수 | **김진균**金鎭均 · 성균관대학교 대동문화연구원 연구교수 | **김채식**金菜植 · 성균관대학교 박물관 연구원 | **김형섭**金炯燮 · 성균관대학교 대동문화연구원 연구교수 | **나종면**羅鍾冕 · 서울대학교 규장각 한국학연구원 책임연구원 | **신익철**申翼澈 · 한국학중앙연구원 한국학대학원 교수 | **윤세순**尹世旬 · 동국대학교 문화학술원 연구교수 | **이신영**李信暎 · 한국고전번역원 상임연구원 | **이지양**李知洋 · 연세대학교 국학연구원 전임연구원 | **이철희**李澈熙 · 성균관대학교 대동문화연구원 연구교수 | **이현우**李鉉祐 · 동국대학교 문화학술원 연구교수 | **정은진**丁殷鎭 · 영남대학교 한문교육과 교수 | **정환국**鄭煥局 · 동국대학교 국어국문학과 교수 | **최영옥**崔煐玉 · 성균관대학교 대동문화연구원 연구원 | **하정승**河政承 · 한림대학교 기초교육대학 교수 | **한영규**韓榮奎 · 성균관대학교 대동문화연구원 연구교수 | **한재표**韓在熛 · 세명대학교 한국어문학부 강사

완역 이옥 전집 3

벌레들의 괴롭힘에 대하여

이옥 지음 — 실시학사 고전문학연구회 옮기고 엮음

휴머니스트

완역 이옥 전집을 펴내며

실시학사實是學舍에서 이옥 문학의 역사적 의의와 그 가치를 인정하고, 그 유문遺文들을 수집하여 한 전집으로 만들 것을 계획한 것은 비교적 이른 시기의 일이었다. 그러다가 1999년에 고전문학연구회 제군들이 분담하여 역주譯註 작업에 착수한 지 2년여인 2001년에 비로소 역고譯稿를 완성하였고, 곧이어 시중市中 출판사를 통하여 발행하였다.

이 책이 세상에 나간 뒤에 상당히 인기를 얻어 얼마 안 가서 초판이 품절된 형편이었다.

그런데 그 뒤에 우리는 다시 이옥이 남긴 몇 종의 글을 새로 발견하였다. 《백운필白雲筆》과 《연경烟經》이 그것이다. 이 두 종류의 유문은 이옥의 해박한 지식과 참신한 필치를 유감없이 발휘한 것으로, 그의 전집에서 결코 빠뜨릴 수 없는 것이다. 이에 다시 역주 작업에 착수하여 많은 시일을 끌면서 끝내게 되었다.

이번에 이 두 종류의 글을 첨부하여 새롭게 서점가에 선을 보인다. 참고가 될 도판을 찾는 데 노력했으며, 기간旣刊의 글들을 추가로 교정하는 데 신경을 썼다. 나는 이번 완역 이옥 전집을 발간하면서 고전문학연구회 제군들이 끝까지 변함없이 일치 노력하는 것을 보면서 충연充然한 기분을 느꼈다. 특히 도판 작성과 교정에 많은 수고를 해온 이현우, 김채식, 한재표, 김형섭 회원에게 상찬해주고 싶다.

휴머니스트 출판사의 호의로 완역된 이옥 전집을 출간할 수 있어서 감사히 생각하며, 우리 선민先民의 문학유산이 오늘날 젊은 세대들의 살이 되고 피가 되어 훌륭한 성장 동력제가 되기를 기대해 마지않는다.

2009년 2월 고양 실시학사에서

이우성

간행사

실시학사 고전문학연구회에서 《조희룡 전집趙熙龍全集》에 뒤이어 이제 《이옥 전집李鈺全集》을 내게 되었다. 이옥李鈺은 18세기 말에서 19세기 초의 한 문사文士로서 우리나라 소품체小品體 문학의 뛰어난 작가라고 할 수 있는 분이다.

그런데 이옥의 성명姓名은 지난날 어떠한 사승史乘이나 민간 학자의 기록에도 별로 나타나지 않는다. 따라서 그의 작품들도 그다지 세상에 공표되지 않은 채 내려왔다. 우리나라 한우충동汗牛充棟의 그 많은 문집 가운데서 이옥의 것은 전혀 보이지 않았다. 오직 당시 문학동인집文學同人集이라 할 수 있는 김려金鑢(1766~1821)의 《담정총서藫庭叢書》 속에 산만하게 수록되어 있는 것이 대부분이고, 그 밖에 보잘것없는 단행본 형식의 한두 가지가 도서관의 한구석에 끼어 있거나 시중 책가게에 간혹 보인 적이 있었을 뿐이다. 그러니까 이옥의 글은 그가 죽은 지 2백여 년에 한 번도 체계적으로 편집된 것이 없었고, 또한 한 번도 인쇄를 겪은 적이 없었으며, 다만 필사筆寫된 것이 이것저것 분산적으로 남아 있었을 뿐이다.

이옥의 존재가 이와 같이 된 데에는 몇 가지 이유가 있다고 추정된다. 첫째 그의 가문이 한미하여 조야朝野를 막론하고 그를 급인汲引 발탁해줄 사람이 적었고, 둘째 그의 문학 성향이 소품체에 편중되어 있어서 당시 국왕 정조正祖의 강력한 문체반정文體反正 정책에 배치됨으로써 과거科擧 진출이 전혀 불가능했으며, 셋째 그의 생득적生得的 체질이 외곬으로 나가서 국왕의 정책적 요구에 자기를 굽혀가며 타협할 수 없었던 때문이다. 그리하여 수차례에 걸친 국왕의 견책과 두 번의 충군充軍 등 가혹한 제재 조치를 받았다. 당시 사족士族에게 충군의 처분은 정말 참담한 죄벌이었다. 그러나 이옥은 끝까지 그의 문학을 지켜 나갔다. 같은 시기에 적지 않은 명사들이 정조 임금의 엄중한 명령 아래 자기의 문학세계에서 방향을 돌려, 정조의 정치 교화에 순응하는 입장을 취했는데 이옥은 그렇지 않았다. 이옥의 그 후 창작 활동은 변치 않고 더욱 치열한 자기 탐구와 자기 표현에 열중했음을 보여주었다. 말하자면 이옥은 그의 문학을 생명으로 여기며 어떤 무엇과도 바꾸거나 포기할 수 없었던 것이다.

이옥 문학의 내용에 대해서는 이 책의 해제에서 자못 상세하게 다루어져 있으므로 여기 첩상가옥疊床架屋을 하지 않는다. 다만 그 문학의 시대적 상황과 문학사적 의의에 대해서 일언一言하고자 한다. 18세기 후반은 이조 중세 사회의 하향기 · 해체기에 있으면서 상대적으로 정치적 안정 속에 농업 생산이 향상되고 상업 · 수공업이 활기를 띠고 있었으며 학술사상 면에서는 실학實學이 흥성하였다. 그런데 당시 소수 특권 귀족들의 벌열閥閱 정치를 청산하고 왕권王權 신장에 의한 통치 체제의 확립을 추구한 것이 정조 임금의 기본 방침이었다. 그러기 위해서는 소수 특권 귀족을 견제하고, 전통적 사대부士大夫들의 지지 위에 넓은 기반을 가지는 동시에 사대부들의 정통 교양—성리학과 순정문학醇正文學을 확보하여 왕조王朝의 정치 교화를 펼쳐 나가려 하였다. 이

점에서 정조는 비교적 성공한 편이다. 그러나 이미 중세적 계급지배 관계가 해체 과정에 들어섰고 전국 농촌에 변화가 일어나는 한편, 상업·수공업의 발달에 의한 도시 평민층의 대두는 체제 유지에 적지 않은 방해 요소가 있는 것이었다. 거리의 전기수傳奇叟나 사랑방 이야기꾼에 의해 조성造成된 패사稗史가 양반관인兩班官人들에게 흥미를 끌게 되고, 문사文士들은 즐겨 소품체로 글을 써서 일반 지식층에 매혹적 대상이 되었다. 이 패사와 더불어 소품은 순정문학의 아성牙城을 허물 우려까지 있는 것이었다. 실학이 등장하면서 성리학이 공리공론으로 비판되는 데다가 순정문학이 패사소품에 의해 허물어지는 것은 보통 문제가 아니었다. 실학은 유교 경전을 바탕으로 개혁을 주장하는 것이어서 정조의 정치 이념에 위배됨이 없지만 패사소품은 사대부의 정통 교양에 수용할 수 없는 것으로, 그대로 방임하면 문풍文風은 물론, 국민의 심성에 큰 해가 된다고 생각하였다. 정조의 강력한 문체반정 정책은 여기에서 나온 것이다.

문체반정 정책의 시행에서는 사람에 따라, 신분과 처지에 따라 문책이 달랐다. 남공철南公轍과 같은 사환가仕宦家의 자제에 대해서는 정조가 직접 엄하게 훈계하여 문체를 고치게 하였고, 안의현감으로 나가 있는 박지원朴趾源에 대해서는 남공철을 통하여 "문체를 고치면 남행南行이지만 문임文任(홍문관·규장각 등의 청화淸華한 관직)을 주겠다"라고 달래기도 하였다. 그런데 이옥과 같은 한사寒士에 대해서는 한 번의 기회도 주지 않고 가차 없이 처분을 내려 전도를 막아 버렸다. 이 얼마나 불평등하고 불공정한 일인가.

그러나 이옥은 이로 인해, 그의 불우한 생애와는 반대로 그의 문학은 독자적 창작 태도를 일관하여 우리나라 소품체 문학의 한 고봉高峰을 이룸으로써 그 이름은 영원히 빛나게 될 것이다.

18세기 말에서 19세기 초의 커다란 역사적 전환을 앞둔 시대의 경사傾斜 속에 소품체 작품을 통하여 인정人情 풍물風物의 이모저모를 참〔眞〕그대로 묘사하면서 종래 성리학적 사고와 순정문학의 권위에 대한 도전으로 근대적 문학정신에 가교자架橋者 역할을 한 것이 이옥 문학의 문학사적 의의인 것이다.

이 전집에 수록된 자료를 간단히 말해둔다. 통문관通文館 소장《담정총서》에서 뽑아온 것이 그 대부분이고, 다만《이언俚諺》은 국립중앙도서관에서, 희곡《동상기東床記》는 한남서림翰南書林의《동상기찬東廂記纂》에서 취해온 것이다. 이 밖에 다른 자료가 혹시 더 있을지 모르지만 현재 이옥의 작품으로 확인할 만한 것은 거의 다 망라된 것으로 여겨진다.

2년 유반에 걸쳐 실시학사 제군들의 성실한 독회讀會와 활발한 토론을 거치는 동안 우리는 이옥 문학의 진수眞髓를 체인體認할 수 있었으며, 이로 인해 우리 선민들의 진실한 삶을 다시금 깨우치게 되었다. 우리의 작업이 그만큼 값진 것으로 여겨진다. 끝으로 우리의 작업을 지원해주신 한국학술진흥재단에 감사의 뜻을 전한다.

2001년 8월 고양시 화정에서

이우성

이옥의 생애와 작품 세계

1. 이옥의 시대와 생애

이옥李鈺(1760~1815)은 성균관 유생으로 있던 1792년(정조 16) 응제문應製文에 소설식 문체를 구사하여, 임금으로부터 '불경不經스럽고', '괴이한 문체'를 고치라는 엄명을 받았다. 이 일로 그는 실록實錄에 이름이 오르고, 일과日課로 사륙문四六文 50수를 지어 올리는 벌을 받기도 하였다. 그 후로도 문체로 인해 수차 정거停擧를 당하고 충청도 정산현定山縣과 경상도 삼가현三嘉縣에 충군充軍에 처해지는 등 파란곡절을 겪었다. 유배지에서 돌아온 뒤, 그는 더 이상 과장科場에 출입하지 않고 경기도 남양南陽에 칩거하면서 글쓰기에 열중하며 여생을 마쳤다.

조선조 후기에는 경화세족京華世族이 아니어서, 출신이 서족庶族이어서, 또는 시대를 앞서서 사유한 탓에 권력 체계에서 소외되어 방황하는 지식인이 양산되었다. 이옥은 이러한 조건을 두루 갖춘 인물로서 그가 문제적인 것은 기성 문학의 권위에 도전하여 개성적이고 주체적인 글쓰기를 하였기 때문이다. 그가 주로 활동했던 정조 연간의 문풍은 유가 경전에 기반한 고전적이고 격식을 추구하는 당송唐宋의 시와 고문古文 외에, 시속의 변화와 개인의 서정을 진솔하게 표현하는 소품小品이 한 줄기 새로운 문학 조류로 등장하였다. 이옥은 이 새로운 문학의 가치를 발견, 창작하는 데에 평생을 진력한 인물이다.

(가) 가계와 생애

현재 이옥의 묘지墓誌나 행장行狀을 발견할 수 없어 그 생애에 대해 불분명한 것이 많다. 문체파동文體波動에 연루되어 실록에 두어 차례 이름이 올랐을 뿐, 다른 문사들처럼 사우師友 간에 왕복한 서신도 없고, 김려金鑢의 기록을 제외한 동시대 문인의 저작에서도 이옥에 대한 기록을 거의 찾아볼 수 없다. 그 이유를 다음 몇 가지로 추정해볼 수 있다.

지엄한 임금으로부터 견책譴責을 받고 군적에 오른 낙인찍힌 인물이라는 것, 불우한 개인의 이력 외에도 그가 지향했던 연문학적軟文學的 문체가 후대에 지속되지 못한 것, 그의 저작이 문집으로 출간되지 못하고 흩어져 어렵게 전해진 것, 문과文科에 급제하지 못하고 관계官界로 나간 일이 없다는 것 등이 그것이다.

미흡하지만 이옥의 글에 나타난 단편적인 기록과 김려의 발문跋文, 최근 밝혀진 그의 가계를 통해 그의 삶을 복원하면 대략 다음과 같다.

이옥은 자가 기상其相이고, 호는 경금자絅錦子이며, 문무자文無子·화석자花石子·매화외사梅花外史·매암梅庵·매계자梅谿子·청화외사青華外史·도화유수관주인桃花流水館主人·화서외사花溆外史·석호주인石湖主人·문양산인汶陽散人이라는 호를 쓰기도 하였다. 그는 1760년(영조 36)에 진사進士 이상오李常五의 4남 6녀 중 3남으로 태어났다. 위로 두 형 영鍈과 박鏷은 전취소생이고, 이옥은 동생 집鏶과 함께 재취소생인데, 모친은 이원현감利原縣監을 역임한 홍이석洪以錫(평안도 병마절도사 홍시주洪時疇의 서자)의 딸이다. 관향은 전주로 효령대군의 11대손이며, 직계 조상 가운데 주목할 만한 이로는 고조高祖 이기축李起築(1589~1645)이다.

이기축은 인조반정仁祖反正에 가담하여 정사공신靖社功臣 3등에 녹훈되고 완계군完溪君에 봉해지면서 하루아침에 신분이 격상된 인물이다. 그는 원래 얼속孼屬으로 반정 후에 승적承嫡이 되었다. 《인조실록》(1년 10월 19일조)에 사촌형 이서李曙가 이기축을 두고 "신臣의 얼속孼屬"이라 칭하는 대목이 보이고, 《계서잡록溪西雜錄》에는 기축은 원래 점사店舍의 고노雇奴인데 아내의 선견지명으로 반정에 가담하여 출세한 이야기가 나온다. 《대동기문大東奇聞》에는 인조가 《공신록》을 작성할 때 '기축己丑'이라는 아명兒名을 개명해준 일화가 수록되어 있기도 하다. 증조 만림萬林은 무과로 부사를, 조부 동윤東潤은 어모장군禦侮將軍 용양위 행부사과龍驤衛行副司果 벼슬을 지냈다. 부친 상오는 진사에 합격하였으나 관료 생활을 한 적이 없고, 아들 경욱景郁(초명 우태友泰)과 손자 명달明達의 대를 살펴보더라도 과거 급제자가 없고 관계로 나아간 이도 없었다. 그리고 북인北人의 계보를 적은 《북보北譜》에 그의 가계가 올라 있다.

이처럼 이옥의 집안은 한미한 무반계의 서족庶族으로, 당색은 오래전에 실세失勢하여 권력 기반을 잃은 북인계였으니, 애초에 사환仕宦하는 길이 요원했던 것이다. 무엇보다 심각한 콤플렉스로 작용한 것은 세상이 다 아는 집안 내력일 것이다. 그의 고조부는 벼락출세한 시전 바닥의 미천한 인물로 희화화되어 사람들의 입에 오르내렸고, 왕명으로 승적된 신분임에도 실제 통혼은 서얼 집안과 이루어졌다. 이 출신의 흠결이 그가 생을 걸고 글쓰기에 몰입한 것이나, 그의 복잡한 내면세계를 이해하는 데에 중요한 단서가 될 것 같다.

이옥의 집안은 상당한 재력이 있었던 것 같다. 서울에서 생활할 때

집 안에 함벽정涵碧亭이라는 정자가 있었고 담용정淡容亭이 딸린 남판서南判書의 구택을 구입해 살기도 하였다. 그의 집안이 남양 매화산梅花山 아래 정착한 것은 1781년(22세)인데 바닷물을 막아 어장을 만드는 일에 아흐레 동안 오십여 명의 공력을 투입하였으며, 차조 밭을 일구는 데 여덟 명의 종복을 동원하기도 하였다. 새 자료《백운필》에는 "나의 집 전장의 곡식을 운반"하는 사람이 "배를 끌고 면양沔陽에 가서 옹포甕浦 가까이에 정박했다"는 얘기가 나온다. 또 호서湖西의 농가에서 견문한 일화와 그 지역의 농사법을 기술한 글이 적지 않은 것으로 보아, 호서 지역에도 이옥 집안의 전장이 있었던 것으로 여겨진다. 여유 있는 경제적 여건 아래 독서와 창작에 몰두할 수 있었던 셈이다.

(나) 교유 관계

이옥이 어떤 인물과 교유하였는지 또한 소상히 알 수 없다. 생평을 알 수 있는 이들은 대부분 성균관 시절에 만난 사람이다. 그중에 담정藫庭 김려(1766~1821)는 이옥 문학을 이해한 평생의 지기로서 이옥의 많은 글이 후세에 전해지는 데에 큰 역할을 하였다.《담정총서藫庭叢書》가운데 이옥의 유고遺稿 11종을 수습, 편정하고 그 제후題後를 썼던 것이다. "붓 끝에 혀가 달렸다"라고 이옥을 극찬했던 강이천姜彛天(1769~1801) 역시 성균관 시절에 교유한 인물이다. 그는 김려, 김선金鑢(1772~ ?) 형제와 함께 정조로부터 문체가 초쇄噍殺하다고 질책을 받았는데, 이옥의 〈남쪽 귀양길에서南程十篇〉에 대한 독후기 〈서경금자남정십편후書絅錦子南程十篇後〉를 써서 공감을 표하기도 하였다. 짧았던 성균관 시절, 이들을 만나 비평을 주고받으면서 자신의 문학세계에 더욱 확고한 인식을 가졌던 것으로 여겨진다.

북학파北學派이자 사검서四檢書의 한 사람인 영재泠齋 유득공柳得恭(1748~1807)은 이옥에게 매우 중요한 인물이다. 이옥의 외조부 홍이석은 유춘柳瑃을 맏사위로, 이상오를 셋째 사위로 맞았다. 유춘은 유득공의 부친이므로 이옥과 유득공은 이종사촌이 된다. 유득공이 쓴 〈선비행장先妣行狀〉에 의하면 그는 다섯 살 때 부친을 여의고, 일곱 살 때 모친과 함께 남양 백곡白谷에 있는 외가에 의탁하였다. 외가는 누대의 무반가로, 유득공의 모친은 어린 아들의 교육을 우려하여 열 살 무렵 서울 경행방慶幸坊 옛집으로 돌아왔다고 한다. 남양에 이사한 해 가을 이옥은 백곡의 외가를 방문하였는데, 《백운필》에는 유득공을 통해 들은 이야기가 여러 편 수록되어 있다. 즉 유득공이 청나라에 갔을 때 각국 사신들 앞에서 '감달한堪達漢'을 알아맞혀 박학을 떨친 일화(〈기이한 동물들〉), 심양瀋陽의 낙화생(〈낙화생〉), 유득공에게 석화石花를 대접하고 물명을 물은 일(〈석화〉) 등 두 사람이 친밀하게 교유했음이 확인된다.

유득공은 서계庶系로서 문명이 높아 1779년(정조 3) 규장각 검서관으로 발탁되었고, 세 차례나 사행단에 들어 심양과 연경燕京을 다녀왔다. 그때 기윤紀昀, 나빙羅聘 등 당대 내로라하는 청조淸朝 문인들과 교분을 쌓았고, 명물지리학에 대단히 밝았으며 각국의 언어에도 관심이 높았다. 백과사전적 지식을 소유한 당대 최고의 재사才士였던 것이다. 그런데 이옥은 유득공이 애독하였던 전겸익錢謙益과 왕사정王士禎을 빈번히 인용하고, 동시대 나빙의 저서를 환히 꿰고 있었던 것이다. 당시에 구하기 어려웠던 일본의 백과사전 《화한삼재도회和漢三才圖會》, 역관들이 주로 보던 만주어·한어漢語 교재인 《한청문감漢淸文鑑》까지 열람하였다. 새로운 것에 지적 호기심이 강했던 이옥이 유득공을 통해서 이런 책들을 입수했을 것이다. 이옥의 글을 읽으면서 조선조 후기 한 재야

지식인의 굉박한 독서량에 놀라게 되는데, 왕실 서고의 관원이자 중국 왕래가 잦았던 유득공과 같은 존재가 있었던 관계로 보인다.

이옥에게서 실학적 사고를 발견하기 어려우나, 여기서 유득공을 매개로 연암 그룹과의 관계를 언급해두고자 한다. 이옥은 1795년 10월, 충군의 명을 받고 안의安義를 경유하여 삼가로 내려가는데, 당시 안의 현감이 연암燕巖 박지원朴趾源(1737~1805)이었다. 경화문벌의 도도한 연암이 한미한 서생 이옥을 어떻게 대했을까? 안의 관아에 들러 신축한 하풍죽로당荷風竹露堂을 구경한 이옥은 하룻밤을 유하면서 〈집에 대한 변〉을 지어 연암을 옹호하였다. 연암이 중국에서 보고 온 벽돌건축을 관아에 재현하자 당풍唐風이라는 비난을 받았던 것이다. 연암 역시 신문체新文體로 지목을 받은 처지였으니 저간의 세상 소식을 전했을 수도 있겠다. 연암과 같은 노성한 문호와 접촉한 데는 유득공과의 연이 작용했을 수도 있다고 여겨진다.

연암이 지은 〈열부전烈婦傳〉을 보았다는 언급이 있으나, 지금으로서는 이옥이 연암의 저술을 얼마나 읽었으며, 북학파의 사유가 그에게 어떤 영향을 끼쳤을지 단언할 수 없다. 다만 정조가 신문체를 유행시킨 인자로 연암을 지목하였고, 이덕무李德懋와 유득공 역시 초년기에 완물玩物 성향의 잡저소품雜著小品을 남겼다는 것, 기존의 시문에 염증을 느끼고 새로운 사조에 민감하게 반응했다는 것, 하찮은 사물에서 진眞을 발견한 것, 우리 국풍과 물명에 지대한 관심을 보인 것, 그리고 패설稗說을 중시하는 문학관 등 여성 취향을 제외하면 이옥은 연암 그룹의 그것과 크게 다를 바 없어 보인다. 그러나 본령을 고문에 둔 연암과 달리, 이옥은 "고문을 배우면서 허위에 빠진다"는 발언조차 서슴지 않았다. 연암 그룹이 소품을 한때의 여기적餘技的 취미로 삼았던 것과도 다르다. 그만큼 각기 추구한 미의식, 관심 영역, 진을 재현하는 방법 등에서 현저한 차이를 보이는 것이 사실이다.

2. 이옥의 작품 세계

이옥은 부賦 · 서書 · 서序 · 발跋 · 기記 · 논論 · 설說 · 해解 · 변辨 · 책策 · 전傳과 같은 전통적 장르는 물론, 문여文餘 · 이언俚諺 · 희곡戱曲과 같이 실험성이 짙은 장르까지 두루 창작하였다. 여기에 전하지 않는 사집詞集 《묵토향초본墨吐香草本》, 최근 발굴된 잡록류 《백운필》, 잡저류 《연경》을 포함시키면 그가 다루지 않은 장르가 없는 셈이다. 이 가운데 비리鄙俚하거나 쇄세瑣細한 대상을 섬세하고 이속적俚俗的 언어로 재현한 소품 성향의 글이 거의 전부를 차지한다고 할 수 있다. 아래에 장르별로 간략히 소개한다.

(가) 부 · 서발 · 기 · 논변 등

부賦는 《경금소부絅錦小賦》와 《경금부초絅錦賦草》라는 두 질로 묶을 만큼 많은 양을 차지한다. 김려는 이옥을 사부詞賦의 대가라고 극찬한 바 있거니와, 이옥의 재사다운 자질은 20대에서 30대 초반에 쓴 13편의 단편 부에 잘 발휘되어 있다. 관념적이고 모작에 치우친 기존의 부를 문학성이 높은 장르로 부활시켜 섬세하고 명징한 언어로 그려내었다. 거미 · 벼룩 · 흰 봉선화와 같은 미소微小한 세계를 재현하는데, 편마다 착상이 기발하고 사물에 대한 성찰적 자세가 예사롭지 않다.

서書는 〈병화자 최구서에게 보내는 편지〉 한 편이 전한다. 사륙변려

문四六騈儷文으로 된 이 글은 함축적인 비유와 궁벽한 전고를 많이 사용하였다. 금란지교의 사귐을 추억하며 문체파동에 연루되어 '길 잃은 사람〔失路之人〕'이 된 처지를 서정성이 짙은 문장으로 엮었다.

서序는 대개 본 글에서 다루고 있는 내용을 소개하는 글 형식이다. 그런데 〈《묵취향》의 서문〉과 〈《묵토향》의 앞에 적는다〉와 같은 이옥의 서문은 자신이 사詞 장르를 연찬하게 된 이유, 사가 지닌 정서적 감응력을 기술하여 특색을 보이고 있다. 〈《구문약》의 짧은 서문〉은 구양수歐陽脩의 산문 152권을 2권으로 선집하면서 쓴 서문으로, 정조 당시에 여러 형태의 당송팔가의 선집이 간행된 것에 비추어볼 때, 역대 고문이 구양수 한 사람에게로 귀일한다고 본 점이 흥미롭다. 유전流轉 면연綿延한 구양수의 문장 풍격을 선호했던 것 같기도 하다.

제후題後 가운데 주목되는 글은 〈《검남시초劍南詩鈔》의 뒤에 적어본다〉와 〈원중랑 시집袁中郎詩集 독후감〉이다. 정조는 《육률분운陸律分韻》 등을 간행하여 육유陸游를 시의 모범으로 권장한 바 있는데, 이옥은 육유 시가 원만하기만 하여 늙은 기녀의 가무에 비유된다고 하였다. 원굉도袁宏道의 시집을 읽은 뒤에도 '희제戲題'라는 글제를 붙였지만 당시 원굉도에 대한 거센 비판을 의식한 것으로 여겨진다. 원굉도의 특징으로 든 학고學古의 배격, '세쇄연약細瑣軟弱'한 문체, '마음에서 우러나오는 말'은 이옥 자신이 지향하는 문학이기도 한 것이다.

세 편의 독후기讀後記는 탈유가적 지향을 살필 수 있는 글이다. 이옥은 주자학에 대해 아무런 비판적 언급을 남기지 않았다. 그러나 주문朱文을 '농가의 힘센 계집종', '늙은 암소'와 같은 일상의 천근淺近한 대상과 병렬함으로써 주자학에 신복信服하지 않는 태도를 보이기도 하였다.(〈주자의 글을 읽고讀朱文〉) 이에 반해 노자의 세계를 우리 삶에서 필수

불가결한 요소이자 자유자재로 그 모습을 바꾸는 물이라 하여 예찬하였다.(〈노자를 읽고讀老子〉) 경직된 틀을 벗어나 자유롭게 사고하려는 열망을 표현한 것으로 보인다.

기記라는 제명이 붙은 가운데 〈남학의 노래를 듣고〉·〈호상에서 씨름을 구경하고〉 등 단형 서사체의 기사문記事文 4편은 시정에 떠도는 기이하고 흥미로운 이야기를 취재한 것으로, 패설을 중시하는 그의 문학관을 엿볼 수 있다. 〈세 번 홍보동을 노닐고〉·〈함벽루에 올라〉와 같은 유기遊記는 서정성이 풍부하며 경물의 미세한 부면을 아름답게 묘사한 수작이다. 형식과 내용에서 이채를 띠는 글은 〈중흥사 유기〉이다. 경물에서 촉발된 흥취와 유람객의 행보를 시간순으로 엮은 이 기문은 기존에 볼 수 없던 형식이다. 시일時日·반려伴旅·행장行拳·약속約束·천석泉石·초목艸木·면식眠食 등 15목 47칙으로 세목을 나누어 빠짐없이 기록하고, 맨 뒤 '총론總論' 조목에서 사흘 동안의 산행을 총평한 것이다.

논論 가운데 〈도화유수관에서의 문답〉은 당시 사람들이 사詞에 대해 갖는 음화영월吟花咏月하고 기화섬교綺華纖巧한 장르라는 부정적 인식을 논박한 글이다. 스스로 창작 사집을 남길 정도로 사에 능했던 이옥은 만년에 사법을 탐구하고 사 창작에 열중하였는데, 역대 사의 변천과 사 작가, 사가 지닌 장점을 세세히 기술하고 이 또한 정감을 담아내는 훌륭한 장르임을 주장하였다.

해解는 〈선비가 가을을 슬퍼하는 이유〉 한 편이 있다. 만물의 영장인 인간만이 감정을 가졌기에 가을에 슬픔을 느낀다는 구양수의 설을 가져와, 선비의 지감知感으로서 자신이 살고 있는 시대가 가을이 아닌가라는 의미심장한 질문을 던진다. 사회의 병폐를 곳곳에서 목도하고 점차 쇠미해가는 조선조 왕조의 운세를 예감했던 것 같기도 하다.

책策으로 분류되는 편은 〈과책〉·〈오행〉·〈축씨〉 세 편이다. 이것이 실제 시책試策인지는 알 수 없지만, 김려가 "옛사람의 저서 체제를 본받은 것"이라 하여 이옥의 일반 글과 성격이 다름을 언급하였고, 당시 책문策問 가운데 이와 유사한 시제試題가 있어 대책對策으로 습작한 글이 아닌가 싶다. 그중 〈오행〉이라는 글은 주자학의 철학적 기반인 오행 상극설에 대해 너무도 근거가 없음을 논박하였다. 극剋이란 강한 것이 이기는 것이며, 생生이란 따로 없다고 하였다. 홍대용洪大容 등 북학파가 주장한 것과 내용에 차이가 있지만, 그 역시 오감五感은 물론 인간의 품성까지 오행에 결박하는 사유를 배척했던 것이다.

(나) 문여 · 전 · 이언 · 희곡 등

문여文餘 1에는 《봉성문여鳳城文餘》 67편을 수록하였다. 〈남쪽 귀양길의 시말을 적다〉와 〈소서小敍〉를 제외한 다른 글은 모두 삼가 유배 때, 그곳의 민풍 토속을 적은 것이다. '문여'란 김려가 《담정총서》에 '봉성필鳳城筆'을 편정하면서 붙인 말로, "비록 문文의 정체正體는 아니지만 기실 문의 나머지[文餘]이다"라며 이 글을 옹호한 바 있다. 인물이나 사건의 핵심적 부면만 제시하여 편폭이 대단히 짧으며, 그 가운데 세태를 다룬 글이 큰 비중을 차지하기 때문에 '문의 정체'가 아니라고 한 것 같다. 즉 가마 탄 도둑, 집단을 이루어 엽전을 주조하는 도적, 한 자리에 아홉 지아비의 무덤을 쓴 어느 과부 이야기 등 기문奇聞을 선호하는 그의 취향을 엿볼 수 있는데, 당시 향촌 사회의 변화상을 "창 틈으로 바깥을 엿보듯이" 관찰하고 아무런 논평이 없이 기술하여 더욱 문제적이다.

문여 2에는 잡제雜題류를 수록하였다. 거울이나 파리채, 오이와 가라지와 같은 생활 주변의 자질구레한 사물, 투전놀이 · 골동품 · 화폐와 같은 도회의 시정인들이 선호하는 대상을 정치하게 묘사하였다. 대개 이런 사물을 매개로 하여 자신의 불우의식을 표출하였으며, 때로 정치 현실을 우의하기도 하였다.

전傳의 부류에 속하는 글은 모두 25편이다. 이 분야에서 박지원과 함께 조선조 후기를 대표하는 작가로 여겨져왔고, 연구 성과도 상당히 축적되어 재론이 필요 없을 듯하다. 소설적 성향이 높은 작품은 《연암 · 문무자 소설정선》(이가원 역)과 《이조한문단편집》(이우성 · 임형택 역편)에 진작부터 번역되어 알려졌던 것이다. 그 밖에 충 · 효 · 열의 인물을 입전한 작품도 문장이 섬세, 곡진하여 그의 능력을 잘 보여준다. 인물전 외에도 탁전托傳과 가전假傳, 동물전이 각각 한 편씩 있어 제재의 폭도 다양함을 알 수 있다.

이언俚諺이란 원래 우리나라 민간에서 쓰는 속된 말 또는 속담을 가리킨다. 중국에서 고대 민가로 국풍이 있었고 그것을 계승한 한대의 악부, 송대의 사곡이 있었듯이, 이옥은 지금 조선 땅에 살면서 '이언'을 노래할 수밖에 없다는 것, 그것을 '참 그대로' 그려내는 것이 중요한데 남녀지정이야말로 가식이 없는 참[眞]이라고 보았다. 또한 그 참을 재현하는 방법으로써 속담이나 방언과 같은 민중언어를 구사해야 한다는 문학론을 펼치고, 실례로서 조선식 민가 66수를 창작하였다.

희곡은 《동상기東床記》 한 편이 전한다. 1791년(정조 15) 왕명에 의해 노총각 김희집과 노처녀 신씨의 혼인이 성사된 일을 듣고 사흘 만에 완성한 것이다. 총 4절로 구성된 이 희곡은 우리 문학사에서 그 유례가 없던 것으로, 육담 · 음담패설이 혼재한 구어투 문장에다 혼례품 ·

혼례 절차 · 신랑 다루기 등 전래의 혼인 풍속이 다채롭게 구현돼 있어, 이옥 문학의 실험성과 파격성이 어떠한 경지를 이루고 있는지 잘 보여준다. 그중 물명을 열거하는 방식은 판소리 사설의 한 대목이, 한바탕의 흥겨운 놀이마당으로 마무리하는 결말 구조는 전통극을 연상케 한다. 이는 시정의 서민 문화를 깊이 이해했던 작가의식의 소산이라 여겨진다.

(다) 《백운필》

여기에서는 새로 역주譯註한 자료 《백운필白雲筆》을 중심으로 기술하고자 한다. 《백운필》은 해배解配된 후, 1803년 5월 본가가 있는 경기도 남양에서 탈고한 저작이다. 서명書名을 붓 가는 대로 기록한다는 '필筆'이라 하고, 매 장마다 '담談'이라는 표제를 붙인 데서 알 수 있듯이 소한적消閑的 글임을 표방하고 있다. 경세적 글이 아닌 것은 분명하나 대단히 다양한 내용과 형식을 담고 있다.

이옥은 《백운필》 서문에서 이 책을 저술하게 된 동기를 다음과 같이 말하였다.

> ① 이 글을 어찌하여 '백운白雲'이라 이름하였는가? 백운사白雲舍에서 쓴 것이기 때문이다. 백운사에서 왜 글을 썼는가? 대개 어쩔 수 없이 쓴 것이다. 어찌하여 어쩔 수 없이 썼다고 하는가? 백운은 본디 궁벽한 곳인 데다가 여름날은 바야흐로 지루하기만 하다. 궁벽하기에 사람이 없고 지루하니 할 일도 없다. 이미 일도 없고 사람도 없으니, 내가 어떻게 하면 이 궁벽한 곳에서 지루한 시간을 보낼 수 있겠는가? …… ② 내가 장차 무엇을 하며 이곳에서 이 날들을 즐길 수 있겠는가? 어쩔 수 없이 손으로 혀를 대신하여 묵경墨卿(먹), 모생毛生(붓)과 더불어 말을 잊은 경지에서 수작을

할 수밖에 없다. 그런데 나는 또한 장차 어떤 이야기를 해야 하는가? ……
조정朝廷의 이해 관계, 지방관의 잘잘못, 벼슬길, 재물과 이익, 여색女色, 주식酒食 등에 대해서는 범익겸范益謙의 칠불언七不言이 있으니, 나는 일찍이 이를 나의 좌우명으로 삼았다. 그것도 이야기할 수 없다. ③그렇다면 나는 또한 장차 어떤 이야기를 하며 끼적여야 하는가? 그 형세상 이야기를 하지 않을 수 없는데, 이야기를 하지 않는다면 그만이겠지만 이야기를 한다면 부득불 새를 이야기하고, 물고기를 이야기하고, 짐승을 이야기하고, 벌레를 이야기하고, 꽃을 이야기하고, 곡식을 이야기하고, 과일을 이야기하고, 채소를 이야기하고, 나무를 이야기하고, 풀을 이야기해야 하겠다. 이것이 《백운필》이 부득이한 데서 나온 것이고, 또한 어쩔 수 없이 이런 것들을 이야기한 까닭이다. 이와 같이 사람은 이야기하지 않을 수 없는 것이고, 또한 이야기할 수 없는 것이 있다. 아, 입을 다물자!

소한의 글쓰기를 내세운 것은 《동상기》 서문과, 자문자답의 문장 형태는 《이언》 서문을 연상케 한다. 왜 이런 글을 쓸 수밖에 없는가를 세세하게 늘어놓았고, 원망의 감정을 제어하지도 않았다. 사士는 오로지 출사로서 자신의 존재를 드러내던 시대에 관계로 진출할 길이 막힌 지금, 자신이 할 수 있는 일이란 글쓰기밖에 없는데 어떤 화제는 시비是非에 말려들기에, 또는 자신과 무관한 일이어서, 또는 글 읽은 사士가 취할 만하지 않다는 것이다. 사유의 다양성이 용인되지 않는 사회에 대한 불만, 나라의 경영을 논할 위치에 있지 않다는 분수의식, 약자 또는 소수자로서의 절규가 깊이 담겨 있다.

이 짧은 서문에 고문가들이 비판하는 소품의 부정적 속성이 고스란히 들어 있는 셈인데, 불평의 감정을 과도하게 드러낸 불우지사不遇之士

의 글이라는 것, 글쓰기의 대상을 생활 주변의 자잘한 사물로 한 것이 그러하다. 그리고 문답의 형태를 일곱 차례, '吾欲~不可'의 통사 구조를 열 차례나 반복하고, 동일한 글자를 빈번하게 사용하는 등 번쇄함을 전혀 꺼리지도 않았다. 일반 고문과 비교할 때, 파격적인 글쓰기가 아닐 수 없다.

전체 체재는 조선조 후기에 많이 저록著錄되었던 백과전서적 저술을 의식한 것 같다. 〈담조談鳥〉(21칙)·〈담어談魚〉(17칙)·〈담수談獸〉(17칙)·〈담충談蟲〉(19칙)과 같은 조충류 74칙과, 〈담화談花〉(15칙)·〈담곡談穀〉(12칙)·〈담과談果〉(17칙)·〈담채談菜〉(15칙)·〈담목談木〉(17칙)·〈담초談艸〉(14칙)와 같은 초목류 90칙을 10목目으로 나누었다. 각 동식물의 생태적 특성과 그 이용에 대한 다양한 정보를 절목節目으로 분류하는 체제를 보이고 있으며, 당시 우리나라에 널리 서식하고 분포하던 종을 거의 다루고 있다.

다음에 《백운필》에서 흔히 보이는 자료 인용과 기술 방식 하나를 들어본다. 우리나라 바닷가에서 익히 볼 수 있는 도요새를 기사화한 것이다.

> ① 해상海上에 봄이 끝날 무렵이면, 어떤 새들이 떼 지어 날아와서는 울곤 하는데, '도요桃夭'라고 소리 내며 울어서 바닷사람들은 그 새를 '도요새'라 부르면서 도요새 물때의 절후節候라고까지 한다. 부리가 뾰족하고 긴 편이며 몸은 가볍고 다리는 조금 긴데, 작은 놈을 '미도요米桃夭'라 하여 언뜻 보기에 참새보다 크고, 큰 놈을 '마도요馬桃夭'라 하여 메추라기보다 조금 작다. 발바닥에는 소금기를 지니고 있어 논의 물을 밟고 부리로 쪼면 볏모가 자라지 못한다. ② 내가 살펴보니 도요새를 《훈몽자회訓蒙字會》에서는 鷸鷸이라 하였고, 《한청문감漢淸文鑑》에서는 수찰자水札子(논병아

리)라 하였다. 鷸鷸을 《설문해자說文解字》의 진장기陳藏器 주註에서는 "메추라기와 비슷하여 색은 푸르고 부리는 길며 뻘에서 사는데, 촌사람들은 전계田鷄가 변한 것이라고 한다"라 하였고, 《이아爾雅》의 곽박郭璞 주註에서는 "제비와 비슷하며 감색이다"라 하였고, 이순李巡 소疏에서는 "또 다른 이름은 '취우翠羽'이며 장식물로 쓸 수 있다"라고 하였다. 찰鶒을 《유편類篇》에서는 "백설百舌(지빠귀)과 비슷하여 부리가 길고 물고기를 잘 먹는다"라 하였고, 《광아廣雅》에서는 "벽체鷿鷉(논병아리)이니 '수찰水札'이라 하기도 하고, '유압油鴨'이라 하기도 한다"라고 하였다. ③ 지금 도요새를 보니 그 깃털이 관冠을 꾸밀 만하지 못하고, 그 부리가 길다 할 수 없으며, 鷸鷸과 찰鶒 중에서 어느 것에 더 맞는지 결정할 수가 없다. 이와 같구나, 이아학爾雅學의 어려움이여!

해안가에 도요라는 새 떼가 출몰하는 철을 그린 뒤, 그 이름의 유래, 그 새의 모양과 종류를 소개하고 농작물에 어떤 피해를 주는지도 기록하였다. 짧은 글 속에 다양한 정보를 제시하고는, 국내외의 여러 유서類書와 자전에서 도요새 비슷한 새 이름들을 적시하면서 자신의 견해를 덧붙였다. 《백운필》에는 이런 식으로 비슷한 동식물을 연관 지어 그 물명과 생태적 특성을 고증한 기사가 적지 않으며, 대개 자료의 출처나 인용 문구가 적확하게 제시되어 있다. 그중에 《사문유취事文類聚》나 《연감유함淵鑑類函》에도 실린 내용이 많은데, 이는 자료를 폭넓게 섭렵하고 깊이 소화하지 않고는 불가능한 일이다.

앞 인용문에서 관심을 끄는 서지는 《훈몽자회》(1527)와 《한청문감》(1527)이다. 전자는 어린이를 대상으로 펴낸 한자사전이고, 후자는 역관들이 주로 보던 만주어·한어 사전으로, 모두 훈민정음을 이용하여 음을 달아 놓은 책이다. 《백운필》에는 이 서적들을 빈번하게 인용하고 있다. 이옥이 국문으로 된 글을 남겼는지 알 수 없으나, 이런 책들을 숙독했다는 것은 의미가 깊다.

이옥이 섭렵한 책은 대단히 광범하다. 전래의 경사자집은 기본서이고, 명 · 청대에 쏟아져 나온 각종 소설류와 희곡류, 동시대 청조 문인의 저작에 이르기까지 그의 독서 범위는 어떠한 제한도 없었던 것 같다. 《백운필》을 집필하는 데에 활용한 자료는 워낙 방대하여 지면 관계상 다 거론할 수가 없다. 다만 《본초집해本草集解》나 《정자통正字通》 같은 유서류나 자서류가 주종을 이룬다는 것(23종), 고금의 국보류菊譜類와 화사류花史類를 거의 소개하고 있다는 것(10종), 《술이기述異記》 같은 패설잡록류를 빈번하게 인용하였다는 것을 지적해둔다. 이 밖에 일본의 《화한삼재도회》, 국내 문인들의 문집, 국내외 여러 의서醫書들도 활용하고 있다. 이옥은 이러한 백과사전적 지식을 종횡으로 펼치는 데 전혀 막힘이 없었다.

이 책이 지닌 값진 성과의 하나는 당시에 사용하던 우리말을 풍부하게 채록한 것이다. 자하紫蝦라 적지 않고 權精〔곤쟁이〕이라 적었고, 각응角鷹과 추어鰍魚를 각각 寶羅〔보라매〕와 米駒〔미꾸라지〕로 표기하였다. 이런 식으로 바닷사람들이 이르는 어휘 수십여 종을, 농부가 전하는 품종 서른다섯 가지를, 나물 캐는 아낙이 이르는 말 서른여덟 가지를 적어 나갔다. 이는 동시대에 어패류의 명칭을 적으면서 뜻을 모르는 방언으로 된 이름은 기록하지 않았다는(〈우해이어보서牛海異魚譜序〉, 1803) 김려나, 곡식 · 풀 · 나무 등 우리말 명칭은 비속하고 전아하지 못해 한자어로 고쳐야 한다고(《과농소초課農小抄》, 〈제곡명품諸穀名品〉 '안설按說') 했던 연암의 사유와 비교되는 것이다.

또한 이옥은 국어國語 · 향음鄕音 · 방언方言이라는 용어를 변별하고 구사하였다. 우리 국어에 虎를 범犯이라 하고 赤을 치治라고 읽기 때문에, 범처럼 사나운 물고기를 '범치'라 부르게 되었다는 의견을 밝히기도 하였다. 그는 우리 국어의 음가音價가 어떤 환경에서 실현되는지도 알고 있었다. 물고기 이름 어魚자의 초성에 양陽이나 경庚의 종성이 있어서, 백어白魚는 '뱅어', 리어鯉魚는 '잉어'라 발음한다는 것이다. 鱸魚(농어)를 '農魚', 葦魚(웅어)를 '雄魚'라 적는 것은 이런 원리를 모르는 소치라고 보았다. 우리말을 깊이 탐구한 결과 자득의 경지를 얻게 된 것이다.

《백운필》에는 이옥 자신의 경험담과 민간의 전언傳言을 많이 수록해 놓았다. 기문일사에 대한 관심과 애호를 여기서도 잘 보여준다. 그중에 말 모양을 한 물고기, 사람과 교접하는 인어, 괴상한 짐승 박駮, 커다란 흑사黑蛇를 잡아먹는 사람 등 기이한 이야기가 많으며, 이전에 쓴 자신의 작품을 인용하는 경우에도 〈발이 여섯 달린 쥐〉 · 〈강철에 대한 논변〉 · 〈신루기 이야기〉 · 〈용부龍賦〉와 같이 기사奇事가 대부분이다.

이 책의 제명 '붓 가는 대로 기록한다'는 '필筆'의 성격은 이옥 자신의 삶이나 취향, 성벽을 이야기할 때 특히 잘 나타나 있다. 꽃과 나무를 유달리 좋아했던 그는 남양 향제鄕第 주위에 어떤 꽃, 어떤 나무를 어디에 심었는지, 언제 누구에게서 구했는지, 생장 상태는 어떠한지 일일이 기록하였다. 사경을 헤매는 다섯 아이에게 삶은 지렁이로 응급 처방을 하였고, 양송養松을 위해 장청사長青社를 조직하였으며, 내세에는 꽃 세상인 대리 땅에서 환생하고 싶다는 소망을 밝히기도 하였다. 그 밖에 산나물과 생강을 유별나게 좋아하여 생긴 에피소드, 작은 과일도 반드시 즙을 내어 마시는 까다로운 성벽 따위를 누에가 고치를 만들어내듯이 유려하게 엮어 놓았다. 생활에서 비롯한 이러한 글은 오늘날의 에세이를 대하는 듯하다. 《백운필》에는 그간 알려지지 않았던 이옥 개인에 대한 정보나 인간적인 면을 진솔하게 드러낸 기록이 적지 않다.

이처럼 《백운필》에는 동식물의 생태적 특성을 기록하면서 관련되는 민간의 전언을 많이 포함시켰다. 또한 섬세하고 경쾌한 필치로 자신의 생활 감정을 세세하게 이야기하며, 군데군데 교유 관계나 창작한 시문들을 끼워 넣었다. 이것이 실용을 목적으로 저술한 《산림경제山林經濟》나 《임원경제지林園經濟志》와 같은 실학서와 구별되는 점이다. 백과전서적 체재에 다채로운 내용과 형식의 글들을 두루 수록하여, 새로운 글쓰기 유형을 유감없이 보여준 것이다.

(라) 《연경》

최근 발굴된 자료 《연경烟經》은 이옥이 1810년에 집록한 담배 관련 저작이다. '담배의 경전'이라는 뜻에서 알 수 있듯이 이 책에 실린 내용은 연초 재배에서부터 담배의 제조 공정과 사용법, 흡연에 소용되는 도구, 즐겁게 향유하는 법에 이르기까지 담배에 관련된 주요 사항을 폭넓게 다루고 있다.

이 책의 분량은 25장張에 불과하지만 모두 4권, 58칙으로 구성되어 있다. 각 권마다 소서小序를 두어 권을 집필한 동기를 밝혔으며, 각 칙에 번호를 매기고 소제목을 부여하고, 다시 매 칙을 세분하여 빠짐없이 기술하려 하였다.

기록한 내용은 상당히 다양하다. 첫째 권에서는 담배 씨를 뿌리고 키우고 수확하는 방법을, 둘째 권에는 담배의 원산지와 성질, 담뱃잎을 썰고 보관하는 방법, 그리고 담배 피우는 법 등을 설명하였다. 셋째 권에는 채양蔡襄의 《다록茶錄》이 오로지 다구茶具에 대해서 쓴 것처럼 담배에 관련된 도구들을 모았다. 넷째 권은 원굉도袁宏道의 《상정觴政》의 예를 들면서 《연경》에서는 담배의 효과, 담배 피우기 좋은 때와 그렇지 않은 경우 등을 기록하였다.

각 권의 집필 의도를 밝힌 소서는 모두 옛 성현의 말을 인용하였다. 첫 문장을 《논어論語》와 《중용中庸》에서 공자가 채마밭을 가꾸는 일과 맛에 대해 언급한 구절, 《주자어류朱子語類》에서 꽃병의 이치를 말한 주자의 글귀를 가져왔다. 옛 성현들이 일상의 자잘한 사물에서 촉발하여 고원한 도를 논하였듯이, 이 책이 보잘것없는 사물을 다루었지만 의미를 지닌다는 주장을 하고 싶었던 것이다.

이옥은 하루라도 차군此君이 없으면 안 된다고 할 정도로 담배에 벽癖이 있었다. 이전에도 담배 관련 글을 여러 편 남겼다. 1791년(32세) 담배를 의인화한 가전假傳 형식의 〈남령전南靈傳〉을, 1795년 삼가로 내려갈 때는 송광사 중과 담배 연기를 담론하고 또 글을 지었다. 1803년에 완성한 《백운필》에도 '담배' 이야기를 실었는데, 그 글은 《연경》 둘째, 셋째 권과 중복되는 내용이 상당히 많다. 즉 《연경》은 자신이 지은 담배 관련된 글의 완결편인 셈이다.

이옥은 국보류와 화사류 외에도, 각종 기호품 종류의 저록을 탐독하였던 것 같다. 《연경》 서문에는 주보酒譜와 다보茶譜 종류 저작이 여덟 종, 향보香譜 종류가 세 종, 꽃과 과실에 관련된 것이 여섯 종, 대나무에 관한 것이 두 종 등 무려 열아홉 종이나 거론하고 있다. 생활 주변의 사물을 깊이 관찰하는 성벽에, 이런 종류의 서적을 두루 읽으면서 자연스레 담배 관련 글에 주목하였을 것으로 여겨진다.

택당澤堂 이식李植(1584~1647)이 읊은 〈남령초가南靈草歌〉를 읽었고,

임경업林慶業의 《가전家傳》에 나오는 기사 한 구절까지 유의 깊게 보았다. 담배의 네 가지 공功을 극찬한 옛 선인의 발언도 눈여겨보았다. 중국 자료로는 담배의 전래에 대해서는 《인암쇄어蚓菴瑣語》(淸, 李王逋)에, 애연으로 유명한 한담韓菼에 관한 일화는 《분감여화分甘餘話》(明, 王士禎)에 들어 있는 기사를 숙독하였고, 《수구기략綏寇紀略》(明, 吳偉業)에 나오는 담배 기사도 열람하였다. 그는 이 과정에서 담배를 단편적으로 언급하는 것은 있어도 체계적 저술이 없음을 확인하였다.

> 우리나라에 담배가 전해진 지도 또한 장차 이백 년이 된다. …… 꽃에 취하고 달을 삼키듯 하니 담배에는 술의 오묘한 이치가 있으며, 푸른 것과 붉은 것을 불에 사르니 향香의 뜻이 서려 있고, 은으로 만든 그릇과 꽃무늬가 새겨진 통이 있으니 차茶의 운치가 있으며, 꽃을 재배하여 향기를 말리니 또한 진귀한 열매와 이름난 꽃과 비교해도 손색이 없다 하겠다. 그렇다면 이백 년간 마땅히 문자로 기록한 것이 있어야 할 터인데, 편찬하고 수집한 자들이 이를 기록하였다는 것을 들어보지 못했으니, 아마도 자질구레하고 쓸모없는 사물은 문인들이 종사하기에 부족하다고 생각해서인가?

이식 · 이덕무 등 그 폐해를 지적한 사람들과 달리, 이옥은 담배를 극찬하였다. 담배가 술의 오묘함, 향의 뜻, 차의 운치를 다 연출할 수 있는 일용품이라는 것이다. 그런데도 관련 저작을 발견할 수 없어서 집필하게 되었다고 한다. 금연론 또한 팽배하던 당시에 이옥이 아니라면 어느 문인이 담배와 관련된 글을 집록했겠는가.

그런데 애연가였던 다산茶山 또한 《연경》을 읽었다. 아들 학유學游에게 보낸 편지(〈기유아寄游兒〉)에 닭을 기르는 경험을 살려 유득공의 《연경》의 경우처럼 《계경鷄經》을 편찬하도록 권하는 얘기가 나온다. "속된 일을 하면서도 맑은 운치를 지니려면 매양 이러한 사례를 기준으로 삼을 일이다(就俗務, 帶得淸致, 須每以此爲例)"라고 《연경》의 가치를 높이 평가하였다. 유득공이 《연경》을 지었다면 이옥이 그것을 몰랐을 리 없을 터인데, 혹 담배가 크게 성행하던 때였으므로 이옥의 글이 유득공의 것으로 오전誤傳되어 다산의 수중에 흘러들어갔을 수도 있겠다.

소품 문학으로서 《연경》이 관심을 끈다면 그것은 제4권 때문일 것이다. 사실 1권과 3권은 농작법과 도구 사용법을 담은 실용서의 성격이 짙다. 다음에 예시한 〈담배 피울 때의 꼴불견〉은 이옥 소품의 묘미를 잘 보여준다.

아이 녀석이 한 길 되는 담뱃대를 물고 서서 담배를 피우다가 이따금 이 사이로 침을 뱉는다. 가증스러운 일이다.

규방의 치장한 부인이 낭군을 대하고 앉아 태연하게 담배를 피운다. 부끄러운 일이다.

나이 어린 계집종이 부뚜막에 걸터앉아 안개를 뿜어내듯 담배를 피운다. 통탄할 일이다.

시골 남정네가 길이가 다섯 자 되는 백죽통白竹筒을 가지고 가루로 된 담뱃잎을 침으로 뭉쳐 넣고는 불을 댕겨 몇 모금 빨아들여 곧 다 피우고는 화로에 침을 뱉고 앉은자리를 재로 뒤덮어 버린다. 민망한 일이다.

다 떨어진 벙거지를 쓴 거지가 지팡이만 한 긴 담뱃대를 들고 길거리에서 사람들을 막아서서 한양의 종성연鐘聲烟 한 대를 달란다. 두려운 일이다.

대갓집의 말몰이꾼이 짧지 않은 담뱃대를 가로로 물고 고급 서연西烟을 마음대로 피워대는데 손님이 그 앞을 지나가도 잠시도 멈추지 않는다. 곤장을 칠 만한 일이다.

남녀, 노소, 귀천을 불문하고 모두 담배에 빠져든 정황을 보여준다. 어린아이, 규방의 젊은 부인, 나이 어린 계집종, 시골 남정네, 거지, 대갓집의 말몰이꾼의 흡연 모습이 참으로 가관이다. 흡연으로 인한 풍기문란 사례를 하나씩 들고 감정을 실어 품평하였다. 그러고는 품격 있는 흡연의 예, 곧 관리가 지니는 귀격貴格, 노인의 복격福格, 젊은 낭군의 묘격妙格, 사랑하는 남녀의 염격豔格, 농부의 진격眞格이 지닌 멋을 구체적으로 기술하였다. 이 다섯 가지는 각각 그 나름대로 품격이 있고 운치가 있다는 것이다. 이 책에서 이옥이 말하고자 한 내용은 이것이 아니었을까.

《백운필》과 마찬가지로 《연경》에는 당시 사회사를 이해할 자료들이 풍부하게 들어 있다. 전국의 이름난 담배 산지와 각 지역의 맛이 기록되어 있고, 서울 저자의 담배 상점이 어떻게 분포되어 있으며, 가격을 흥정하는 모습도 나와 있고, 담배 가격이 등귀할 때 가짜 담배가 성행하는 사례도 알 수 있다. 19세기 초에 담배가 전국적 기호품으로 애호되었던 현상을 확인할 수 있다.

《연경》 역시 색다른 글쓰기의 유형을 보여준다. 구두가 끊어지지 않을 정도로 글이 까다롭고, 한 문장의 길이는 서른 자 내외로 매우 단소하며, 관련 내용을 가능한 잘게 쪼개어 빠짐없이 집록하고자 하였다. 보잘것없는 사물이라도 기록할 가치가 있으면 저술에 착수하는 치열한 산문정신의 표현이라 하겠다. 《연경》은 아마도 조선조 시대에 담배를 가장 폭넓게 기술한 문헌이 아닌가 싶다.

끝으로 새 자료 《백운필》·《연경》의 발굴과 관련하여 이옥의 유고遺稿에 대해 언급해두고자 한다. 이옥이 다작의 작가인 만큼 생전에 어떤 글을 얼마나 남겼는지 알 수 없다. 《담정총서》를 찬집할 때 포함되었던 사집 《묵토향초본》은 현재 발견되지 않고, 22세 때 지었다는 거질의 《화국삼사花國三史》도 전하지 않는다. 장지연張志淵의 《대동시선大東詩選》, 〈이옥〉 조에는 "著牟尼孔雀稿"라는 설명이 있는 것으로 보아 《모니공작고》라는 이름의 저작이 있었던 것 같기도 하나, 이 또한 현재로서는 그 내용을 알 수 없다. 이런 글들이 발굴되어 이옥 문학의 전모가 밝혀지기를 고대한다.

3. '참 그대로' 자기 시대를 재현한 이옥

이옥은 자신을 "길 잃은 사람〔失路之人〕"이라 자조한 바 있고, 구양수의 글을 선집하면서 "소차疏箚는 세상과 어긋난 사람〔畸人〕이 일삼지 않는 바이기에 취하지 않는다"라고 하였다. 또 "나는 초야에 사는 백성"이라 자인하기도 하였다. 그는 자신을 체제 바깥의 국외자 또는 소수자로 인식하였고, 사士의 일원으로 생각하지도 않았던 것 같다.

깊은 소외의식이 반영되어, 이옥의 글 가운데 경세를 논한 글이 드물며 사회의식을 쉽사리 간취하기도 어렵다. 아무런 주장을 내보이지 않고 늘어놓은 듯하다. 그에게 백성은 훈도의 대상이 아니고 예실구야禮失求野의 대상도 아니며, 이욕을 추구하는 인간일 뿐이다. 이것을 더욱 밀고 나가 감정이 풍부한 하층 여성, 시정의 인정물태人情物態와 생활 주변의 자잘한 사물 등 기성 문인들이 몰가치하다고 여기는 영역을 주목하였다. 대상에 접근하여 세밀하고 경쾌하게 그리되, '참 그대로' 자기 시대를 재현하는 데 있어 민중언어를 대단히 풍부하게 구사하였다. 각 지역의 방언, 도둑들의 은어, 시정의 음담패설이나 욕설, 심지어 소지장所志狀에 이르기까지 사용하지 못할 언어문자가 없었다.

이옥은 자신의 문학세계나 글쓰기 방식에 대해 확고한 인식을 가지고 있었다. 문체반정에서 정조 임금과 평행선을 달린 것은 불가피한 일이었을지도 모른다. 여기에 입신출세할 기회가 주어지지 않으리라는 서얼의식과 타협할 줄 모르는 개결한 그의 성격이 작용했을 터이다. 소품에 빠져들었던 인사들이 한때의 여기로 여기면서 왕명에 의해 곧장 고문으로 선회한 것과는 그 처지가 달랐던 것이다. 문인 지식인이 국가체제 안에서만 성장할 수 있었던 사회 조건하에서 이옥의 선택은 지극히 어려운 것이었다.

만년에도 소외된 처지를 의식했던 이옥은 쉼 없이 글쓰기에 열중하고 치열하게 새 장르를 탐구하였다. 세상 어디에도 마음을 붙이지 못한 채 오로지 문학 창작으로 위안을 삼았다. 그는 그 자리에서 글을 구상하고 써 내려갔으며 고치지도 않았고, 아무리 긴 편폭의 글이라도 사흘을 넘기지 않았다. 그런데도 매 편 우열을 논하기 어려울 정도로 고른 수준을 보여준다. 정조는 순정醇正함으로 돌이켜야 할 문장이라 폄하했지만, 이옥의 존재로 인해 우리나라 소품 문학은 질과 양의 양면에서 최고 수준에 이르게 되었다고 할 수 있을 것이다.

이현우

| 차례 |

백운필白雲筆

을乙 — 물고기 이야기 談魚

병丙 — 짐승 이야기 談獸

정丁 — 벌레 이야기 談蟲

무戊 — 꽃 이야기 談花

기己 — 곡식 이야기 談穀

경庚 — 과일 이야기 談果

신辛 — 채소 이야기 談菜

임壬 — 나무 이야기 談木

계癸 — 풀 이야기 談艸

연경烟經

첫째 권 — 연초 재배

둘째 권 — 담배의 유래와 성질

셋째 권 — 담배 도구

넷째 권 — 담배의 쓰임

1권

◉ — 부賦

개구리 울음을 읊은 부의 후편 後蛙鳴賦 • 칠석부 七夕賦 • 거북을 읊은 부—아울러 서문을 적는다 龜賦 幷序 • 벌레 소리를 읊은 부 蟲聲賦 • 학질을 저주하는 사 詛瘧辭 • 물고기를 읊은 부 魚賦 • 흰 봉선화를 읊은 부 白鳳仙賦 • 초룡을 읊은 부 草龍賦 • 거미를 읊은 부 蜘蛛賦 • 용부 龍賦 • 벼룩을 읊은 부 蚤賦 • 벼룩을 읊은 부의 후편 後蚤賦 • 다섯째 아들을 낳은 한 어미에 대한 부 五子嫗賦 • 규장각부—아울러 서문을 적는다 奎章閣賦 幷敍 • 삼도부—아울러 서문을 적는다 三都賦 幷敍 : 남도 南都·서도 西都·동도 東都 • 나비를 애도하다 哀蝴蝶 • 도정절의 〈한정부〉에 차운하다 次陶靖節閑情賦韻 • 반안인의 〈한거부〉를 본받아 짓다 效潘安仁閑居賦

◉ — 서書

병화자 최구서에게 보내는 편지 與病花子崔九瑞狀

◉ — 서序 · 발跋

《묵취향》의 서문 墨醉香序 • 《묵토향》의 앞에 적는다 墨吐香前敍 • 《묵토향》의 뒤에 적는다 墨吐香後敍 • 《구문약》의 짧은 서문 歐文約小序 • 《검남시초》의 뒤에 적어본다 戱題釖南詩鈔後 • 원중랑 시집 독후감 戱題袁中郎詩集後 • 《노자》를 읽고 讀老子 • 《초사》 읽는 법 讀楚辭 • 주자의 글을 읽고 讀朱文

◉ — 기記

호상에서 씨름을 구경하고 湖上觀角力記 • 농사 잘 짓는 종의 이야기 善畊奴記 • 시정의 협잡꾼에 대한 이야기 市奸記 • 반촌의 네 정려문에 대한 이야기 頖村四旌閭記 • 남학의 노래를 듣고 聽南鶴歌小記 • 장악원에 놀러 가 음악을 듣고 游梨院聽樂記 • 물고기를 기르는 못에 대하여 種魚陂記 • 세 번 홍보동을 노닐고 三游紅寶洞記 • 합덕피를 보고 觀合德陂記 • 함벽루에 올라 登涵碧樓記 • 신루기 이야기 蜃樓記 • 남쪽 귀양길에서 南程十篇 : 서문 敍文·길을 묻다 路問· 절 寺觀·연경 烟經·방언 方言·물에 대하여 水喩·집에 대한 변 屋辨·돌에 대한 단상 石嘆·영남에서의 의문 嶺惑·고적을 찾아서 古蹟·면포의 공력 棉功 • 중흥사 유기 重興遊記 : 산행 날짜 時日·함께 간 사람 伴旅·행장 行李·약속 約束·성곽 譙堞·누정 亭榭·관아 건물 官廨·사찰 寮刹·불상 佛像·승려 緇髡·천석 泉石·꽃과 나무 艸木·숙식 眠食·술 盃觴·총론 總論

◉ — 논論 · 설說 · 해解 · 변辨 · 책策

말에 대하여 논함 斗論 • 북관 기생의 한밤중 통곡—아울러 원 사실을 적어둔다 北關妓夜哭論 幷原 • 촉규화에 대하여 蜀葵花說 • 메추라기 사냥 獵鶉說 • 야인과 군자 野人養君子說 • 용경 이야기 龍畊說 • 전세에 대하여 田稅說 • 꽃에 대하여 花說 • 도화유수관에서의 문답 桃花流水館問答 • 선비가 가을을 슬퍼하는 이유 士悲秋解 • 강철에 대한 논변 犺辨 • 과책 科策 • 축씨 竺氏 • 오행 五行

2권

◉ — 문여文餘 1 봉성문여鳳城文餘

흰색 저고리와 치마 白衣裳 • 동자가 술을 경계하다 童子戒酒 • 조 장군의 칼 曺將軍劒 • 정인홍의 초상 鄭仁弘像 • 전답을 향교에 바치다 納田鄕校 • 글자 없는 비 白碑 • 시를 잘하는 기생 能詩妓 • 노생 이야기 盧生 • 당인이 양식을 구걸하는 글 唐人乞粮文 • 사당 社黨 • 붓의 모양 筆製 • 합천의 효부 陜川孝婦 • 중의 옥사 僧獄 • 호음 선생 湖陰先生 • 백조당 白棗堂 • 운득으로 잘못 부르다 錯呼雲得 • 생채계 生菜髻 • 여자는 '심心'으로 이름을 짓는다 女子名心 • 소요자의 시 逍遙子詩 • 늙은 여종의 붉은 치마 老婢紅裙 • 정금당 淨襟堂 • 사마소 司馬所 • 산청의 열부 山淸烈婦 • 곽씨의 정문 郭氏旌閭 • 향음주례 鄕飮酒禮 • 꽃이 피어 풍년을 점치다 花開占豊 • 불두화 佛頭花 • 사찰의 흥망성쇠 僧寺興廢 • 제석날 선대에 대한 제사 除夕祭先 • 반과와 호궤 盤果犒饋 • 타구놀이 打毬戲 • 방언 方言 • 저자 풍경 市記 • 입춘 쓰기 春帖 • 따뜻한 겨울 冬暖 • 매구굿 魅鬼戲 • 걸공 乞供 • 발이 여섯 달린 쥐 六足鼠 • 성주 저고리 星州衣 • 개고기를 꺼리다 忌狗 • 생해삼 生海蔘 • 국화주 菊花酒 • 목면에 빌고 농사를 점치다 祈棉占稼 • 무당굿 巫祀 • 황당한 무가 巫歌之訛 • 영등신 影等神 • 《전등신화》 주석 剪燈新語註 • 언문소설 諺稗 • 애금의 진술서 愛琴供狀 • 아홉 지아비의 무덤 九夫冢 • 가마를 탄 도적 乘轎賊 • 그물을 찢어 버린 어부 漁者毁網 • 묵방사의 북 墨房寺鼓 • 석굴에서 엽전을 주조하는 도적 石窟盜鑄 • 필영의 진술서 必英狀辭 • 저자의 도둑 市偸 • 장익덕의 보인 張翼德保 • 신화 愼火 • 재물에 인색한 풍속 俗吝於財 • 소송을 좋아하는 풍속 俗喜爭訟 • 파낸 금덩어리 挖金 • 까치 둥지 鵲巢 • 폭포 구경 觀瀑之行 • 용혈 龍穴 • 대나무 竹 • 남쪽 귀양길의 시말을 적다 追記南征始末 • 소서 小敍

◉ — **문여文餘 2 잡제雜題**

일곱 가지의 밤 夜七 • 일곱 가지 끊어야 할 일 七切 • 원통경 圓通經 • 매미의 권고 蟬告 • 황학루 사적에 대한 고증 黃鶴樓事蹟攷證 • 바다의 경관—강화로 유람 가는 유석로를 송별하다 海觀送柳錫老往游沁都 • 거울에게 묻는다 鏡問 • 오이 이야기 瓜語 • 파리채에 새긴 글 蠅拂刻 • 차조 이야기 衆語 • 서풍을 논하다 論西風 • 고양이를 탄핵하다 劾猫 • 용을 힐난하다 詰龍 • 가라지에게서 깨닫다 莠悟 • 문신께 고하는 글 祭文神文 • 제야의 기도 除夕文 • 동짓날의 축원 冬至祝

◉ — **전傳**

두 의사 차예량·최효일 車崔二義士傳 • 문묘의 두 의로운 수복 文廟二義僕傳 • 상랑 尙娘傳 • 열녀 이씨 烈女李氏傳 • 수칙 守則傳 • 살아 있는 열녀 生烈女傳 • 산골의 어느 효부 峽孝婦傳 • 호랑이를 잡은 아낙 捕虎妻傳 • 의협심이 있는 창기 俠娼紀聞 • 마상란 보유 馬湘蘭傳 補遺 •

일러두기

1 현재 전하는 이옥의 모든 글을 장르별로 재편집하여 번역 · 주석하였다(《완역 이옥 전집》 제 1~3권). 원문(제 4권)은 번역한 순서대로 편집하여 수록하고, 저본(제 5권)은 영인하여 붙였다.

2 현재 이옥의 글로 알려진 것은 모두 수습하였다. 《담정총서藫庭叢書》 소재 글은 통문관 소장본(필사본, 10종)이 유일하며, 《이언俚諺》과 《동상기東床記》는 각 글에서 이본異本 종류를 밝혀두었다. 《백운필白雲筆》은 연세대학교 소장본(필사본 2책)을, 《연경烟經》은 영남대학교 소장본(필사본 1책)을 저본으로 하였다. 이 자리를 빌려 원 소장처에 감사의 뜻을 표한다.

3 번역문은 원전의 뜻을 충실히 반영하도록 하였다. 독자들이 읽기 쉽도록 원문을 적절히 끊어서 번역하고, 필요한 경우 주석을 달아 설명하였다. 동의어나 간단한 설명은 ( ) 안에 병기하였다. 저자가 사용한 우리말 음차 표기는 〔 〕 안에 밝혀두었다.

4 번역문의 제목들은 원제原題를 우리말로 풀이하여 달았다. 원래 제목이 없는 《백운필》 164칙則과 《연경》의 각 권에도 새로 제목을 부여하였다.

5 원문은 독자들이 읽기 쉽도록 구두句讀를 표시하고 문단을 나누었다. 저본 자체의 오자誤字는 바로잡고 주석을 달았다.

6 《담정총서》 소재 이옥의 글 뒤에 붙은 김려金鑢의 제후題後를 번역하여 제 2권 부록에 수록하였다.

7 번역문과 원문에 문장부호를 붙였다. 【 】—원주原註, 《 》—책명, 〈 〉—편명, 〔 〕—동의이음同意異音 한자 표시, ' '—강조 · 간접 인용, " "—대화 · 직접 인용을 뜻한다.

8 《완역 이옥 전집》 제 1~3권의 옮긴이는 각 편의 끝에 적어두었다. 동일인이 계속 옮겼을 경우에는 담당 부분이 끝나는 편에만 밝혔다.

백운필

白雲筆

소서

小敍

이 글을 어찌하여 '백운白雲'이라 이름하였는가? 백운사白雲舍에서 쓴 것이기 때문이다. 백운사에서 왜 글을 썼는가? 대개 어쩔 수 없이 쓴 것이다. 어찌하여 어쩔 수 없이 썼다고 하는가?

백운은 본디 궁벽한 곳인 데다가 여름날은 바야흐로 지루하기만 하다. 궁벽하기에 사람이 없고 지루하니 할 일도 없다. 이미 일도 없고 사람도 없으니, 내가 어떻게 하면 이 궁벽한 곳에서 지루한 시간을 보낼 수 있겠는가? 나는 바깥으로 다니고 싶지만 갈 만한 곳도 없을뿐더러 뜨거운 태양이 등에 내리 쬐이니 두려워 감히 나갈 수가 없다. 나는 잠이라도 자고 싶지만 발을 흔드는 바람이 멀리서 불어오고 풀냄새가 지척에서 풍겨 크게는 입이 비뚤어질 수도 있고, 작게는 또한 학질에라도 걸릴 수 있어 두려워 감히 누울 수가 없다. 나는 글이라도 낭독하고 싶지만 그저 몇 줄 읽고 나면 곧 혀가 마르고 목구멍이 아파 억지로 읽을 수가 없다. 나는 서책이라도 뒤적이고 싶지만 몇 장 넘기지도 않아 곧 책으로 얼굴을 가리고 졸게 되니 그것도 할 수 없다. 나는 바둑을 두는

*_《백운필白雲筆》의 원문은 상上 · 하下로 나뉘어 있는데, 〈소서小敍〉에서 〈무戊—꽃 이야기談花〉까지가 상上 부분이고, 〈기己—곡식 이야기談穀〉에서 〈계癸—풀 이야기談艸〉까지가 하下에 해당한다.

것, 장기로 다투는 것, 쌍륙雙六 골패骨牌 등이 하고 싶지만 집에 기구가 없기도 하려니와 내 성미에 즐기는 것도 아니라서 그것도 할 수가 없다.

내가 장차 무엇을 하며 이곳에서 이 날들을 즐길 수 있겠는가? 어쩔 수 없이 손으로 혀를 대신하여 묵경墨卿(먹), 모생毛生(붓)과 더불어 말을 잊은 경지에서 수작을 할 수밖에 없다. 그런데 나는 또한 장차 어떤 이야기를 해야 하는가?

나는 하늘을 이야기하고 싶지만 사람들은 반드시 내가 천문天文을 공부한다고 생각할 것이니, 천문을 공부하는 자는 재앙을 입게 마련이다. 그것을 할 수 없다. 나는 땅을 이야기하고 싶지만 사람들은 반드시 내가 지리地理를 안다고 여길 것이니, 지리를 아는 자는 남에게 부림을 당한다.[1] 그것도 할 수 없다. 나는 사람에 대해 이야기하고 싶지만 남에 대해 이야기하는 자는 남들 역시 그 사람에 대해 이야기하게 될 것이니 그것도 할 수 없다. 나는 귀신을 이야기하고 싶지만 사람들은 반드시 헛소리라고 치부할 것이니 그것도 할 수 없다. 나는 성리性理에 대해 이야기하고 싶지만 나는 그것에 대해 평생토록 들은 것이 없다. 나는 문장을 이야기하고 싶지만 문장은 우리가 추켜올리거나 폄하할 수 있는 것이 아니다. 나는 석가釋迦, 노자老子 및 방술方術을 이야기하고 싶지만 내가 배운 것이 아니며, 또한 내가 진실로 이야기하고 싶은 바도 아니다. 조정朝廷의 이해 관계, 지방관의 잘잘못, 벼슬길, 재물과 이익,

---

1_ **천문天文을 … 당한다** | 여기서 말하는 '천문'은 현대과학으로서의 천문학과는 거리가 먼 점성술에 가까운 뜻으로 쓰이고 있으며, '지리地理' 역시 현대의 지리학이 아니라 풍수지리의 뜻이다.

여색女色, 주식酒食 등에 대해서는 범익겸范益謙의 칠불언七不言[2]이 있으니, 나는 일찍이 이를 나의 좌우명으로 삼았다. 그것도 이야기할 수 없다.

그렇다면 나는 또한 장차 어떤 이야기를 하며 끼적여야 하는가? 그 형세상 이야기를 하지 않을 수 없는데, 이야기를 하지 않는다면 그만이겠지만 이야기를 한다면 부득불 새를 이야기하고, 물고기를 이야기하고, 짐승을 이야기하고, 벌레를 이야기하고, 꽃을 이야기하고, 곡식을 이야기하고, 과일을 이야기하고, 채소를 이야기하고, 나무를 이야기하고, 풀을 이야기해야 하겠다. 이것이 《백운필》이 부득이한 데서 나온 것이고, 또한 어쩔 수 없이 이런 것들을 이야기한 까닭이다. 이와 같이 사람은 이야기하지 않을 수 없는 것이고, 또한 이야기할 수 없는 것이 있다. 아, 입을 다물자![3]

계해년(1803) 5월 상순에 백운사 주인이 백운사의 앞마루에서 쓰다.

2_ **범익겸范益謙의 칠불언七不言** | 범익겸은 중국 송宋나라 고종高宗 때의 유자儒者인 범충范冲. 익겸은 그의 자. 칠불언은 그가 말하지 말아야 할 것으로 삼았던 일곱 가지 일을 가리키는데, '조정의 이해 관계', '지방관들의 잘잘못', '뭇사람들의 과실', '관직과 출세', '재산의 많고 적음', '음담패설', '술' 등이다. 《소학小學》 권5, 〈가언嘉言〉에 나오는 원문은 다음과 같다. "范益謙座右戒曰, 一不言朝廷利害, 邊報差除. 二不言州縣官員長短得失. 三不言衆人所作過惡. 四不言仕進官職, 趨時附勢. 五不言財利多少, 厭貧求富. 六不言淫媟戲慢, 評論女色. 七不言求覓人物, 干索酒食."

3_ **입을 다물자!** | 원문은 "마두건磨兜鞬"인데, 마두건은 말을 매우 신중히 하였던 사람이었다는 전설이 있다. 중국 명대明代의 송렴宋濂은 말을 삼가자는 뜻의 좌우명을 지으며, 이 '磨兜鞬'이라는 말을 여러 차례 쓴 일이 있다.

갑甲 — 새 이야기 談鳥

호응

김생金生 중경重卿이 말하였다.

"오는 길에 해서海西의 한 주막을 지나는데 그 주막 문 밖에 커다란 새 한 마리가 매달려 있었습니다. 머리 모양은 고양이와 비슷한데 그보다 크고, 다리는 개와 비슷한데 그보다 길며, 발톱과 부리는 매를 닮았고, 깃털은 부엉이와 흡사했습니다. 목과 다리는 길이가 각각 한 발쯤이요, 좌우 날개 역시 각기 한 발 남짓 되었습니다. 주막집 주인이 말하기를, '어떤 새가 와서 세 살 먹은 개를 채어가려 하기에 화승총으로 잡아 문 밖에 매달아두었는데, 열흘이 되도록 아무도 알아보는 이가 없답니다'라고 했습니다. 어떤 이는 말하길, '호인胡人들은 이 새를 길들여 날마다 개 한 마리씩 먹이는데 능히 날마다 호랑이 한 마리씩 잡아온다'고 하니 정말인지 알 수 없습니다. 모양인즉 족히 호랑이를 잡을 만하게 생겼습니다."

아! 이 새는 아마도 《본초本草》에 나와 있는 '호응虎鷹'[1]이 아니겠는

1_ 호응虎鷹 | 중국 청대淸代 백과사전인 《연감유함淵鑑類函》, 〈조부鳥部〉에서는 《본초집해本草集解》를 인용하여 "호응虎鷹은 날개의 너비가 한 발 남짓 되며, 능히 호랑이를 잡을 수 있다(虎鷹翼廣丈餘, 能搏虎也)"고 설명하고 있다.

〈욱일호취旭日豪鷲〉
정홍래鄭弘來(1720~?), 18세기, 국립중앙박물관 소장.

가? 이 새는 호랑이를 잡을 만한 재주와 힘이 있으나, 다만 길러주고 쓰는 사람이 없었던 것이다. 이에 도리어 주막집 주인의 개에게 재주를 시험해보다가 결국에는 길가에 매달리는 신세가 되고 말았으니, 또한 불쌍하지 아니한가? 조롱에서 도망친 작은 새가 우거진 풀숲에서 메추라기를 사냥하며 배부르고 기뻐하면서 근심 없는 것보다 못하단 말인가.

귀촉도

집안 조카 한 사람이 언젠가 계룡산鷄龍山의 갑사甲寺를 구경하고 돌아와 말하였다.

"밤에 요사채에서 잠을 자면서 들으니 많은 새들이 떼 지어 울다가 새벽이 되어 비로소 그쳤습니다. 그 울음소리가 꼭 '귀촉도歸蜀道'[1]라 하는 것 같았는데, 산승山僧은 곧 그 새를 귀촉도라고 일컬었습니다. 아침에 보니 나뭇가지 사이로 붉은 점이 얼룩얼룩하여 마치 모기 핏자국 같은 것이 있는데, '이것은 귀촉도가 울며 토해 놓은 것이다'라고 하였습니다.[2] 그 소리가 매우 분명하고도 처량해서 사람을 잠들지 못하게 만들었습니다."

나는 말하였다.

"이는 두견새이다. 이는 진짜 두우杜宇라 하겠다. 두견새를 '두우'라 일컫는 것[3]은 두우가 나라를 떠나서 죽어, 그 한이 맺혀 새가 되었기 때문이다. 나는 예전부터 의심해왔다. 두견새는 촉蜀 땅의 새이니, 이미

1_ **귀촉도歸蜀道** | 두견새를 말한다. 새의 울음을 흉내 낸 음성상징어로서 "촉나라 길로 돌아가자"는 뜻이라고 전해온다.

2_ **아침에 … 하였습니다** | 두견새는 대개 두견화가 필 때 우는데, 두견새가 피를 토하며 울면 그것이 두견화가 된다는 전설이 있다.

고향으로 돌아가 있다고 할 수 있다. '어찌 돌아가지 않나, 돌아감만 못하네(胡不歸, 不如歸)'라고 울 필요가 없지 않은가. 촉 땅에서 살면서 촉 땅으로 돌아가기를 생각하니, 이 두견새는 두우의 화신이라 할 수 없다. 아마도 이는 촉 땅에서 타향살이하며 돌아가기를 생각하는 것이다. 그런데 지금 이 새가 바로 '귀촉도'라고 우니, 이는 그야말로 촉 땅을 그리워하며 돌아가고 싶은 뜻이라 할 수 있다. 그 새가 두우가 된 것이 또한 분명하다. 아마도 계룡산 아래에 금수錦水[4]가 흐르고 있으니, 여기 와서 우는 것이 아니겠는가?"

내가 새소리를 가지고 시를 지어 그 뜻을 풀어내고 싶었으나 아직 이루지 못하였다.

3_ **두견새를 … 일컫는 것** | 중국 전국시대 말기 촉나라의 두우杜宇가 죽어 두견새가 되었다는 전설을 이른다. 두우는 촉의 임금인 망제望帝가 되었으나 자리를 물려주고 촉 땅을 떠나야만 하였다. 그 후 촉나라 사람들은 두견새가 죽은 망제의 화신이라고 생각하게 되었다.

4_ **금수錦水** | 충청도 지역을 거쳐 군산 앞바다로 흘러가는 금강錦江을 가리키는데, 중국 옛 촉나라 땅인 사천성四川省에도 금수錦水라는 강이 있다.

협조峽鳥

물속에는 모두 물고기요, 산속에는 모두 새들로서 기괴한 형상을 한 것이 정말로 많은데 사람들은 그것들을 미처 다 보지 못하였다. 이들이 때때로 무리 지어 날아오면 처음 보는 자들은 괴물怪物로 여긴다.

십여 년 전의 일이다. 어떤 새가 있어 크기는 비둘기만 하고, 붉은 배에 날개는 노랗고 소리는 매우 사납고 급한 것이 곳곳에 군집하였다. 그것들이 남쪽에서 왔던 까닭에 민간에서는 '왜작倭鵲'이라 불렀다. 수 년 전에는 또 어떤 새가 서쪽에서 날아왔는데, 그 성질이 어리석은 듯 온순하며 붉은색 물건만 보면 반드시 무리로 몰려와 쪼아 먹어댔다. 사람들은 그 새를 많이들 잡아먹었는데 '대국조大國鳥'라 불렀다. 이 새들은 모두 깊은 산속에 사는 새인데, 우연히 날아와 늘 보던 새와는 달랐기 때문에 그것이 혹 다른 나라의 새가 아닌가 의심을 받았던 것이다.

나는 신해년(1791) 봄, 양주楊州의 선영 아래에 갔다가 밤에 숲속의 어떤 새소리를 들었다. 그것은 마치 매를 부르는 소리 같았는데, 그 소리가 매우 가냘프면서 끊어질 듯 말 듯 하였다. 그곳 토착민에게 물으니, "이는 산골짜기의 새로서, 매를 잃어버린 매사냥꾼이 변해서 이 새가 된 것입니다. 꼭 밤에만 우는데 몇 년 전부터 골짜기에서 나오더니 요즘에는 여기에까지 이르렀습니다"라고 말하는 것이었다.

이듬해 겨울, 나는 집춘문集春門[1] 밖에서 자다가 비원秘苑 안의 새소리를 들었는데 양주에서 밤에 들었던 바로 그 소리였다. "깊은 골짜기에서 나와 높은 나무로 옮겨가는 것"[2]이 원래 새의 성질이라지만, 또한 시절에 맞춰 오고 시절에 맞춰 돌아간 것임을 볼 수 있다. 강절康節 옹翁이 두견새 소리를 듣고 탄식했던 것[3]은 또한 너무 다사스러운 것 같다.

1_ **집춘문集春門** | 창경궁昌慶宮 춘당대春塘臺 후원의 동문東門. 성균관 서쪽 반교泮橋와 제일 가까워서 역대 임금들이 성균관으로 거둥할 때에 매양 이 문을 경유하였다.

2_ **깊은 골짜기에서 … 옮겨가는 것** | 이 대목의 원문은 "出自幽谷, 遷于喬木"으로, 《시경詩經》, 〈소아小雅 · 벌목伐木〉의 "나무를 찍어 떵떵거리니 새들이 짹짹 울며, 깊은 골짜기에서 나와 높은 나무로 옮겨가네(伐木丁丁, 鳥鳴嚶嚶, 出自幽谷, 遷于喬木)"의 구절을 가져온 것이다. 새가 깊은 골짜기에서 나와 높은 나무로 옮겨간다는 것은, 자기 극복을 통하여 위치를 향상시킨다는 것의 비유이다.

3_ **강절康節 옹翁이 … 탄식했던 것** | 강절은 중국 북송北宋의 학자 소옹邵雍이다. 소옹은 어느 날 낙양洛陽의 천진교天津橋를 지나다가 문득 두견새 소리를 듣고는 십 년이 못 되어 큰 난리가 날 것이라고 예견하였다. 옆에 있던 이가 그 까닭을 묻자, 소옹은 천하가 안정될 때는 땅의 기세가 북쪽에서 남쪽으로 내려가지만, 어지러울 때는 반대로 남쪽에서 북쪽으로 움직이는데 새들이 이러한 기운을 가장 먼저 얻는다고 설명하였다. 금金나라의 침략으로 송나라가 남쪽으로 천도遷都하게 될, 미래의 조짐을 예견한 고사로 회자된다.

비둘기

비둘기를 집에서 기르는 것은 당 명황唐明皇[1]과 송 고종宋高宗[2] 때부터 이미 그러하였다. 그런데 서울의 호사가들은 그것으로 업을 삼는 이가 많아서 새장 기둥 위에 산 모양을 새겨 넣고 수초水草 그림을[3] 그리고는 동銅으로 된 철사로 망을 만들어서 한 조롱의 값이 많게는 수천 전錢[4]에 이르렀다. 그 종류를 들자면, 전백이〔全白〕·승僧·자허두紫虛頭·흑허두黑虛頭·점모點毛·사점모絲點毛 등등 여덟 가지 품종[5]이 있는데, 그중에 점모가 제일 비싸서 한 쌍에 백 문文[6]을 넘기도 하였다. 점모란 놈은 작은 몸집에 순백색으로, 이마에는 검은 화점花點 하나가

1_ **당 명황**唐明皇 | 중국 당 현종唐玄宗을 가리킨다. 이때 당나라에는 안사安史의 난이 일어나 나라가 크게 어지러웠다.

2_ **송 고종**宋高宗 | 북송北宋이 금金에 밀려 남쪽으로 천도하던 시점의 황제이다.

3_ **산 모양을 … 그림을** | 원문은 "山節藻梲"인데, 이는 《논어論語》, 〈공야장公冶長〉에 나오는 말로, 공자孔子가 당시 노魯나라 대부였던 장문중臧文仲을 비판한 대목이다. 장문중은 신비주의에 경도되어 큰 거북을 소중히 모시기 위하여 건물에 화려한 치장을 하였는데, 이에 대해 공자는 지혜롭지 못한 행위라고 한탄하였다. "子曰, 臧文仲, 居蔡, 山節藻梲, 何如其知也."

4_ **전**錢 | 1전은 동전 한 닢에 해당하는 금전 단위이다.

5_ **여덟 가지 품종** | 여기서는 여섯 종만 들고 있는데, 유득공柳得恭의 《발합경鵓鴿經》을 보면 '흑오黑烏', '전백이〔全白〕', '전항백纏項白', '자단紫段', '검은층黔隱層', '자허두紫虛頭', '흑허두黑虛頭'의 여덟 종을 '상품上品'으로 꼽고 있다. 여덟 종의 상품을 꼽는 데 차이가 있음을 볼 수 있다.

6_ **문**文 | 1문은 10전錢에 해당하는 금전 단위이다.

있다.

비둘기란 새는 이미 시각時刻을 깨우쳐주지도 못하고, 제사상에도 오르지 못하는 것으로, 다만 그것이 서로 좋아 장난치는 모습이 극히 예쁘고 거리낌 없음을 취할 뿐이다. 이 '비둘기 합鴿'이라는 글자는 본래 '잘 화합하다〔善合〕'는 뜻을 취한 것이다. 못된 아이들과 방탕한 자들이 기르는 것도 오히려 부끄러운 일인데, 간혹 늙어 물러난 재상이나 부잣집 젊은이들이 울〔欄〕을 울긋불긋하게 만들어 놓고 뜰에서 기르기도 한다. 매양 인가人家에 들어가 알록달록한 비둘기들이 지붕 꼭대기에 줄 지어 앉아 있는 것을 보면, 문득 주인의 품위가 열 발 아래로 떨어지는 것을 깨닫게 된다. 이는 후생들이 경계할 만한 일이라 할 수 있다.

언젠가 들으니 박기천朴沂泉이 바다를 건너 중국에 갈 때 기르던 비둘기를 데리고 갔는데, 배가 부서지고 말아 비둘기만이 홀로 옛집으로 날아서 돌아갔다고 한다. 페르시아 상선商船들이 비둘기를 놓아 편지를 주고받는다는 말도 또한 믿을 수 있겠다.

꿩

나무하는 머슴이 우연히 풀숲에서 아직 부화되지 않은 꿩[雉] 알을 주워 와서는 닭으로 하여금 품게 하였다. 얼마 안 있어 새끼 세 마리를 얻게 되어 울타리를 치고 길렀는데, 닭은 제 새끼처럼 매우 어여삐 하며 정성스럽게 먹였지만 새끼들은 돌아보지도 않았다. 곡식알을 주어도 또한 먹지 않고, 풀뿌리나 벌레를 쪼아 제 스스로 찾아 먹으며, 틈을 엿보아 매양 산을 향해 내달렸다. 털빛은 알록달록한 것이 병아리와는 조금 다른데 다리는 조금 더 길고, 몸놀림이 민첩하고 가벼운 기색이 있어 알에서 나오자마자 그 걸음을 따라갈 수 없을 정도였다. 십여 일이 되자 두 마리는 빠져나가 달아나 버렸고, 한 마리가 매우 울적하게 지내다가 아무것도 먹지 않은 채 죽어 버리고 말았다. 아마 이것의 천성天性이 그런가 보다.

들으니 꿩이 처음 알을 까고 나올 때 즉시 침을 뱉어 그 날개에 바르면 길들여져서 집닭처럼 된다고 한다. 그런데 일찍이 닭이 오리 새끼를 데리고 다니는 것을 본 적이 있는데, 매양 못가 가까이 가면 오리 새끼가 홀연 뛰어서 물속으로 들어가 버렸다. 그러면 어미 닭은 놀라 꼬꼬댁거리며 푸덕거리지만 새끼는 바야흐로 헤엄만 치며 흡족해하는 것이 마치 둑 위에 어미 닭이 있는 것을 잊어버린 것 같았다. 과연 그렇다.

유類가 다르면 끝내 함께하지 못하는 것이다.

꿩 새끼 중에 큰 놈을 '주루朱樓'라 하는데, 맛이 매우 부드러워 어미 꿩보다 낫다. 그래서 값 또한 어미 꿩의 두 배나 된다.

매 사냥

매를 기르는 사람은 매를 보는 법이 따로 있어 능히 황해도·함경도·전라도의 매를 구별할 수 있고, 또 매를 기르는 나무라든가 교미하여 번식할 짝을 능히 판별할 수 있다.

일 척尺 이 촌寸이면 큰 편이고 칠 촌寸이면 작은 편인데, 작으면서도 욕심이 많고, 사람에게는 순하고, 날짐승에게는 사납게 굴며, 날개는 민첩하고 발톱이 용맹한 것을 상품上品으로 친다. 상품은 하루에 십여 마리의 꿩을 잡아도 지치지 않으니, 그 값은 큰 육우肉牛에 맞먹는다.

누른빛이 나는 것을 '보라매〔寶羅〕'라 하고, 조롱 속에서 길이 든 매를 '수진이〔手陳〕'라 하고, 산에서 오래 있던 매를 '산진이〔山陳〕'라 한다. 가죽 끈·살촉·녹각패·방울·흰 깃·공작새 털[1] 등에도 또한 모두 등급이 있고 명칭도 따로 있다. 그리고 매에게 침놓고 뜸뜨고 약 먹여 병을 다스리는 방법[2]과 깃털을 잇고 부리를 떼어내는 것[3]에도 다 법法

1_ **가죽 끈 … 공작새 털** | 모두 매 사냥에 필요한 도구들이다. 가죽 끈은 매를 길들이고 훈련시킬 때 매를 묶는 끈이고, 녹각패와 방울은 매의 주인이 누구인지를 알려주는 '시치미'의 부속물이며, 흰 깃은 날아간 매를 쉽게 찾기 위해 매 꼬리에 다는 표식물이다.

2_ **침놓고 … 방법** | 안평대군安平大君이 쓴 《응골방鷹鶻方》(《서벽외사해외수일본栖碧外史海外蒐佚本》 24, 아세아문화사, 1990)을 보면 매를 돌보는 방법, 다친 매를 치료하는 방법, 매에게 줄 음식과 약을 만드는 방법, 매에게 주는 약의 종류 등이 매우 상세하게 설명되어 있다.

이 있다.

나는 일찍이 매 사냥을 따라가서 꿩을 잡는 광경을 본 적이 있다. 매가 앉아 있는 틀에 나아가 그 모습을 자세히 살펴보니, 참으로 새 중의 영물英物이었다. 매서운 기운이 금빛 눈동자에서 넘치고 살의殺意가 발톱과 부리에 남김없이 드러났다. 천고의 역사를 상상해보매, 사람에서는 당 태종唐太宗만이 이와 유사할 듯하였다.

예전에 들으니, 광주廣州 사람으로 매 한 마리를 몇 해 동안 기른 자가 있었다고 한다. 어느 날 그가 산으로 매 사냥을 나갔을 적에 매는 이미 꿩을 잡았는데, 그는 졸지에 호랑이를 만나 거의 먹힐 지경이 되었다. 그러자 매가 홀연 꿩을 버리고 호랑이에게 달려들어 호랑이의 머리를 할퀴고 연달아 발길질을 해대니 방울소리가 그치지 않았다. 호랑이는 괴로웠지만 또한 매를 어찌할 수 없어 감히 사람에게 다가가지 못하고 매를 노려볼 뿐이었다. 그러길 한참 만에 매는 호랑이의 이마를 잡고 호랑이의 눈을 쪼아 후벼파 버리니 호랑이는 결국 사람에게 죽게 되었는데, 매 또한 이로 인해 쓰러져 죽고 말았다. 대개 정기精氣를 다 소진했던 것이다. 이런 매는 참으로 의로운 매라 할 것이니, 의로운 송골매[4]에 견줄 바가 아니다.

3_ **깃털을 … 떼어내는 것** | 매 사냥을 할 때 매가 쉽게 보이도록 흰 깃을 꼬리에 다는 것과, 매가 사냥감을 잡았을 때 부리에서 그 사냥감을 떼어 놓는 것을 가리키는 듯하다.

4_ **의로운 송골매** | 두보杜甫의 고시古詩 〈의골행義鶻行〉에 등장하는 송골매를 가리킨다. 〈의골행〉의 내용은 뱀에 의해 새끼를 잃은 매 부부가 송골매에게 부탁해 복수를 갚는다는 것인데, 여기서 두보는 송골매를 통해 의협義俠 정신을 표상하고 있다.

〈매 사냥〉
김준근金俊根(?~?), 19세기, 함부르크 민족학박물관 소장.

양계 養鷄

우리나라의 습속은 거위나 오리를 기르는 일이 드물어서 닭이 가축의 큰 부분을 차지한다. 제사를 지낼 때, 어버이의 밥상에 올릴 때, 손님을 대접할 때, 병에 걸렸을 때에 모두 긴요하게 쓰이니, 시골의 가난한 집에서는 더욱 기르지 않을 수 없다.

닭을 치는 이들은 청수피靑繡皮·황계黃雞·적흉赤胸·백오白烏·당계唐雞[1] 등의 희귀한 품종을 구할 필요가 없고, 수탉으로는 다만 튼튼하고 일찍 우는 놈을 취하고, 암탉으로는 다만 누런색을 띠고 다리가 짧은 놈을 취하여 울타리를 둘러쳐서 들고양이와 족제비에 대한 걱정을 없게 하여야 한다. 만일 닭들 사이에 전염병이 돌면 소고기를 잘게 잘라 아직 전염되지 않은 닭들에게 주어 먹인다. 그렇게 하면 병에 걸리지 않는다. 빨리 손을 쓰지 않으면 반드시 그 무리가 다 죽고 난 뒤에야 그친다.

암탉을 많이 기른다면 계란을 먹는 것이 가장 좋으니, 물건으로는 헐하면서 맛은 사치스럽고, 살생을 하지 않고도 육식을 할 수 있으며, 또한 사람에게 보양이 되는 까닭이다. 순계笋鷄[2]도 함부로 잡아먹어서는

1_ **청수피**靑繡皮 … **당계**唐雞 | 닭의 품종 가운데 값비싼 것들을 열거한 것으로 보이는데, 각각의 품종이 어떠한 것인지는 자세히 알 수 없다.

〈수탉〉(부분)
장승업張承業(1843~1897),
19세기 후반, 개인 소장.

안 되니 사육하는 이익에 손실이 될 뿐만 아니라, 같은 살생이라도 또한 거기에는 차마 할 수 없는 바가 있다. 일찍이 보니 사치를 일삼는 집에서는 반드시 메추라기 크기에도 미치지 못하는 것으로 국을 끓이는데 한 그릇에 서너 마리를 소모하니, 또한 불인不仁한 짓이다.

근래에 김제金堤라는 품종이 있어 또한 죽계竹鷄라고도 하는데, 털이 적고 살집이 많으며 크기는 보통 닭의 배가 되어 음식 재료로 쓸 만하다. 그러나 그 맛이 작은 것에는 미치지 못한다고 한다.

2_ **순계**筍鷄 | 순계의 순筍은 죽순을 뜻하는바 순계는 죽순처럼 성장하는 과정에 있는 병아리를 가리키는 듯하다.

새 기르기

내가 물가에 임해 살고 있는 까닭에 학을 길러보라 권하는 자도 있고, 거위나 오리를 길러보라 권하는 자도 있다. 내가 "모두 이미 기르고 있다"라고 하면 "어디에 있는가?" 하고 묻는다. 그러면 말한다.

"학은 구름을 타고 가서 아직 돌아오지 않았고, 거위와 오리는 모두 바다로 놀러 나갔으니 얼마 안 있으면 응당 돌아올 것이다. 어찌 이것뿐이리오? 나의 집 뒷동산에는 꿩 수십 마리를 기르고 있고, 들에서는 신천옹信天翁 · 홍학 · 황새를 각각 약간 마리씩 기르고, 집 앞 물에서는 백로 · 갈매기 · 물총새 · 너새를 모두 무수히 기른다. 봄여름에는 꾀꼬리를, 가을에는 기러기를, 겨울에는 원앙과 고니를 기르니 새를 많이 기르기로 나보다 더한 자가 없을 것이다."

이에 객은 빙긋 웃는다.

내가 말하였다.

"그대는 그렇게 생각하지 아니하는가? 일찍이 다른 사람들이 흰 학과 화려한 오리를 기르는 것을 보니, 그들은 모두 귀로는 새소리를 듣고 눈으로는 화려한 깃털을 보아 자신의 연못과 정원을 꾸미려는 것이었다. 그런데 지금 내가 귀로 그 소리를 듣고 눈으로 그 모습을 보니, 이 어찌 내가 기르는 것이 아니리오? 나는 바야흐로 운산雲山으로 울타리와 조롱을 삼고 강해江海로 못과 소를 삼아, 내가 기르는 것들과 더불어 그 사이에서 만족한다. 어찌 반드시 쇠줄로 날개를 가두고, 구리 그물로 덮어 보호하고, 낱알을 소비하여 먹이고, 아이를 시켜 감시토록 하여 저들에게는 울울鬱鬱히 펴지 못한 뜻을 갖도록 하고, 나로서는 착잡하여 견디기 어려운 부담을 지으리오? 나는 도군道君 황제가 간악산艮岳山에서 온갖 것을 길렀던 것[1]은 또한 매우 졸렬한 방법이었다고 생각한다."

객이 말하였다.

"그렇다. 그대의 말이 참으로 맞다."

1_ **도군道君 황제가 … 길렀던 것** | 도군道君은 도교에 심취하였던 중국 송 휘종宋徽宗의 자호自號이다. 휘종이 하남성河南省 개봉현開封縣에 간악산이라는 동산을 조성하여 아름다운 누대를 즐비하게 짓고, 온갖 기화奇花 · 미목美木 · 진금珍禽 · 이수異獸 등을 모아 두고 즐겼던 일을 가리킨다.

도요새

해상海上에 봄이 끝날 무렵이면, 어떤 새들이 떼 지어 날아와서는 울곤 하는데, '도요桃夭'라고 소리 내며 울어서 바닷사람들은 그 새를 '도요새'라 부르면서 도요새 물때의 절후節候라고까지 한다. 부리가 뾰족하고 긴 편이며 몸은 가볍고 다리는 조금 긴데, 작은 놈을 '미도요米桃夭'라 하여 언뜻 보기에 참새보다 크고, 큰 놈을 '마도요馬桃夭'라 하여 메추라기보다 조금 작다. 발바닥에는 소금기를 지니고 있어 논의 물을 밟고 부리로 쪼면 볏모가 자라지 못한다.

내가 살펴보니, 도요새를 《훈몽자회訓蒙字會》에서는 휼鷸[1]이라 하였고, 《한청문감漢淸文鑑》[2]에서는 수찰자水札子(논병아리)라 하였다. 휼鷸을

1_ **《훈몽자회訓蒙字會》에서는 '휼鷸'** | 《훈몽자회》는 최세진崔世珍이 저술한 어린이를 위한 한자 학습서로서 중종 22년(1527)에 간행되었다. 총 3,360자를 '천문天文', '지리地理', '화품花品' 등의 분류에 따라 수록하였는데, 각 글자에 대해 훈민정음을 이용하여 음을 달아 놓아 국어사 연구에 매우 귀중한 자료이다. '鷸'은 상권 금조부禽鳥部에 수록되어 있으며, "도요 휼, 俗呼水札子, 又翠鳥, 亦白"이라는 설명이 달려 있다.

2_ **《한청문감漢淸文鑑》** | 정조 3년(1779)경 한학검찰관漢學檢察官 이담李湛과 청학검찰관淸學檢察官 김진하金振夏 등이 펴낸 만주어滿洲語·한어漢語 사전. 표제 단어는 36부部 287류類의 분류에 따라 총 1만 2,840여 단어가 등재되어 있다. 한글로 만주어 발음을 표기한 유서類書 중 어휘가 가장 풍부하여 근대 국어·만주어 연구에 귀중한 자료가 된다.

《설문해자說文解字》의 진장기陳藏器 주註에서는 "메추라기와 비슷하여 색은 푸르고 부리는 길며 뻘에서 사는데, 촌사람들은 전계田鷄가 변한 것이라고 한다"[3]라 하였고, 《이아爾雅》의 곽박郭璞 주註에서는 "제비와 비슷하며 감색이다"[4]라 하였고, 이순李巡 소疏에서는 "또 다른 이름은 '취우翠羽'이며 장식물로 쓸 수 있다"[5]라고 하였다. 찰鴜을 《유편類篇》에서는 "백설百舌(지빠귀)과 비슷하여 부리가 길고 물고기를 잘 먹는다"[6]라 하였고, 《광아廣雅》[7]에서는 "벽체鷿鷉(논병아리)이니 '수찰水札'이라 하기도 하고, '유압油鴨'이라 하기도 한다"[8]라고 하였다.

3_ **《설문해자說文解字》의 … 것이라고 한다** | 이는 진장기陳藏器의 《본초습유本草拾遺》에 나오는 말이다. 진장기는 중국 당나라 때의 명의이다. 《설문해자》는 중국 후한 때 허신許愼이 편찬한 자전. 문자학의 기본적인 고전의 하나로, 한자 9,353자를 수집하여 540부部로 분류하고 육서六書에 따라 글자의 모양을 분석, 해설하였다. 15권.

4_ **제비와 비슷하며 감색이다** | 이는 곽박郭璞이 《이아爾雅》에 붙인 주석이다. 《이아》는 고서古書의 자구字句를 해석한 책으로, 십삼경十三經의 하나이다. 훈고학訓詁學에 있어 필수적인 책이라 할 수 있다. 지은이와 편찬 연대는 정확하지 않다. 대체로 공자孔子 이전에 이루어졌고, 공자 직후 다수 보완되었으며, 한대에도 계속 여러 사람에 의해 보완되었다고 보고 있다. 곽박은 중국 동진東晉의 시인 겸 학자로 《이아》 외에도 《산해경山海經》, 《방언方言》, 《초사楚辭》 등을 주석하였다. 자는 경순景純이고, 훈고학 · 박물학에 조예가 깊었다.

5_ **또 다른 … 있다** | 이는 《춘추좌전주소春秋左傳注疏》 권15의 '소疏'에서 인용한 내용이다. 이순李巡은 중국 동한東漢의 경학자이다.

6_ **백설百舌(지빠귀)과 … 먹는다** | 이는 《강희자전康熙字典》에서 옮긴 것으로 판단된다. 《유편類篇》은 중국 송대의 학자 사마광司馬光이 편찬한 유서類書인데, 《유편》의 내용은 "백설과 비슷하여 부리가 길다"까지이고, "물고기를 잘 먹는다"는 내용은 《강희자전》 편찬자가 삽입한 것으로 보인다.

7_ **《광아廣雅》** | 중국 위魏나라의 장읍張揖이 찬술한 자전字典. 《박아博雅》라고도 부른다. 《이아》를 증보한 것이다. 《이아》와 같은 형식으로 고서古書의 자구를 해석하고, 경서經書를 고증하고, 주석을 달았다. 그러나 내용은 《이아》와 중복되지 않은 독자적인 것이다. 원래 3권이었으나 수隋나라의 조헌曺憲이 10권으로 나누었다. 《박아》라고 불린 까닭은 수 양제隋煬帝의 시호가 광廣이어서 기휘하였기 때문이다.

8_ **벽체鷿鷉(논병아리)이니 … 한다** | 이 내용은 《광아》에 보이지 않고, 《강희자전》의 '鷿' 항목에서 《광아》를 언급하면서 똑같이 소개하고 있음을 볼 수 있다.

지금 도요새를 보니 그 깃털이 관冠을 꾸밀 만하지 못하고, 그 부리가 길다 할 수 없으며, 휼鷸과 찰[illegible] 중에서 어느 것에 더 맞는지 결정할 수가 없다. 이와 같구나, 이아학爾雅學의 어려움이여!

뜸부기

농가에 4월, 5월 즈음이 되면 보이는 새가 있다. 닭과 비슷한데 크기는 닭의 절반 정도이고 벼슬은 매우 높다. 언제나 논에서 벼 잎을 모아 집을 짓고 알을 품으니, 농부들은 '뜸부기〔得陰北〕'라고 부르며 또 '두계豆雞'라고도 부른다. 두계라는 것은 전계田雞의 잘못이다. 매양 밭두둑에 올라 우는데, 그 소리가 매우 탁하며 느릿하게 시작하여 촉급하게 맺는다. 내가 일찍이 시를 짓기를 "처음에는 먼 나무의 새벽 갈까마귀 울음을 하더니, 홀연 은병에 물을 따르는 소리를 하네(初爲遠樹晨鴉哭, 忽作銀甁瀉水聲)"라고 하였다. 대개 그 소리를 묘사한 것이다.

닭의 종류로 앙계秧雞(흰눈썹뜸부기)라는 것도 있다. 빽은 희고 꼬리는 짧으며, 하지夏至 뒤로 밤마다 울다가 가을 뒤에 곧 그친다. 등계鷝雞라는 것도 있다. 닭과 비슷하여 다리가 길고 붉은 벼슬이 있는데, 수컷은 갈색이고 암컷은 조금 작으면서 빛깔이 알록달록하다. 가을철이 되면 울지 않으니, 이 또한 그 무리인 것 같다.

종다리

우리나라에서 '종다리[終達]'라 일컫는 것은 곧 중국에서 '초천작哨天雀'이라 일컫는 것으로, 모양은 메추라기와 비슷한데 작고 머리에는 모각毛角이 있다. 동지冬至 뒤로 매일 하늘이 밝아지려 할 때 운다. 울면 날아서 높이 오르는데 날마다 더 높이 오르다가 하지夏至가 되면 울지도 않고 날지도 않는다. 비록 미물微物인 날짐승이지만 또한 계절을 아는 것이다.

나는 매양 그 울음이 시간을 어기지 않음을 사랑하니, 그 울음은 닭보다는 늦고 참새보다는 일러 내가 잠에서 깨어나는 시각과 꼭 맞았다. 그래서 나는 사람들이 종다리가 울 때에 곧 잠에서 깬다면 이르지도 않고 늦지도 않아서 일정한 시간으로 삼을 수 있겠다고 생각한다.

일찍이 들은 이야기가 있다. 어떤 사인士人이 먼 시골에서 종아이 하나를 추적하여 잡아 왔는데, 그 종아이는 나무하는 일에 힘쓰지 않는 것이었다. 따라가서 살펴보니 양지바른 비탈에 앉아 무언가를 관찰하는 듯하였다. 무엇을 보는 것이냐고 물으니, "양기陽氣가 매일 점차 상승하는 까닭에 새가 나는 것도 점차 높아집니다. 이 또한 이치를 궁구하는 한 가지 일입니다"라고 말하였다.

시도 지을 수 있는가 묻고 운韻을 불러 지어보게 하니, 그 자리에서

"뛰어나오는 것은 물고기가 성性을 따름이요, 날아가는 것은 새가 천리天理를 발휘함이라(躍來魚率性, 飛去鳥能天)"[1]고 읊었다. 그 사인은 드디어 아이를 풀어주고 서당에 가도록 하였다. 그 아이가 관찰하던 것이 바로 이 새일 것이다.

1_ **뛰어나오는 … 발휘함이라** | 이는 《중용中庸》에 출전을 둔 "솔개는 날고 물고기는 뛰논다(鳶飛魚躍)"라는 말을 취한 것인데, '연비어약鳶飛魚躍'은 천지자연의 이치를 상징하는 말이다.

거위

이 세상에서 살아 있는 동물들은 모두 목구멍으로 숨을 쉰다. 그래서 그 숨통을 조르면 죽지 않는 것이 없다. 그런데 거위〔鵝〕는 능히 거꾸로 숨을 쉰다. 일찍이 목격한 장면이 있다. 거위를 사가지고 가는 자가 새끼줄로 암거위 목을 묶어 끌고 가자, 수컷은 고개를 치켜들고 날개를 펼치고는 액액거리며 급히 울며 뒤따라가고 있었다. 사람들을 웃게 만들었다.

귀거조

매양 하늘이 음침하고 칠흑 같은 밤이면 어떤 새가 공중을 지나면서 우는데 그 울음은 수레바퀴가 삐걱거리는 소리 같아 심히 들을 수가 없다. 생각건대 이는 귀거조鬼車鳥[1]일 것이다. 그 몸은 둥근 것이 키〔箕〕와 같고 머리는 열 개인데 목 하나는 달아났으며, 모두 두 날개를 치고 울 때는 피를 흘리는 것이라 하는데, 쳐다보고 판별할 수도 없을뿐더러 그 말 또한 믿기 어려운 듯하다. 다만 의서醫書에서 어린아이의 옷을 밤에 노출하지 말라고 경계하고 있으니, 그러한 이치가 있을 듯도 하다. '창우蒼鸆'라 부르기도 하고 '구두九頭'라 부르기도 하니, 대개 요망한 새이다.

1_ **귀거조鬼車鳥** | 중국 명明나라 이시진李時珍이 지은《본초강목本草綱目》, 〈귀거조鬼車鳥〉 조목에 다음과 같은 기록이 있다. "전하는 이야기에 이 새가 전에는 머리가 열 개였으나 개가 그중 하나를 물어가 아홉 개의 머리가 되었고, 그 물린 목에서는 늘 피가 흐른다. 그 피가 사람에게 떨어지면 흉액이 들기에 형초의 사람들이 밤에 그 새소리를 들으면 불을 끄고 문을 닫고는 개의 귀를 비틀어 짖도록 하니, 이는 그 새가 개를 두려워하기 때문이다.(相傳, 此鳥昔有十首, 犬囓其一, 猶餘九首, 其一常滴血, 血着人家, 則凶, 荊楚人, 夜聞其飛鳴, 但滅燈, 打門, 捩狗耳, 以厭之, 言其畏狗也.)"

단조

수리 중에 흰 꼬리가 있어 화살 깃으로 쓰기에 적당한 놈이 있으니 그것을 '단조團雕'라고 하며, 우리말로는 '독수리〔獨鷲〕'라 한다. 성질이 매우 사납고 급박하여 그 먹이를 채가는 모양이 마치 공중에 돌을 던지는 것과 같다. 그래서 독수리를 잡으려고 꾀하는 자는 쇠창을 에둘러 세우고 그곳에 우리를 만들어 그 안에 닭이나 개를 먹이로 놓는데, 그러면 독수리는 가슴이 찔려 죽게 된다.

한 시골 사람이 새 옷과 띠를 입고 밭두둑을 지나고 있었다. 이때 논에는 얼음이 얇게 얼어 있었고, 오리들이 떼 지어 웅덩이에서 먹고 있었다. 단조 한 마리가 내려와 오리를 채가려 하였으나 적중하지 못하고 드디어 진창에 빠져 꼬리의 흰 부분만이 보였다. 그 시골 사람이 잡아 보려고 밭두둑에서 단조의 몸통을 움켜쥐었으나 단조가 거세게 몸부림치자 단조에게 이끌려 그 또한 진창에 빠져 옷에 온통 진흙이 묻고 말았다. '진흙투성이가 되었을 바에야'라고 하여 드디어 온힘을 내어 단조를 붙들고 스스로 띠를 풀어 묶었으나, 단조는 발로 그 사람을 움켜쥐고 부리로 띠를 물어뜯어 띠가 서너 조각으로 끊어지니, 단조는 이에 날아가 버리고 말았다. 시골 사람은 이미 띠도 잃고 무릎 아래는 모두 진흙이요, 가슴께 옷자락은 죄다 찢어져 살이 드러나게 되었으니, 크게

〈황취박토도荒鷲搏兎圖〉

심사정沈師正(1707~1769), 1760년, 선문대학교박물관 소장.

곤욕을 치르고 돌아갔던 것이다. 사람들은 모두 이 이야기를 전하며 웃었다.

맹금류猛禽類로는 단조가 가장 힘이 세므로 능히 호랑이 새끼 · 토끼 · 고양이 · 발바리 따위를 채갈 수 있고, 매가 꿩을 잡아먹는 것을 보면 반드시 매와 꿩을 함께 채간다. 공중에서 오리나 기러기를 만나면 깃촉으로 때리는데, 그 날카로움이 칼과 같아 끊지 못하는 것이 없다.

매의 종류

《금경禽經》에서 말하였다. "응鷹은 끌어안고〔膺〕, 골鶻은 후벼파고〔搰〕, 준隼은 붙들고〔尹〕, 조雕는 돌면서 잡아채고〔周〕, 취鷲는 달려들고〔就〕, 단鷻은 때리는 것이다〔摶〕"라고 하였으니,[1] 대개 응鷹의 종류가 많은 것이다. '조롱태鳥籠兌'[2]라는 것은 송아鬆兒[3]이니 요鷂이며, '작응雀鷹'이라는 것은 타아垛兒이니 전鸇[4]이며, '날진捋眞'[5]이라는 것은 아골鴉鶻[6]이니 골鶻[7]이며, '걸파력이桀波力伊'라는 것은 백초白超, 변䳍으로

1_ **《금경禽經》에서 … 하였으니** | 《금경》은 중국 전국시대의 유명한 악사였던 사광師曠이 짓고, 진晉나라의 장화張華가 주석을 내었다고 전해왔으나, 《사고전서총목제요四庫全書總目提要》의 해당 기사는 이것이 사실이 아님을 변증하고 있다. 《금경》은 송나라 이후로 여러 전적들에서 인용되고 있는데, 그 내용은 현재 전하고 있는 《금경》과 적지 않은 차이를 보인다. 본문에서 인용하고 있는 대목도 현전하는 《금경》에는 들어 있지 않는 내용이다. 그런데 《연감유함》의 '조鵰' 항목에서 위의 본문과 동일한 구절을 소개하고 있는데, 이는 《증본초석명增本草釋名》에서 재인용하였음을 밝히고 있으며, 위 구절에 이어 "모두 그 치고 때리는 방법이 다름을 말하고 있는 것이다(皆言其搏擊之異也)"라는 설명을 붙이고 있다.

2_ **조롱태**鳥籠兌 | 매의 일종인 쇠황조롱이 등을 가리키는 우리말이다.

3_ **송아**鬆兒 | '송鬆'은 작은 매를 가리키는 글자이다. 《훈몽자회》의 '鬆'조를 보면 "도통태 송, 俗號鬆兒"라고 기록되어 있다.

4_ **전**鸇 | 《훈몽자회》에서는 "새매 젼"으로 풀이하고 있고, 또 다른 명칭으로 "구겨내"를 소개하고 있다. '구겨내'는 '구지내'의 옛말로 새매를 뜻한다.

5_ **날진**捋眞 | '날지니'라고도 하며, 아직 길들이지 않은 야생의 매를 가리키는 우리말이다.

6_ **아골**鴉鶻 | 사냥에 쓰기에 적합한 날렵한 매를 가리키는 말이다.

우리나라 사람들은 혹 '말똥가리〔馬矢攫〕'라고도 한다. 모두 맹금류이지만 요鷂와 전鸇은 단지 메추라기와 마작麻雀을 때리는 데 능하고, 골鶻과 변鴘은 닭을 채갈 수 있지만 응鷹을 따라가지는 못한다.

7_ 골鶻 | 《훈몽자회》에서는 "매 골"로 풀이하고 있고, 또 다른 명칭으로 "의더귀"와 "나친"을 소개하고 있는데, 곧 '익더귀'와 '난추니'의 옛말로 이는 각각 새매의 수컷과 암컷을 가리킨다.

참새

새 중에서 조그만 것으로 참새보다 더 작은 것이 없지만, 마작麻雀 이외에도 더 작으면서 조금씩 모습이 다른 것들이 또한 많다. 혹 작으면서 조금 푸른 것, 조금 누른 것, 조금 붉은 것, 조금 검은 것들이 있으니 그 이름을 분별할 수가 없는데, 시골 사람들은 '박새〔匏雀〕'니, '피죽새〔稷粥雀〕'니, '굴뚝새〔烟洞雀〕'니, '면화작棉花雀'으로 일컬으며 구별하기도 한다. 가장 작은 것을 '수사자水嗟子'라 하니, 곧 뱁새〔巧婦雀〕(붉은머리오목눈이)이다. 그러므로 속담에 따라가지 못할 것을 억지로 흉내 내는 것을 두고 "뱁새가 황새의 걸음 따라가려 한다(巧婦追鶴步)"고 말한다.

물총새

내가 뜰 앞에 작은 못을 파고 붕어를 기르는데, 때때로 물총새〔翠雀〕가 날아와 붉은 여뀌 위에 앉아 물고기를 엿보다가 물고기가 나오면 반드시 쪼아 먹는다. 때로는 몰래 물에 들어가 물고기를 물고 나오기도 한다. 그 모습은 꼬리가 짧고 부리는 길며 온몸이 푸른색인데 오직 가슴과 배, 두 겨드랑이가 옅은 붉은색이어서 매우 사랑스럽다. 이것이 바로 립鴗이라는 것으로 '어호魚虎'라 하기도 하고, '어사魚師'라 하기도 하고, '천구天狗'라 하기도 하고, '취벽조翠碧鳥'라 하기도 하며, 우리말 이름으로는 '쇠새〔鐵雀〕'라고 한다. 그런데 《이아》의 곽박 주註에서 "부리가 붉고 턱밑이 하얗다(喙紅頷下白)[1]"고 말한 것과는 조금 다름이 있다.

1_ **부리가 … 하얗다** | 《이아》 권10, 〈석조釋鳥〉의 '립은 천구이다(鴗, 天狗)' 조에 달린 곽박의 주를 보면, "작은 새이다. 비취처럼 푸르며 물고기를 먹는다. 강동에서는 수구라고 한다(小鳥也, 青似翠, 食魚, 江東呼爲水狗)"라고 되어 있어 본문의 내용과는 같지 않다.

납취조蠟觜鳥

박연암朴燕巖이 다음과 같이 말하였다.

"중국인들은 새를 많이 길들여 위로는 공작이나 앵무새에서부터 아래로는 작은 새에 이르기까지 모두 길러 완상물로 삼는다. 그래서 새를 파는 장시場市가 성대하여 몇 리나 이어지기도 한다. 콩새〔蠟觜鳥〕를 재주 부리게 하는 자도 있었는데, 새의 부리는 납환蠟丸[1]을 머금고 있는 듯했으며 감추어진 물건을 잘도 찾아내었다. 물건을 감추어 새가 알지 못하게 하고서 찾아오게 하면, 비록 굴곡진 동굴 깊숙한 곳이라도 반드시 곧바로 들어가 그 물건을 물고 나온다. 거듭 시험해보니 숨을 헐떡이며 땀이 깃에 배어 나온다."[2]

대개 새 중에서 영민하고 지혜로운 놈이라 하겠다. 그런데 일찍이 안의安義 관사 연못가에 새들이 떼 지어 모여 있는 것을 본 적이 있었는데,[3] 바로 콩새였다. 콩새라는 것은 곧 상호桑扈이다.

1_ **납환蠟丸** | 밀랍을 동그랗게 뭉쳐 만든 것. 그 속에 쪽지를 넣어 비밀 통신을 하는 데 썼다.

2_ **중국인들은 … 배어 나온다** | 《열하일기熱河日記》, 〈산장잡기山莊雜記 · 납취조기蠟嘴鳥記〉에 콩새에 관한 기록이 나온다.

3_ **박연암朴燕巖이 … 있었는데** | 이옥은 1795년 9월 경상도 삼가三嘉로 귀양을 가던 도중에 안의현을 들러 안의현감으로 있던 박지원朴趾源(1737~1805)을 만난 일이 있다. 이 이야기는 그때 일을 적은 것으로 보인다. 〈남쪽 귀양길에서 · 집에 대한 변〉 참조.

까마귀

경기와 호서湖西의 까마귀는 모두 큰 부리에 새카만 빛을 띠고 있는데, 영남嶺南과 호남湖南은 모두 갈까마귀〔白脰鴉〕이다. 내가 일찍이 영남에서 보니 그 무리가 몇 천 마리인지 알 수 없는데, 날면 마치 하늘에 드리운 구름과 같고, 내려앉으면 산 하나가 온통 새까맣게 된다. 그곳 사람들은 밤이면 죽림竹林 가운데서 이들을 잡는데, 먹으면 또한 맛이 좋다고 한다.

새집 점

세상에서는 새집으로 길흉을 점친다. 까치의 경우는 남쪽에 있으면 상서롭고 북쪽에 있으면 해로운 일이 있다고 하여, 매양 울타리를 사이에 둔 집들끼리 때때로 까치집 때문에 다툼을 벌이곤 한다. 제비집이 기둥 안에 있으면 식구가 불어나고, 기둥 밖에 있으면 노복들이 흩어져 도망간다고 한다. 또 황새집으로 길지吉地를 삼는다고 하는데, 이것들은 모두 족히 증험할 바가 못 된다.

개고마리〔開高抹〕(때까치)라는 이름의 새가 있는데, 참새보다 조금 크고 모양은 할미새와 유사하며 성질은 매우 사납고 급하다. 매양 인가 마당의 나무에 집을 짓고는 반드시 맨 꼭대기 가지 위에 앉아 지키고 있다가 솔개나 까치가 혹 가까이 이르면 반드시 그들의 골을 쪼아 멀리 쫓아낸 뒤에야 돌아온다. 개고마리가 살고 있는 곳에는 닭을 걱정할 일이 없다.

갈매기와 해오라기

갈매기〔鷗〕와 해오라기〔鷺〕는 진실로 세상에서 칭송하는 한가롭고 우아한 새이다. 우리 집 앞에는 방죽이 있고 그 방죽에는 갑문이 있는데, 바늘 같은 입 모양의 학공치가 매양 조수를 타고 들어오면 한 갈매기가 갑문을 지키고 있으면서 그 이익을 모조리 차지한다. 물고기가 오래도록 올라오지 않으면 긴 목을 늘이고 조심스레 작은 발걸음을 옮기며 엿보다가 요행히 물고기를 만나면 쫓아가서 쪼는데, 날갯죽지는 춤추는 듯 발걸음은 넘어질 듯하여 그 모습이 마치 미친 것처럼 보인다. 또 사방을 둘러보며 살피다가 다가오는 동류를 부리로 쳐서 쫓아낸다.

대개 물고기의 처지에서 살펴보면 닭 · 오리 · 솔개 · 까마귀와 진실로 다를 것이 없다. 아! 모습은 한가롭고 깨끗함을 취하고, 이름은 고상하고 우아함을 구하지만, 이익을 보고는 홀연 거꾸러지고 정신을 못 차리니, 세상에서 가장 험한 것은 욕심이요, 막기 어려운 것은 이익인 것이다. 사군자士君子들도 오히려 지조를 잃고 타락을 하고 마는데, 하물며 새에 있어서랴!

—이상 김용태 옮김

을乙 — 물고기 이야기 談魚

장수피

경신년(1800) 가을에 마산馬山[1] 사람이 나의 집 전장의 곡식을 운반하기 위하여 배를 끌고 면양沔陽[2]에 가서 옹포甕浦[3] 가까이에 정박했는데, 밤에 조수가 막 떨어지자 갑자기 여러 마리의 소가 숨쉬는 듯한 소리가 들렸다. 뱃사람들이 모두 놀라 일어나 살펴보니, 소리가 나는 곳에 희미하게 높다란 것이 작은 산기슭과 같이 가로로 뻗어 있었다. 어떤 사람은 선박이라 하고, 또 다른 사람은 언덕이라고 하였다. 날이 밝아 바라보니 바로 물고기였다. 몸통 밑으로는 진흙에 빠져 있었는데, 진흙 밖으로 나와 있는 것도 한 인仞[4] 반 정도였다. 머리에서 꼬리까지 대략 십여 장이 되며, 비늘이 없이 검고 수염은 창 같고 눈은 사발 같은데,

---

1_ **마산**馬山 | 우리말로 말뫼, 말미라고 한다. 마산이라는 지명은 여러 곳에 있으므로 어느 곳인지 정확히 알 수 없다. 혹 이옥의 향제鄕第와 가까운 송산면 고포리 일대가 아닌가 싶다. 안성군 미양에도 마산이라는 지명이 보이며, 화성시 우정면 장안면 일대에 있었던 쌍부雙阜라는 지역에는 조선조에 말을 먹이는 목장이 있었다.

2_ **면양**沔陽 | 해안가에 위치하고 세미稅未 창고가 있었던 충청도 면천沔川과 경기도 양성陽城을 합칭한 말이 아닌가 한다. 《신증동국여지승람新增東國輿地勝覽》, 〈면천沔川〉·〈양성陽城〉 참조.

3_ **옹포**甕浦 | 경기도 양성현陽城縣(안성군 양성면 일대에 있었던 옛 고을)에 속하던 포구. 여기에 세곡稅穀을 보관하고 바다를 통하여 서울의 경창京倉까지 운송하는 조창漕倉이 있었다. 이곳은 예로부터 항아리 교역이 많았다고 해서 '독개'라고도 하였다.

4_ **인**仞 | 1인은 7척 혹은 8척.

바닷가의 일꾼과 뱃사람들이 모두 이것을 장수피長繡皮[5]라고 하였다. 기름이 많고 육질도 맛있었다. 그 등에 올라 도끼로 잘라내니 가죽은 깊이만도 반 자나 되는 것이 살찐 돼지의 막膜과 같고, 속살은 하얗고 기름져 닭고기와 같았다. 삶아보니 과연 맛은 좋은데 그 껍질은 모두 기름이었다.

소를 잡는 푸줏간과 같이 사람들이 몰려들었고, 사흘이 지나서야 비로소 장수피의 뼈를 구경하게 되었다. 처음에는 쳐다보아도 검은 눈동자를 움직이지 않고, 사람이 등뼈를 파내도 통증이 없는 것처럼 있더니, 등뼈가 다 드러나자 이어 꼬리를 한 번 치더니, 스스로 십여 보를 옮겨가게 되었다. 앞에 있던 사람이 그 숨쉬는 기운에 밀리는 바 되어 거의 입에 빠져들 뻔하였다. 장수피는 얼마 있다가 죽어서 숨이 다하였다. 면양군수는 그 소식을 듣고, 고래라고 생각하여 그 사람들을 잡아 장수피의 눈알을 급히 찾았으나 끝내 찾을 수가 없었다. 장수피는 어부들이 부르는 이름으로, 대개 또한 고래의 종류이다. 들으니 근래에 조류를 타고 쌍부항雙阜港[6]에 들어오기도 하였다고 한다.

아아! 바다는 드넓어 산을 짊어질 만한 자라와 배를 삼킬 만한 미꾸

5_ **장수피**長繡皮 | 범고래. 물개와 비슷하게 생겼으며, 몸의 길이는 암컷이 7m, 수컷이 10m 정도이다. 몸빛은 등 쪽이 흑색이고 배 쪽이 흰색이다. 주둥이는 뭉뚝하며, 등지느러미는 곧게 서 있고, 가슴지느러미는 달걀 모양이다. 《오주연문장전산고五洲衍文長箋散稿》, 〈경악변증설鯨鰐辨證說〉에는 강원도의 이원옥李源玉이라는 사람에게서 들은 장수피 이야기를 싣고 있다. 통천군에는 장수피長藪被라는 것이 있는데, 형상이 가지可支와 유사하며 검은색이다. 수백 마리가 바다를 뒤덮고 무리를 지어 헤엄치다가 고래〔鯨鯢〕를 보면 사면에서 포위하여 물어뜯는다. 고래는 반드시 죽게 되고, 그러면 이것을 먹는다고 한다.

6_ **쌍부항**雙阜港 | 경기도 쌍부현雙阜縣의 고륙포라는 포구를 말하는 듯하다. 쌍부는 화성시 우정면과 장안면 일대에 있었던 옛 고을. 조선조에 말을 먹이는 목장이 있었고, 염전이 성하였다. 《신증동국여지승람》, 〈수원도호부水原都護府〉 참조.

라지들이 모두 그 사이에서 여유롭게 만족하며 살고 있거늘, 어찌 그곳에서 헤엄치며 놀지 아니하고, 도리어 작은 포구의 물에서 스스로를 욕되게 하고, 크게 쓰이는 곳에 베풀어지지 못한 채 마침내 사람들의 솥과 도마에서 먹이가 되는가? 슬프다!

말 비슷한 물고기

바다 속에는 없는 물건이 없다. 사람 같은 것도 있고, 개 같은 것도 있고, 돼지 같은 것도 있고, 날아서 새처럼 보이는 것도 있고, 나무에 올라가는 벌레 같은 것도 있다. 육지에 있는 것은 바다에도 있다고 하지만, 말〔馬〕 같은 것이 있다는 이야기는 들어본 적이 없다.

내가 어렸을 때 교하交河 이생李生이라는 이가 있었는데, 다음과 같이 말하였다.

"교하의 물가에 나와서 우연히 조수를 살피고 있던 사람이 있었는데, 조수의 앞머리에 말 한 마리가 급히 뛰어오는 것을 보았다. 언덕에 도착하자마자 쓰러졌는데, 그 긴 얼굴, 높다란 머리, 네 발, 여덟 굽이 모두 말 그대로였다. 다만 털과 갈기가 없으며 비늘도 없었다. 요리하여 먹어보니 육질이 돼지고기 같아, 돼지고기라고 속이고 팔았더니, 먹어본 사람들도 모두 돼지고기라고 여겼다. 그 고기를 다 먹기도 전에 그 다음날 아침, 조수에 파도를 타고 항구를 가득 메우며 몰려온 것이 모두 말이었다. 흰 놈도 있고, 쇠빛이 나는 놈도 있고, 누런 놈도 있고, 푸른 놈도 있고, 황색과 백색이 섞인 놈도 있었다.

아침에 햇빛이 가득 비치자, 마치 구름 무늬의 비단을 펼쳐 놓은 듯한 것이 몇 천백 필이나 되는지 알 수 없었다. 모두 파도를 타고 와서 언덕에 닿자 쓰러졌다. 대개 물에서 벗어나면 죽고, 육지에서 다닐 수 없는 것이었다. 마을 사람들이 그제야 어제 먹었던 돼지고기가 말이라는 것을 알았다고, 먹지 않고 그 기름을 취하매 한 마리에서 서너 동이가 되어서, 집집마다 모두 몇 석 남짓 가지게 되었다. 다 잡지 못한 것들은 저녁 조수에 떠내려가 버렸고, 그 이후로는 말이 다시 오지 않았다고 한다."

이생도 그것을 잡아서 기름을 얻은 적이 있었고, 그 상황을 매우 상세하게 말하였다.

물속에도 말이 있는 것이다. 혹시 오자서伍子胥가 절강浙江의 조류에 몰아넣은 것[1]인가? 아니면 폭리장暴利長이 악와渥洼에서 얻은 준마[2]인가? 그 생김새는 비록 말이지만 이미 지상에서 사용할 수 없으니, 이것은 말이 아니면서 말이고, 말이면서 말이 아니다.

1_ **오자서伍子胥가 … 몰아넣은 것** | 오자서는 중국 춘추시대 오吳나라 사람. 그는 월越나라의 침입을 염려하여 여러 차례 오왕吳王에게 간언하였으나 도리어 참소를 받고 자결하라는 명을 받았다. 죽음에 임해 "내가 죽은 뒤에 내 눈알을 도려내어 오나라 동문東門 위에 걸어두어 월군越軍이 쳐들어와 오나라를 멸망시키는 것을 볼 수 있게 하라"라는 말을 남기고 자결하였다. 이 소식을 듣고 노한 오왕은 오자서의 시체를 말가죽 자루에 넣어 강물〔浙江〕에 던져 버렸다고 한다. 《사기史記》, 〈오자서열전伍子胥列傳〉 참조. 오왕이 오자서의 시신을 말가죽에 담아 버리자, 후에 절강의 물결이 사나워지고, 오자서가 흰 수레에 백마를 타고서 조수 위에 서 있는 것을 보았다는 사람도 나오게 되었다. 《연감유함》 권37, 〈조도潮濤〉에 다음과 같은 구절이 보인다. "時, 有見子胥乘素車白馬在潮頭之中, 因立廟以祠焉."

2_ **폭리장暴利長이 … 준마** | 폭리장은 중국 서한西漢 무제武帝 때의 관리로 돈황敦煌에 귀양을 간 사람이고, 악와지渥洼池는 돈황 서남쪽의 비단길 남쪽에 있는 수창해壽昌海라 불리는 호수를 말한다. 폭리장은 말로 유명한 이 지역에서 야생마를 얻어 무제에게 바치니, 무제는 이 말을 보고 길할 조짐이 있을 것이라고 생각하고, 태을천마太乙天馬라 불렀다고 한다. 《자치통감資治通鑑》, 〈한기漢紀 11〉 참조.

인어

세상 사람들은 물고기 중에 사람같이 생긴 것을 교인鮫人이라 한다. 교인이라는 것은 인어魜魚이고, 인어라는 것은 인어人魚이다. 또 역어鰕魚라고 부르기도 한다. 그 "눈물이 구슬이 되고, 베를 짠다"고 말하는 것[1]은 제해齊諧[2]에 가깝다. 하지만 바다에는 교인이 있고, 교인이 사람과 흡사하다는 것은 믿을 만하다.

내가 서호西湖에 살고 있을 때 남옹南翁이라는 이가 있었는데, 다음과 같이 말하였다.

"일찍이 배를 타고 거야巨野의 큰 물[3]로 내려가던 중에 물 위에 서 있는 어떤 물체를 보았다. 배를 등지고 십여 보쯤 떨어진 곳에 서 있는데, 머리카락은 매우 윤기가 있으나 땋지 않았고, 피부는 몹시 깨끗하였으

1_ **그 눈물이 … 말하는 것** | 인어의 눈물이 구슬이 되고 인어가 베를 짠다는 이야기는 《술이기述異記》와 《박물지博物志》에 보인다. 《술이기》 상에는 "南海出鮫綃紗, 泉室潛織, 一名龍紗. 其價百餘金, 以爲服, 入水不濡." "南海有龍綃宮, 泉先織綃之處, 綃有白如霜者"라는 구절이 보이고, 《박물지》 권9에는 "南海外有鮫人, 水居如魚, 不廢織績, 其眼能泣珠. 從水出, 寓人家, 積日賣絹. 將去, 從主人索一器, 泣而成珠滿盤, 以與主人"이라는 구절이 보인다.

2_ **제해齊諧** | 중국 고대의 기괴한 이야기를 수록한 책. 또는 사람 이름이라고도 한다. 《장자莊子》, 〈소요유逍遙遊〉편에 "齊諧者, 志怪者也"라는 구절이 보인다.

3_ **거야巨野의 큰 물** | 거야는 김제의 옛 이름으로, 김제에서 바다 쪽으로 연결되는 큰 물이 아닌가 한다.

《정자통正字通》의 인어 기록, 《속수사고전서續修四庫全書》

나 옷을 걸치지 않았으며, 허리 밑으로는 물 밖으로 나오지 않았다. 손을 모으고 어깨를 늘어트린 채 서 있는데, 열두세 살쯤 되는 예쁜 계집아이였다. 나는 평소에 괴이한 것을 믿지 않았기 때문에 떠다니는 시체가 거센 풍랑으로 세워진 것이라고 생각했는데, 뱃사람들은 크게 놀라 두려워하고 말하지 말라고 경계하며 쌀을 뿌리고 주문을 외우면서 절을 하였다. 배가 점점 다가가자 곧바로 움츠려들며 물속으로 들어가 버렸다. 배가 그곳을 십여 보쯤 지나가자 또 손을 모으고 머리를 풀고 서 있는데, 서쪽을 향하여 있던 것이 동쪽을 향하여 또 사람과 등을 지고 서 있었다."

남옹이 이에 이르러 그것이 살아 있는 물체라고 믿고, 그것이 교인이 아닌가 의심하였다고 나에게 자못 자세하게 말하였다.

교인의 호칭은 좌사左思의 부賦[4]와 곽박郭璞의 찬贊[5]에서부터 비로소 책에 보인다. 그리고 《정자통正字通》에서는 "눈썹 · 귀 · 입 · 코 · 손톱 · 머리가 모두 갖추어져 있고, 피부와 살이 옥과 같이 희고, 비늘이 없고 가느다란 털이 오색을 띠며, 머리카락은 말꼬리 같고 길이가 대여섯 자에 이르고, 몸체의 길이도 대여섯 자 정도이다"[6]라고 하였다. 그 형상을 말한 것이 남옹이 본 것과 서로 유사하다. 우리나라 바다에도 또한 교인이 있다는 것을 알겠다.

또 일찍이 들은 적이 있다. 어떤 사람이 해서海西에 여행을 갔는데, 빈집에 아름다운 여인과 여러 어린아이가 모두 하얗게 몸을 드러내 놓고 갇혀 있는 것을 보았는데, 그것이 사람이라고 생각하였다. 가까이 가서 교접交接을 하였는데, 행동거지와 정감이 있는 태도가 모두 사람이었다. 다만 말하지 않는 것이 수줍어하는 모습 같았다. 주인이 들에서 돌아와 그것을 삶아 대접하려고 하기에 놀라서 물으니, "물고기입

4_ **좌사左思의 부賦** | 좌사는 중국 서진西晉의 시인. 10년 동안 구상하여 《삼도부三都賦》를 지었고, 이것이 당시 문단의 영수였던 장화張華에게 절찬받게 되어 일약 유명해졌다. 《삼도부》란 〈촉도부蜀都賦〉 · 〈오도부吳都賦〉 · 〈위도부魏都賦〉를 이르는데, 그중 〈오도부〉에서 "沈水居泉室, 潛織而卷綃, 淵客慷慨而泣珠"라고 한 것을 말한다.

5_ **곽박郭璞의 찬贊** | 곽박의 〈남산경도찬南山經圖讚〉에 보인다. "歐絲野讚曰, 好鮫人體近蠶蚌."

6_ **《정자통正字通》에서는 … 정도이다** | 《정자통》은 중국 명나라 말엽 장자열張自烈이 편찬한 자전으로 12집輯이다. 그러나 청나라 요문영廖文英이 찬술하였다는 설이 있기도 하고, 장자열과 요문영이 공동으로 집필하였다는 설이 있기도 하며, 판본이 여럿이다. 《자휘字彙》의 체제와 형식을 수용하여 214개의 부수를 배열하였으며, 《자휘》를 구본舊本과 구주舊註로 삼아 보완하였다. 정약전丁若銓의 《현산어보玆山魚譜》에 이청李晴의 인어에 대한 주석 또한 《정자통》의 같은 내용을 인용하고 있다.

니다"라고 말하였다. 주인에게 청하여 바다에 데리고 가서 놓아주었다. 떠나려고 할 즈음 세 번 돌아보아, 마치 은혜에 감사하면서 사사로웠던 것에 연연하는 듯하였다고 한다.

그렇다면 교인도 그물로 잡을 수 있는 것인가? 인어를 기록한 것에는 인어와 교접하면 교접한 사람이 곧바로 죽어 버린다고 하기도 하고, 홀아비들이 길러서 처妻로 삼기도 한다고 하였다. 황해도의 그 인어는 초楚나라의 식규息嬀[7]를 삼는다고 해도 무리가 없을 것이다. 인어가 능히 베를 짜고 눈물을 흘려 구슬을 만들 수 있다면 응당 정다운 낭군을 위해 두어 줄기 눈물을 아끼지 않았을 터인데, 어찌하여 구슬을 주지 않았는가?

들으니, 쌍부의 해상에서도 아이를 안고 그물에 걸려든 것이 있었는데, 어부들이 두려워서 놓아주었다고 한다.

7_ **식규息嬀** | 중국 춘추시대에 식후息侯의 부인으로, 미색이 뛰어났다. 초 문왕楚文王이 식息나라를 멸하고 식후는 수문장으로, 식규는 자신의 아내로 삼았다. 식규는 문왕과 사이에서 두 아들을 두었으나 전남편과 고국을 그리다가 죽었다고 한다. 후대에 경국지색인 동시에 절개를 지킨 인물로 존숭받았다. 송지문宋之問의 〈식부인息夫人〉, 왕유王維의 〈식부인息夫人〉, 두목杜牧의 〈제도화부인묘題桃花夫人廟〉 등 식규의 덕을 읊은 시가 많다.

용

용龍은 신령스러운 생물이라 항상 세상에 나타나는 것은 아니다. 세상에서 용을 보았다고 말하는 사람 중에 어떤 사람은 용이 떨어지는 것을 보았다고 하고, 또 어떤 사람은 싸우는 것을 보았다고 한다. 그러나 이런 것이 모두 항상 볼 수 있는 것은 아니다.

갑진년(1784) 7월에 나는 화석花石에 있었는데, 갑자기 대낮에 비가 쏟아지고 천둥소리가 나고 번개가 쳤다. 선감도仙甘島[1] 바깥을 보니, 검은 구름이 바다에서 일어나 매우 급박하게 내달려 몰아쳤다. 조금 지나자 바다를 떠나 위로 솟아오르는데, 위쪽은 넓고 아래쪽은 줄어들면서 서서히 움직였다. 대략 그 크기가 다섯 아름의 나무 묶음을 열 발 사이에 매달아 놓은 것 같았다. 사람들이 모두 '용오름〔龍升〕'이라고 하였지만 그래도 나는 믿지 못하였다. 또 조금 있다가 구름이 바다에서 조금 높아지자 하얗고 가는 어떤 물체가 길이는 수백 척 되는데 꾸불꾸불 요동을 치며 따라가는 것이 마치 어떤 사람이 매우 급하게 뽑아 당겨 끄는 것 같았다. 아는 사람들이 말하기를, "이것은 용이 이미 올라간 후에 초리艸離가 나타난 것이다"라고 하였다. 초리는 속어俗語로 '꼬리'를 지

1_ **선감도**仙甘島 | 경기도 안산시에 속하는 섬. 남양 와룡산 앞바다에 있다.

작자와 연대는 미상. 성균관대학교박물관 소장.

칭하는 것이다. 참으로 용인가 보다.

대개 구름은 보았지만 그 꼬리는 보지 못한즉 그것이 용이 아니라고 의심하지 않을 수 없고, 그 꼬리를 보았다면 또한 그것이 용이 아니라고 의심하는 이는 없을 것이다. 그렇다면 사람들에게 용이 용으로 인정되는 것은 그 꼬리가 있기 때문일 것이다. 용의 머리는 보지 못하고, 다만 그 꼬리를 보고 이 또한 용이 신령스러운 것이라고 여기게 된 것이다. 이에 나는 〈용부龍賦〉를 지어 그것을 기록하였다.[2] 하지만 세상 사람들이 말하는 용이 떨어지기도, 용이 싸우기도 한다는 것에 대해서는 나는 다 믿지는 않는다.

2_ **〈용부龍賦〉를 … 기록하였다** | 성균관 유생 시절인 1792년 가을, 이옥은 대과 준비를 하면서 짧은 편폭의 부를 많이 습작하였다. 이 작품들은 후에 《경금소부絅錦小賦》로 묶였는데, 거기에 〈용부〉가 수록되어 있다. 거기서 용의 기기묘묘한 형상을 다각도로 묘사한 바 있다.

물고기 이름의 어원

국어國語에 물고기를 부르는 이름은 모두 '양陽'이나 '경庚'의 '운韻'으로 읽는다.[1] 대개 '어魚'자의 초성初聲에 양이나 경의 종성終聲이 있기 때문이다.

어느 고을 무관武官이 현직대감을 만나 뵈면서 말이 '白魚'에 이르자, 배排·빙氷의 반절半切로 발음하였다. 대감의 아들이 어리지만 슬기로웠는데, 그것이 잘못되었다고 기롱하면서 물었다.

"뱅어〔白魚〕의 백白은 어떻게 쓰지요?"

무관이 대답하였다.

"잉어〔鯉魚〕【鯉는 음이 잉剩이다.】의 이鯉와 같은 경우지요."

"잉어의 이鯉는 어떻게 쓰지요?"

"붕어〔鮒魚〕【鮒는 부浮·웅雄의 반절로 발음한다.】의 부鮒와 같지요."

"붕어는요?"

"숭어〔秀魚〕【秀는 음이 숭崇이다.】의 수秀와 같지요."

대감이 둘 다 기특하다고 생각하였다.

세상에서 사람들이 물고기를 이른 것이 다 이런 것이다. 鱸魚〔농어〕를

1_ **'양陽'이나 … 읽는다** | 음가가 있는 옛이응 'ㆁ'으로 발음하는 것을 말한다.

최세진崔世珍의 《훈몽자회訓蒙字會》(1527)에 보이는 여러 가지 물고기 이름.

農魚라 쓰고, 葦魚[웅어]를 雄魚라 쓰고, 鯊魚[상어]를 霜魚라 하는 것은 모두 잘못 적은 것이다. 오직 방어魴魚 · 홍어䱋魚 · 청어靑魚의 종류들은 본래의 음이 양이나 경이기 때문에 소리가 변하지 않는 것이다.

물고기를 세는 단위

물고기는 꼬리로 센다. 10꼬리를 '1급級'이라 하고, 혹 '1속束'이라고도 한다. 100꼬리를 '1동同'이라 하고, 혹 1,000꼬리를 '동同'이라 하기도 한다. 또한 20꼬리를 '급級'이라고 하고, 1,000꼬리를 '동同'이라고 한다. 청어靑魚는 10마리를 '1갓〔可時〕'이라고 하고, 송어〔蘇魚〕는 40마리를 '1꼭지〔曲持〕'라고 하는데, 40마리를 꼭지라 하고 20마리일 때는 급이라고 한다. 물고기의 수를 세는 것도 한 가지가 아니다.

곤쟁이회

산협山峽에 살면서 바닷가에 놀러간 사람이 물고기의 크고 작음과 좋고 나쁜 것도 모르고 함부로 회鱠를 많이 먹을 수 있다고 떠들자, 바닷가에 사는 사람이 놀려주려고 하였다.

"당신이 회를 먹는다면 물고기 몇 동同을 먹을 수 있겠소?"

"한 번 먹을 때 한 동하고도 반은 먹을 수 있소."

"그럼 송어를 먹는다면 몇 마리를 먹소?"

"다섯 마리는 먹어야 배가 부르지요."

"대단하구려! 그러나 당신이 회 먹는 양이 대단하지만 곤쟁이〔權精〕 같은 것은 한 마리도 다 먹을 수 없을 것이오."

"그렇소. 내가 장정이었을 때 곤쟁이회로 머리 부분만 썰어 먹어도 더 먹고 싶은 생각이 없었소."

곤쟁이는 새우로서 붉으면서 매우 가는 것인데,[1] 그 크기는 겨우 이〔蝨〕 열 마리 정도이다. 듣고 있던 사람들이 모두 웃었다.

세상에서 무턱대고 자기 자랑을 함부로 하는 자는 곤쟁이회 한 점 썰

1_ **곤쟁이는 … 가는 것인데** | 여기서는 자하紫蝦를 말하는 듯하다. 새우 중에 가장 작은 것이 자하이고, 가장 큰 것이 대하大蝦이다.

어 놓은 것도 다 먹지 못하는 자가 아님이 없다. 매양 보매, 바닷가 사람이 산협에서 온 객을 만나면 당신들은 곤쟁이회를 몇 마리 먹을 수 있는지를 묻는다. 지금도 전하여 웃으면서 그치지 않는다.

물고기의 맛

식품은 다만 맛으로 취하여야 하고 명성으로 취하지 말아야 하는데, 세상 사람들은 다들 이식耳食[1]을 하기 때문에 이름만 취하고 맛으로 취하지 않는 경우가 있다.

내가 서울에 있을 때 이웃집에 나이든 한 학사學士가 있었는데, 손님을 대하여 청어국을 먹으면서 그 맛을 자랑하였다.

"이것이 진짜 해주海州 청어靑魚입니다. 어찌 다른 생선과 비교할 수 있겠소?"

어떤 사람이 말하였다.

"해주에서 배가 아직 오지 않았으니 아무래도 그 맛이 진짜인지 믿을 수 없습니다."

하녀가 차를 가지고 오자, 물었다.

"어디서 난 물고기이지?"

"북도北道 청어인데, 인마人馬로 운반해온 것입니다."

학사는 문득 국그릇을 밀쳐 밥상 아래에 놓으면서 말하기를,

1_ 이식耳食 | 귀로 먹는다는 뜻으로, 남의 말을 귀로만 듣고 넘겨짚어 그대로 믿어 버림을 이르는 말이다.

"나도 실상 그 맛이 약간 탁하다고 여겼소. 먹을 수 없는 것이오."

라고 하였다. 손님들이 모두 그를 비웃었다.

내가 맛을 본 바로는 행주杏州[2]에서 나는 웅어회〔葦魚膾〕[3]가 송홧가루 날릴 때 송어가 막 살이 오른 것만 못하고, 이른 봄 숭어국은 서리가 내린 뒤의 미꾸라지〔米駒〕의 누런 기름이 국그릇을 뒤덮은 것만 못하다.

바닷가에 북어北魚와 같이 생긴 것이 있는데 '융〔楡〕'이라고 한다. 그 어족이 이미 번성하고, 그 성질이 또한 욕심이 많고 어리석어서 낚시를 잘하는 사람은 하루에 수백 마리를 잡는다. 그곳 사람들은 그것을 천하게 여기고 맛을 논하지도 않는다. 그러나 서울 사람들은 바닷가의 진미를 논할 때, 융어〔楡魚〕를 제일로 꼽는다. 또한 어떻게 맛을 볼 것인지에 달린 것이다. 어찌 물고기를 먹는 데에 꼭 하수河水의 잉어라야 되는가?

2_ **행주**杏州 | 한강 하류에 있는 행주幸州를 말한다. 조선조에 행주幸州와 행주杏州를 혼용하는 경우가 많았다. 행주 아래 넓은 한강물을 행호杏湖, 또는 행호幸湖라 쓰기도 하였다.

3_ **행주**杏州**에서 … 웅어회**〔葦魚膾〕 | 행주의 웅어는 서유구徐有榘의 《난호어목지蘭湖漁牧志》나 유득공柳得恭의 《경도잡지京都雜誌》와 같은 문헌에 보인다. 웅어는 강호와 바다가 통하는 한강의 하류와 같은 지역에서 많이 나는데, 사옹원司饔院 소속의 웅어소〔葦魚所〕라는 것이 있어서 늦봄과 초여름에 관원들이 그물로 잡아서 궁중에 진상하였다. 이 물고기는 횟감으로 좋다고 한다.

범치

물고기 중에 악독한 놈으로 범치〔虎赤〕(쑤기미)라고 불리는 것이 있다. 국어로 虎를 '범'이라 하고, 赤을 '치'라고 읽기 때문에 바닷가 사람들이 범치라고 부른다.[1] 딱딱한 가시로 사람을 쏘는데, 매우 독하며 죽은 놈도 쏠 수 있다.

이생李生의 형제가 바다에 들어갔는데, 형은 산 놈에게 쏘이고 동생은 죽은 놈에 쏘였는데, 그 독하기가 똑같았다고 한다. 조수가 들어올 때마다 미친 듯이 소리를 지르며 죽을 것같이 하다가, 이같이 하기를 몇 달을 지나서야 그치게 된다고 한다.

내가 일찍이 채해녀采海女[2]에게서 범치를 산 적이 있는데, 머리가 몸통보다 크고, 주둥이가 허리보다 넓고, 등 위에 딱딱한 가시가 빽빽이 어지러이 침처럼 박혀 있었다. 빰 위로는 모두 외골外骨이고 눈이 볼록하고, 이마는 튀어나와 비록 작지만 산악山岳이나 암석巖石의 기상이 있었다. 아마도 악어鰐魚 종류인데, 작기 때문에 단지 사람을 쏘기만 할

1_ **국어로 … 부른다** | 쑤기미는 잘 쏘는 물고기라는 어감을 가지고 있는 데다 강한 독을 지니고 있다. 그래서 호랑이처럼 무서운 물고기, 곧 범치라는 이름이 붙은 것 같다. 정약전의 《현산어보》에는 쏘는 물고기를 곧 석자어螫刺魚라고 하였다.

2_ **채해녀**采海女 | 바닷가에서 조개나 물고기를 잡으면서 사는 여인을 말한다.

수 있는 것이 아닌가 한다. 사람들이 범치를 잡으면 반드시 태워서 버리는데, 먹어도 맛이 좋다고 한다.

청어

청어靑魚는 어떤 물고기인지 알지 못하지만, 그 색이 푸르기 때문에 '청어'라고 한다. 일찍이 들으니, 사오십 년 전에는 청어가 매우 천하여 열 마리에 한 전錢이었다고 한다. 매양 해주의 상선이 도착하면 삼강三江[1]에 모두 비린내가 나고, 서울의 가난한 유생들도 비로소 개소開素[2]할 수 있었기 때문에 '유어儒魚'라고 불렀다.[3] 얼마 안 있어 청어가 점점 귀해졌고, 몇 년 동안 차츰 더 심해져서 한 마리에 오륙 전까지 하자, 부귀富貴한 집안이라도 세 토막으로 나누어 접시에 올리는 것을 볼 수 있었다고 한다. 오륙 년 이래로 해마다 점점 천해져서 금년에는 스무 마리에 겨우 두 전 반이다.[4] 가까운 부둣가에 있는 어시장에서는 한

1_ **삼강三江** | 한강의 세 부분을 통틀어 이르는 말. 조선조에 이르러 서울의 한강을 세분화하는 경향을 보이는데, 한남동 일대의 한강, 용산과 원효 일대의 용산강, 마포와 서강 일대의 서강을 이른다.

2_ **개소開素** | 소식素食을 끝낸다는 뜻이다. 유가에서 부모의 기일이나 조상에게 제사를 지내는 날을 전후하여 고기와 생선을 먹지 않는 것을 말한다. 이 기간이 지나면 소식을 끝내고 개소한다. 여기서는 푸성귀로 연명하던 가난한 유생이 값싼 청어가 들어오면 비로소 고기맛을 본다는 뜻으로 쓰였다.

3_ **서울의 … 불렀다** | 청어는 '비웃'이라고도 한다. 《명물기략名物紀略》에는 비웃이라는 이름의 어원을 "값싸고 맛이 있어 한양의 가난한 선비들이 즐겨 먹으므로 선비들을 살찌게 하는 물고기"라고 해서 한자어로 비유어肥儒魚라 쓰게 되었다고 하였다.

전만 있어도 스무 마리를 구할 수 있다고 하니, 분명 매우 천한 것이다. 물고기가 귀하거나 천하게 되는 것도 또한 저절로 때가 있어 그러한 것인가?

들으니, 청어가 한참 귀할 때는 요동遼東 사람들이 많이 잡아들였고, 그것을 '신어新魚'라고 하였다고 한다. 아마 물고기가 이동하는 것이 있어서 그런 것이 아니겠는가? 어부들이 말하기를, "금년에는 청어가 잡히지 않는 곳이 없어서, 심지어 시냇가와 항구 사이에서도 모두 조류를 따라 올라오기 때문에 그 천함이 더욱 심해졌다"라고 한다.

4_ **사오십 년 … 반이다** | 정약전의 《현산어보》에도 이옥이 언급한 것과 비슷한 내용이 발견된다. "청어는 1750년 이후 10여 년 동안은 풍어였지만 그 후 뜸해졌다가 1802년에 다시 대풍을 맞이했으며, 1805년 이후에는 또다시 쇠퇴하기를 반복하였다."

황석어

황석어黃石魚(황강달이)는 바다의 진미珍味이다. 그렇지만 그 살이 매우 무르기 때문에 쉽게 썩어, 하루면 이미 맛이 변하고, 이틀이면 너무 맛이 없어지고, 사흘이면 먹을 수가 없다. 내가 일찍이 아침에 잡아서 한낮에 돌아온 자에게 구하여 국을 끓였더니, 매우 진하고 탐스러웠는데도 맛을 아는 사람은 이미 맛의 반은 날아가 버렸다고 하였다.

일찍이 듣건대, 영조英祖 임금이 온천에 행차할 때 처음 이 국의 맛을 보고, 자전慈殿께 바치려고 하였으나 바칠 수가 없자, 드디어 삶아서 항아리에 담아 말을 교대하여 올려 보냈다고 한다. 이 일은 영조의 효행 중의 한 일화지만, 또한 물고기의 맛을 제대로 얻기가 어렵다는 것을 알 수 있다.

이 물고기는 대개 복온福溫[1]의 황화어黃花魚로, '황령어黃靈魚'라고도 부른다. 그 머리에 돌이 있어 석어石魚와 같기 때문에 바닷가 사람들은

1_ 복온福溫 | 중국 절강성의 복주福州와 온주溫州를 말한다. 이 지역에서 황화어가 많이 생산되었던 듯하다. 진원룡陳元龍이 편찬한 《격치경원格致鏡原》 권92, 〈수족水族〉조에 다음과 같은 기록이 있다. "似石首而小, 黃金色, 味頗佳, 頭大於身, 人呼爲梅大頭, 出四明梅山洋, 故名梅魚, 或云梅熟魚來故名. 《正字通》梅, 似鰻而小, 一名黃花魚, 福溫多有之. 《溫海志》名黃靈魚, 卽小首魚. 首亦有石函."

'황석어'라고 부른다. 자서字書에는 무어鰵魚라고 하는데, 젓갈로 담아도 또한 맛이 아주 좋다고 한다.

종류를 분변하기 어려운 물고기들

물속에 사는 물고기는 그 족속이 만 가지나 되고, 냇가에 사는 물고기, 강에 사는 물고기, 바다에 사는 물고기가 있다. 바다 속이라도 또한 남쪽의 물고기와 북쪽의 물고기는 스스로 다르지만 같은 물고기이다. 그런데 같은 종류이지만 형태가 다른 것이 있고, 다른 종류이면서 형태가 같은 것이 있다. 이 때문에 물고기의 명칭을 상세하게 분별하기가 매우 어렵다. 또 같은 한 종류의 물고기이지만 남쪽 어부가 지칭하는 것과 북쪽 어부가 지칭하는 것이 다르다. 또 물고기의 호칭도 모두 우리말〔鄕音〕이나 속어로 부르는 것으로서 훈고訓詁할 수 없다. 지금 만약에 《본초本草》와 자학字學 등의 서적으로 비교해보아도, 또한 비슷하면서도 사실과 다르거나 와전되어 잘못 부르는 것이 있어 숭어〔秀魚〕를 '치어鯔魚', 붕어〔鮒魚〕를 '즉어鯽魚'라고 하지만 다 믿을 수 없다.

다만 홍어魟魚라고 한 것은 누렇고 비늘이 없는데 모양이 박쥐와 같으며 입은 턱 아래에 있고, 눈 뒤에는 구멍이 있고, 꼬리는 한 자이고 세 개의 가시가 있어 매우 독한 것이라고 하니, 지금 가오리可五里라고 부르는 것인 듯하다. 교어鮫魚라고 한 것은 배에 두 개의 구멍이 있어 서너 마리의 새끼가 아침에 나왔다가 저녁에 돌아가는데, 피부는 구슬 무늬가 있고 딱딱하여 칼자루를 꾸미고, 나무와 뿔들을 갈고 다듬을 수 있으며, 꼬리 끝에는 독이 있으니, 지금의 상어鯊魚라고 한 것과 같다. 당호當魱라고 하는 것은 방어〔鯿魚〕 같으면서 큰 비늘에 기름지고 맛이 좋으나 가시가 많다. 지금의 준치準治라고 말하는 것과 같다. 오즉烏鰂이라고 한 것은 주머니와 비늘은 없고 두 개의 수염과 여덟 개의 다리가 있으며, 입은 배 아래에 있고, 판 조각을 품고 먹물을 머금고 있다고 하니, 지금의 오징어〔烏蒸魚〕라고 하는 것과 같다. 이와 같이 서로 합치하는 것이 많지 않다.

물고기의 형태로써 말한다면 오적어烏賊魚·장거어章擧魚·호독어好獨魚는 모두 팔초어八梢魚의 종류이고, 서대書帶·가오리는 공어魟魚의 종류이고, 갈치葛致·공지公脂[1]는 모두 장어長魚의 종류이다. 언지焉支는 숭어〔秀魚〕, 강달江達은 웅어〔葦魚〕, 부서浮徐는 민어民魚에 대해 모두 닮은 종류이므로 오직 바다에서 늙은 어부라야 능히 분별할 수 있으니, 물고기는 진실로 분별하기가 어려운 것이다. 이상의 것들도 내가 본 바의 고기들에 한하여 논한 것일 뿐이다.

바다 깊은 속에 반짝거리는 그 많은 것들을 어떻게 능히 분별할 수 있겠는가? 바다 속에 관한 것은 대개 두고 논하지 않는 것이 좋겠다.

1_ **공지**公脂 | 꽁치를 차자借字 표기한 것이 아닌가 싶다. 꽁치는 서유구의 《임원십육지林園十六志》에서 공어貢魚라 하였고, 속칭 '공치어貢侈魚'라고 하였다. 또 김려金鑢의 《우해이어보牛海異魚譜》에는 공치魟鯺라 표기되어 있다.

석화

흙에 붙은 것을 '토화土花(미네굴)'라고 하고, 돌에 붙은 것을 '석화石花(굴)'라고 한다. 석화는 《본초》에 모려牡蠣라고 되어 있는데, 우리말로는 '굴屈'이라고 부른다. 《유양잡조酉陽雜俎》[1]에서는 "짠물이 맺혀 생겨난 것이다"[2]라고 하였고, 《남월지南粤志》[3]에서는 "그 형태가 말굽과 같고, 그 맛이 조금 짜지만 매우 담박하여, 식초와 섞어 먹으면 술을 깨게 하는 데 가장 적합하며, 추운 겨울에는 더욱 깨끗하고 시원하게 느껴진다"고 하였다.

대개 석화의 쓰임은 회膾가 최고이고, 무치는 것이 다음이고, 젓갈로 만드는 것이 그 다음이고, 죽을 만드는 것이 또 그 다음이고, 전을 만드

1_ **《유양잡조酉陽雜俎》** | 중국 당나라 때 단성식段成式(?~863)이 지은 필기류. 통행본通行本은 전집前集 20권, 속집續集 10권. 이상한 사건, 황당무계한 이야기를 비롯하여 도서圖書 · 의식衣食 · 풍습 · 동식물 · 의학 · 종교 · 인사人事 등에 관한 것을 흥미진진하게 기술하였다. 당나라 사회를 연구하는 데 귀중한 사료가 되며, 또한 고증적인 내용은 문학이나 역사 연구에서 중요한 자료이다.

2_ **《본초》에 … 것이다** | 《연감유함》의 인개부鱗介部 〈모려牡蠣〉조에서 《증류본초證類本草》를 인용하여 "돌에 붙어 생기는 것이다(此物附石而生)"라고 하였고, 단성식의 《유양잡조》에서는 "모려는 짠물이 맺혀서 생겨나는 것이다(牡蠣是鹹水結成)"라고 설명하였다.

3_ **《남월지南粤志》** | 중국 남북조시대 때 심회원沈懷遠이 쓴 책. 589년 남쪽 지방 토착민들의 이야기를 중심으로 엮어 만들었다.

는 것이 그 다음이고, 국으로 만드는 것은 제일 못하다. 또 자른 두부와 미역으로 국을 끓이면 또한 맛이 사치스러움을 느낄 수 있다.

강엄江淹의 〈석거부石蛣賦〉[4]와 양신楊愼이 자효紫蠹를 찬贊한 말에는 효蠹는 거蛣로서 조개의 종류라고 하였다. 《남월지》에서는 "석겁石蜐은 형태가 거북이 다리와 같은데, 봄비를 만나면 꽃이 피고, 꽃은 풀꽃과 같다"[5]라고 하였고, 《광아》에서는 "자겁紫蛣과 자효는 곧 지금의 선인장仙人掌이다"[6]라고 하였다.

내가 일찍이 석화石華가 돌에 붙어 있는 것을 보니, 그 껍데기가 도드라지고 거칠어 거북의 다리와 닮았다는 표현이 또한 자못 근사하였다. 또한 이것이 생기는 것은 반드시 봄이나 가을 무렵인데, 이것이 막 생겨날 때는 자줏빛을 머금고 붉은색을 토해내어 멀리서 바라보면 꽃처럼 찬란하다. 원래 '조개류'라고 하였고, 또한 '석거石蛣'라 하기도 하고, 또 '자효紫蠹'라 하기도 하니, 아마도 이것은 석화가 아닌가 의심스럽다.

일찍이 석화로 영재泠齋[7]에게 대접한 적이 있어 이것이 효거蠹蛣인

4_ **강엄江淹의 〈석거부石蛣賦〉** | 위 본문에서 가리키는 내용은 〈석거부〉의 서문序文에 나오는 다음 대목을 말하는 듯하다. "海人有食石蛣一名紫蠹, 蚌蛤類也. 春而發華, 有足異者, 戲書爲短賦." 강엄은 중국 남조南朝 때의 문인으로, 유儒·불佛·도道에 통달했고 문학 활동은 송宋·제齊 시대에 주로 하였다.

5_ **양신楊愼이 … 풀꽃과 같다** | 본문의 내용은 양신이 지은 《이어도찬異魚圖贊》, 〈자거紫蛣〉 편에 보인다. "《南越志》曰: '石蛣形如龜脚, 得春雨, 則生花. 花似草華.'" 양신은 중국 명나라 중기의 학자 겸 문학자. 경학經學과 시문이 탁월하였으며, 박학하기로 이름이 높았다. 운남雲南에 관한 견문과 연구는 귀중한 자료로 전한다. 《단연총록丹鉛總錄》, 《승암집升菴集》 등의 저술을 남겼다.

6_ **《광아》에서는 … 선인장仙人掌이다** | 이 대목은 《연감유함》이나 기타 기록에는 그 출전을 모두 《통아通雅》로 밝히고 있고, 일부 기록에서는 《남월지》를 명시하고 있다. "《通雅》曰: '紫蛣紫蠹, 卽今仙人掌.'" 《연감유함》, 〈석거〉 조 참조.

지 물어보니, 영재는 그렇지 않다고 하였다. 나 또한 영재가 그렇지 않다고 한 것을 승복하지 않았다. 다만 곽박의 〈강부江賦〉[8]에서 "현려玄蠣는 우툴두툴하고 고르지 않다"라고 하였고, 또 "석거는 절기에 응해서 꽃이 핀다"라고 하였으니, 경순景純[9]의 박식함으로써 하나의 물건에 대하여 응당 중첩하여 사용하지 않았을 것이다. 그리고 주註에서 "여蠣는 길이가 칠 척"이라고 하였으니, 어찌 색이 검고 길이가 칠 척이나 되는 석화가 있겠는가? 내가 생각해보니, 현려는 석화가 아니고 석거는 모려일 것이다. 기록을 해두어 훗날 박식한 사람을 기다리고자 한다.

7_ **영재泠齋** | 유득공柳得恭(1748~1807)의 호. 유득공은 자가 혜풍惠風·혜보惠甫이고, 또 다른 호는 영암泠菴이며 가상루歌商樓·고운당古芸堂·고운거사古芸居士·은휘당恩暉堂 등의 호를 쓰기도 하였다. 이옥과는 이종사촌 간이다. 1774년 생원이 되고, 1779년 규장각 검서관이 되었다. 1778년에 심양瀋陽을 다녀왔고, 1790년과 1801년 두 차례 연행燕行을 다녀왔다. 문집으로 《영재집泠齋集》이 있고, 이외에 《병세집竝世集》, 《고운당필기古芸堂筆記》, 《경도잡지京都雜志》, 《이십일도회고시二十一都懷古詩》, 《발해고渤海考》, 《사군지四郡志》 등이 있다. 연행과 관련된 것으로 《열하기행시주熱河紀行詩註》, 《연대재유록燕臺再游錄》 등이 있다.

8_ **곽박의 〈강부江賦〉** | 곽박의 〈강부〉는 강남의 풍부한 물산과 수려한 경관을 묘사한 명편으로 진晉의 원제元帝를 놀라게 하였다고 한다. 《사문유취事文類聚》 권16, 〈지리부地理部〉에도 실려 있다.

9_ **경순景純** | 곽박의 자字. 곽박에 대해서는 〈새 이야기·도요새〉편 참조.

진주

구슬이 생산되는 것은 용은 턱, 뱀은 입, 물고기는 눈, 이무기는 가죽, 자라는 발에 있는데, 모두 조개의 구슬에 미치지 못한다고 한다.[1] 또한 석화石花(굴)의 살에서도 얻을 수 있다. 화기火氣를 거치지 않은 것을 부녀들이 대맥大麥의 가루를 섞어 기르는데 일 년이 되면 볼록해지고, 이 년이 되면 길쭉해지고, 삼사 년이 되면 요고腰鼓처럼 된다. 이 시기를 지나면 두 개로 나누어지게 되는데, 몇 년이 지나면 좁쌀만 하던 것이 콩알만 하고, 한 개이던 것이 두 개가 된다. 대개 잉태하지 않는 물物은 없는 법이니, 진주도 또한 생물의 종류인 것이다.

내가 일찍이 듣건대, 안산安山 사람으로 바다에 들어가 큰 조개를 주은 자가 있었는데, 그것을 쪼개어 보니 크기가 달걀만 한 구슬이 코와 입처럼 올록볼록하게 파인 형상을 하고 있어 기이하게 여기어 완상翫賞하고 있었다. 밤이 되자 밝은 빛이 방 안에 가득하여 등촉처럼 물건을 비추었다. 그의 부인이 크게 놀라 요물이라고 생각하여 황급히 활활 타

1_ **용은 턱 … 한다** | 이 내용은 중국 명말청초明末清初의 사상가 방이지方以智의 《통아通雅》 권48, 〈금석金石〉조에 보인다. "陸佃曰: 龍珠在頷, 蛇珠在口, 魚珠在眼, 鮫珠在皮, 鼈珠在足, 蛛珠在腹. 皆不及蚌珠."

고 있는 불에 던졌더니, 잠깐 사이에 빛이 사그라졌다. 이웃집 사람이 그 소식을 듣고 재를 뒤져 찾아보니 숯이 된 진주였다고 한다.

아아, 구슬이 능히 밤에 빛을 낸다면 이것은 보물이다. 수레 십이 승乘을 비출 수 있는 장식으로 자랑할 만하고,[2] 열다섯 개의 성城과 바꿀 수 있는 값어치가 되는 것이다.[3] 그러나 그것을 알아보는 사람을 만나지 못하여 굴껍데기같이 불살라졌으니, 이것이 어찌 하늘에서 보물을 낸 의도였겠는가? 저 어리석은 부인이 무엇을 알겠는가? 나는 하백河伯(물의 신)을 위하여 애석하게 생각한다.

2_ **수레 … 만하고** | 중국 위魏나라 혜왕惠王이 제齊나라 위왕威王을 만나, 수레 12승을 비출 수 있는 1촌寸의 구슬을 10개나 가지고 있다고 자랑을 하자, 위왕은 구슬을 보물로 여기지 않고 인재를 보물로 여긴다고 대답하여 혜왕을 부끄럽게 만들었다는 고사가 있다.

3_ **열다섯 개의 … 것이다** | 중국 조趙나라 왕이 초楚나라 화씨和氏의 구슬을 얻었는데, 진秦나라 소왕昭王이 15개의 성과 바꾸자고 요청한 고사가 있다. 이때 조나라의 사신으로 진나라에 구슬을 가지고 간 상여相如는 진나라 왕이 성을 줄 마음이 없다는 것을 알고, 왕을 속여 바쳤던 구슬을 돌려받아 몰래 고국으로 보내고, 처벌을 기다리자 소왕이 죽이지 않고 돌려보냈다고 한다.

거북

학은 '두루미豆婁味', 거북은 '남생이〔南星〕'라고 한다. 지금 만약 야외에서 배회하고, 진흙 속에서 기어다니는 것을 가리켜 사람들에게 말하기를, "이것이 학이요, 거북"이라고 하면 어리석은 사람들은 그 말을 믿지 않는다. 이들은 정말로 장자莊子의 화광동진和光同塵[1]으로 세상을 피하여 몸을 보존하는 것들이다.

나의 집은 바다 가까이에 있는데, 바다에는 큰 자라와 악어가 없고 거북이 많다. 가난한 사람들이 그것을 잡아다가 구워 먹는데 육질이 매우 좋아 닭고기 같다. 봄과 여름이 교차할 즈음에 거북들은 모두 산에 올라 알을 낳기 때문에 종종 인가人家에 들어온다. 큰 놈을 보면 지름이 거의 일고여덟 치쯤 되고, 작은 놈은 네댓 치쯤 된다. 내가 일찍이 작기가 당전唐錢만 한 놈을 잡아 통 속에 물과 모래를 담아 놓고 길렀는데, 가을부터 봄에 이르기까지 아무 탈이 없었다. 옛날에 침상을 받쳤다[2]고 한 것을 믿을 만하다.

내가 일찍이 들으니, 절도사節度使 이문혁李文爀[3]이 동래東萊를 관할

1_ **화광동진和光同塵** | 빛을 감추고 티끌 속에 섞여 있다는 뜻으로, 자기의 뛰어난 지덕智德을 나타내지 않고 세속을 따름을 이르는 말이다.

할 때, 어떤 거북이 얕은 곳을 기어가므로 잡았다. 높이는 사람의 몸만 한데, 길이와 폭이 세 배나 되었다. 서른 명을 동원하여 그것을 들어 올려 반나절을 머물게 한 뒤, 바닷가에 놓아주려고 하니, 물에 닿기 십여 보 전에 펄쩍 뛰어가 그 빠르기가 쏜살같았다. 어떤 사람이 마침 그것을 목격하고 돌아와 나에게 알려주었다.

거북은 한 자 두 치인 것을 천자대보天子大寶로 삼는다.[4] 하공夏貢이 준 것,[5] 위군衛君이 꿈을 꾼 것[6]도 이것을 넘지 않는다. 지금 이 거북이 어찌 다만 열두 치일뿐이겠는가? 사람들에게 쓰임이 거북만 한 것이 없는데, 다만 거북으로 점을 치는 법이 세상에 전해지지 않음으로 해서 사람들은 거북을 보물로 여기지 않는다. 이것은 대단히 큰 보물을 만났

2_ **침상을 받쳤다** | 사마천司馬遷의 《사기史記》, 〈귀책열전龜策列傳〉에 이와 관련된 이야기가 나온다. 남방의 어느 노인이 거북으로 침대다리를 받쳐두고 살았다. 20년 후에 노인이 죽어 침대를 옮기는데, 거북이 그때까지 살아 있었다고 한다.

3_ **이문혁李文爀** | 영종첨사 · 전라좌도수군절도사(1778) · 충청도수군절도사(1797) 등을 역임하였다.

4_ **거북은 … 삼는다** | 사마천의 〈귀책열전〉에 거북은 천 년이 되어야 길이가 한 자 두 치가 된다는 내용이 보인다.

5_ **하공夏貢이 준 것** | 이 대목은 《서경書經》, 〈우공禹貢〉에 나오는 말이다. 형주荊州와 양주揚州에서 우임금에게 바친 곡물을 말하는데, 여기에 큰 거북을 바쳤다는 기록이 있다. "厥貢, 羽毛齒革, 惟金三品, 杶榦栝柏, 礪砥砮丹. 惟箘簵楛, 三邦底貢厥名. 包匭菁茅·厥篚, 玄纁璣組. 九江, 納錫大龜."

6_ **위군衛君이 꿈을 꾼 것** | 이옥이 '宋'을 '衛'로 착각한 것이 아닌가 싶다. 《사기》, 〈귀책열전〉에 송 원왕宋元王에게 현몽한 신귀神龜 이야기를 자못 자세하게 소개하고 있다. 그 말미에 이런 대목이 나온다. "어부가 그물을 들어 신귀를 잡자, 신귀는 스스로 송 원왕의 꿈에 나타났다. 원왕은 박사 위평衛平을 불러 꿈에서 본 거북의 모양을 일러주었다. 위평은 말뚝을 박아 해와 달의 위치를 정하고 형衡과 도度를 나누어 길흉을 살펴, 물건의 빛깔로써 거북이라는 것을 알았다. 위평은 왕에게 신귀를 붙들어두어 나라의 중하고 아름다운 보물로 삼자고 간하였다.(漁者擧網而得神龜, 龜自見夢宋元王. 元王召博士衛平, 告以夢龜狀. 平運式, 定日月, 分衡度, 視吉凶, 占龜與物色同. 平諫王留神龜, 以爲國重寶美矣.)"

으면서도 오히려 들어다 버리니 거북으로선 때를 만나지 못한 것이지만, 바닷가에 노닐고 있는 한 마리의 늙은 남생이가 되어 칼질당하고 구워지는 걱정을 면할 수 있다. 이 또한 거북의 행운이 아니겠는가!

신기루[1]

내가 일찍이 들으니, 신루蜃樓라는 것은 붉은 난간과 비취색 용마루, 짙은 노을, 찬란한 꽃 등을 선명하게 분변할 수 있으니 매우 장려한 볼거리라고 한다. 내가 바닷가에 살면서 들으니, 바닷가 사람들은 도희島嬉(도서島嶼 지방)의 환영幻影이라고 하는데, 매양 봄과 여름이 교차할 즈음에 고기 잡는 아이와 낚시하는 노인이 자주 보는 것이라 한다. 자세하게 그 형상을 물어보니, 바닷가에 있는 산이 갑자기 낮은 것이 높아져서 반공半空의 구름처럼 되는데, 그 색은 검고 분홍빛을 띠면서 푸르다. 그 형상이 일정치 않아서 산이 되기도 하고, 가옥이 되기도 하고, 수레 덮개가 되기도 하고, 소나 말이 되기도 하는데, 모두 사람들의 생각에 따라 형성된다. 대개 기氣로서 모두 실체가 아니고 비슷한 형상일 뿐이라고 한다.

《본초本草》에서는 "신蜃은 이무기의 종류이니, 뱀 같으면서 크고 뿔이 용처럼 솟고 붉은 갈퀴가 있으며, 허리 이하는 비늘이 모두 거꾸로 되어 있다. 능히 기운을 토해내어 누대와 성곽의 형상을 이루게 되는

1_ **신기루** | 이옥은 〈신루기 이야기〉라는 글에서 신기루가 일어나는 현상에 대해 보다 자세히 다루고 있다.

데, 비가 오려고 하면 나타난다. 이름은 신루라고 하고, '해시海市'[2]라고도 한다"[3]고 하였다.

이것이 신蜃이라면 어찌 반드시 산을 의지하여야 비로소 만들어지는 것이겠는가? 신루가 여기에 그친다면 또한 어떻게 신루를 바닷가의 장려한 볼거리라고 말할 수 있겠는가? 혹시 그들이 본 것은 다른 도회이고, 옛사람들이 말한 '신루', '해시'가 아닌 것인가? 아니면 옛사람들이 과장하고 수식하기를 좋아하여 말을 지나치게 했던 것인가? 신루로 본다면 아방궁阿房宮과 영광전靈光殿 등의 부賦[4]도 다 믿을 수 없는 것이다.

2_ **신루라고 하고, '해시海市'** | 광선이 밀도가 다른 공기층을 통과하면 빛이 꺾이거나 반사되는데, 멀리서 보면 각종 기이한 현상이 나타나는 것을 말한다. 옛사람들은 조개가 공기를 뿜어 형성되는 것으로 생각하였다.

3_ **《본초本草》에서는 … 한다** | 《본초강목》, 〈교룡蛟龍〉조에서 이시진李時珍이 '신蜃'에 대해 이야기한 것을 인용하였다. "蛟之屬, 有蜃其狀, 亦似蛇而大. 有角如龍狀紅鬣, 腰以下, 鱗盡逆, 食燕子, 能吁氣, 成樓臺城郭之狀, 將雨卽見. 名蜃樓, 亦曰海市."

4_ **아방궁阿房宮과 … 등의 부賦** | 아방궁은 진 시황秦始皇 때 축조된 궁전이라고 하나 소멸되고 없으며, 영광전은 노나라 망국 후에 벌판에 이 궁전만 따로 남아 있었다고 하나 역시 소멸되고 없다. 두 궁전은 옛 문인들의 사부詞賦에 많이 나타난다.

여러 물고기의 호칭

《한청문감漢清文鑑》은 중국어로 일상적으로 호칭하는 것을 기록하고 있는 것이다. 지금 우리 국어와 서로 비교해보면 침황어鱘鰉魚는 물엄勿奄이고, 후어厚魚는 도미道味, 중순어重脣魚는 눌치訥治, 편화어鳊花魚는 방어方魚, 점어鮎魚는 메기〔買魚其〕, 앙자어昂刺魚는 자가사리者可沙里, 즉어鯽魚는 붕어〔付魚〕, 흑어黑魚는 가물치可勿治, 천사어穿沙魚는 모래무치〔沒厓無治〕, 창어鯧魚는 망어罔魚, 황어黃魚는 황치黃治, 양어洋魚는 가오리可五里, 비목어比目魚는 가자미可玆味, 혜저어鞋底魚는 설어舌魚, 명부어鰸鮒魚는 문어文魚, 면조어麪條魚는 뱅어〔白魚〕이다. 이 이름을 가지고 여러 자서字書와 《본초》에 비교해보면 터득함이 있을 것이다.

— 이상 김동석 옮김

병丙 — 짐승 이야기 談獸

박

참판參判 조관진趙觀鎭[1]이 이야기를 해주었다. 일찍이 설악산을 유람하는데 설장雪丈이란 중이 홀로 봉정암鳳頂菴[2]에 거처한 지 여러 해가 되었다. 특이한 것을 본 것이 있느냐고 물었더니, 설장이 말하였다.

"일찍이 밤에 앉아 불경을 외우는데, 갑자기 태산이 무너지는 소리가 멀리서부터 이르는 것이었습니다. 창틈으로 내다보니 어떤 물체가 절 마당에 우뚝 서서 마당 앞의 늙은 전나무에 비벼대는데, 열 아름이나 되는 나무가 버들가지처럼 휘어지고 춤을 추었습니다. 때는 달이 밝아 그 광경을 자세히 볼 수 있었지만, 아래는 난간에 막히고 위로는 처마에 가려져 단지 네 개의 큰 기둥만이 뜰에 서 있는 것이 보였습니다. 조금 있다 떠나는데 깊은 골짜기를 건너는 것이 마치 개울물을 건너듯 하였고, 달리는 것이 바람과 번개보다 빨랐습니다. 멀리 떨어져서야 비로소 전체를 볼 수 있게 되었는데 바로 말이었습니다. 아침에 일어나 갈기털 네댓 가닥이 나무에 걸린 것을 발견하고, 올라가 잡으려 하니

1_ **조관진**趙觀鎭 | 생몰년 미상. 본관은 풍양豊壤, 자는 자능子能. 조문명趙文命의 손자. 음보蔭補로 진출하여 참판에까지 올랐다. 순조 원년(1800)에 풍녕군豊寧君에 봉해졌다.

2_ **봉정암**鳳頂菴 | 설악산 소청봉에 있는 백담사의 말사. 불교 성지인 오대적멸보궁五大寂滅寶宮 가운데 하나로, 신라의 자장율사慈藏律師가 부처의 진신사리를 봉안한 곳이다.

땅에서 거의 십여 장이나 떨어져 있었습니다. 갈기털은 굵기가 젓가락 같았고 길이는 서너 장이 되었는데, 아마 갈기털이 높이 여기까지 닿아서 비벼대다가 털이 빠진 듯했습니다. 절 뒤의 탑 구멍 속에 넣어두어 아는 사람에게 증거 자료로 삼을까 하였습니다." 가서 꺼내보니 말의 갈기털이었는데, 포대의 끈으로 쓸 만하였다는 것이다.

三才圖會卷之鳥獸四

駮

中曲山有獸狀如馬
白身黑尾一角虎足
鋸牙音如振鼓能食
虎豹名曰駮佩之可
以禦凶

十二

〈박駮〉, 〈삼재도회三才圖會〉
국립중앙박물관 소장.

산짐승 중에 말과 닮은 것을 '박駮'이라 하는데, 능히 호랑이나 표범을 잡아먹을 수 있지만 이처럼 큰 것은 없다. 깊은 산속이라 아마도 별종別種이 있어서 그런 것인가?

승냥이

일찍이 사냥꾼과 이야기를 한 적이 있다. 사냥꾼의 말로는 산속에서 사람이 무서워하는 것은 호랑이이고, 호랑이가 무서워하는 것은 승냥〔豺〕이라고 한다. 승냥이는 개와 닮았으면서 몸집이 작고, 반드시 무리를 지어 다니는데, 큰 무리의 경우 수백 마리가 되기도 한다. 서로 부를 때는 '우~' 하는 소리를 내는데, 이것들이 능히 호랑이도 넘어뜨려 잡아먹기 때문에 호랑이가 '우~' 하는 소리를 들으면 달아난다고 한다. 사냥꾼이 서로 약속하여 모일 때에도 또한 '우~' 하는 소리를 내어 겁을 준다고 한다.

녹용

내가 용茸(녹용)을 가진 사슴에 대한 이야기를 듣고 탄식하며 거의 눈물을 뿌릴 뻔하였다. 이야기는 이러하다.

4월에 보리가 익을 때면 사슴의 묵은 뿔이 떨어지고 새 뿔이 돋는데, 그 이름은 '용茸'이라고 한다. 용이 가지〔茄子〕 모양으로 된 것은 그 값이 한 쌍에 이삼천 전錢이 되고, 말안장처럼 생긴 것은 더욱 비싸다. 또 그 뿔이 연하고 향긋하여 산중의 온갖 짐승들이 마주치기만 하면 모두 깨물어 맛을 보려 하는 통에, 사슴은 이에 용 때문에 몸을 보전하지 못할까 걱정하여 늘어진 덩굴과 깊숙한 대숲 속에 들어가 몸을 감추고 용이 굳어져서 녹각鹿角이 되기를 기다린다. 매양 해가 뜨면 나와서 이슬 젖은 풀을 먹고 앞뒤로 서서 털을 말리고, 다 끝나면 도로 대숲으로 들어간다. 해가 기울려 하면 또 나와서 풀을 먹는데, 역시 대숲 밖으로 열 걸음을 벗어나려 하지 않는다.

여기에 사냥꾼이 풀 뜯어먹은 자국을 보고 혹시 사슴이 있을까 의심이 들면 아침저녁으로 가서 엿보는데, 혹은 삼 일 만에 발견하기도 하고, 간혹 사오 일 만에 발견하기도 한다. 사슴 역시 사람이 오는지 살펴서 엿보는 사람이 있음을 이미 알고 나면 곧 대숲을 버리고 달아난다. 처음 대숲을 벗어나서는 감히 자취를 남기면서 가지 않으나, 수백 리를 가서 피로하고 발걸음이 잦아지면 자취를 남기지 않을 수 없다.

가다가 물을 만나면 가로질러 건너지 않고 물을 따라 몇 리를 가서야 비로소 뭍으로 올라서 달린다. 며칠을 가면서 쉬지 못하고 또 먹지도 못하니, 크게 피로해져서 어쩔 수 없이 드디어 쓰러져 눕는다. 사냥꾼은 사슴이 달아난 것을 이미 눈치 채고 화승총과 노구솥을 짊어지고 추적하는데, 만나지 못하면 그치지 않고 만나면 화승총을 들고 나아가 쏜다. 사슴은 사냥꾼이 이르는 것을 보고도 일어나지를 못하여 다만 괴롭게 울부짖을 뿐이라는 것이다.

아! 사슴에게 용이란 또한 슬픈 것이로다. 그 몸에서 나서 그 몸을 죽이니, 어찌 사슴에게 누累가 되는 것이 아니겠는가? 공작은 제 꼬리를 물어뜯고 사향노루는 제 배꼽을 치면서 죽는다고[1] 하니, 어찌 용을 가진 사슴만 그러하리오. 깊이 숨고 멀리 달아나는 것들도 오히려 간혹 면하지 못하는데, 하물며 용을 머리에 이고 성시城市에서 노니는 것들임에랴?

1_ **공작은 … 죽는다고** | 공작은 아름다운 비취빛 꼬리가 도리어 누가 되자 스스로 꼬리를 잘랐다고 하여 '단미斷尾'라는 말이 있고, 사향노루는 평소의 자랑거리인 사향 때문에 쫓기어 결국 죽게 됨에 스스로 제 배꼽을 물어뜯었다고 하여 '서제噬臍'라는 말이 있다.

말과 소

평안도에 말 한 마리와 소 한 마리를 우리에서 키우는 사람이 있었다. 말의 값은 오천 전錢이고, 소는 그 십 분의 육이었다. 주인은 말을 매우 아껴 먹이를 주고 긁어주는 일에 반드시 소보다 먼저 대우하니, 소는 매양 눈을 흘기면서 말을 노려보았다. 언젠가 뜰에 나란히 매어 놓았는데, 갑자기 소가 고삐를 끊고 급히 말을 향해 들이받았다. 말이 놀라 달아나 마구간으로 들어가자 주인이 빗장을 질러 갈라놓았다. 소가 담을 뛰어넘어 들어오자 주인이 또 문을 열어 말을 밖으로 내보내니, 소 역시 우리를 나와서 수백 보를 쫓아가 결국 뿔로 말의 옆구리를 들이박아 죽여 버리고 말았다. 주인이 분하게 여겨 소백정을 불러 그 자리에서 소를 죽여 버렸다.

소 기르는 사람의 말에 따르면, 소는 성질이 말보다 나빠서 말은 그 주인을 아끼고 소는 그 주인을 증오한다고 한다. 겉모양으로 살펴보면 소는 자못 순하고 성실한 것 같으나 그 성질이 말에 미치지 못하니, 이는 혹시 사람이 대우하기를 말보다 못하였기 때문에 원한을 품고 그러한 것인가? 아니면 나은 것을 미워하고 자기를 이기는 것에 굽히지 못하는 본성이 그러한 것인가? 그 눈을 살펴보면 역시 어질고 착하지는 않은 듯하다.

도축屠畜

소는 논밭에서 힘을 소진하고 필경엔 그 몸도 죽임을 당하니, 진실로 원통하고 가엾다고 할 만하다. 선유先儒들의 말씀이 이미 있었고, 선왕先王 을묘년(1795)에도 일찍이 이것이 화和를 해치는 한 가지 일이라고 하여 중외中外로 하여금 도살 금지의 뜻을 거듭 밝혀 범하는 사람이 없도록 한 것은 실로 성덕盛德의 일이다. 다만 우리나라의 습속이 가축을 기르는 데 부지런하지 않아서 거위 · 오리와 양은 없고, 돼지는 기르는 사람만 기르고, 개는 집집마다 기른다.

그렇지만 또한 쓰임이 적절치 않은 면이 있어서 제사와 잔치, 봉양과 간병의 쓰임에 모두 오로지 소고기만을 쓴다. 또 그 수요도 매우 넓어서 뿔, 가죽, 발굽, 털, 기름, 뼈 등 긴요한 것에서부터 형태를 갖춘 모든 것에 이르기까지 모두 찾는 사람이 있다. 그 형세가 소를 잡지 않을 수 없으므로 관官에서 이미 도살해온 데다가 민간에서도 범하게 되었다. 범하는 사람이 너무 많아서 다 처벌할 수 없으면 관에서는 또 벌금을 받고 풀어준다. 범하는 사람이 더욱 광범할수록 소의 죽음은 한갓 관가를 배불릴 뿐인 것이다.

또 소 한 마리를 먹이는 데 비용이 적지 않은데도 백성들이 오히려 힘을 다해 키우는 것은 장차 소의 힘을 이용하려 함이다. 소가 늙고 병들어 이미 쟁기를 끌 수 없고, 또 무거운 짐을 지지 못하면, 백성들이 어찌 쓸모없는 데에다 적지 않은 먹이를 낭비하겠는가? 진실로 소를 잡지 않고도 가히 힘을 이용할 수 있는 것으로 바꿀 수 있다면, 양지바른 비탈 아래 장차 굶어 죽은 소를 보게 될 것이니, 이 또한 행할 수 없는 일이다.

지금 만약 돼지 · 양 · 닭 · 오리를 많이 키워서 소가 쓰이는 길을 줄이고, 늙고 병든 소를 잡는 것을 허락하여 쓰이는 문을 열어주며, 이를 어겨 범하는 사람에게는 벌금이 아닌 처벌을 한다면, 선왕의 법을 편 덕스런 뜻이 거의 금수禽獸에게까지 미칠 수 있을 것이다.

소의 신세

서울 둘레의 오십 리에서 더 먼 곳에 있는 자들이 다 날마다 땔나무를 팔러 온다. 그들이 올 때에 소가 아홉이라면 말은 간혹 하나이다. 매년 얼음이 얼면 여기저기 붉게 꽃무늬가 찍히니, 쇠로 발굽을 해서 다니기 때문이다.

바닷가에서는 모두 소를 이용해 염전을 간다. 한창 뙤약볕이 아래로 내리쬐는 때 소는 무거운 써레를 끌고 높은 비탈을 오르는데, 도리어 흙에 이끌려 뒷걸음질하게 되면, 밭 가는 사람이 큰 소리로 꾸짖으며 막대기로 몰아쳐서 급박하기가 숨조차 쉴 수 없다. 그러므로 경기도 바닷가의 소들은 대부분 뼈가 튀어나올 정도로 수척하며, 목덜미에 굳은 살이 박이고, 등이 움푹 파여 있다. 그러나 노동에 익숙해 있기 때문에 날마다 백여 리를 가고, 짐을 높이 싣고 오래 밭을 갈아도 피로해 보이지 않는다.

호서 지방에서는 백성들이 대체로 소를 재산으로 삼는다. 송아지 적부터 보리와 콩을 섞어 삶아 하루에 세 구유씩 먹이고, 날마다 긁고 씻겨주어 때깔을 좋게 만들어, 사람이 타지도 않고 물건을 싣지도 않고 밭을 갈게 하지도 않으니, 혹시 살이 찌지 않을까 걱정해서이다. 살이 잘 오르면 겉으로 뼈가 드러나지 않고, 높이는 처마에까지 닿게 된다.

〈기우도騎牛圖〉

최북崔北(1712~?), 18세기, 국립중앙박물관 소장.

이에 고삐 끈을 단단히 매어 잔풀이 돋은 언덕에 내다 매어 놓으면, 소는 할 일이 없어 때로 뿔로 땅을 파서 흩날릴 뿐이니, 이는 서울 소장수가 오기를 기다리는 것이다.

내가 호우湖右(충청북도)에서 일찍이 소를 먹이는 사람이면서 보리밭을 가는 데 소가 없어 근심하는 것을 보았다. 시험 삼아 그 소에게 일을 시켜 보라고 하였더니, 소는 껄끄러워하는 태도로 쟁기를 이기지 못하는 듯하였고, 열 걸음도 옮기기 전에 헐떡거리는 것이 차마 볼 수가 없어 곧바로 벗겨주었다. 그날 저녁에 소는 먹으려고도 하지 않고 머리를 늘어뜨리고 눈을 감은 채 서 있었다. 소 먹이는 사람이 근심하며, "소고기가 줄어든 것이 이백 냥이요"라고 하였다. 내가 웃으며, "이놈이 귀골일세. 저걸 어디다 쓰겠나. 아, 어찌하면 저놈을 경기도에 보내 땔나무 싣고 염전 가는 괴로움을 알게 할까?"라고 하였더니, 소 먹이는 사람이 "그놈의 살은 맛나고 연하며, 가죽은 두껍고, 뼈는 굳세고, 뿔은 잘 돋았고, 기름이 많고, 털이 빽빽하니 다 쓸 수 있습니다. 어찌 쓸데가 없다고 하십니까"라고 하는 것이었다.

말의 호칭

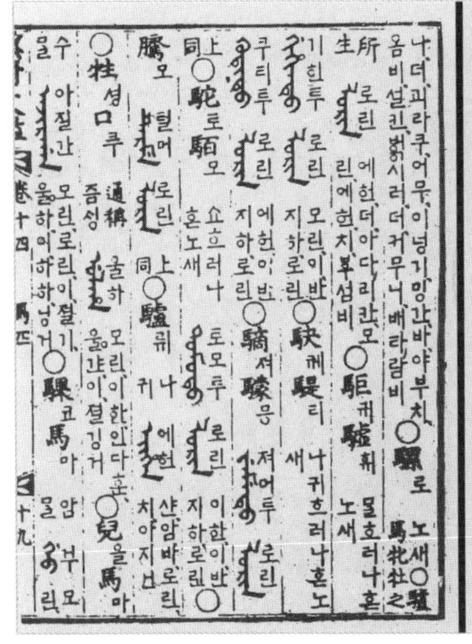

말의 호칭, 《한청문감漢淸文鑑》
국립중앙도서관 소장.

우리나라 사람들이 말〔馬〕을 '말秣'이라고 부르는데, 중국 마아馬兒의 호칭이다. 우리나라 시골에서는 또 바꾸어 '몰〔毛乙〕'[1]이라고 부르는데, 이것은 만주어이다. 건주建州에 '모린위毛隣衛'[2]가 있는데, 바로 말을 부르는 호칭이다. 말을 일컫는 자들이 분청粉青이나 사청沙青 등 여러 검푸른 말은 '총驄'이라고 하고, 담비 가죽 같은 말을 '추騅'라고 부르며, 붉은 말을 '절따[絶多]', 밤색 말을 '구랑九郎', 홍사마紅沙馬를 '부루夫婁', 검은 말을 '가라駕羅', 누런 말을 '공골公骨', 검은 갈기의 누런 말을 '고라古羅', 대춧빛 붉은 말을 '오류烏騮', 표범 무늬 말을 '도화자음불桃花赭音弗', 빰에 줄무늬가 있는 말을 '선간자線間赭', 이마가 옥빛인 말을 '소태성小台星'이라 부르니, 이것들은 모두 만주어이다.

1_ 몰[毛乙] | 경상도의 서부 경남인 진주, 함안 등지에서 'ㅏ'를 흔히 'ㅗ'로 바꾸어 발음하는데, 이를 가리키는 듯하다.

2_ 모린위毛隣衛 | 본래 발해 12주의 하나인 건주建州에 속한 지역. 여진족女眞族의 근거지로 영고탑寧古塔이라 불리기도 하였다. 말을 뜻하는 morin에서 유래함.

후

后犼[1]는 《집운集韻》에 "북방의 짐승 이름으로 개와 닮았고 사람을 잡아먹는다"[2]라고 되어 있으며, 《한청문감》에는 "호랑이 중에 오색 빛이 도는 것"[3]이라 하였으니, 후는 맹수인 듯하다. 그런데 동헌東軒의 《술이기述異記》[4]에 "강희康熙 25년(1786), 평양平陽[5]에 후가 있어서 세 마리의 교蛟와 두 마리의 용龍과 함께 공중에서 싸워 용과 교를 한 마리씩을 죽이고, 후 역시 죽었다. 길이는 한두 길이 되고 말과 비슷한데 비늘 갈기가 있었다. 죽은 후 비늘 속에서 불꽃이 한 길이나 솟았다"라고 하였다.

1_ **后犼** | 이옥은 〈강철에 대한 논변〉이라는 글에서도 동헌東軒의 《술이기》와 왕방산王方山에 전해오는 이야기를 인용하며, 후를 논하였다. 그 글에서는 후와 강철을 같은 짐승으로 서술하고 있는 반면, 여기서는 후가 강철과 비슷한 듯하다고 의문의 여지를 두고 있다.

2_ **《집운集韻》에 … 잡아먹는다** | 《집운》은 중국 북송北宋 보원寶元 2년(1039) 정도丁度 등이 왕명을 받들어 10권으로 편찬한 운서韻書. 206운韻으로 나누었는데, 수록된 글자는 5만여 자로 《광운廣韻》의 두 배에 달한다. 위 내용은 〈상성上聲(하下)·유제사십오有第四十五〉에 실려 있다.

3_ **《한청문감》에는 … 도는 것** | 현전하는 《한청문감》(연세대학교 영인, 1956)의 〈수류獸類 后犼〉 조목에는 "虎斑五爪, 面白性猛"이라 되어 있어, 이옥의 서술과 약간 다르다.

4_ **동헌東軒의 《술이기述異記》** | 동헌은 중국 청나라 고빈高斌(1693~1755)의 호. 벼슬이 문연각대학사文淵閣大學士에 이르렀다. 저서에 《고재초당문집固哉草堂文集》 2권과 《시집詩集》 4권을 남겼다. 《술이기》는 순치 말년에서 강희 초년의 신괴神怪나 기기奇器를 기록해 놓은 것으로 3책이다.

5_ **평양平陽** | 중국 광서성廣西省 내비현來賓縣 서쪽에 있는 지명.

이로써 보건대 아마도 교룡의 종류인 듯하고, 이른바 지금의 '강철強鐵'[6]이라는 것과 비슷한 듯하다.

어떤 사람이 일찍이 포천抱川의 왕방산王方山[7]에 벼락이 떨어져 말 한 마리가 허리가 끊어진 것을 보았다. 그런데 말에 비늘이 있고 비늘 틈 사이에 화기火氣가 있었다. 어떤 중이 보고 강철이라고 하였다 하니, 이 또한 후인 것인가?

6_ **강철**強鐵 | 지나가기만 해도 가뭄이 들게 만드는 악독한 용. '강철罡鐵'이라고도 쓰는데, 박지원의 《열하일기》, 〈상루필담商樓筆談〉에도 보인다.

7_ **왕방산**王方山 | 현재는 '왕방산王訪山'으로 통용된다. 경기도 포천의 서쪽에 위치하여 진산으로 여겨져 왔다. 신라 때 도선국사道詵國師가 이곳에 머무르자 헌강왕憲康王이 친히 방문하였다고 하여 왕방산으로 불린다고 한다.

말의 잡종

말이 나귀와 교접하여 낳은 것도 있고, 소가 말과 교접하여 낳은 것도 있다. 《고금주古今注》[1] 와 《본초本草》에서는 수말과 암나귀 사이에서 난 것을 '제결駃騠' 또는 '거허駏驉'라고 하고, 수나귀와 암말 사이에서 난 것을 '맥䮾' 또는 '탁맥馲駋'이라 하며, 수소와 암나귀 사이에서 난 것을 '적몽驧驝'이라 하는데, 혹은 수나귀와 암소에서 난 것을 '탁맥'이라고도 하여 구분할 수가 없다. 지금 일컫는 '노새盧賽'[2]라는 것은 말이 나귀와 교접하여 낳은 것이고, '특特'이라는 것은 소가 말과 교접하여 낳은 것이다.

일찍이 어떤 사람이 작은 말을 탄 것을 보았는데, 크기는 작은 나귀에 미치지 못하였으나 힘은 능히 소나 말에 따를 만하였다. 또 그 생김새는 말이면서 나귀나 노새, 특은 아니었다. 어떤 이는 돼지가 말과 교접하여 낳은 것이라 하니, 믿을 수는 없다. 혹시 과하마果下馬의 종자인가?

1_ 《고금주古今注》 | 중국 진晉나라의 최표崔豹가 명물名物을 고증하여 엮은 책. 고조선 때의 노래인 〈공무도하가公無渡河歌〉의 배경 설화가 실려 있다.

2_ 노새盧賽 | 암말과 수탕나귀 사이에서 난 잡종. 수컷은 번식을 못하고 암컷은 간혹 수태한다고 한다.

기이한 동물들

기이한 짐승 중에 해치獬豸[1] · 백택白澤[2] · 도발挑拔[3] · 벽사辟邪[4] · 산예狻猊[5] · 청한靑豻[6] · 맥貘[7] · 각단角端[8] 등의 종류는 세상에 진실로 존재하고, 전적典籍에도 그 생김과 색깔이 자세히 실려 있다. 그러나 그것이 노루 · 사슴 · 여우 · 토끼 등과는 다르기 때문에 사람들이 마주치고도

1_ **해치**獬豸 | 전설상의 신령한 동물로 양과 닮았고, 뿔이 하나이다. 성질이 곧아서 사람이 싸우는 것을 보면 정직하지 못한 사람을 뿔로 들이받는다. 임금의 옥송獄訟이 공평하면 나타난다고 한다.

2_ **백택**白澤 | 전설상의 신령한 동물로 말을 할 줄 알고, 만물의 정情에 통한다고 한다. 임금의 덕이 멀리까지 미치면 나타난다고 한다.

3_ **도발**挑拔 | 도발桃拔 · 부발符拔 · 부발扶拔 등의 이름이 있다. 사슴과 닮았고, 꼬리가 길다. 뿔이 하나인 것을 천록天鹿, 뿔이 두 개인 것을 벽사辟邪라고 한다.

4_ **벽사**辟邪 | 전설상의 신령한 동물로 도발 중에서 뿔이 두 개인 것을 가리킨다. 요사한 기운을 막아준다고 하여 벽사라는 이름을 얻었다고 한다.

5_ **산예**狻猊 | 사자獅子를 가리킨다. 능히 호랑이나 표범을 잡아먹는다고 한다.

6_ **청한**靑豻 | 한豻은 호견胡犬을 가리킨다. 여우와 닮았으며, 여우보다 더 작고 검다. 예로부터 이것으로 선비의 옷을 만들었다고 한다. 《예기禮記》, 〈옥조玉藻〉에 청한에 대한 다음 내용이 보인다. "麛裘靑豻褎, 絞義以裼之."

7_ **맥**貘 | 남방의 골짜기에 사는 동물로 코끼리의 코, 무소의 눈, 소의 꼬리, 범의 다리를 하고 황흑색을 띤다. 구리나 쇠를 핥아 먹는데, 사람이 그 가죽을 입거나 그 형상을 그리면 질병을 막을 수 있다고 한다.

8_ **각단**角端 | 고대에 선비족鮮卑族이 살던 지역에 있던 기이한 동물이다. 소와 닮았고, 코 위에 뿔이 솟았으므로 각단이라는 이름을 얻었다. 만리를 갈 수 있고, 사이四夷의 말을 알아듣는다고 한다. 뿔로 활을 만들 수 있다.

어떤 짐승인지 알지 못하니, 대개 아학雅學(박물학)이 넓지 못해서이다.

몇 해 전 연경燕京의 조회 하례식에 모인 나라가 7, 8개국이었는데, 그때 쇠사슬로 한 마리 괴상한 짐승을 묶어서 뜰에 끌어다 놓았었다. 이것을 아는 사람이 있는지 물었으나, 모두들 눈만 휘둥그레 뜨고 대답하는 이가 없었다. 이때 유영재柳泠齋가 진하사進賀使를 수행하여 연경에 있었는데,[9] 홀로 "이것은 감달한堪達漢[10]인 듯하다. 흑룡강 일대에서 나는데 모양이 이와 같다"라고 하였다. 어떻게 아느냐고 물었더니, "《대청일통지大淸一統志》[11]에 실려 있다"라고 대답하였다. 연경 사람들이 모두 그의 박식과 기억력에 탄복하였다. 이는 유원성劉元城이 변박辨駁한 일[12]에 부끄럽지 않다고 할 만하다. 《한청문감》에도 "그것이 사슴의 종류로 낙타와 닮았고, 일명 '사불상四不相'이라 한다"[13]고 실려 있다.

9_ **유영재柳泠齋가 … 있었는데** | 유득공을 가리키며 영재는 그의 호. 유득공에 대해서는 앞의 〈물고기 이야기 · 석화〉편 참조. 유득공은 1790년과 1801년 사행을 따라 두 차례 연행燕行을 다녀왔다.

10_ **감달한堪達漢** | '堪達罕kandahan'으로 적기도 한다. 사슴과 비슷하되 더 크고 뿔로 활깍지를 만든다고 한다. 속칭 타록駝鹿 · 미록麋鹿 · 사불상四不象이라 부른다.

11_ **《대청일통지大淸一統志》** | 중국 청나라의 판도를 상세히 기록한 지리책이다. 1743년에 서건학徐乾學, 진덕화陳悳華 등이 356권으로 편찬 · 간행하였고, 1784년에 화신和珅 등이 424권으로, 1842년에는 목창아穆彰阿 등이 560권으로 간행하였다. 감달한에 대해서는 권47, 〈길림吉林〉조에 "駝鹿: 通志出烏蘇哩江, 一名堪達漢. 形類駝, 角扁闊而瑩潔, 可爲箭括"이라고 되어 있다.

12_ **유원성劉元城이 변박辨駁한 일** | 유원성은 원성 출신인 중국 송나라 학자 유안세劉安世를 말한다. 사마광司馬光에게 수업하였으며, 간의대부諫議大夫로 직간直諫을 잘해 전상호殿上虎라는 별명을 얻었다. 왕안석王安石의 신법에 반대하였고, 장돈章惇, 채경蔡京 등이 국정을 전횡하여 협박하여도 굳은 지조로 바른 말을 잘하였다. 《송원학안宋元學案》 권20 참조. 변박이란 박駮이란 동물에 대해 논변한 것인 듯한데 자세히 알 수 없다.

13_ **《한청문감》에도 … 한다** | 《한청문감》, 〈수부獸部〉에 감달한堪達漢(칸다한)은 "鹿類, 身大項短角匾, 肉峯如駝, 頷下垂鬍. 一名四不相"이라 되어 있다. 사불상이란 몸통은 당나귀, 발굽은 소, 머리는 말, 뿔은 사슴과 비슷하지만 전체적으로 어느 것과도 다르므로 일컫는 말이다.

여우

내가 네발짐승 중에서 가장 깊이 싫어하고 증오하는 것은 여우〔狐〕이다. 짐승 중에 사람을 잡아먹는 것으로 호랑이 · 표범 · 곰 · 비휴貔貅처럼 포악한 놈들도 있지만, 죽은 사람을 먹는 놈은 없다. 그런데 여우는 반드시 죽은 사람을 찾아서 먹는다. 가끔 무덤 사이에 살점과 뼈가 나뒹구는 경우가 있는데, 모두 여우가 한 짓이다.

비유하자면 곰과 호랑이가 사람을 가로막는 도적이라 한다면, 여우는 돈을 얻기 위해 무덤을 파는 도둑이라 할 것이다. 늙은 여우가 사람을 홀릴 때에는 반드시 음란하고 요염한 젊은 여자로 변신을 하고, 또 일찍이 친하면서 그리워하는 사람으로 변신하여 유혹을 한다. 그런즉 이는 여우도 그 사이에서 꽤나 재주를 지닌 셈으로, 마치 외도外道에서 이르는 환신幻身, 타심통他心通[1]의 술법을 지닌 것이다. 이미 도둑질하고 또 음란하고 또 요망하니, 네발짐승 중에 남김없이 베고 잘라 죽일 것은 여우보다 더한 것이 없다.

1_ **타심통**他心通 | 불교에서 말하는 육통六通의 하나. 남의 마음을 속속들이 아는 능력을 말한다. 여섯 가지 신통력은 천안통天眼通 · 천이통天耳通 · 타심통他心通 · 숙명통宿命通 · 신족통神足通 · 누진통漏盡通 등이다.

내가 바닷가에 살고 있는데, 일찍이 악수惡獸가 사람을 해치는 일이 없었다. 그런데 오직 여우만이 가끔 낡은 성곽과 높은 바위틈에 몸을 숨기고 있어서, 술에 취해 밤에 돌아오는 사람이 간혹 마주쳐 홀리기도 하였고, 허름한 관을 묻으면 또한 그 시신이 사라지는 일이 많았다. 내가 일찍부터 아주 싫어하고 증오하여 매양 다 없애고 싶어하였으나 어쩌지 못하고 있다.

작년 봄, 나무하는 아이가 우연히 여우 새끼 한 마리를 산에서 잡아 묶어 왔기에, 나는 빨리 때려죽이라고 하였다. 한 마리를 잡으면 한 마리를 죽이고, 천 마리를 잡으면 천 마리를 죽여야 하니, 잡는 대로 죽여야 하는 것은 오직 여우이다. 시골 사람들이 여우를 '여수女藪'라고 부르므로 천안天安에 있는 '여수올女藪兀'은 사실 '여우골〔狐洞〕'이라고 한다.

고양이

가축 중에 가장 사람에게 친근한 것으로 고양이[猫]만 한 것이 없다. 고기를 먹이고 담요 위에서 잠자게 하니 은혜 또한 지극하다. 고양이가 보답하는 것이란 오직 도둑질을 막는 일 한 가지인데, 간혹 쥐잡기에 게으르고 닭을 노리는 데에 용감한 놈이 있으니, 이것은 고양이 중에서도 형편없는 놈이다.

일찍이 듣건대, 숙종조肅宗朝에 금고양이 한 마리를 궁중에서 길렀는데, 임금이 돌아가시자 고양이는 먹지도 않고 여러 날 울어대다가 빈전殯殿의 뜰에 엎어져 죽었으므로 이에 명릉明陵(경기도 고양의 숙종릉)의 동구 밖에 묻어주었다. 그때 사람들이 〈금묘가金貓歌〉를 지어 송나라의 도화견桃花犬[1]에 견주었다. 비록 성덕聖德이 어떤 것에든 미치지 않는 곳이 없음에서 연유함이지만, 고양이 또한 평범한 것에 비할 바가 아닌 것이다. 아, 참 기이하다.

1_ **도화견**桃花犬 | 중국 송나라 순화淳化 연간에 금주錦州에서 개를 바쳤는데, 늘 태종 황제의 곁에서 놀다가 황제가 병이 들자 먹지 않았고, 황제가 붕어하자 울부짖으면서 수척해져 보는 사람들이 눈물을 흘렸다고 한다. 이에 참정參政 이지李至가 〈도화견가桃花犬歌〉를 지었다.

〈묘작도猫雀圖〉

변상벽卞相璧(1730~?), 18세기, 국립중앙박물관 소장.

다리가 여럿인 짐승

네발 달린 것을 '짐승(獸)'이라고 한다. 내가 영남의 기읍岐邑[1]에서 다리 여섯 달린 쥐[2]를 보았고, 소의문昭義門[3] 밖에서는 돼지가 새끼를 낳은 것을 보았는데, 다리가 여덟에 머리와 꼬리가 두 개씩이었다. 아마 돼지는 두 마리였다가 채 나누어지지 못한 것 같다. 또 듣기로는 다리 셋인 개가 있어 능히 중풍과 간질을 낫게 한다고 하는데, 간혹 본 사람이 있다고 한다.

1_ **기읍**岐邑 | 삼가현三嘉縣(三岐)을 가리킨다. 삼가는 지금의 경상남도 합천군 삼가면 일대에 있었던 고을.

2_ **다리 여섯 달린 쥐** | 원문은 "육족서六足鼠"인데, 《봉성문여鳳城文餘》에 〈발이 여섯 달린 쥐〉에 관한 이야기를 다루고 있다.

3_ **소의문**昭義門 | 서소문西小門이라고도 한다. 조선조 태조 5년(1396) 다른 성문과 함께 지으면서 소덕문昭德門이라 하였다가, 영조 20년(1744) 문루를 세우면서 이 이름으로 바꾸었다. 일반적인 통행로이면서 광희문光熙門과 함께 시체를 성 밖으로 내가는 통로 구실을 하였다.

꾀 많은 족제비

꾀가 많은 짐승 중에 신犽[1]이란 놈이 있는데, 속칭 '황광黃獷'이라 부른다. 가죽은 '조서피臊鼠皮'라고 하며 또 소서騷鼠라고도 하는데, 우리나라에서는 와전되어 '족제비足齊飛'라고 부른다. 미물이로되 그 성질이 매우 간교하다.

몸에 검푸른 진흙을 바르고 앞발을 모은 채 갯가에 서 있다가 까치가 말뚝인 줄 알고 내려앉으면 이것을 잡아채서 먹는다.

땅을 후벼파서 구덩이를 만들고 제 몸을 눕혀 가늠해본 다음, 가서 뱀의 꼬리를 깨문다. 뱀이 성질이 나 쫓아오면 바로 달아나 함정에 드러눕는다. 뱀이 그 위에 똬리를 틀고 지키면, 이에 아래로부터 뱀의 목을 물어 죽인다.

구멍을 뚫고 닭장 속에 들어간 후, 닭을 잡아먹고 나서 곧 닭들을 놀라게 하여 푸드덕거리게 하고는 닭의 날개 아래에 붙어 나온다. 닭이 만약 나갈 수 없으면 닭장 속의 닭을 모두 죽여서 제 독한 성질을 실컷

1_ 신犽 | 《강희자전康熙字典》에 "《광운》: 식진절息晉切로 읽는다. 작은 짐승으로 냄새가 나고 물가에 산다. 색은 누르고 쥐를 먹는다. 《정자통》: 삵괭이 종류로 고양이와 닮았고 작다(《廣韻》息晉切, 小獸, 有臭居澤, 色黃食鼠. 《正字通》貓屬, 似猫而小)"라고 되어 있다.

부린다. 주인이 눈치 채고 쫓아내면, 떠났다가 다시 오기를 하룻밤에 대여섯 번이 되도록 그치지 않는다.

몸에 벼룩이 많이 생기면 나뭇가지 하나를 입에 물고 꼬리에서부터 물에 담근다. 물이 서서히 목과 주둥이에 다다르면 벼룩이 모두 물을 피해 나뭇가지로 옮겨 붙게 되는데, 얼른 가지를 버리고 달아난다. 짐승 중에 가장 꾀가 많다고 하겠다.

축산업

재산을 모으는 방법은 전일專一함에 달려 있는데, 가축을 기르는 일은 그 한 가지 일에 불과하다. 청풍淸風에 해마다 닭 이백 마리를 길러 입고 먹는 사람이 있고, 호湖(충청도)의 어느 바닷가 고을에는 늘 백여 마리 개를 길러 재물로 그 고을에 이름난 사람이 있다. 예산禮山에는 구장자駒長者(망아지 부자)라는 사람이 있는데, 그 처음에 망아지를 기르는 일로 시작하였다. 쌍부雙阜에서 소 천여 마리를 기르게 된 사람이 있는데, 처음에는 백 마리도 되지 않았다. 소를 빌려 먹이는 사람들로 하여금 해마다 소득을 받지 않는 대신에 두 해에 송아지 한 마리를 받았다.[1] 어미 소와 송아지가 모두 번식을 하게 되자, 몇 해 되지 않아서 천 마리에 이르렀다. 천 마리라면 진실로 부자라고 해야 할 것이다.

1_ **소를 … 받았다** | 반양半養을 말한다. 남의 가축을 길러서 가축이 다 자라거나 새끼를 낸 뒤에 주인과 나누어 갖는 제도이다.

짐승의 출몰

곰과 호랑이는 모두 산에 사는 짐승인데, 때가 늦은 뒤에 들판으로 내려오는 일이 있다. 영조英祖가 승하한 날에 표범이 옛 궁궐에 들어왔다가[1] 나무 위에서 잡혔고, 갑진년(1784) 가을에 곰이 떼로 몰려와서 심지어 광릉廣陵(경기도 광주)의 물속에서 사람을 치기도 하였고, 혜화문惠化門 밖에서 시골 아낙을 물어 죽였다. 그 때문에 서울의 저자에서 곰발바닥을 팔기도 하였다. 충청도에까지 몰려가서 한 달이 지나서야 잠잠해졌으니 또한 기이한 일이다. 화성華城의 원소園所[2]에 송백이 이미 숲을 이루자, 호랑이 · 표범이 많이 모여들어 매양 사방에 출몰하여 근심거리가 되었더니, 경신년(1800) 인산因山[3]이 지난 후로는 주위에 가까이 사는 사람들이 다시는 호랑이를 걱정하지 않게 되었다. 백성들이 모두 이야기를 퍼뜨리며 신기하게 여겼다. 아, 선왕先王을 잊지 못하겠도다.

1_ **영조英祖가 … 들어왔다가** | 영조는 재위 52년(1776) 3월 5일 경희궁慶熙宮의 집경당集慶堂에서 승하하였다. 옛 궁궐이란 임진왜란 이후 폐허가 된 경복궁을 가리키는 듯하나 자세하지 않다.

2_ **화성華城의 원소園所** | 원소는 왕의 친족들의 산소. 정조가 1789년에 아버지 사도세자의 능을 화성으로 옮겨 현륭원顯隆園을 조성하였는데 이것을 가리킨다.

3_ **경신년(1800) 인산因山** | 정조 임금의 장례를 가리킨다. 정조는 1800년 6월 28일 승하하여 11월 6일 화성의 안룡면 건릉健陵에 묻혔다.

쥐와 코끼리

천하의 짐승 중에 코끼리보다 큰 것이 없고, 쥐보다 작은 것이 없다. 쥐가 능히 코끼리를 해칠 수 있으므로 코끼리는 쥐를 매우 무서워하여 쥐구멍만 보면 앞으로 나아가지 못하고, 쥐 소리만 들으면 떨었다. 아, 지극히 작은 것이 지극히 큰 것을 해칠 수 있으므로 군자는 크다고 하여 작은 것을 홀시하지 않고, 소인은 작다고 하여 큰 것을 두려워하지 않는다.

— 이상 김채식 옮김

정丁 — 벌레 이야기 談蟲

애벌레의 변신

벌레로 날개가 있어 날 수 있는 것은, 모두 날개가 없어 날지 못하던 것이 화化한 것이다. 매미의 근본은 복육復育[1]이요, 나방의 근본은 번데기요, 나비의 근본은 여러 나무와 여러 채소의 벌레요, 귀뚜라미의 근본은 잠자리인데 속칭 '수독아水犢兒'요, 벌의 근본은 명령螟蛉[2]이요, 파리의 근본은 말매미요, 모기의 근본은 며루인데, 며루는 바로 홍사충紅絲蟲이다.

그 날개가 있어 날 수 있는 것은 그 근본을 따져보면 꿈틀거리지 않는 것이 없다. 날개가 없어 능히 날지 못할 때에는 그 모양이 혹은 크고, 혹은 작고, 혹은 길고, 혹은 짧고, 혹은 뿔이 있고, 혹은 털이 있고, 혹은 푸르고, 혹은 하얗고, 혹은 붉고, 혹은 알록달록하고, 혹은 나무 사이에서, 혹은 풀 사이에서, 혹은 물속에서, 혹은 땅속에서 꾸물꾸물 꼬물꼬물 거리는데, 그것을 본 사람들은 한번 뜰을 지나가기만 하면 침

1_ **복육**復育 | 매미의 유충幼虫. 복육復蛸이라 표기하기도 한다.

2_ **명령**螟蛉 | 명령은 일명 뽕나무 벌레라고도 한다. 일설에 명령은 나나니벌이 업어 기른다고 하는데, 이는 잘못된 견해이다. 나나니벌이 명령을 자신의 둥지로 데리고 와서 침으로 쏘면 명령은 죽지도 살지도 않은 상태가 되는데, 이때 나나니벌이 명령의 몸에 알을 낳는다. 그러면 나나니벌의 알들은 명령을 숙주로 삼아 알에서 깨어날 준비를 한다고 한다.

을 뱉어 더럽게 여기지 않는 이가 없다.

그 등에는 잔 점들이 있는데, 때가 이르러 화化함에 미쳐 형체가 바뀌면서 변하여, 날개가 없는 것은 날개가 생기고, 날지 못했던 것은 날 수 있게 된다. 이미 분을 바르고 다시 붉게 눈썹을 그리고, 이미 비단옷을 입고 다시 비취로 머리를 장식하여 구슬처럼 영롱하고, 깁처럼 밝게 빛나니, 너울거리는 우아한 모습이 실로 아름답고도 화려하다. 이에 그것을 본 자는 사랑하지 않음이 없고, 그것을 얻은 자는 혹 상할까 염려하며 그림을 그린 기둥에 점을 찍어도, 화려한 옷자락을 스쳐 지나가도, 일찍이 그것을 싫어한 적이 없다.

사람들이 저것은 박대하면서 이것은 사랑하는 이유를 나는 알지 못하겠다. 그 소리가 없다가 소리를 내고, 날지 못하다가 날아서 그 기질을 변화할 수 있음을 사랑한 것인가! 아니면 그 푸르고 붉게 단장하고 알록달록 아름답게 빛을 발하여, 그 외양을 능히 화려하게 꾸민 것을 사랑한 것인가! 이는 알 수가 없다.

수숫대 속 벌레의 소요유

일찍이 수숫대를 우연히 꺾어 그 한 마디를 쪼개어 보니, 가운데가 텅 비어 구멍이 나 있었는데, 위아래로 마디에 이르지는 못하였다. 구멍의 크기는 연근의 구멍만 한데 벌레가 거기에 살고 있었다. 벌레의 길이는 기장 두 알 정도이고 꿈틀거리며 움직여 생기가 있는 듯하였다.

내가 위연喟然히 한숨을 쉬고 탄식하며 말하였다.

"즐겁구나, 벌레여! 이 사이에서 태어나 이 사이에서 자라고, 이 사이에서 기거하며 이 사이에서 먹고 입고 하면서, 장차 또 이 사이에서 늙어가겠구나. 이는 윗마디로써 하늘을 삼고, 아랫마디로써 땅을 삼으며, 수숫대의 하얀 속살을 먹이로 삼고, 푸른 껍데기를 집으로 삼아서 해와 달, 바람과 비, 추위와 더위의 변화가 없으며, 산하 · 성곽 · 도로의 험난함과 평탄함에 근심이 없으며, 밭 갈고 베 짜고 요리하는 것을 마련할 게 없고, 예악과 문물의 찬란함도 없구나.

저것이 인물人物, 용과 호랑이, 붕새와 곤鯤[1]의 위대함을 알지 못하므

1_ 곤鯤 | 《장자莊子》, 〈소요유逍遙遊〉에 나오는 상상 속의 큰 물고기. 《장자》에 의하면, 곤은 북해에 사는데 그 크기가 몇 천 리가 되는지 알 수 없고, 이것이 변하여 새가 되면 붕鵬이라 하는데, 그 등의 길이도 몇 천 리나 되는지 알 수 없다고 하였다.

로, 그 자신에게 자족하여 눈이 먼 줄을 모른다. 궁실과 누대의 사치스러움을 알지 못하므로, 그 거처에 자족하여 좁다고 여기지 않는다. 의복의 무늬, 수놓은 비단, 기이한 짐승의 털, 채색 깃털의 아름다움을 알지 못하므로, 그 나체에 자족하여 부끄럽다고 여기지 않는다. 술과 고기 그리고 귀한 음식의 맛을 알지 못하므로, 그 깨무는 것에 자족하여 굶주린다고 여기지 않는다. 귀로 들음이 없고 눈으로 봄이 없으며, 이미 그 수숫대의 하얀 속살을 배불리 먹다가, 때때로 답답하고 무료하면 그 몸뚱이를 세 번 굴려 윗마디에 이르러 멈추니, 대개 또한 하나의 소요유逍遙遊[2]이다. 어찌 넓고 넓은 여유로운 공간이라 말할 수 있지 않겠는가? 즐겁구나, 벌레여!"

이는 옛날의 지인至人[3]이 그것을 배우면서도 아직 완전히 달성하지 못한 것이다.

2_ **소요유**逍遙遊 | 《장자》 내편의 편명이기도 한 소요유는 아무런 불평불만도 없고, 어떠한 제약도 받지 않으며, 천지 사방을 무대로 넓고 자유롭게 노니는 무한 자유의 경지를 의미한다.

3_ **지인**至人 | 덕이나 도를 쌓아 탈속의 경지에 도달한 사람을 가리키는 말이다.

벌레들의 괴롭힘에 대하여

내 집은 원래 시골이고 방은 또 몹시 소박하고 누추하여, 여름이 되면 낮에는 파리가 괴롭히고 밤에는 모기가 괴롭히며, 방 안에서는 벼룩과 이가 괴롭힌다. 나는 매양 이것들을 괴롭게 여겨 감당하지 못할 듯하였다. 이윽고 생각건대, 이것들은 족히 괴로울 것이 못 되었다.

산골짜기 가까이 살면 호랑이와 표범이 날마다 침입해와서 시끄럽게 굴고, 번화로운 거리의 요충에는 도적들이 밤을 틈타 넘본다. 풀숲에서 잠자면 뱀 · 살무사 · 땅강아지 · 등에가 있고, 논에서 김매면 풍뎅이 · 거머리가 있으며, 숲속에서 나무하면 양랄화모楊辣花毛의 벌레[1]가 있다.

어찌 다만 이것뿐이랴? 가난한 집에는 빚을 독촉하는 사람이 있고, 부잣집에는 구걸하는 사람이 있으며, 귀한 집에는 쫓아와 달라붙는 사람이 있다. 기쁜즉 벼룩이나 이가 사람의 피를 빨아들이는 것 같고, 성난즉 모기가 사람의 살갗을 깨무는 것 같아 내가 살펴보건대, 사람으로 하여금 잠시라도 그 고통을 감내할 수 없게 한다.

지금 나에게는 이미 이 세 무리의 사람이 없고, 또 호랑이나 표범, 도

1_ **양랄화모楊辣花毛의 벌레** | 버드나무 가지나 버들개지에 기생하는 벌레를 가리키는 것 같으나 자세히는 알 수 없다.

적이 없으며, 또 풀숲에서 자거나 논에서 김매거나 숲속에서 나무할 날이 없다. 자리가 해지고 굴뚝이 좁으나 또한 바퀴벌레와 사마귀, 그리고 냄새나는 벌레의 재앙이 없으니, 어찌 모기와 파리, 벼룩과 이가 왕왕 번갈아 침입한다 하여 그 괴로움 때문에 그 즐거움을 바꿀 것인가? 이렇게 생각하면서 눈을 감고 잠을 푹 자면 네 가지 벌레가 괴롭히는 것을 알지 못한다.

모기와 각다귀

가까운 바다에 모기〔蚊〕가 많은데, 매양 사람의 피부를 물면 흉터가 복숭아꽃과 같아지고 가려움을 견딜 수 없다. 가을에 이르면 그 모기의 침이 더욱 독해져서 대부분 부스럼이 되는데, 9월에 이르러 흩어져 꽃부리처럼 된 이후에는 모기 또한 사람을 어떻게 하지 못한다. 바야흐로 그것이 올 때에 쑥잎을 태워 방에 쑥 냄새가 스며들게 하면 반드시 흩어져 버린다. "자단향紫檀香[1]을 피우면 모기가 변하여 물이 된다"고 했는데, 시험해보니 효과가 나타나지 않았다.

또 먼지처럼 아주 미세한 것이 있는데, 시골에서는 '각다귀〔蝎茶塊〕'[2]라고 한다. 사람을 만나면 이것이 반드시 피부막을 뚫고 들어가 피를 빨아먹는데, 처음엔 그것을 자각하지 못하다가 오래되면 부스럼이 밤톨만큼 커져서 반드시 열흘이 지나야 괜찮아진다. 모기보다 작지만 그 독은 배가 된다.

1_ **자단향**紫檀香 | 자단을 잘게 깎아서 만든 향. 불에 피우기도 하고 약으로 쓰기도 한다.

2_ **각다귀**〔蝎茶塊〕 | 원문의 "蝎茶塊"를 음독하면 '깔다귀' 곧 하루살이에 가깝다. 그러나 피부막을 뚫고 피를 빨아먹는다는 이 곤충의 습성으로 보건대, '각다귀'를 가리키는 것이 아닌 것 같다. 각다귀는 모양은 모기와 비슷하나 조금 더 큰데, 몸의 길이는 2cm, 날개는 2cm 정도이고 회색이며, 다리가 길고 가늘다. 대모각다귀 · 잠자리각다귀 · 황각다귀 따위가 있다. 한국 · 일본 · 중국 등지에 분포한다.

일찍이 듣건대, 민閩 땅에 '몰자沒子'가 있어 '금강찬金剛鑽'[3]이라 일컬으며, 긁을수록 더 종기가 생긴다고 하는데, 이 벌레와 비슷하게 여겨진다.

3_ **금강찬**金剛鑽 | 목화 · 해바라기 등을 해치는 곤충. 유충은 방추형으로 생겨 담회색을 띠고, 성충이 되면 황록색의 작은 나방이 된다. 중국 민閩(복건성) 지역에서는 몰자沒子라 부르고, 북경 일대에서는 금강찬金剛鑽이라 부른다.

우리 마을에 있는 네 종류의 뱀

내 집이 처음 해안가에 정착했을 때에 이 지역에 뱀이 많았다. 4월 이후로는 혹 하루에 서너 번을 보았는데, 아이종에게 보는 대로 반드시 죽이게 하였다. 멀리까지 우거진 풀을 베고 십여 년을 사니, 뱀도 달아나 멀리 가버렸다.

그 종류는 넷이다. 하나는 '구렁이〔屈行〕'라 하는데, 즉 왕뱀이다. 큰 것은 서까래만 하고 저금색猪金色·회색灰色·백색白色의 세 가지 색이 있고, 간혹 인가에 들어와 참새나 쥐를 잡고 달걀을 삼킨다. 또 하나는 '능구렁이〔能屈〕'라 한다. 검은 왕뱀과 비슷하지만, 적흑색을 띠며, 때때로 혹 두꺼비를 삼키며, 사람들이 잡아서 술을 빚어 섬사주蟾蛇酒를 만드는데 악창과 어혈을 치료한다. 다른 하나는 '무자치〔水尺〕'[1]라 한다. 물속에서 개구리 쫓는 것을 즐긴다. 몸 전체가 모두 붉고 푸른 꽃무늬를 하고, 성이 나면 머리를 치켜들고 을乙자 모양을 하고 달린다. '율모기〔律墨〕'라고도 한다. 또 다른 하나는 '살무사殺無赦'이다. 흑색 바탕

1_ 무자치〔水尺〕 | 뱀과의 파충류. 몸의 길이는 60~90cm이다. 등에는 연한 갈색 또는 황갈색 바탕에 등 중앙선을 따라 오렌지색 세로줄이 있고, 머리에는 'V'자 모양의 검은 갈색 얼룩무늬가 있으며, 배는 붉은 황색 또는 붉은 갈색이다. 독은 없고 난태생으로 한국, 일본, 중국, 시베리아 등지에 분포한다.

에 흰 무늬가 있어 '까치독사[鵲蛇]'라고도 부르며, 그 성질이 몹시 사나워 다니다가 사람을 만나면 멈추고, 건드리면 능히 소리를 낸다. 이놈은 큰 독이 있는데, 사람 물기를 좋아하니 사람이 그것을 만나면 반드시 죽이므로 '살무사'라고 한다.

고장 사람들이 매양 뱀을 우리 고장의 골칫거리로 여기지만, 나는 그렇지 않다고 말한다. 지금 가령 뱀의 족보를 살펴본즉, 천하에는 참으로 더불어 가까이할 수 없는 뱀이 많다. 가령 파巴의 탄상呑象,[2] 전滇의 석란石卵,[3] 조潮의 구인狗印[4]의 부류가 모두 그런 뱀이다. 그런데도 그 지역 사람들은 오히려 거기에 살고 있다. 우리 고장의 뱀 같은 것은 한 오라기의 붉은 실에 불과하니, 이것이 어찌 족히 골칫거리가 되겠는가?

뱀에게 물린 자는 대부분 창이엽蒼耳葉[5]을 찧어 즙을 마시고, 그것을 붙이면 좋다고 한다.

2_ **파巴의 탄상呑象** | 파는 중국 사천성四川省 중경重慶 지방을 가리킨다. 동시에 이 지역에 있는 뱀을 가리키기도 한다. 파가 코끼리를 먹어 삼키므로 일명 '탄상呑象'이라고도 일컬어진다. 길이는 천심千尋이나 되며, 청색·황색·적색·흑색이 있다. 파가 코끼리를 먹어 삼킨 지 삼 년이 되면 그 코끼리뼈를 배출하는데, 군자가 이것을 복용하면 심장과 뱃속에 병이 없다고 한다.

3_ **전滇의 석란石卵** | 전은 원래 중국 한나라 때 서남쪽 오랑캐를 가리키는 말이었다. 이들의 근거지가 지금의 운남성雲南省 곤명昆明 부근이었기에 운남성을 약칭하여 '전滇'이라고 한다.

4_ **조潮의 구인狗印** | 조는 중국 광동성廣東省에 있는 지역 이름이다. 구인은 조 지방에 사는 뱀으로 발이 네 개이고 용과 비슷하다. 청흑색 바탕에 붉은 띠를 두른 것 같은 비단 무늬를 하고 있고, 작은 개울을 따라 바다로 흘러들어간다. 독이 있어 물리면 바로 죽게 된다고 한다.

5_ **창이엽蒼耳葉** | 도꼬마리 잎을 말한다. 도꼬마리는 국화과의 한해살이풀로 온몸에 거친 털이 많으며, 잎은 삼각형으로 가장자리에 톱니가 있다. 《본초강목》에 "뱀독을 받아서 눈이 거멓게 되고 이를 악물면서 죽을 것 같은 사람에게 연한 창이엽 한 줌을 짓찧어 즙을 내서 데운 술에 타 먹이고, 찌꺼기를 물린 자리에 붙여준다"고 하였다.

시골의 세 가지 시끄러운 소리

시골에 살면 세 가지 시끄러운 소리가 있는데, 가장 듣기 싫은 것이 씨아 돌리는 소리 · 아이 울음소리 · 개구리 울음소리이다. 다만 면화를 꼬지 않으면 베를 짜고 솜옷을 입지 못하며, 아이를 기르지 않으면 가계家系를 전하고 성姓을 이어가지 못하며, 논밭에 물이 없어 개구리가 울지 않으면 장차 가뭄과 흉년을 면치 못할 것이다. 그런즉 이 세 가지 소리는 모두 없을 수 없는 것이다.

참새의 골을 찧어 그 골수를 취해서 씨아의 축軸에 기름칠을 하면 씨아에서 소리가 나지 않게 할 수 있고, 젖을 먹여 자애롭게 대해주고 호랑이가 온다고 속여 겁주면 아이를 울지 않게 할 수 있다. 오직 개구리 울음소리는 어떻게 할 방법이 없다. 괵씨蟈氏의 국회鞠灰를 뿌리는 법은[1] 이전에 시험해본 적이 없을 뿐 아니라, 죄 없는 것을 죽이는 것이다. 어떤 사람은 마른 물고기의 머리를 취해 사방 귀퉁이에 펼쳐 놓으면 그 울음소리를 멈추게 할 수 있다고 하였지만, 이 또한 번거로운 일

1_ **괵씨蟈氏의 … 뿌리는 법은** | 괵씨는 중국 주周나라 때 개구리를 제거하던 일을 맡아보던 관직명. 개구리와 맹꽁이를 제거하는 일을 괵씨가 처음 맡은 뒤로 벼슬 이름이 되었다고 한다. 국회鞠灰는 재를 뿌려서 죽이는 것이다.

에 가깝다.

오직 그것들이 스스로 시끄러운 소리를 내다가 스스로 멈추는 데 맡기는 것이 마땅한데, 가령 몸을 운종가雲從街에 늘어선 가게 안이나, 서울에 있는 노학구老學究의 소박한 글방에 머무르는 것에 비한다면, 이것은 족히 시끄럽다고 할 수 없다. 비로소 옛사람이 운운한 양부兩部의 고취鼓吹[2]라는 것도 또한 이것을 어떻게 할 수 없어 억지로 큰 소리로 삼았던 것임을 알 수 있다.

2_ **옛사람이 … 고취**鼓吹 | 양부兩部는 중국 고대의 악대樂隊 중 앉아서 연주하는 좌부악坐部樂과 서서 연주하는 입부악立部樂을, 고취鼓吹는 타악기와 취주악기를 연주하는 것을 말한다. 중국 남제南齊의 공치규孔稚珪가 뜰 안의 시끄러운 개구리 울음소리를 '양부의 고취악'이라 한 데서 뭇 개구리의 울음소리를 일컫게 되었다.

거미줄에 대한 단상

아이 적에 거미를 말[斗] 가득히 죽이면 마땅히 복을 받고 수壽를 누린다는 얘기를 듣고, 거미를 보면 반드시 그 줄을 헐어 버리고 죽였다. 장성해서 생각해보니, 이는 매우 옳지 않은 일이었다. 이 말을 한 자는 대개 거미가 줄을 쳐서 여러 벌레를 공격하는 것을 몹시 미워하여 다른 사람들도 자신이 미워하는 것을 함께 제거하기를 바란 것이다. 그런데 지금 가령 거미로서 사람을 본다면 사람 중에 거미와 같지 않을 자가 몇 사람이겠는가?

옛날 태호씨太皞氏가 거미줄을 본떠 그물을 엮었는데,[1] 그 방법이 갈수록 더욱 치밀해졌다. 모罞와 민罠은 큰사슴을 잡는 그물이고, 아䍓 · 호䍍 · 저罝 · 부罘 · 필罼이라고 하는 것은 토끼를 잡는 그물이고, 부罦 · 매䍙 · 무䍢 · 동罿이라고 하는 것은 꿩을 잡는 그물이고, 저䍕 · 구䍐 · 정罓 · 령䍅 · 고罛 · 어䍒 · 주罜 · 록䍡 · 고罟 · 조罩 · 전罬 · 역罭 · 보䍌 ·

1_ **태호씨太皞氏가 … 엮었는데** | 태호씨는 중국 신화 속에 나오는 황제 복희씨伏羲氏를 말한다. 수인씨燧人氏를 뒤이어 황제가 되어 팔괘八卦 · 서계書契 · 혼인제도를 만들고, 그물을 얽어 희생을 기르고 금슬琴瑟을 만들었다고 한다. 《주역周易》, 〈계사하전系辭下傳〉 제2장에 복희씨가 새와 짐승의 무늬와 토양의 특성을 살폈으며, 노끈을 맺어 그물을 만들어서 사냥하고 고기를 잡았다는 얘기가 나온다.

종罿 · 류罶 · 조罾 · 조罺 · 료罦 · 증罾 · 로罏 · 뢰罍 · 담罧은 물고기를 잡는 그물이다. 삼과 칡으로 만든 줄과 고치와 목화로 만든 실을 열에 다섯을 쓰더라도, 몇 마장의 시내를 울타리를 둘러 에워싸고, 작은 산의 샛길을 연기와 안개처럼 갈피를 잡지 못하고 가로막히게 하여, 걸려들지 않는 새가 없고, 그물질되지 않는 물고기가 없으며, 잡히지 않는 짐승이 없게 할 수 있다. 살아 있는 것을 마음대로 해쳐서 그것의 살로 먹이를 삼는다면, 거미줄이 과연 좋은 그물이겠는가? 사람이 만든 그물이 과연 좋은 그물이겠는가?

어찌 다만 이뿐이랴? 시기하고 이기려는 마음으로 엮어 그럴싸한 곳에 펼쳐 놓고서, 교묘한 말로 잡아매고 가혹한 법으로 두드려, 마침내 꿩을 토끼 그물에서 죽게 하고, 큰 기러기를 물고기 그물에 걸려들게 하는 자들이 있다. 이런 짓은 거미도 하지 않는 것인데, 사람만이 혹 그렇게 한다. 또 어찌 거미가 배를 채우는 것을 주벌誅罰하면서 도리어 스스로 생명을 해치는 죄과罪科에 빠지는가? 그런즉 다섯 말의 거미를 죽이는 것보다 차라리 자신의 심중에 그물질하고 해치려는 마음을 없애는 것이 나을 것이다. 이것이 대음덕大陰德이다. 나는 이로부터 한 마리 거미도 다시는 죽이지 않았다.

두꺼비의 희생과 번식

두꺼비는 새끼를 낳을 수 없다. 그래서 그 새끼를 낳으려면 적흑사赤黑蛇를 찾아가서 자신의 몸을 먹게 한다. 그러면 적흑사는 반드시 두꺼비를 삼키고서 죽는다. 적흑사가 죽은 지 며칠이 되면 그 배가 부패하여 터지는데, 뱃속이 다 두꺼비 새끼들이다. 두꺼비는 이렇게 하여 능히 세대를 이어가는 것이다.

나는 일찍이 두꺼비가 자신을 죽여 새끼를 구하는 것이 이미 어리석거늘, 뱀이 반드시 두꺼비를 삼키고 죽는 것은 더욱 어리석음을 괴이하게 여겼다. 혹 자손을 위한 계책으로 죽고 혹 먹고살기 위해 죽으니, 그 자신을 위해 죽는 것이 또한 슬프지 않은가!

오뉴월의 벌레들

오뉴월이 교차할 즈음, 바람이 무덥고 비가 지루하게 내려 습기 차고 후덥지근하면 모기 · 파리 · 벼룩 · 이 외에 또한 벌레들이 많다. 분진粉塵처럼 하얗고 아주 미세하여 식별할 수 없는 것이 상 위에서 꿈틀거려, 자세히 살펴보면 벌레이다. 창틈에서 또닥또닥 먼 마을의 다듬이질 같은 소리를 내는 것이 있는데, 자세히 들어보면 벌레이다. 밤에 누워 있는데, 크기가 기장 알에 미치지 못하는 것이 팔을 타고 올라오는데, 어루만져 살펴보면 벌레이다. 방 안 지척 간에 어찌 이리 벌레가 많은가?

아! 천지 사이에 생명을 지니고 능히 움직이는 것은 모두 벌레이다. 날개 있는 벌레, 털 있는 벌레, 비늘 있는 벌레, 딱딱한 껍데기가 있는 벌레가 있고, 또 '나충倮蟲'이라고 하는 벌레가 있다. 상서로운 기린과 봉황, 커다란 곤鯤과 붕새, 신이한 거북과 용을 하늘에서 보면 모두 벌레이다. 삼백 종류의 나충 가운데 사람이 대표가 된다고 하니, 사람을 벌레로 친다면 더욱 나충에 가까운 것이다.

저 천리 벌판에 군영軍營을 이어 놓고, 맹장猛將 삼십육 명과 정예병사 팔십만으로 북을 치면 전진하고, 징을 두드리면 멈추어 남쪽으로 북쪽으로 정벌하는 자를 달관의 안목으로 보면 곧 일개 개미이다.

저 비단 수놓은 폐슬蔽膝[1]을 두르고 푸른 옥을 차고, 명군明君의 시대에 뜻을 얻어 봉지鳳池와 난대鸞臺[2] 위에 훨훨 나는 것을 달관의 안목으로 보면 곧 일개 나비이다.

작은 산 무성한 계수나무 숲속에 깃들어 만승萬乘의 천자天子[3]에 대해서도 오만하고, 청색·자색의 인끈[4]을 지닌 공경公卿을 업신여겨 돌아보려고 하지 않으며, 스스로 그 한 몸을 깨끗이 하는 자를 달관의 안목으로 보면 곧 일개 반딧불이이다.

문장으로 한 세상을 움직여 시사詩詞가 악부樂府에 오르고, 명성과 명예가 사방 이민족에게까지 전해지고, 보불黼黻과 경거瓊琚[5]로 당대當代의 성대한 치화治化를 울린 자를 달관의 안목으로 보면 곧 일개 매미이다.

높은 누대와 좋은 전토田土에 금과 옥을 쌓아 놓고, 부유하게 경영하여 자손에게 무궁한 업을 전하려고 생각하는 자를 달관의 안목으로 보면 곧 일개 벌이다.

고관대작의 집에 잔약한 객이 실세한 자를 등지고 권세 있는 자를 좇아, 이익이 있는 곳을 백방으로 뚫으려 시도하여 달콤한 것을 핥고 빨기를 혹 남에게 뒤질까 저어하는 자를 달관의 안목으로 보면 곧 일개 파리이다.

1_ **폐슬蔽膝** | 예복을 입을 때 앞에 늘어뜨리는 무릎 가리개. 궤배跪拜할 때에 착용한다.

2_ **봉지鳳池와 난대鸞臺** | 봉새가 깃드는 연못과 난새가 머무는 누대로, 여기서는 고관대작들이 머무는 관소를 비유적으로 말한 것이다.

3_ **만승萬乘의 천자天子** | 만승은 네 마리의 말이 끄는 전차 만 대를 낼 수 있을 정도의 국력이 되는 나라. 곧 천자의 나라를 가리킨다.

4_ **청색·자색의 인끈** | 중국 한대漢代의 제도로서 공후公侯는 자색을, 구경九卿은 청색의 인수印綬를 사용하였다.

5_ **보불黼黻과 경거瓊琚** | 보불은 화려하고 아름다운 꽃무늬를 수놓은 예복禮服을 말하며, 경거는 정미롭고 고운 옥玉을 말하는데, 여기서는 모두 화려하고 아름다운 문장을 말한다.

감사와 수령처럼 뿔 나팔을 불고 아기牙旗[6]를 뽐내며, 남의 뼈를 깎고 피를 약탈하여 그 백성을 파리하게 하고 제 배를 불리는 자를 달관의 안목으로 보면 곧 일개 모기이다.

경박스런 공자公子가 재능을 믿고 세력을 빙자하여, 화려한 옷을 입고 기운 센 말을 타고, 자신을 뽐내며 남들을 가볍게 여기는 자를 달관의 안목으로 보면 곧 일개 잠자리이다.

지모 있는 선비가 스스로 경천위지經天緯地[7]를 말하며 기미와 책략을 마련하여, 사람들을 속이고 남을 해치는 자를 달관의 안목으로 보면 곧 일개 거미이다.

바야흐로 훨훨 훡훡, 어지러이 너울너울 움직이며 천지 사이에서 벌레는 어떤 물物이며, 나는 어떤 벌레인지 스스로 알지 못한다. 지위가 높고 재능이 두텁고 덕이 갖추어지고 권세가 큰 자도 오히려 이와 같거늘, 하물며 우리들은 쌔근쌔근 숨쉬고 꼼틀꼼틀 움직이는 것으로 일개 하루살이, 일개 멸몽蠛蠓(진디등에)임에랴. 어찌 감히 몸뚱이가 조금 더 크고, 지각이 조금 더 지혜롭다 하여 이 여러 종류의 벌레들을 하찮다고 비웃겠는가?

옛날에 목건련目犍連[8]이 그 신력을 다해 하사계河沙界[9]의 일개 불국佛

6_ **아기**牙旗 | 군왕이나 대장이 세우는 깃발. 깃대 위를 상아로 장식하였기에 이르는 말이다.

7_ **경천위지**經天緯地 | 천지를 경위함, 즉 천하를 경영함을 말한다.

8_ **목건련**目犍連 | 석가의 십대제자의 한 사람으로 대大목건련 또는 마하摩訶목건련이라고도 한다. 처음에는 사리불舍利佛과 함께 산사야(刪闍耶)에게서 도를 배우고 그 학문에 정통하여 100명의 제자를 가르쳤다. 그러나 사리불이 석가의 설법을 듣고 법안정法眼淨을 얻었다는 말을 듣고는 그 100명의 제자를 이끌고 불문에 집단 귀의한 뒤 석가의 가르침을 받은 후, 스승을 잘 도와 '신통제일神通第一'이라는 영예를 얻었다. 전설에 의하면, 그는 신통력神通力이 대단하여 날아서 도솔천兜率天에 이를 수 있었다고 한다.

9_ **하사계**河沙界 | 인도 갠지스 강의 모래알처럼 많은 불세계佛世界를 가리킨다.

國을 지나가는데, 보신報身[10]이 몹시 커서 공양하는 바리때 둘레가 큰길에 해당할 정도였다. 목건련이 석장錫杖을 흔들며 그 위를 지나가자, 저쪽에 제자가 있어, 부처에게 여쭈었다. "어찌 벌레가 그 모습이 사람과 같습니까?" 부처가 제자에게, "저 작은 자가 바로 사바세계娑婆世界 석가여래釋迦如來의 뛰어난 제자이니, 그가 작다고 하여 홀만하게 볼 수 없다"라고 답하였다.

저 상에 붙어 있고 창에 끼어 있는 벌레 중에 일개 사바세계가 있고, 일개 석가여래의 일개 뛰어난 제자가 있지 않으리라고 내 어찌 알겠는가? 나 또한 어찌 그것이 작다고 하여 홀만이 볼 수 있겠는가? 나와 저들은 모두 벌레이다.

10_ **보신報身** | 불교에서 말하는 삼신三身(法身·報身·應身)의 하나로, 과보果報와 수행의 결과 주어지는 불신佛身을 말한다. 석가모니가 오랜 수행의 결과로 얻을 수 있었던 몸이 바로 이런 몸이다.

커다란 흑사

한 진천鎭川 사람이 황해도를 여행하면서 주막에서 밥을 먹는데, 웬 네다섯 사람이 긴 장대 하나, 닭장 하나, 대광주리 하나를 짊어지고 와서는 술과 밥만 사고 대광주리 안에서 구운 생선 십여 토막을 꺼내어 먹는 것을 보았다. 그 생선은 아주 기름지고 살이 희였다. 그들은 객에게 묻기를 "이것을 좀 맛보시려우?" 하였다. "무엇입니까?"라고 물으니, "생선입니다"라고 하였다. 청해서 먹어보니 맛이 달달하면서 기름졌다. 먹고 나서 또 청하여 두 토막을 먹었다.

드디어 그들과 함께 가면서 한 동垌을 지나가게 되었다. 동이란 황해도 사람들이 방죽을 일컫는 말이다. 갈대가 무더기로 나서 빼곡하였고, 물이 시커멓고 빙빙 돌고 있었다. 그 사람들이 말하기를, "이곳에 마땅히 그것이 있을 것이다"라고 하면서, 물속에 장대를 드리워 놓고 끈을 매어, 마치 장대를 가지고 노는 듯하였다. 한 사람이 왼손으로는 철망으로 만든 씌우개를 손바닥으로 움켜잡고, 오른손으로는 조그마한 쇠방망이를 들고 있었다. 새끼줄을 매어 놓은 닭장을 딛고 올라가, 장대 끝부분에 앉아 입으로 죽초竹哨[1]를 불었다.

얼마 안 되어 물결이 끓어오르자 크기가 기둥만 한 물건이 장대를 타고 올라와, 입을 벌름거리며 그를 향하였다. 즉시 왼손을 미끼로 집어 넣어 그것의 입이 다물어지면서 미늘[2]이 서자, 즉시 쇠방망이로 그 대가리를 쳐서 죽였는데 바로 커다란 흑사黑蛇였다. 그것을 끌어내려 껍질은 벗겨 저장하고 그 살을 불에 구우니, 바로 주막집에서 청한 생선이었다. 그들이 말하기를, "이것은 리螭[3]인데, 껍질은 따로 소용이 있고, 살도 사람에게 좋습니다"라고 하였다.

진천의 객이 집으로 돌아와 병이 났는데, 마음으로 싫어하며 메스꺼워한 지 수개월에 이르렀다고 한다. 진천 사람으로 그 이야기를 나에게 자세히 말해준 이가 있었다. 내가 일찍이 듣건대, 나주羅州 사람들은 흑사회를 즐겨 진미로 여긴다고 하였다.

또 일찍이 전라도 해안가 사람들을 만나보니, 그들은 무자치〔水尺〕를 삶아 먹으면 온갖 병에 좋다는 말을 하였다.

1_ 죽초竹哨 | 죽간초竹竿哨라 부르기도 한다. 대나무 줄기를 사용하여 적의 동태를 살펴 신호를 보내어 경계하는 것을 말한다.

2_ 미늘 | 낚시 바늘의 안쪽에 있는, 거스러미처럼 되어 고기가 물면 빠지지 않게 만든 작은 갈고리.

3_ 리螭 | 뿔이 없다는 전설상의 용. 또는 교룡蛟龍을 가리키기도 한다.

반디와 모기

반디 선생〔盤臺先生〕[1]이 촛불을 들고 밤에 길을 가다가 노래를 부르며 오는 자를 만났다. 반디 선생이 읍을 하고 물었다.

"오시는 분은 누구십니까?"

"모기 선생慕機先生[2]이 바로 나입니다."

"선생께서는 어찌하여 밤길을 다니면서 불을 밝히지 않고 도리어 노래를 부르십니까?"

"선생께서는《예기禮記》를 읽지 않으셨습니까?《예기》에 '마루에 올라가려고 할 때에는 반드시 소리를 높여서 말해야 한다'[3]고 하였는데, 이것이 예禮입니다. 어찌 선생의 무리들은 가물가물한 빛으로 말없이 저의 다름을 살피십니까?"

반디 선생이 말하였다.

"그대 혼자 예를 아는 것인가?《예기》에 말하지 않았는가? '밤길을

1_ **반디 선생**〔盤臺先生〕 | 반디, 곧 반딧불이를 의인화하여 반디 선생이라 한 것이다.

2_ **모기 선생**慕機先生 | 모기를 의인화하여 모기 선생이라 한 것이다.

3_ **마루에 … 말해야 한다** | 이 대목의 원문은 "上堂, 聲必揚"으로,《예기禮記》,〈곡례曲禮〉상에 나오는 구절이다. 남의 집에 갔을 경우, 마루에 올라갈 때는 목소리를 높여 안에 있는 사람이 알 수 있도록 하는 것이 예의 있는 행동이라는 것이다.

갈 때는 반드시 촛불을 가지고 가라'[4]고."

모기 선생이 말하였다.

"청컨대, 그대와 도道를 논해보려고 하는데 괜찮겠습니까? 《논어論語》에 '나라에 있어도 반드시 소문이 나며, 집 안에 있어도 반드시 소문이 나는 것이다'[5]라고 하였습니다. 그래서 저는 도가 소리에 있다고 생각합니다."

반디 선생이 빙그레 웃으며 말하였다.

"《시경詩經》에 '소리도 없고 냄새도 없다'[6]라고 하였고, 공자께서는 '목소리와 얼굴빛은 백성을 교화시킴에 있어서 지엽적인 것이다'[7]라고 하였습니다. 이것으로 미루어보건대, 도가 과연 소리에 있겠습니까? 《대학大學》에 '대학의 도는 명덕明德을 밝힘에 있다'라고 하였고, 또

4_ **밤길을 … 가지고 가라** | 이 대목의 원문은 "夜行必以燭"인데, 《예기》, 〈내칙內則〉에 나오는 구절이다. 밤에 외출할 경우 반드시 촛불을 가지고 다녀야 하며, 촛불이 없을 경우 외출을 그만두어야 한다는 것이다.

5_ **나라에 … 것이다** | 이 대목의 원문은 "在邦必聞, 在家必聞"으로, 《논어論語》, 〈안연顔淵〉편에 나오는 말이다. 자장子張이 공자에게 "선비가 어떠해야 달達이라고 할 수 있겠습니까?"라고 묻자, 공자는 "네가 말하는 '달達'이란 것이 무엇이냐?"고 되묻고, 이에 자장이 한 말이다. 즉 자장이 생각하는 달이란 명예가 드러나는 것을 의미한다. 공자는 자장이 생각하는 '달'이란 진정한 '달'이 아니며, 그것은 '문聞(소문)'이라고 하였다. 그러면서 진정한 달이란 질박하고 정직하며 의를 좋아하며, 남의 말을 살피고 얼굴빛을 관찰하며, 생각해서 자신의 몸을 낮추는 것이라고 일깨워준다. 이렇게 하면 나라에서도 '달'이 되며 집안에서도 '달'이 된다고 하였다. 그리고 문聞이란 얼굴빛은 인仁을 취하나 행실은 실제에 위배되며 그대로 머물면서 의심하지 않는 것이니, 나라에 있어도 소문이 나며 집 안에 있어도 소문이 난다고 하였다. 공자는 '달'과 '문'을 혼동하고 있는 자장에게 그 차이점을 일깨워준 것이다.

6_ **소리도 … 없다** | 이 대목의 원문 "無聲無臭"는 《시경》, 〈대아大雅·문왕文王〉편에 나오는 구절이다. 천도天道와 신의神意는 그윽하고 현묘하여 보거나 듣는 즉시 깨닫거나 감지할 수 없음을 말한 것이다.

7_ **목소리와 … 것이다** | 이 대목의 원문은 "聲色之於以化民末也"로, 《중용》에 나오는 구절인데, 독공篤恭을 강조한 말이다. 《중용》의 관련 대목은 다음과 같다. "《詩》云: '予懷明德, 不大聲以色'. 子曰: '聲色之於以化民, 末也'. 《詩》云: '德輶如毛', 毛猶有倫, 上天之載, 無聲無臭, 至矣."

'모두 스스로 밝히는 것이다'[8]라고 하였습니다. 《중용中庸》에 '성실함으로 말미암아 밝아짐을 성性이라 이르고, 밝음으로 말미암아 성실해짐을 교敎라고 이른다'[9]고 하였습니다. 이것으로 살펴보건대, 도가 과연 어디에 있겠습니까?"

모기 선생이 분연히 얼굴빛을 바꾸며 말하였다.

"자사자子思子는 '《시경》에 이르기를, 비단옷을 입고 홑옷을 덧입는다'고 했는데, 그 문체가 너무 드러남을 싫어해서이다"[10]라고 하였습니다. 화려한 무늬가 드러남을 오히려 싫어했으니, 더군다나 빛에 있어서이겠습니까? 증자曾子는 '열 개의 눈이 보는 바이니, 그 무섭구나!'[11]라고 했는데, 무섭다는 것은 두려워함입니다. 그대는 두려움이 없습니까? 〈반경盤庚〉에 '나는 불을 보는 것과 같다'라 하고, 또 '마치 넓은 들이 불길에 휩싸인 것과 같다'[12]라고 하였습니다. 이것은 모두 미워하여서 경계한 말입니다. 나는 이와 같이 밝은 것을 행하지 않습니다. 〈순

8_ **《대학大學》에 … 것이다** | 《대학》 1장章에 나오는 다음과 같은 구절이다. "大學之道, 在明明德, 在親民, 在止於至善."

9_ **성실함으로 … 이른다** | 《중용中庸》 21장에 나오는 말로 관련 대목은 다음과 같다. "自誠明, 謂之性. 自明誠, 謂之敎. 誠則明矣, 明則誠矣." 성현의 선덕善德을 알고 이를 성실히 행하는 삶을 강조한 말이다.

10_ **자사자子思子는 … 싫어해서이다** | 자사子思가 찬한 《중용》 33장에 나오는 말로 관련 대목은 다음과 같다. "詩曰: 衣錦尙絅, 惡其文之著也." "비단옷을 입고 홑옷을 덧입는다(衣錦尙褧)"라는 것은 《시경》, 〈위풍衛風 · 석인碩人〉편에 나오는 구절이다.

11_ **열 개의 … 무섭구나!** | 《대학》 6장에 나오는 말이다. 비록 아무도 보지 않는 곳에 혼자 있더라도, 자신이 행한 선악을 가릴 수 없으니 두려워해야 한다는 의미이다.

12_ **〈반경盤庚〉에 … 것과 같다** | 〈반경〉은 《서경書經》, 〈상서商書〉의 편명으로, 상商나라를 중흥시킨 왕의 이름이기도 하다. 여기서는 반경이 천도遷都를 해야 할 취지를 밝혀 천도를 꺼리는 신하와 백성들을 설득하고 있다. 앞부분은 임금 반경이 신하들이 덕을 버리고 자신을 따르지 않는 사실을 불을 보듯 훤히 알고 있다는 것이고, 뒷부분은 백성들을 동요케 하는 사실 무근의 뜬소문은 들판에 불이 붙는 것과 같이 순식간에 퍼진다는 것이다.

전舜典〉에 '(순임금의) 숨은 덕행에 대한 소문은 (요임금의) 귀에까지 들어가게 되었다'[13]라고 하였는데, 숨겼지만 소문이 났음을 말한 것입니다. 그렇다면 도가 그대에게 있겠습니까? 나에게 있겠습니까?"

반디 선생이 말하였다.

"아! 내 일찍이 듣건대, 《서경書經》에 '아름다운 덕행을 닦으려 하지 않았고, 제사를 행하여 하늘에 알리려 하지도 않았다. 그리하여 백성들의 원한만 사게 되었다. 신하들까지 무리를 지어 마음대로 술을 퍼마시니, 술 냄새는 하늘에서까지 맡게 되었다'[14]라고 하였고, '또 (그 죄과가) 하늘에까지 높고 뚜렷하게 알려졌다'[15]라고 하였습니다. 《서경》에 '공公의 덕이 밝아 그 빛은 하늘과 백성에게 비치었다'[16]라 하였고, 《시경》에 '즐거운 군자여! 나라의 빛이로다'[17]라고 하였습니다. 이것은 도덕과 광명이 안에 가득 차면 밖으로 드러나 스스로 숨길 수 없음을 말한

13_ **〈순전舜典〉에 … 되었다** | 〈순전〉은 《서경》, 〈우서虞書〉의 편명으로, 이는 〈순전〉 1장에 나오는 말이다. 순舜이 깊고 명철하고, 문채 나고 밝으며, 온화하고 공손하고, 성실하고 독실하여, 그 덕이 올라가 알려지니, 요임금이 순에게 직위를 명한 것을 말한 것이다.

14_ **《서경書經》에 … 되었다** | 《서경書經》, 〈주고酒誥〉 11장에 나오는 대목은 다음과 같다. "弗惟德馨香祀, 登聞于天. 誕惟民怨庶群自酒腥, 聞在上." 군왕이 백성들을 버리고 주지육림酒池肉林에 빠져 자기의 책무를 다하지 않으면 하늘과 백성의 응징을 받을 것이며, 이는 스스로 부른 화라는 경계를 보여주고 있다.

15_ **또 … 알려졌다** | 《서경》, 〈강고康誥〉에 나오는 말이다. 〈강고〉편은 아우 강숙康叔이 위衛 땅에 봉해졌을 때, 주공周公이 성왕成王의 훈시 말을 대신하여 봉封을 경계시키기 위해 한 말이라 한다. 이 대목은 백성들의 안정과 잘못은 군왕의 치정에 달려 있으므로 군왕은 자기의 책임을 다해 정치에 임해야 한다는 뜻이다.

16_ **공公의 덕은 … 비치었다** | 《서경》, 〈낙고洛誥〉에 나오는 말이다. 〈낙고〉편은 주공이 낙양으로 도읍을 옮기면서 성왕과 함께 앞으로의 할 일에 대해 주고받은 이야기를 기록한 것이라 한다. 이 구절은 성왕이 숙부인 주공의 공덕을 이른 말이다.

17_ **즐거운 … 빛이로다** | 원문은 "樂只君子! 邦家之光"인데, 《시경》, 〈소아小雅 · 남산유대南山有台〉에 나오는 구절이다. 〈남산유대〉는 현자賢者를 얻은 것에 대한 즐거움을 표현한 시로, 인재를 얻어 태평성대를 이루고자 함을 말하고 있다.

것입니다. 어찌 그대처럼 크게 머리를 치고 요란스럽게 떠드는 녀석 같겠습니까?"

이에 화를 서로 삭일 수 없게 되자, 함께 꽃 사이의 나비씨〔羅浮氏〕[18]에게 나아가 물었다. 나비씨가 말하였다.

"저는 해가 나오면 일어나고 해가 들어가면 쉬어 밤에는 활동하지 않습니다. 그러므로 반드시 촛불이 있어야 하는 예를 알지 못합니다. 그리고 일찍이 남에게 무엇을 구하기 위해 남의 집에 들어간 적이 없습니다. 그러므로 말소리를 크게 해야 하는 예를 알지 못합니다. 작은 예도 알지 못하는데, 대도大道를 어찌 알겠습니까? 저는 모릅니다."

벌거숭이〔發可生〕[19]가 있어 지나가다 그 얘기를 듣고는 물러나, 남들에게 다음과 같이 고하였다.

"세상에 눈과 귀가 없어진 지 오래되었습니다. 물고기의 눈은 밝은 진주와 혼동되기도 합니다. 그러므로 빛을 가진 자가 반드시 스스로를 비출 수가 없습니다. 개구리의 울음소리가 고상한 음악에 섞일 수 있으므로, 원래 소리가 없는 자가 반드시 명성이 없으리라고 할 수 없습니다. 반디씨는 아마도 (화를) 면하기 어려울 것이고, 모기씨의 경우는 앞으로 세상에서 혈식血食[20]을 할 것 같습니다."

18_ **나비씨**〔羅浮氏〕 | 나비를 의인화하여 나비씨라고 한 것이다.
19_ **벌거숭이**〔發可生〕 | 잠자리를 의인화한 것이다. 붉은잠자리를 벌거숭이라 부르기도 한다.
20_ **혈식**血食 | 제물을 흠향함.

해무

작물을 재배하는 사람들이 이를 갈 정도로 싫어하는 것으로 '해무蟹拇'[1]라는 벌레가 있는데, 능히 양쪽을 끼고 어린 줄기를 끊는 것이 마치 게의 집게발처럼 생겼으므로 '해무'라고 일컫는다. 우리말로 해蟹는 '게〔暨〕'라 하고, 무拇를 '엄嚴'이라 하는데, '게엄충〔暨嚴蟲〕'을 지칭한다. 벌레 중에 식물을 해치는 것이 많은데, 잎사귀를 먹어 치우는 것도 있고, 열매를 먹어 치우는 것도 있으며, 다 먹어 치우는 것도 있다. 그런데 해무만을 몹시 싫어하는 이유는 그 좋은 채소와 향기로운 풀이 겨우 뿌리에 의탁할 만하면 그 벌레가 반드시 양쪽을 물어 끊어 놓기 때문이다. 그러므로 사람들 가운데 아주 남을 시기하여 이기려고 하는 자를 일컬어 또한 '해무충蟹拇蟲'이라 한다.

1_ **해무蟹拇** | 벌레의 습성과 '게엄'이라는 발음을 종합해보면 '거세미'로 추정된다.

지렁이

임술년(1802) 겨울에 아들 하나와 딸 넷[1]이 모두 홍역을 앓았다. 두 딸아이는 피부에 열꽃이 피더니 겨우 사흘이 지나자, 홀연 회충蛔蟲이 크게 내달아서 증상이 몹시 위급하였다. 그런데 시골에는 약방이 없어 사람을 삼십 리 밖으로 보내 회충을 죽이는 약재를 사오게 했지만, 갑작스럽게 구할 수 없었다. 드디어 땅을 파내어 지렁이 오륙십 마리를 잡아 청량미青粱米[2]에 섞어 그것을 진하게 달여 계속 먹였더니 효험이 있었다. 의원이 그 얘기를 듣고 말하였다. "지렁이는 회충을 치료할 수 있고, 원기를 보완할 수 있으며, 또 열을 치료할 수 있으니, 해당되는 약제로써 잘하신 것입니다." 내가 웃으며 말하였다. "내 지렁이의 성질과 맛을 알지 못하고, 다만 오랑캐로 오랑캐를 공격한다는 것을 알 뿐입니다."

1_ **아들 하나와 딸 넷** | 《선원속보璿源續譜》에 의하면, 이옥은 1남 4녀를 두었다. 아들은 초명이 우태友泰인 경욱景郁이고, 네 딸은 각각 파평坡平 윤수尹洙, 연일延日 정권채鄭權采, 남양南陽 홍희환洪羲煥, 파평 윤덕채尹德采에게 출가하였다.

2_ **청량미**青粱米 | 생동쌀을 말한다. 조粟의 일종으로 퍼런 것, 누런 것, 흰 것 등 세 가지가 있다. 생동찰벼 이삭에는 털이 있으며 벼의 알은 퍼렇다. 쌀알은 퍼렇고, 흰 기장쌀이나 누런 기장쌀보다 잘다. 《본초강목本草綱目》에 의하면, 청량미는 곡식에 비하여 비장과 위를 잘 보補하고, 여름에 먹으면 아주 시원하다고 한다.

사람 몸에 기생하는 벌레들

짐승은 산에 엎드려 있고 새는 공중에서 날고 물고기는 물에 떠 있는데, 사람이 가까이 가면 깜짝 놀라 흩어져 달아나지 않는 것이 없다. 그러나 벌레는 그렇지 않다. 모기는 한밤을 노리고, 파리는 대낮을 노려 휘장을 뚫고 주렴을 엿보면서 사람의 피를 빨고 사람의 땀을 핥는다. 벼룩은 침상과 요 사이를 못과 숲으로 삼아 사람의 살갗을 잽싸게 공략하여 마지않는다. 이(蝨)는 오히려 이것도 멀다고 생각하여 사람의 바지와 잠방이의 솔기를 차지하고 사람의 모발이 무성한 곳에 의지하여 경작해야 할 땅처럼 사람에게 의뢰한다. 그러다가 때때로 거듭 사람의 살갗을 뚫고 들어가 굴을 만들어 거기에서 산다. 하지만 이것은 오히려 밖에 있는 것들이다. 삼시충三屍蟲[1]은 사람의 장부 속에 들어가 은연중에 사람으로 자신의 옷과 음식과 집을 삼는다.

매와 새매가 빠르지만 발 사이의 모기를 피할 수 없고, 호랑이와 표

1_ **삼시충**三屍蟲 | 삼충三蟲 또는 삼팽三彭이라고도 한다. 도교의 전적典籍인《포박자抱朴子》권6에 보면, "인체人體 중에 세 마리 벌레 즉 삼시충이 있는데, 이 벌레가 평소에 인간의 과실을 기록해두고 있다가 경신庚申일에 인간이 잠든 때를 틈타 인간의 죄과를 상주上奏해서 명수命數를 감한다"고 한다. 때문에 도道를 공부하는 사람들은 경신일에 이르러 밤을 지새우는 풍속을 갖게 된 것이니 '수경신守庚申'이란 여기에서 유래한 것이다.

범이 악착 같지만 턱 아래의 이를 제압할 수 없다는 것이다. 맹분孟賁과 하육夏育[2]이 씩씩하지만 뱃속의 요충蟯蟲을 어찌할 수 없다. 비록 그 해치는 것이 크거나 미미하거나 느리거나 빠른 차이가 있지만, 그 본원을 따져보면 모두 사람을 먹는 것이다. 이것은 강로羌鹵[3]가 방에서 일어나고, 곰과 호랑이가 요에 엎드려 있으며, 뱀과 전갈이 심복心腹에 구멍을 뚫는 것이다.

조용히 생각해보건대, 깨닫지 못한 사이에 등이 오싹하고 다리가 떨린다. 비로소 천하의 근심이 큰 것에 있지 않고, 작은 것에 있음을 알았다. 어찌 그것이 작다 하여 등한시할 수 있겠는가? 내 일찍이 모기가 살갗을 뚫어 악창이 되고, 이가 상처를 내어 머리카락을 잘라내야 하며, 회충이 머리까지 올라와 바로 죽은 자를 보았다.

2_ **맹분孟賁과 하육夏育** | 중국 전국시대에 제齊나라와 위衛나라의 역사力士들이다.

3_ **강로羌鹵** | 고대 중국의 서쪽에 있던 오랑캐의 이름.

나비에 대한 새로운 인식

나물과 꽃들이 바야흐로 한창인데, 온갖 나비들이 와서 즐기고 있다. 흰 가루분을 바르고 붉은 점을 찍은 것도 있고, 날개는 검고 눈이 붉은 것도 있으며, 누런색인 것도 있고 담청색인 것도 있으며, 오색이 갖추어진 것도 있다. 나비를 잘 아는 자가 손가락으로 지적하면서 나에게 이렇게 말하였다.

"이것은 춘목충春木蟲이요, 이것은 멧누에〔野繭〕(산뽕나방)요, 이것은 채청충菜青蟲이다."

그 꿈틀거리며 움직이는 모양을 아주 자세히 일러주고는, 앞에다 침을 뱉고서 또 말하였다.

"자네는 좋아할 것 없다. 저것들의 근본은 아주 추하여 가까이할 수 없다."

내가 말하였다.

"아! 아니다. 자네는 벌레는 벌레로 여기고, 나비는 나비로 여기는 것이 옳지 않은가? 그런데 하필 그 나비를 벌레라고 하는가? 이것은 대장군 위청衛青을 노비로 여긴 것이요,[1] 충성스럽고 의리가 있는 주처周處를 패륜아로 여긴 것이며,[2] 문장력이 있는 곽원진郭元振을 도적이라 여긴 것이다.[3] 그대는 개구리의 꼬리를 탓하고, 비둘기의 눈을 의심하

〈호접蝴蝶〉(부분)

남계우南啓宇(1811~1888), 19세기, 국립중앙박물관 소장.

고자 하니, 자네의 앞에 용인되기가 어렵겠구나."

1_ **대장군 위청衛青을 … 것이요** | 위청(?~기원전 106)은 중국 전한前漢 무제 때의 장군이다. 흉노를 정벌할 때 전공을 세워 장평후長平侯, 대장군大將軍의 작위에 올랐다. 무제의 철저한 흉노 정벌정책을 수행하여 용장으로서 이름을 떨쳤다. 본문에서 "위청을 노비로 여겼다"는 말은 그가 비록 대장군의 지위에까지 올랐지만, 그의 어머니가 노비였기 때문에 그의 출신이 미천했음을 의미하는 것이다. 애벌레가 나비가 된 것을 미천했던 위청이 대장군이 된 것에 비유하였다.

2_ **충성스럽고 … 것이며** | 주처周處는 중국 진晉나라 혜제惠帝 때 양흠 사람이다. 그는 젊은 시절 방탕하게 생활하고 마을 사람들에게도 포악하게 대했는데, 철이 들면서 과오를 뉘우치고 새 사람이 될 것을 결심하였다. 이에 마을 사람들은 남산의 호랑이와 장교長橋의 교룡을 죽여준다면 그 결심을 믿겠다고 하였다. 사투 끝에 호랑이와 교룡을 죽이고 마을로 돌아왔지만 아무도 주처를 반겨주지 않았다. 실망한 그는 마을을 떠나 동오東吳에 가서 학자인 육기陸機를 만났는데, 육기의 격려에 용기를 얻어 이후 10여 년 동안 학문과 덕을 익혀 마침내 학자가 되었다. 본문에서 "주처를 패륜아로 여겼다"는 것은 마을 사람들이 새 사람이 되겠다는 주처의 결심을 믿어주지 않고 여전히 예전의 방탕아로 보았음을 의미하고, 또 애벌레가 나비가 된 것은 주처가 방탕아로 살다가 개과천선改過遷善하여 학문과 덕을 쌓아 학자가 된 것에 비유한 것이다.

3_ **곽원진郭元振을 … 것이다** | 곽진郭振을 가리킨다. 원진은 그의 자이다. 중국 당나라 위주魏州 귀향貴鄉 사람이다. 열여덟 살에 진사로 천거되었고, 양주도독涼州都督과 병부상서를 역임하고 대국후代國侯에 봉해졌다. 시집 1권이 있다. 지방관을 역임할 때 몰래 화폐를 주조하거나 백성들을 팔아 넘긴 일이 있었다고 하는데, 이를 가리키는 듯하다.

흑충의 피해

을묘년(1795) 여름, 보리가 장차 익어갈 무렵에 홀연 흑충黑蟲이 있어 길이가 두 치 정도이고, 부리가 뾰족하면서도 붉었는데, 보리 줄기를 잘라 그 이삭을 떨어뜨려 어떤 밭도 이삭으로 덮이지 않은 곳이 없었고, 어떠한 보리도 남겨두지 않았다. 매일 정오가 되면 밭에 머물던 흑충들이 그늘진 곳으로 옮겨와, 보리밭 가까이 있는 집은 뜰이나 벽이 모두 시꺼멓게 되었다.

심지어 흑충은 풀과 벼까지 먹어 치웠는데, 그것들이 지나간 곳을 뒤따라 가보면 마치 말이 씹어 놓은 것과 같았다. 보리가 이미 다 베어지면 홀연히 며칠 만에 다 없어지는데, 오는 곳이 어딘지 가는 곳이 어딘지 알 수가 없다. 농민들은 하늘에서 내려왔다가 다시 하늘로 돌아간다고 여겼다. 그 말이 정말로 허탄하고 또한 괴이하나, 내가 그때 바닷가의 시골집으로 가서 눈으로 직접 보았다.

송충이

벌레 중에 나무를 먹는 것은 혹 나뭇잎을 먹기도 하고, 열매를 먹기도 하고, 씨를 먹기도 하는데, 송충이가 먹는 것보다 심한 것은 아직 없다. 그 처음 태어날 적에는 누에가 첫잠을 잔 것과 같아 다만 검은색이다. 그런데 자라면서 살이 찌면 집게손가락만큼 커지고, 등에는 누르면서 붉은색 무늬가 생기며, 털은 눈썹 정도로 길고 온몸이 분을 바른 것처럼 희며, 사람을 독으로 쏘아 해칠 수 있다. 이미 솔잎을 다 먹고, 또 그 순을 먹는데, 순과 잎이 모두 다 없어지면, 비록 한 아름이 넘는 소나무라도 선 채로 고사되고 만다. 처음 생겨난 숲이 붉게 된 뒤에야 그만둔다. 그 아직 다 먹지 못한 나무가 있으면, 벌레가 오래되어 고치가 되고, 고치가 변하여 나비가 되며, 또다시 날아다니면서 나뭇가지 사이에 알을 까놓는다. 원래 송충이는 추우면 나무 뿌리 아래에 칩거하다가 봄이 시작되면 다시 깨어나는데, 반드시 삼 년이 지나야 비로소 생을 마친다.

나무를 먹는 벌레 중에 송충이보다 혹독한 것은 없다. 그것을 잡으면 금할 수 있지만, 송충이 수가 이미 많아져 또한 이루 다 없앨 수 없다. 도토리나무와 밤나무에도 모두 송충이와 비슷한 벌레들이 있지만, 도토리나무와 밤나무는 그래도 말라죽는 데까지는 이르지 않는다.

좀벌레

박서계朴西溪[1]가 읊은 〈좀벌레〔蠹魚〕〉라는 시는 다음과 같다.

좀벌레는 자신이 직접 책 속으로 들어가 살며	蠹魚身向卷中生
다년간 글자를 먹어 눈이 다소 밝아졌으리.	食字多年眼乍明
끝내 미물이니 누구에게 인정을 받겠는가?	畢竟物微誰見許
응당 책을 훼손시킨다는 오명 오랫동안 써야 하리.	祇應長負毁經名

대개 스스로 비유한 것으로, 마지막 구절은 또한 시참詩讖에 가깝다.

살펴보니 좀벌레는 '담蟫'[2]이라 부르기도 하고, '병蛃'[3]이라고도 한다. 《이아익爾雅翼》에서 "좀벌레는 처음에는 누런색이지만 이미 오래되어 쇠하면 몸에 은빛처럼 보이게 하는 가루가 생긴다. 그러므로 이름을 '백어白魚'라 한다"[4]라고 하였고, 옛사람은 "좀벌레가 천 년이 되면 맥

1_ **박서계**朴西溪 | 박세당朴世堂(1629~1703)을 가리킨다. 서계는 그의 호. 본관은 반남潘南, 자는 계긍季肯. 숙종 때의 문신으로 병조정랑, 홍문관교리, 함경북도병마평사 등 내외직을 두루 역임하였다. 당쟁의 소용돌이 속에서 두 아들을 잃자, 여러 차례 출사 권유에도 불구하고 학문 연구와 제자 양성에만 힘썼다.

2_ **담**蟫 | 좀목目의 빈대좀. 종이를 갉아 먹고 사는 좀벌레인 지어紙魚를 말한다.

3_ **병**蛃 | 좀목의 빈대좀. 옷 속에 사는 좀벌레인 의어衣魚를 말한다.

망脈望이 되는데, 그것을 먹으면 신선이 된다"[5]라고 하였다.

사람들은 모두 좀벌레가 책을 손상시키는 것이라고 생각한다. 그런데 내 일찍이 책을 햇볕에 쬐어 말리다가 좀벌레가 청색 포갑包匣과 황색 책표지 사이를 침범하여 마구 어지럽히는 것을 보았는데, 일찍이 씹어서 찢은 곳은 없었다. 검고도 붉은 부리에 작은 벌레가 따로 있었는데, 그 부리가 매우 단단하여 실로 엮을 것을 칼로 자르듯 하고, 종이 책장에 구멍을 뚫어 책을 아주 많이 훼손시킨다. 비로소 알게 되었는데, 책을 훼손시키는 것은 담蟫(빈대좀)뿐이 아니다. 검은 벌레〔黑蟲〕의 죄가 더욱 크다.

4_ **《이아익爾雅翼》에서 … '백어白魚'라 한다** | 이 대목은 《이아익》에서 '담蟫'을 설명한 부분으로, 《이아익》의 관련 원문은 다음과 같다. "蟫·白魚, 衣書中蟲也. 始則黃色, 旣老則身有粉, 視之如銀, 故名白魚. 荊楚之俗, 七月曝經書及衣裳, 以爲卷軸久則有白魚." 중국 송대 나원羅願의 《이아익》은 《이아爾雅》 주석서의 하나로, 고거考據가 정박精博하여 동시대 육전陸佃의 《비아埤雅》 위에 있다는 평가를 받았다. 현재 전하는 판본은 1320년에 홍염조洪焱祖가 음석音釋한 것이다.

5_ **좀벌레가 … 신선이 된다** | 《선경仙經》에 의하면 두어蠹魚가 신선자神仙字를 먹으면 변하여 맥망脈望이 되고, 맥망은 한밤중에 하늘의 별들을 비추어 내려오게 한다는 얘기가 있다.

벼룩과 이의 맑은 흥취

세상에 전하는 이야기가 있다. 벼룩 한 마리와 이 한 마리가 사람에 의해 요강에 던져졌는데, 밤 껍데기 한 조각을 얻어 그것을 부여잡고 기어올라 요강 속에서 흘러 다녔다. 벼룩이 이를 돌아보고 말하였다.

“풍경이 마침 좋으니 어찌 연구聯句를 지어 우리들의 노닒을 기록하지 않을 수 있겠는가?”

마침 주인이 요강을 열고 오줌을 누자, 이가 즉시 읊조렸다.

“나르듯 흘러 곧장 삼천 척으로 내리니, 은하수가 하늘에서 떨어져 내리는 듯하네.”[1]

이미 오줌 누기를 마치고 다시 요강 뚜껑을 덮으니, 뚜껑에서 쟁그랑 소리가 났다. 벼룩이 뒤를 이어 이렇게 읊었다.

“고소성姑蘇城 밖 한산사寒山寺, 한밤중 종소리가 나그네 배에 이르네.”[2]

드디어 서로 더불어 칭송하여 마지않으며, 스스로 맑은 흥취와 아름

1_ 나르듯 … 듯하네 | 이 대목의 원문은 “飛流直下三千尺, 疑是銀河落九天”인데, 이백李白의 시 〈망여산폭포望廬山瀑布〉를 인용한 것이다. 원시는 다음과 같다. “日照香爐生紫煙, 遙看瀑布長川. 飛流直下三千尺, 疑是銀河落九天.” 《이태백문집李太白文集》 권18 참조.

다운 시구라고 여겼다.

이것은 대개 호사가의 장난스런 말이다. 그렇지만 그 사이에 상당히 풍자하여 읊조리는 뜻이 있다. 세상에서 아름다운 산수를 만나면 반드시 배를 띄워 노닐고, 이미 배를 띄우면 반드시 시구를 지어 기록하는 자들이 있는데, 대부분 벼룩과 이가 요강 속에서 맑은 홍취를 읊조리는 것과 같다. 그리고 이들이 지은 시구는 옛사람을 답습하여 벼룩이나 이와 같이 귀결되지 않은 것이 드물다. 그렇다면 이 이야기를 한 자는 천고의 노닐던 사람들을 다 꾸짖은 것이다. 소동파蘇東坡처럼 적벽赤壁에 배를 띄운[3] 자가 혹시 그 꾸짖음을 면할 수 있을 것이다.

— 이상 윤세순 옮김

2_ **고소성**姑蘇城 **… 이르네** | 이 대목의 원문은 "姑蘇城外寒山寺, 夜半鐘聲到客船"인데, 장계張繼의 시 〈풍교야박楓橋夜泊〉을 인용한 것이다. 원시는 다음과 같다. "月落烏啼霜滿天, 江楓漁火對愁眠. 姑蘇城外寒山寺, 夜半鐘聲到客船." 《전당시全唐詩》 권242 참조.

3_ **소동파**蘇東坡**처럼 … 배를 띄운** | 옛 글을 답습하지 않는 독창적인 글로 적벽의 풍광을 그려낸 소동파의 〈적벽부赤壁賦〉를 꼽은 것이다.

무戊 — 꽃 이야기 談花

국화의 종류

국화의 품종은 심히 많다. 유몽劉蒙의 보譜[1]에 35종, 석호石湖의 보譜[2]에도 35종이고, 사정지史正志의 보譜[3]에는 또 28종인데, 혹 겹쳐 나오는 것도 있으나 대체로 백 종에 가깝다. 내가 꽃을 품별하는 데에 매우 고지식하여 일찍이 서울에 있을 때에 집에 심은 것과 남에게서 본 것을 일괄 계산해보았는데, 취양비醉楊妃[4] · 금원황禁苑黃[5] · 삼색학령三色

---

*_ 신경준申景濬(1712~1781)의 《여암유고旅菴遺稿》 권10, 잡저雜著에 실려 있는 〈순원화훼잡설淳園花卉雜說〉이라는 글은 전라남도 순창군에서 꽃을 기른 이야기인데, 바로 이 〈꽃 이야기談花〉조와 비슷하다. 그 글 역시 유몽劉蒙 · 범지능范至能 · 사정지史正志 · 왕관王觀 등이 지은 꽃에 관한 저술들을 참조하고 있는데, 그것은 모두 《사문유취》에 그 서문이 실려 있다.

1_ **유몽劉蒙의 보譜** | 유몽은 중국 송나라 팽성彭城 사람으로 《유씨국보劉氏菊譜》를 저술하였다. 그 책은 《사고촬요四庫撮要》 115권에 수록되었으며, 〈국보서菊譜序〉는 《사문유취》에도 실려 있다.

2_ **석호石湖의 보譜** | 석호는 중국 남송의 시인 범성대范成大의 호이며, 그의 자는 지능至能, 시호는 문목文穆이다. 《범촌매국보范村梅菊譜》를 짓고, 국화 30여 종을 유별로 모아 명품名品에 따라 서술하였다.

3_ **사정지史正志의 보譜** | 사정지는 중국 송나라 사람으로 자는 지도志道, 호는 오문노포吳門老圃 · 소흥진사紹興進士이다. 그가 북송 말에 만권당万卷堂을 지은 것이 중국 소주蘇州 지역에 망사원網師園이라는 정원으로 전하고 있다. 《국보菊譜》를 저술하였다.

4_ **취양비醉楊妃** | 국화의 일종. 조선조 문인인 이건李健(1614~1662)의 《규창유고葵窓遺稿》 권3, 〈달밤에 홀로 앉아 황백 두 종류 국화를 감상함月夜獨坐, 賞黃白兩菊〉이라는 시에 "葉自青青花自白, 佳名傳說醉楊妃. 柔條嫩葉因風颭, 恰似霓裳舞羽衣"라는 구절이 있다. 서형수徐瀅修(1749~1824)의 《명고전집明皐全集》에 〈국화행 다섯 수菊花行 五首〉라는 시 가운데 '취양비醉楊妃'를 읊은 시가 있다.

鶴翎[6] · 통주황通州黃[7] · 연경백燕京白[8] · 대설백待雪白 · 소설백笑雪白[9] · 오홍烏紅[10]과 같은 종류가 또한 십여 종이 넘었다.

그런데 이름이 높고 품종이 희귀한 것은 그 배양하는 방법이 보통 국화보다 열 배는 어려워서 뜨겁게 해가 쪼이거나 급하게 비가 내리면 모두 사람의 심력을 소비하게 하지만, 불어나고 무성해짐이 오히려 울타리 사이에 방치해두는 일반 국화만 같지 못하였다. 산가山家에서 심을 것은 마땅히 강성황江城黃,[11] 일찍 피는 것으로 해야 하는데, 노는 땅에

5_ **금원황**禁苑黃 | 국화의 일종. 이건의 《규창유고》 권3, 〈달밤에 홀로 앉아 황백 두 종류 국화를 감상함〉이라는 시에 "綠羅爲葉金爲蕊, 云是花中禁苑黃. 正色天姿異凡卉, 令人千載憶柴桑"이라는 구절이 있다. 서형수의 《명고전집》에 〈국화행 다섯 수〉라는 시 가운데 '금원황禁苑黃'을 읊은 시가 있다.

6_ **삼색학령**三色鶴翎 | 국화의 품종 이름. 황색 · 홍색 · 백색의 세 종류가 있다. 서형수의 《명고전집》에 〈국화행 다섯 수〉라는 시 가운데 '황학령黃鶴翎', '홍학령紅鶴翎', '백학령白鶴翎'을 읊은 시가 있다.

7_ **통주황**通州黃 | 국화의 일종인 듯하나 자세히 알 수 없다. 유몽의 《유씨국보》에 '등주황鄧州黃', '등주백鄧州白'이라는 국화 종류가 소개되어 있는데, 통주황 역시 그러한 방식으로 붙여진 국화의 명칭인 듯하다.

8_ **연경백**燕京白 | 국화의 일종. 조선조 문인인 권별權鼈(1589~1671)이 쓴 《해동잡록海東雜錄》 권3에 "국화菊花에 '연경황燕京黃'과 '연경백燕京白' 두 가지가 있다. 연경황은 색이 누렇고 줄기는 흰데, 연경백은 색이 희고 줄기는 누렇다. 개화開花는 모두 이르고, 꽃이 피면 잎이 모두 말라 버리며 맛 역시 쓰다. 동방東方에 심는 국화는 명품名品이 많지 않다(菊有燕京黃燕京白兩種. 燕京黃色黃而莖白, 燕京白色白而莖黃. 開花皆早, 花旣發, 則葉盡枯, 味亦苦. 東方所種菊花, 名品不多)"라는 구절이 있다.

9_ **대설백**待雪白 · **소설백**笑雪白 | 국화의 일종인 듯하나 자세히 알 수 없다.

10_ **오홍**烏紅 | 국화의 일종. 권별의 《해동잡록》 권3에 '오홍'이 아니라 '조홍鳥紅'이라고 나온다. "조홍이라 하는 것이 제일 귀하니, 빛은 붉고 꽃술이 있으며 아주 번화하게는 피지 않는다. 가장 늦은 것은 '학정홍鶴頂紅'이라 하는데, 희고 꽃잎이 고르지 않는 것이 오래되면 꽃송이가 점점 커져서 짙은 홍색紅色이 된다. 약간 일찍 피는 것을 '규심홍閨深紅'이라 하는데 주황색朱黃色이니, 이 세 가지를 서울 사람들이 즐겨 심는다(曰鳥紅最貴, 色紅而有擅心, 未甚繁開. 最晩曰鶴頂紅, 色白花瓣不齊, 久則朵漸大, 深作紅色. 開稍早曰閨深紅, 朱黃色, 此三品都下人喜種之)"라는 구절이 있다.

〈정조어필국화도正祖御筆菊花圖〉
정조正祖(1752~1800), 18세기, 동국대학교박물관 소장.

많이 심어 봄에는 그 싹을 먹되 나물 반찬을 하고, 여름에는 그 잎을 먹되 물고기 국에 나물로 넣고, 가을에는 그 꽃을 먹되 술잔에 꽃을 띄우거나 떡에 섞어 넣기도 할 수 있으니, 그 용도가 꽃을 보고 향기를 맡는 정도에 그치지 않는다.

내가 근년 이래로 그 품종을 구하여 자못 널리 심었으나, 소의 성질이 국화를 좋아하는 까닭에 겨우 한 번이라도 조심하지 않으면 문득 뜯어먹어 거의 다 없애 버린다. 이는 국화를 기르는 자가 경계하지 않으면 안 될 것이다.

11_ **강성황**江城黃 | 국화의 일종. 색은 누렇고 맛이 달아 감국甘菊이라 한다. 권별의 《해동잡록》 권3, 〈국화〉 참조.

세 가지 유감

내가 시골에 살게 된 이후 꽃과 관련하여 세 가지 유감이 있다.

그 하나는 집의 북쪽에 못이 있어 길이가 수백 보 될 만하다. 신축년(1781) 여름, 연밥 한 되를 못에 심었는데 삼 년이 지나도록 물에서 올라오는 것이 없으므로 토질이 척박하기 때문에 그러한 것이라고 여겼다. 어리석은 종이 있어, 못가를 김매다 풀 사이에 둥근 잎이 크기가 대접만 한 것이 있음을 보고 매우 기이하게 여겨 즉시 뽑아 와서 보여주기에 다시 심었으나 끝내 자라지 못하였다.

또 하나는 뜰 가장자리에 변변치 못한 복숭아나무 대여섯 그루가 있었는데, 우연히 매화 가지를 얻었으므로 가지를 모두 쳐 버리고 접을 붙였다. 개미가 그 아교를 좋아하여 구멍을 뚫어 모두 다 이어지지 못했으니, 매화 가지도 잃고 복숭아나무도 잃어버린 것이다.

또 하나는 천엽홍도千葉紅桃[1] 씨앗 수백 낱을 얻어 앞의 언덕 아래에

1_ **천엽홍도**千葉紅桃 | 복숭아나무의 일종. 신정申晸의 《분애유고汾厓遺稿》 권6, 〈묘유록卯酉錄〉의 시 속에 천엽홍도가 낙양의 명화名花라는 것과 그 한 가지를 얻어 접을 붙여 기른 사실이 기록되어 있다. "余於丁巳年間, 閉門索居, 無所事事, 手種花卉,以爲消遣之資. 其中千葉紅桃, 乃洛中名花也. 爲得一枝以接, 厥後花時, 連作客, 未嘗一日賞玩. 今年雖在家, 病委床簀, 家園咫尺, 邈若山河. 因此而益悟經營萬事, 皆非達者所爲, 感吟一絶. '栽培嘉樹小園東, 爲愛芳姿殿晩紅. 花發年年爲遠客, 任他零落送春風'."

던져두었는데, 그 이듬해에 줄기가 모두 뻗어 나와 젓가락 크기만 하였다. 가을에 이르러 땔나무를 훔치는 놈이 있어 모두 베어가 버리자, 뿌리가 약하여 다시 싹이 트지 않는 것이다.

나로 하여금 못에 부용芙蓉이 있고, 뜰에 매화 대여섯 그루가 있고, 앞산에 수백 그루 홍도가 있게 하였다면, 장차 고산孤山,[2] 무릉武陵[3]에 비해 어느 곳이 나은지 알지 못했을 것이요, 산가의 꽃 피고 지는 일이 충분했으리라. 내가 지금도 유감스러워한다.

2_ 고산孤山 | 중국 서호西湖에 있는 이름난 산. 송나라 은사隱士 임포林逋가 서호의 고산에 은둔하여 오직 매화와 학鶴을 기르며 살았으므로, 당시에 매처학자梅妻鶴子라고 일컬었다.

3_ 무릉武陵 | 도연명陶淵明의 〈도화원기桃花源記〉에 나오는 이른바 무릉도원武陵桃源으로서 속세와 떨어져 있는 이상적인 별세계別世界. 무릉 땅의 어부가 시내를 따라 올라가며 고기를 잡다가 홀연히 복사꽃이 만발한 별천지別天地에 들어가서 노닐었는데, 그곳을 나와 고향으로 돌아온 뒤 다시 찾아가려 했으나 결국 찾지 못하였다는 이야기의 배경으로 설정된 곳이다.

살구꽃

꽃 가운데 가장 많고도 쉽게 얻을 수 있는 것은 나무의 경우에 오직 복사꽃〔桃花〕·살구꽃〔杏花〕·배꽃〔梨花〕이다. 서울은 곳곳마다 많이 있으니 말할 필요가 없고, 비록 이 바닷가 마을 구석진 곳이라도 또한 간간이 그 꽃이 있다. 그런데 복사꽃은 매우 요염하고, 배꽃은 매우 담박하여, 모두 살구꽃이 그 중도를 얻음만 같지 못하다.

일찍이 객과 더불어 세 가지 꽃에 대해 품평하기를, "배꽃은 한가롭고 깨끗하지 않은 것은 아니나, 문군文君[1]이 이제 막 과부가 되어 눈물로 옥 같은 얼굴을 씻고, 흰 저고리 흰 치마에다 꽃비녀를 꽂지도 않은 것 같다. 비록 온존한 기운과 맛이 있으나 끝내는 지나치게 차가움을 느끼게 된다. 복사꽃은 번성하고 화려하지 않은 것은 아니나, 마치 태진太眞(양귀비)이 총애를 입어 살이 풍성하고 피부가 기름진 듯 비단옷에 홑적삼을 덧입지 않은 듯하고, 연지燕支[2]에 반쯤 취한 듯 요염함이

1_ 문군文君 | 중국 한漢나라 때 임공臨邛 땅의 부호인 탁왕손卓王孫의 딸. 그 당시 이름난 문장가인 사마상여司馬相如가 일찍이 임공령臨邛令으로 있던 친구 왕길王吉을 찾아갔다가 그의 주선으로 탁왕손의 집에 초대를 받아 갔는데, 마침 음률을 좋아하는 탁왕손의 딸 문군이 막 청상과부로 집에 와 있었다. 사마상여가 거문고를 한 곡조 타서 은근히 문군의 마음을 돋운 결과, 문군은 과연 사마상여에게 반하여 밤중에 도주하여 사마상여에게로 갔다는 고사를 가리킨다. 《한서漢書》 권57, 〈사마상여전司馬相如傳〉 참조.

지나친 나머지 좀 비천하고 저속한 뜻이 있는 듯하다. 살구꽃은 마치 이름 없는 십오륙 세 여자가 여위지도 않고 살찌지도 않으며, 방정맞지도 않고 어리석지도 않은 듯, 일분은 수줍고, 일분은 맵시를 내는 듯, 일분은 봄 생각이 있는 듯, 칠분은 본래 옥 같고 눈 같은 얼굴과 피부로 흠잡을 곳이 없음을 알겠다"라고 하였다. 객이 또한 그렇다고 하더라. 까닭에 일찍이 장난삼아 속악부俗樂府를 지었는데[3] 이러하다.

복사꽃은 너무 붉은 것이 싫고	桃花嫌太紅
배꽃은 하얗기 서리 같네.	梨花白如霜
연지와 분 알맞게 되어 있으니	亭勻脂與粉
나는 살구꽃의 단장을 지으리라.	儂作杏花粧

집 뒤에 이전부터 살구꽃 한 그루가 있었는데, 늙어서 능히 흡족하게 피지 못하였다. 근래에 서너 그루를 얻어서 집을 둘러 나눠 심었는데, 매양 꽃이 피면 완연히 시골집의 봄 분위기가 있게 된다.

2_ **연지燕支** | 이익李瀷의 《성호사설星湖僿說》 제5권, 〈만물문萬物門〉, '연지胭脂'에 다음과 같은 설명이 나온다. "연지燕支란 것은 연지胭脂인데, 기름으로써 부인의 얼굴을 아름답게 만드는 까닭이다. 최표崔豹의 《고금주古今注》에 다음과 같은 설명이 보인다. '연지燕支는 잎이 삽주〔薊〕와 같고 꽃은 창포菖蒲와 비슷한데, 서쪽 지방에서 생산된다. 그 지방 사람은 물들이는 것을 연지라 하고, 중국 사람은 이 연지 이름을 홍람紅藍이라 하면서 부인의 얼굴에 바르는 염분染粉을 만드는데, 분 이름을 연지분燕支粉이라고 한다.' 자서字書에는 '이 연지燕支라는 것이 연지燕脂로 되어 있다. 또 흉노 지방에는 언지焉支라는 산이 있는데, 산 전체가 연지처럼 붉은 빛깔로 되어 있다. 이도 역시 부인의 얼굴에 바를 만한 까닭에 산 이름을 언지라고 하였다' 한다."

3_ **일찍이 … 지었는데** | 여기서 이옥이 말한 속악부는 《이언俚諺》, 〈염조艷調〉 제17수를 가리킨다. 아래 작품과 글자의 출입이 있는데, 제1구의 '嫌太紅'이 〈염조〉에는 '猶是賤'으로, 제2구의 '白如'는 '太如'로 되어 있다.

수국

수국綉菊이라는 것은 세상에서 일컫는바 '당국唐菊',[1] '서번국西蕃菊' 이라고도 하는데, 천엽千葉인 것이 있고, 단엽單葉인 것도 있으며, 홍·백·자주·분홍의 여러 색이 있고, 또한 향기가 있어 사랑할 만하다. 중이 불전佛殿 아래에 많이 심는다.

내가 일찍이 친구의 집에서 그 종자를 얻어 돌아와 시골집에 심었다. 매양 초가을에 꽃이 피면, 또한 족히 가난한 집의 뜰을 장식할 만하다. 그런데 그것이 흔하기 때문에 기르고 돌보기를 부지런히 하지 않았더니, 또한 수년 만에 다 죽어 버려 지금은 없다. 수국은 여러 가지 색이 있는데, 황색은 없으니 또한 특이하다.

1_ **당국**唐菊 | 국화의 일종. 잎이 모란 잎과 비슷하다고 한다. 서번국西蕃菊 혹은 추모란秋牡丹이라고도 부른다. 김정희金正喜의 《완당전집阮堂全集》 권10, 〈추모란秋牡丹〉이란 시에, "추모란은 우리나라 사람들이 당국唐菊이라 부른다"라는 설명이 나온다.

꽃의 특이한 색깔

꽃의 색은 원래 그 정색正色이 있는데, 또한 간혹 그 정색 이외의 색도 있다. 두견화(진달래)와 양척촉羊躑躅 같은 것은 본래 담홍색이지만 또한 흰색이 있고, 장미는 본래 황색이지만 또한 붉은 것과 흰 것이 있고, 찔레는 본래 흰색이지만 또한 자주색이 있으며, 모란은 본래 홍색·백색·분홍색 삼색이지만 또한 황색도 있다. 이는 정히 옛사람의 이른바 "흰 것은 오직 천품으로 깨끗한 것이고, 붉은 것은 혹 조물주의 솜씨가 사치스러운 것이리라"고 한 것이다.

그런데 또한 간혹 그 사이에 사람의 솜씨가 들어간 것이 있으니, 국화 같은 것은 본래 검은색이 없지만, 굼벵이 가루를 밤에 백국白菊에 뿌려두고, 아침에 일어나서 보면 칠흑같이 된다. 연꽃은 본래 푸른색이 없지만, 연밥을 쪽 염료 항아리 속에 담가두었다가 그것을 심으면 꽃이 담청색으로 된다. 이는 또한 인공人工이 천질天質을 변환시킨 것이다. 복숭아나무 한 그루에 세 가지로 접을 붙일 수 있는 것 또한 심히 기이하다.

두견화

바닷가에 염호塩戶들이 많은 까닭에 매양 겨울이 다하고 봄이 시작될 때면 땔감이 귀한 것이 계수나무와 같아, 계집종이 날마다 책임지고 한 짐 지고 오는 것은 모두 두견화杜鵑花 뿌리이다. 이 때문에 산중의 꽃은 해마다 더욱 망가지고 듬성해져서 간혹 남아 있는 것은 그 가지며 줄기가 이미 머리 깎이듯 잘리어 꽃이 모두 땅에 붙은 듯이 피어난다. 나는 심히 그것을 딱하게 여긴다.

집 뒤의 작은 등성이에 꽃에 대한 단속을 엄히 하여 뿌리와 줄기를 베지 못하게 하였다. 몇 년을 계속하였더니, 자못 많이 무성해졌다. 매양 3월 봄이 저물 때에 석양이 산에 비치면 온 산이 모두 두견화의 붉은빛이다.

이와 같이 하여 십여 년이 지나면 옛날 홍보덕洪輔德[1]이라도 그 아름

1_ **홍보덕**洪輔德 | 보덕은 세자시강원世子侍講院의 종3품 관직명. 홍보덕은 이옥의 〈세 번 홍보동을 노닐고三遊紅寶洞記〉에 나온다. "홍보동은 연희궁의 동편, 의소묘懿昭墓의 남쪽에 있는데, 숲이 넓어 작은 초지가 될 만하고, 온통 붉은 진달래꽃으로 빽빽하여 햇빛이 새어 들지 못하였다. 그중 오래된 진달래나무는 부여잡고 숲속으로 오를 만한 것으로서 참으로 노을빛 장막 비단 휘장 그것이었다. … 예전에 홍보덕이 이곳에 살았는데 진달래꽃은 모두 그가 심은 것이며, 이에 홍보덕동이라 이름하였다고 한다. 그런데 지금은 와전되어서 홍보동이라 하고, 혹은 홍패후동紅牌後洞이라 부르기도 한다"라는 내용이 있다.

다움을 독차지하지 못할 듯하다. 대개 토양의 성질이 두견화에 적합한 까닭에 굳이 해치지만 않는다면, 배양하기를 기다릴 것도 없이 번식할 수 있을 것이다.

꽃의 모양

꽃의 모양이 한결같지 않으나, 대체로 서너 가지 종류에 지나지 않는다. 예를 들면, 모란 · 작약 · 장미 · 월계 · 연꽃 등 공 모양이 하나의 종류요, 복사꽃 · 살구꽃 · 배꽃 · 국화 · 매화 등 둥글게 빙 두른 모양이 또 하나의 종류요, 두견화 · 척촉화躑躅花 · 무궁화〔朱槿花〕 · 훤초화萱草花 · 촉규화蜀葵花 등 나팔 같은 모양이 또 하나의 종류이다. 대략 천홍만자千紅萬紫가 모두 이러한 두세 가지 모양새에서 벗어나지 않는다.

그런데 백합이 거꾸로 말려 마치 갈고리 모양같이 된 것과, 석류가 과육果肉으로 받침하고 꽃잎을 토해낸 것과, 합환合歡꽃[1]이 흩어져 드리워서 수술[2]과 같은 것은 또한 특별한 종류의 조물주 솜씨라 하겠다.

일찍이 남의 집에서 꽃이 심히 자잘하게 피어 있는 걸 보았다. 모양은 금봉화金鳳花[3] 같고, 색깔은 옅은 붉은색인데 사랑스러웠다. 그것을

1_ **합환**合歡**꽃** | 합환은 자귀나무, 곧 장미목 콩과에 속하는 낙엽 교목이다. 잎은 깃꼴겹잎으로 어긋나게 달리고 밤에는 오므라든다. 6~7월에 분홍색 꽃이 작은 가지 끝에 15~20개의 실꽃잎으로 핀다.

2_ **수술** | 원문의 "유소流蘇"는 다섯 색깔의 깃털 혹은 실 끝에다 벼이삭처럼 구슬을 달아 휘장이나 장막 끝에 늘어뜨려 장식하는 것을 말한다.

3_ **금봉화**金鳳花 | 봉선화鳳仙花의 별칭. 꽃 모양을 자세히 보면, 머리와 날개, 꼬리와 발이 모두 오똑 일어서서 마치 봉황의 형상과 같은 데서 이런 이름이 붙여졌다고 한다.

추해당화秋海棠花라고 하니, 이는 해당화의 또 다른 형태인 것이다.

그러나 이는 모두가 내가 보고 심었던 것에 대하여 논한 것일 뿐이다. 어찌 알겠는가, 보지 못하고 심지 못한 것 중에 또 얼마나 어떠한 괴기한 모양이 있을 것인가?

꽃 시장

우리나라에는 꽃 가게가 없다. 그러므로 일찍이 꽃을 파는 사람이 있지 않았다. 필운대弼雲臺 아래 누각동樓閣洞 및 도화동桃花洞 청풍계淸風溪[1] 등지에 혹 아전으로 늙은 사람 가운데 한가롭고 또 가난한 사람이 있어, 꽃에 종사하는 이가 많다. 이미 그 낙을 붙이고, 그것에 인하여 생계를 삼는다.

매화를 기이한 둥치에 접붙인 것, 국화를 삼색 모두 하나의 화분에 키운 것, 석류를 높이 키워 번성하게 열매 맺게 한 것, 분재한 대나무, 분재한 소나무, 분재한 복숭아나무 등의 종류를 왕왕 내놓고 팔기도 하는데, 값 또한 심히 높지 않다. 동백 · 치자 · 영산홍 · 백일홍 · 종려 · 왜척촉 · 유자 같은 종류는 남방의 사람들이 어깨에 메고 등짐으로 져서 배로 운송하여 권귀가權貴家의 문전에 대어주니, 장시에서 얻을 수 있는 것이 아니다.

어떤 무인武人이 새로 시임時任 재상과 결탁하려 하는데, 그 힘을 다하여도 환심을 살 만한 매개물이 없었다. 마침 재상이 매화를 물어보았

1_ **청풍계**淸風溪 | 서울 종로구 청운동에 있던 마을의 옛 이름. 물과 바위가 맑고 아름다워서 그렇게 불렸다고 한다.

으므로 곧 자기 집에 매화가 있으니 즉시 보내드릴 수 있다고 하고서, 드디어 나와서 온 성 안을 찾아다녔으나 살 수 있는 것이 없었다. 저녁 무렵에 이르러 서쪽 성곽 궁벽한 골목에 이씨李氏 성을 가진 사람이 늙어서 매화를 기른다는 것을 듣고 찾아가서, 매화에 깊은 벽癖이 있음을 야단스럽게 말한 다음, 구경하기를 청하였다.

이윽고 방문을 여니 두 개의 화분이 있는데, 모두 희귀품이었다. 그 중 하나를 청하니, 그 노인이 뚫어지게 보다가 한참 후에 말하기를, "잘 가지고 가시오. 그대가 어찌 매화를 감상하는 자이겠소?" 하였다. 두 명의 하인을 시켜 손수레로 거리로 운반하게 하며 말하기를, "나로 하여금 그것이 간 곳을 알게 하지 마라. 알게 되면 미련이 생길 테니, 재상이 맑고 한가로움을 누리고자 해도 또한 그 화훼를 보존할 수가 없을 것이요, 또한 담을 넘어 꽃을 훔치는 자가 있을 것이다"라고 하였다.

꽃의 시기

내가 금년 4월 초에 서울에 가서 보니, 곳곳에 석류꽃이 난만히 피어 장차 시들려는 기색이 있었다. 4월인 데다 윤달인 까닭에 계절이 이미 늦은 것이라 생각했다. 집에 돌아와 보니, 뜰 앞의 두 그루 석류가 바야흐로 붉은 맹아리를 토해내고 있었는데, 6월 초가 되어서야 비로소 꽃을 피웠다. 비록 움트는 것이 조금 늦었고, 심는 것이 또 그 마땅한 장소를 얻지 못했고, 물 주는 것 또한 그 때에 맞게 주지 못한 때문이지만, 서울의 꽃과 비교할 때 족히 두 달이나 늦은 것이다.

대저 나의 집이 서울과의 거리가 불과 백이십 리인데, 매양 채소와 과실 등속을 비교해보면 늘 한 달쯤 늦게 이루어지니, 사람 노력의 부지런함과 게으름 탓만이 아니요, 또한 지기地氣가 미약한가, 왕성한가에 달린 문제이다. 식물이 오히려 그러하거늘, 하물며 사람에게 있어서랴.

뜰에 심은 모란 · 작약 · 무궁화

모란은 꽃의 귀족인데, 바닷가 고을에 자못 많이 생산되어 집집마다 모두 네다섯 뿌리를 기른다. 내가 작년 늦은 봄에 이웃집에서 대여섯 뿌리를 얻어 백운사白雲舍 앞에다 줄 지어 심고, 또 그 곁에 작약 세 뿌리를 심었으며, 또 그 서쪽 오동나무 아래에 무궁화 한 그루를 심었다.

토성土性이 매우 나빠 가물면 돌덩이 같고, 장마 지면 죽같이 되는데다 또 늦게 무궁화를 옮긴 탓에 가을이 되어서야 비로소 꽃이 피었다. 작약은 싹이 트더니 금년에 이르기까지 꽃이 피지 않고, 모란은 모두 죽었다. 오직 한 줄기 무궁화만 생기를 보존하고 있는데 잎은 났으나 또한 능히 꽃을 피우진 못하였다. 대개 모란은 비옥한 땅의 검고 성긴 흙에 적합한 것이다.

나의 옛집, 남상서의 담용정

내가 백문白門 조애照厓[1]에 있을 때, 집은 옛날 남상서南尙書의 담용정淡容亭[2]이었다. 상서가 늙어 한가로울 때 꽃과 나무를 많이 심어 능히 사계절에 끊이지 않았는데, 집이 여러 번 주인이 바뀌어 그 값지고 희귀한 품종들이 이미 다 흩어져 사라지고 남은 것이 없었다. 남아 있는 것으로는 아직 정향화丁香花 · 산수유화 · 옥매화 · 백척촉화白躑躅花가 있다. 배꽃 · 살구꽃 · 복사꽃 · 벚꽃〔櫻花〕 · 오얏꽃 · 내금화來禽花 · 영춘화迎春花 · 두견화 같은 것은 이미 노목老木이 되어, 또 그루터기에서 꽃이 핀다. 바위와 언덕 사이에는 또한 기이한 풀과 꽃이 많다. 겸하여 황양黃楊[3] · 단풍丹楓 · 설록雪綠 · 상홍霜紅[4]으로써 매양 봄이 늦으면 꽃향기가 사람을 엄습하고, 지는 꽃잎은 땅에 가득하여 사람으로 하여금

1_ **백문**白門 **조애**照厓 | 백문은 도성都城의 서문, 즉 서대문을 가리킨다. 조애照厓는 '조애照崖'라고 표기하기도 하는데, 이옥의 〈시정의 협잡꾼에 대한 이야기〉 · 〈세 번 홍보동을 노닐고〉 등에서도 나오는 지명이다. 지금의 서대문에서 연희동 사이 어느 곳의 지명이었던 듯하다.

2_ **옛날 남상서**南尙書**의 담용정**淡容亭 | 남상서는 남태제南泰齊(1699 ~1776)인 듯하나 정확하지는 않다. 남태제의 호가 '담정澹亭'인데, 담淡과 담澹은 글자의 의미를 통해서 사용하기도 한다. 남태제의 자는 원진元鎭 · 관보觀甫, 호는 담정澹亭 · 학야鶴野, 본관은 의령宜寧이다. 1727년(영조 3) 문과에 급제하여 형조판서 · 이조판서를 지내고 기로소耆老所에 들어갔다. 문집에 《담정유고澹亭遺稿》가 있다.

도성 번화가 속에 있음을 깨닫지 못하게 한다. 정사년(1797)에 나의 집은 또 잘라서 팔게 되었는데, 집을 산 자가 임목林木이 너무 무성하다고 하여 다 베어 버려 벌거숭이로 만들었다고 한다.

3_ **황양**黃楊 | 상록 관목의 일종. 잎이 마주 나는데, 펼쳐보면 바늘 침 모양인 것도 있고, 계란 모양인 것도 있다. 꽃은 황색이며 냄새와 맛을 지니고 있다. 목재는 담황색이고 목질은 치밀하여 조각 하는 재료로 쓰인다.

4_ **설록**雪綠 · **상홍**霜紅 | 나무의 종류인 듯하나 자세히 알 수 없다.

대나무의 쓸모

내 집 뒤에 총죽叢竹이 있는데 높이가 한 자를 넘지 못하고, 둘레는 젓가락 굵기만도 못하여 다만 갈대 정도일 뿐이다. 그러나 심은 지 이미 오래되어 매우 푸르게 우거지고, 무성히 빽빽하여 언제나 대자리 같은 아름다움이 있다. 일찍이 영남의 인가를 보니, 긴 대나무가 집을 둘러싸고 있는 경우가 많았다. 큰 것은 숲을 이루었고, 작은 것도 오히려 수백 개의 간짓대가 되어 모두 높이가 지붕 위를 넘어서, 바라보매 푸른 옥을 깎아 낭간을 심은 듯하여, 사람으로 하여금 심히 감탄하고 부러워하는 마음을 그치지 않게 하였다.

그러나 돌이켜 생각해보건대, 가령 집 뒤의 대나무가 큰 것이었다면 대그릇을 만들고 부챗살을 붙일 수 있을 것이고, 그 다음의 것이었다면 피리에 구멍을 내고 지팡이로 잘라 쓸 수가 있을 것이고, 작은 것이었다면 그래도 붓[1]에 꽂고 담배통에 이을 만할 것이니, 장차 도끼로 베임을 당할 날이 이르렀을 것이다. 어찌 능히 푸르게 우거지고 빽빽하여, 도리어 책상을 맑게 하고 거문고와 서책에 어울림을 얻을 수 있었을 것

1_ 붓 | 원문은 "불율不律"인데, 붓의 별칭이다. 붓을 중국 초楚나라에서는 율聿, 오吳나라에서는 불률不律, 연燕나라에서는 불弗, 진秦나라에서는 필筆이라 하였다.

〈흑죽黑竹〉(8곡병의 부분)
조희룡趙熙龍(1789~1866), 국립중앙박물관 소장.

인가? 그렇다면 대의 무성함은 그것이 쓸모가 없기 때문이니, 쓸모가 없다는 것은 도리어 쓸모가 있는 것보다 낫다 하겠다.

대리 지방

나는 천성이 게을러서 평생 꽃을 돌보는 일에 부지런하지 않았는데, 나이가 이미 노년을 향해가면서는 성향이 심히 꽃을 사랑하게 되어, 점차 "하루라도 군君[1]이 없어서는 안 된다"는 뜻이 있음을 깨달았다. 매양 뜰가에 무궁화와 촉규화를 많이 심고, 화분에는 사계화四季花·월계화月季花[2] 두세 뿌리를 길러 거의 일 년의 꽃 재료를 갖추게 하고자 하였으나, 또한 그렇게 하지 못하였다.

매양 다른 사람과 더불어 농담하기를, "나는 다음 생에는 대리大理[3] 지방에 태어났으면 좋겠다"라고 하였다. 남들이 그 이유를 물으면, 이렇게 대답하였다. "대리는 불가佛家의 묘향국妙香國인데, 그 지역은 기

1_ **군君** | 꽃을 정답게 지칭한 말. 《진서晉書》 제80권, 〈왕휘지전王徽之傳〉에 대〔竹〕를 가리켜, "하루라도 이 군〔此君〕이 없을 수 없다(一日不可無此君)"라는 표현을 했는데, 여기서는 그 표현법을 차용한 것이다.

2_ **사계화四季花·월계화月季花** | 이 꽃은 세 가지가 있는데 붉은〔紅〕 꽃이 3월(봄)·6월(여름)·9월(가을)·12월(겨울)에 네 번 피는 것을 사계화라 하고, 꽃 빛깔이 분홍이며 잎사귀가 둥글고 큰 것을 월계화月季花라 하며, 푸른 줄기가 덩굴로 뻗어가며 봄·가을에 한 번씩 꽃이 피는 것을 청간사계靑竿四季라 하는데, 청간사계는 아름답지 않다. 강희안姜希顔, 《양화소록養花小錄》 참조.

3_ **대리大理** | 중국 운남성雲南省에 있는 지명. 옛 중국의 '남방 실크로드'가 지나가는 지역으로, 해발 2,086m 고지에 위치하고 있으나 특유의 온난한 아열대성 기후 때문에, 예로부터 벼농사가 성행하고 사계절 꽃이 많은 곳이다. 대리석이 많이 생산되기도 한다.

이한 꽃과 초목이 많다. 예를 들면 다섯 색깔의 두견화나 몇 이랑의 야합화夜合花[4] 같은 것으로 사계절 꽃이 끊이지 않는다. 묘녀苗女는 모두 태진太眞[5] 이광夷光[6]인데, 그 풍속이 혼인을 하면 시집으로 가지 않고, 고랑苦郎[7]과 함께 머물러 살다가 임신하기를 기다려서 비로소 간다. 또 등주藤酒[8]가 있어 매우 맛이 좋으며, 계종채鷄塕菜[9]가 매우 향기롭다. 만약 묘녀의 고랑이 되어 날마다 노마주魯麻酒[10]를 마시고 빨며 계종채를 안주로 삼고, 상관上關[11]의 사계절 꽃을 본다면, 어찌 대복력大福力이 아니겠는가?"라고 하니, 사람들이 웃지 않는 이가 없었다.

근래에 석성금石成金[12]의 〈화력花曆〉[13]을 얻어 매월 계절의 변화에 따

4_ **야합화**夜合花 | 합환화合歡花라고도 하며, 밤이 되면 잎사귀가 합해지므로 야합화라고 한다. 낙엽관목으로 잎이 타원형에서 긴 원형으로 되며, 꽃은 흰색이며 극히 향기롭다.

5_ **태진**太眞 | 양귀비楊貴妃를 가리킨다. 양귀비가 일찍이 여도사女道士가 되었기 때문에 태진이라 불렸다.

6_ **이광**夷光 | 이광夷光, 중국 춘추시대 월越나라의 미녀 서시西施의 별칭. 월왕越王 구천句踐이 적국 오왕吳王의 부차夫差를 고혹시키기 위하여 오나라로 보냈을 만큼 미인이었다고 한다. 《오월춘추吳越春秋》, 〈구천음모외전句踐陰謀外傳〉 참조.

7_ **고랑**苦郎 | 신랑을 가리키는 말인 듯하나 어원이나 유래는 자세히 알 수 없다.

8_ **등주**藤酒 | 일명 조등주釣藤酒라고 하는데, 용수를 써서 거르지 않고 등나무 가지를 이용하여 흡취吸取하는 술을 말한다. 송주보宋朱輔의 《계만총소溪蠻叢笑》에 다음과 같은 구절이 보인다. "酒以火成, 不醡不篘, 兩缶西東, 以藤吸取, 名釣藤酒."

9_ **계종채**鷄塕菜 | 나물 이름인 듯하나 자세히 알 수 없다.

10_ **노마주**魯麻酒 | 술의 일종. 송렴宋濂의 《원사元史》, 지志 52권, 〈형법刑法〉 조항에, "사사로이 노마주를 제조하도록 부추기는 자는 사주법私酒法과 동일하게 장 70에 도배 2년에 처하고 재산의 절반을 관에 몰수하며 제일 처음 고발한 자는 관에 몰수된 물건의 절반을 상으로 준다(諸私造唆魯麻酒者, 同私酒法, 杖七十, 徒二年, 財一半沒官, 有首告者, 于沒官物內一半給賞)"는 기록이 있다.

11_ **상관**上關 | 중국 운남성雲南省의 한 지명.

12_ **석성금**石成金 | 1658~?. 중국 청淸나라의 통속문학 작가. 강소성江蘇省 양주揚州 출신. 자는 천기天基, 호는 성재惺齋. 저작으로는 약 100여 편의 화본소설과 속곡俗曲, 소화笑話, 속담 등이 실려 있는 《전가보傳家寶》 4집이 전한다.

라 화령花令[14]을 행하고자 했는데, 시골 마을이 누추하여 소원을 이룰 수가 없으니, 다만 스스로 매우 한스럽고 애석해할 뿐이다.

13_ 〈화력花曆〉 | 〈화력〉은 각종 꽃이 피고 지는 시기를 계절에 따라 배열한 달력. 예를 들면 정월에는 난혜蘭蕙, 2월에는 도요桃夭, 3월에는 장미만薔薇蔓 등으로 배열한 달력을 말한다.

14_ 화령花令 | 계절 따라 매월 꽃의 변화를 관리한다는 뜻. 령令은 법령 혹은 관리하다는 의미의 월령月令에서 온 말이다.

중국 시장의 꽃 품목

중국의 저자에서 파는 품목을 기재해둔 것에 이런 것들이 있다.

다매화茶梅花 · 납매화蠟梅花 · 영춘화迎春花 · 탐춘화探春花 · 여춘화麗春花 · 풍란화風蘭花 · 택란화澤蘭花 · 주란화朱蘭花 · 약란화箬蘭花 · 이란화伊蘭花 · 진주란화珍珠蘭花 · 추목단화秋牧丹花 · 전지목단화纏枝牧丹花 · 어아목단화魚兒牧丹花 · 서부해당화西府海棠花 · 첩경해당화貼梗海棠花 · 수사해당화垂絲海棠花 · 목과해당화木瓜海棠花 · 추해당화秋海棠花 · 산연화山蓮花 · 서번연화西番蓮花 · 철선연화鐵線蓮花 · 조일연화朝日蓮花 · 금사도화金絲桃花 · 협죽도화夾竹桃花 · 옥예화玉蕊花 · 산반화山礬花 · 신이화辛夷花 · 설구화雪毬花 · 연화楝花 · 자미화紫薇花 · 자형화紫荊花 · 치자화梔子花 · 두견화杜鵑花 · 황두견화黃杜鵑花 · 비파화枇杷花 · 목근화木槿花 · 부상화扶桑花 · 합환화合歡花 · 목부용화木芙蓉花 · 계화桂花 · 산다화山茶花 · 서향화瑞香花 · 결향화結香花 · 금작화金雀花 · 도미화酴醾花 · 장미화薔微花 · 자미화刺蘼花 · 월계화月季花 · 사계화四季花 · 목향화木香花 · 백일홍화百日紅花 · 체당화棣棠花 · 말리화茉藜花 · 설판화雪瓣花 · 함소화含笑花 · 지갑화指甲花 · 작약화芍藥花 · 금잔화金盞花 · 전춘라화剪春羅花 · 전추라화剪秋羅花 · 전금라화剪金羅花 · 전홍라화剪紅羅花 · 국화菊花 · 칠월국화七月菊花 · 수선국화綉線菊花 · 취국화翠菊花 ·

장국화丈菊花 · 쌍란국화雙鸞菊花 · 적적금화滴滴金花 · 석죽화石竹花 · 앵속화罌粟花 · 계관화鷄冠花 · 우미인화虞美人花 · 촉규화蜀葵花 · 천규화天葵花 · 산단화山丹花 · 금규화錦葵花 · 금전화金錢花 · 옥잠화玉簪花 · 선절화旋節花 · 수선화水仙花 · 보상화寶相花 · 경화瓊花 · 정향화丁香花 · 훤화萱花 · 수총화水葱花 · 백합화百合花 · 마료화馬蓼花 · 계소화鷄蘇花 · 옥란화玉蘭花 등이 있다.

이는 모두 보배롭고 희귀하여 구하기 어려운 꽃은 아닌 듯하지만, 그래도 백 가지 품목에 가깝다. 그 부녀자들이 이고 다니는 것과 귀유공자貴游公子들에게 제공하는 것이 어찌 다만 이뿐이겠는가.

화국삼사

신축년(1781) 5월에 나는 일찍이 《화국삼사花國三史》를 지었다. 상편에는 화전花典 · 화모花謨 · 화명花命 · 화고花誥, 중편에는 화사강목花史綱目 · 부록附錄, 하편에는 화왕본기花王本紀 · 매비죽부인열전梅妃竹夫人列傳 · 상소화열전尙昭華列傳 · 삼용화열전三容華列傳 · 종실열전宗室列傳 · 연락공세가蓮濼公世家 · 매공세가梅公世家 · 작피공세가芍陂公世家 · 도림공세가桃林公世家 · 행성공세가杏城公世家 · 이원공세가梨園公世家 · 초현공세가蕉縣公世家 · 지현공 난정공세가芝縣公蘭亭公世家 · 기국공세가杞國公世家 · 규구공 당현공 계령공세가葵邱公棠縣公桂嶺公世家 · 유장군열전柳將軍列傳 · 신이辛夷[1] 미자숙열전辛夷微子叔列傳 · 명협선영열전蓂莢宣嬰列傳 · 결명 견우 서대 금전열전決明牽牛書帶金錢列傳 · 국담공열전菊潭公列傳 · 죽계선생열전竹溪先生列傳 · 저선생楮先生이 기록한 외번열전外蕃列傳을 두었다. 대개 〈모영毛穎〉,[2] 〈육길陸吉〉[3]의 전傳 및 봉주鳳

1_ 신이辛夷 | 목필화木筆花라고도 부른다. 《초사楚辭》, 〈구가九歌〉에 "신이화가 막 피어날 적에는 모양이 붓과 비슷하므로 북인北人들이 목필화라 부른다"라고 하였다. 이시진이 지은 《본초강목》, 〈교이交夷〉조에는 "방목房木의 별명이 신이"라고 나오기도 한다.

2_ 〈모영毛穎〉 | 중국 당唐나라 한유韓愈가 붓을 의인화하여 지은 〈모영전毛穎傳〉을 가리킨다.

3_ 〈육길陸吉〉 | 중국 송宋나라 소식蘇軾의 〈황감육길전黃甘陸吉傳〉을 가리킨다.

洲의 《치언卮言》[4]에 실린 〈화왕본기花王本紀〉와 조동계趙東谿의 〈화왕본기花王本紀〉[5] 등의 체제를 본떠서 지은 것이다. 서문이 있고, 범례가 있고, 연기緣起가 있게 하였다.

그때 마침 근세 사람이 지은 〈화사花史〉[6]를 가져와서 보여준 자가 있었다. 그 〈화사〉는 《통감通鑑》의 예를 사용하여 매화 · 모란 · 연꽃 · 국화를 나누어 사대四代를 삼아, 왕망王莽과 사마의司馬懿[7]가 대를 이어 화관花官[8]에서 나오고, 제齊나라 · 양梁나라가 향성香城(절)에서 번갈아 일어났다고 하였다. 그러므로 내가 적이 잘못된 것으로 여겨, 물러나 무릇 사흘 만에 이 책을 이루고, 책의 첫머리에 한 연구聯句를 썼다.

함벽涵碧[9] 가물거리는 등불 사흘 밤에	涵碧螢燈三日夜
모란牧丹 인사麟史[10] 백 년의 봄이라.	牧丹麟史百年春

4_ **봉주鳳洲의 《치언卮言》** | 봉주는 중국 명明나라 왕세정王世貞의 호. 《치언》은 《예원치언藝苑卮言》을 간단히 칭한 것. 왕세정은 자가 원미元美, 호가 엄주산인弇州山人 · 봉주鳳洲이다. 문장에 뛰어나 이반룡李攀龍과 함께 명대의 문단을 주도했으며, 저서로 《엄산당별집弇山堂別集》, 《엄주사부고弇州四部稿》, 《예원치언藝苑卮言》 등이 있다.

5_ **조동계趙東谿의 〈화왕본기花王本紀〉** | 동계는 조귀명趙龜命(1693~1737)의 호. 《동계집東谿集》 권7, 잡저雜著에 《서경書經》의 문체를 본떠서 꽃들의 세계를 의인화한 〈화왕본기〉가 실려 있다.

6_ **〈화사花史〉** | 매화 · 모란 · 연꽃 · 국화로 사대四代를 삼은 구도로 짜인 한문소설. 이 작품의 작자는 임제林悌(1549~1587)로 알려져 있으나, 노긍盧兢(1738~1790)이라는 설도 있다. 이옥이 근세 사람이라고 한 것을 보면 노긍을 가리킨 것이 아닌가 여겨진다.

7_ **왕망王莽과 사마의司馬懿** | 왕위를 빼앗고 훔친 신하. 왕망(기원전 45~기원후 23)은 기원후 5년 중국 전한前漢의 평제平帝를 독살하고 스스로 섭황제攝皇帝가 되었으며, 이후 왕조를 찬탈하여 신新나라를 세웠다. 사마의(179~251)는 중국 삼국시대 위魏나라의 조조曹操가 죽고 황태자가 승상위왕丞相魏王이 되자, 상서尙書에 올랐고, 249년에 반란을 일으켜 조상曹爽을 죽이고 위나라의 실권을 잡아 상국相國이 되었다. 손자 사마염司馬炎이 제위帝位를 찬탈할 기초를 닦았다.

8_ **화관花官** | 오화관고五花官誥에 관련된 관직인 듯하다. 오화관고는 고대 제왕의 봉증封贈 조서詔書를 가리키는데, 오색 금화릉지金花綾紙로 제작하였기 때문에 그렇게 부른다.

花史

陶

陶烈王梅姓名華字先春羅浮人也其先有佐高者爲
商宗調羹以功封於陶中世爲楚大夫屈原所擯避居閭
廬城子孫仍家焉數世至古公亶娶武陵桃氏女生三
子(詩曰其實三子) 王其長也桃氏生有美德于歸之日宜其家室詩
人稱之美之嘗夢遊瑤池王母賜丹實一枚呑之有娠生王之
日有異香滿室經月不散人謂之香孩兒(宋太祖)及長英姿

美須性質朴素風采雅潔克承先烈厥德馨香遠通之
聞其風者莫不扶老携幼而至及滕六肆虐天下怨叛於
是孤竹君烏篩大夫秦封扣推以立之都于閭廬城因號
曰陶木德王以丑月爲歲首數用五(花皆五出故云)色尚白○元年冬十
二月作蜡祭以鞭鞭之草木建元嘉平○嘉平二年(以十二月爲一年以日爲月)
(月者從詩夏月言日之義後皆倣此) 納杜氏爲妃之籍出月城貞靜幽閑克勤女紅以
助王化人比周太姒
太史公曰家国之興衰造于夫婦詩詠葛覃國[illegible]新之哉識

〈화사花史〉

필사본, 성균관대학교 존경각 소장. 임제林悌가 지은 것으로 알려진 〈화사〉는 최근 노긍盧兢이 지었을 가능성이 제기되고 있다.

末下接東經其錯無怪而流沙章下有脫簡僅餘數
句而有近於燕滅之之語其與東經互換也明甚大
澤高柳二章亦當移入東經中耳東經大江出岷山
以下二十二章但記水道出入與它經不倫而東西
南北遍擧焉當別爲一篇目以海內水經姑錄之以
俟知者

花王本紀

曰若稽古花王曰牧丹以火德王厥色用赤厥德光
華望如雲就如日用夏之時惟四月景辰卽阼土階
三等風調雨順無爲而化敷王惟至人無夢蝴蝶不

來聘于羅浮梅氏冊爲元妃王若曰咨爾王妃梅氏
予悅爾素色燃爾貞操先天而天弗違誕惟爾先姑
梅妃嬪于唐有芳譽女惟司陰功毋隳茂哉乃命四
桂月桂欽若昊天敬授人時朔王曰咨芍藥惟女予
同女遂相予若劑五味酸鹹異宜用女調和王曰咨
桂惟女上應天象人之窮亭女實司之女作朕天官
王曰咨稻天下阻飢旣富方穀粒我烝民莫非爾極
女其作朕地官稻俯首揖讓于黍稷菽麥粱王曰俞
惟黍稷菽麥粱克秀克實予嘉厥土功將女是訓女
茂哉毋之民食王曰咨桃暨李女雖弗言下自成蹊

〈화왕본기花王本紀〉

목판본, 1741년. 조귀명趙龜命(1693~1737)이 지은 〈화왕본기〉는 꽃의 덕성을 인간의 관료 계급에 빗대어 등급을 매긴 글이다.

대개 실제를 기록한 것이다. 그런데 말에 해학諧謔이 섞이고, 글은 과장科場의 문투에 가까우니, 본디 나이가 젊었을 때부터 말을 아름답게 엮는 것을 하나의 일로 삼았기 때문이다.

일찍이 내가 《동소유고桐巢遺稿》[11]를 보니 또한 〈화춘추花春秋〉가 있는데, 그 말이 내가 일찍이 보았던 것에 가까웠다. 또 적수赤水 도응준屠應畯[12]이 《화사월표花史月表》를 지었다고 들었는데, 내가 구해보지 못하여 유감으로 여긴다.

— 이상 이지양 옮김

9_ **함벽**涵碧 | 이옥의 글 〈함벽루에 올라〉에 경상남도 합천陜川에 있는 함벽루에 이르러 "이것이 함벽루로구나. 전에 내가 한강 북쪽에 살 때에 정자가 있었는데, '함벽涵碧'이라고 이름하였다. 그때에 이 누각이 영남에서 으뜸가는 것이라고 듣고는 매양 한 번 올라 보아 그 우열을 가리고자 하였는데 지금에야 이루었구나"라는 대목이 있다. 여기 시구의 '함벽'은 서울의 함벽정을 가리킨 듯하다.

10_ **인사**麟史 | 《춘추春秋》를 가리킨다. 《춘추》가 노魯나라 애공哀公 14년에 숙손씨叔孫氏가 기린을 잡은 것으로 끝나기 때문에 그렇게 부른다.

11_ **《동소유고**桐巢遺稿**》** | 남하정南夏正(1678~1751)의 문집으로 7권 4책이 전한다. 동소는 남하정의 호. 여기서 말한 〈화춘추花春秋〉란 그가 꽃을 소재로 삼아 전기체傳奇體로 지은 〈사대춘추四代春秋〉를 가리킨다. 그는 《동소만록桐巢漫錄》을 저술하기도 하였다.

12_ **적수**赤水 **도응준**屠應畯 | 중국 명나라 가정嘉靖·융경隆慶 무렵의 문인 도융屠隆(1542~1605)을 말한다. 자는 장경長卿, 호는 적수 혹은 홍포거사鴻苞居士. 응준은 그의 또 다른 자인 듯하다. 희곡戲曲에 능했으며, 《고반여사考槃餘事》, 《유구잡편游具雜編》 등을 남겼다. 허균의 《성소부부고惺所覆瓿稿》 권19, 〈기유서행기己酉西行紀〉에 중국 문인에게 문장으로는 누구를 최고로 여기는지를 물어보는 대목이 있는데, 그 문인이 "적수赤水 도융屠隆과 규양葵陽 황홍헌黃洪憲이 동남 지역에서 매우 이름이 높다"고 대답하였다. 또 그에게 《화사월표花史月表》라는 저작이 있었던 듯하다.

기
己 — 곡식 이야기
談穀

벼의 품종

《이아익爾雅翼》에 이르기를 "벼〔稻〕의 성질은 물에 마땅한데, '도稌'라고도 부른다. 찰기가 있는 것과 찰기가 없는 것이 있으며, 찰기 있는 벼를 '나稬(찰벼)'라 하고, 찰기 없는 벼는 '갱秔(메벼)'이라 한다. 또 한 품종은 '선秈(메벼)'이라고 하는데, 갱과 비교하여 작으며 더 찰기가 없다. 이 품종은 매우 일찍 익는다. 요즘 사람들은 선을 올벼, 갱을 늦벼라 부른다"[1]라고 하였다. 모두 벼의 일종인데, 벼 중에서 선갱秈秔 · 나갱稬秔의 구별이 있은 지 오래되었다. 오래된 까닭에 그 품종이 더욱 넓어졌고, 그 분류도 복잡하여 특이한 가운데 또 특이한 것이 있다. 토질이 다르고 형색形色이 다르고 절후가 다르니, 명칭이 또한 다른 것이다. 매양 늙은 농부의 말을 들어보니, 일컫는 것이 백여 종인데 자세히 알 수는 없다.

내 일찍이 호서에 노닐면서 시골 농부와 이야기를 나누었는데, 그 말한 바를 대략 적어본다.

'유두올벼〔流頭早稻〕'[2]는 까끄라기가 붉고 그 성질이 건조하고 딱딱

1_ **《이아익爾雅翼》에 … 부른다** | 인용 내용은 《이아익》 권1, 〈석초釋草〉에 보인다.
2_ **유두올벼**〔流頭早稻〕 | 유두절인 음력 6월 15일에 익는다 하여 붙여진 벼 이름.

하며 가장 먼저 여문다. '밤올벼〔栗早稻〕'는 까끄라기가 없고 쌀알이 조금 붉다. '옥저광玉筯光'은 마디 사이에 약간 검은빛이 돌고 쌀알은 매우 흰데 '얼음풀이올벼〔氷銷早稻〕'라고도 한다. '지마올벼〔芝麻早稻〕'는 껍질이 희다. '노인올벼〔老人早稻〕'는 까끄라기가 매우 길고 희며 '대궐벼〔大闕稻〕'라고도 한다. '보리올벼〔麥早稻〕'는 까끄라기가 매우 길며 '바리아〔鉢里兒〕'라고도 부르는데, 조금 늦되는 것은 '왜올벼〔倭早稻〕'라 한다. '각시올벼〔閣氏早稻〕'는 마디와 껍질이 모두 희다. 이상은 모두 올벼이다.

'가배찰벼〔嘉俳粘〕'는 반점이 있어 '메추리찰벼〔鶉粘〕'라고도 부른다. '정금찰벼〔精金粘〕'는 흰벼〔白稻〕처럼 색이 희다. '각시찰벼〔閣氏粘〕'는 쌀알이 매우 하얗고 흡사 올벼처럼 생겼다. '돼지찰벼〔猪粘〕'는 까끄라기가 검은색이어서 '까마귀찰벼〔鴉粘〕'라고도 부른다. '왜찰벼〔倭粘〕'는 허리 부분이 길어 '메추리찰벼'와 비슷하다. '꾀꼬리찰벼〔鶯粘〕'는 정황색正黃色이다. '구렁이찰벼〔蟒粘〕'는 얼룩 반점이 있다. '비단찰벼〔錦粘〕'는 까끄라기가 붉은색이고 '코끼리털찰벼〔象毛粘〕'라고도 한다. '푸른물찰벼〔水青粘〕'는 얼룩 반점이 있다. 이상은 모두 찰벼이다.

'올정금벼〔早精金稻〕'·'늦정금벼〔晩精金稻〕'·'흰녹두벼〔白菉豆稻〕'·'옥녹두벼〔玉菉豆稻〕'는 모두 흰 품종의 벼이다. 그런데 옥녹두는 까끄라기와 눈이 검다. '오대추벼〔五大棗稻〕'·'대추벼〔大棗稻〕'[3]·'중달대추벼〔中達大棗稻〕'·'거올대추벼〔巨兀大棗稻〕'·'홍도벼〔紅桃稻〕(붉은벼)'는 모두 붉은 품종의 벼이다. 그런데 오대추는 까끄라기가 없고 일찍 여물며, 대추는 까끄라기가 있고 줄기가 길며, 거올은 까끄라기가 매우 길

3_ **대추벼〔大棗稻〕** | 껍질이 진한 붉은색의 벼.

고 적색이며, 홍도는 '호상벼〔好嘗稻〕'라고도 부르는데 조금 일찍 여문다. '등터지기벼〔背塀稻〕'는 껍질이 매우 얇고 희미하게 금이 가 있다. '지마벼〔芝麻稻〕'는 올벼와 흡사하게 생겼으므로 조금 일찍 여문다. '강올벼〔羌早稻〕'는 금빛처럼 누른색이고 늦게 여문다. '밀따리벼〔密達稻〕'는 황적색이고 쌀의 품질도 매우 좋다. 이상은 모두 좋은 품질의 쌀로 친다.

'두충벼〔杜冲稻〕'는 적색이다. '천상벼〔天上稻〕'는 색이 희고 까끄라기가 길며 이삭은 잘 끊어지지 않는다. 이상은 모두 늦벼인데, 여러 번 서리를 맞은 뒤에 벤다. '옥산벼〔玉山稻〕'·'거올산벼〔巨兀山稻〕'·'올산벼〔早山稻〕'는 모두 마른 땅에 심는 것이다.

그러나 이것은 모두 그 고장에서 생업으로 삼는 품종이다. 산골 사람에게 들으면 산골에 심는 품종이 있다 하고, 경기도 사람에게 들으면 경기도에 심는 품종이 있다 하고, 영남 사람에게 들으면 영남 땅에 심는 품종이 있다고 한다. 또한 한 종류의 벼이면서 이름 붙이는 것이 다르니, 참으로 자세히 다 알 수는 없다.

내가 사는 곳에 심은 품종으로는 사발벼〔砂鉢稻〕·칠승벼〔七升稻〕[4]·왜다다벼〔倭多多稻〕 등이 있다. 대략 총괄하여 말한다면 성질이 찰기가 있는 것과 없는 것, 여무는 때가 이른 것과 늦은 것, 색깔이 백·흑·황·적인지, 심는 땅이 논인지 밭인지의 차이가 있을 뿐이다.

4_ **칠승벼**〔七升稻〕 | 벼 한 되를 심어 쌀 일곱 되를 얻는다고 하는 벼 품종.

벼 이름 붙이기

자서字書의 화부禾部에 자색紫色 줄기를 '비穳'라 하고, 백색을 '찬穇', 적색을 '만穓', 홍색을 '사穯', 까마귀색을 '릉稜', 청색을 '혐稴', 백색을 '예穂', 흑색을 '부秩'라 한다. 즉 벼에 별종이 많고 색깔에 따라 이름을 달리한 것이니, 예로부터 그러하였다.

기장

벼 다음으로는 오직 기장〔粱〕이 가장 종류가 많다. 또한 찰기가 있는 것과 없는 것, 일찍 여무는 것과 늦게 여무는 것, 적·황·청·백의 네 가지 색의 다름이 있다. 《시경詩經》에서 말한 "유미유기惟穈惟芑"[1]는 바로 붉은 기장과 흰 기장이고, 《본초本草》에서도 성질과 맛과 효용의 차이를 말하였다. 그 이름을 명명한 것이 모두 농사꾼들이 이야기하는 것이다. 그러므로 자작만刺雀曼·경자추磬子槌·묘아답貓兒踏 같은 종류는 자세히 알 수 없고, 또한 책에 실릴 수도 없었다.

대개 모양과 색깔, 올되고 늦됨, 성질과 맛의 차이는 곡식이면 다 있는 것이다. 한 종류의 구별이 거의 수십 가지에 이르는 것은 비단 벼와 기장만 그러한 것이 아니다. 농사일로 늙은 자라 할지라도 또한 능히 다 알지 못한다고 한다.

1_ **유미유기**惟穈惟芑 | '붉은 기장, 흰 기장'이라는 뜻이다. 《시경詩經》, 〈대아大雅·생민生民〉 편에 나오는 시구는 다음과 같다. 誕降嘉種, 維秬維秠, 惟穈惟芑.

차조

차조〔秫〕는 관가의 문서에서 ‘수수〔唐米〕’, ‘겉수수〔皮唐〕’를 말한다. 《이아爾雅》에서 “중衆은 출秫(찰기장)이다”라고 하고, 《이아》 소疏에는 “중衆은 ‘출秫’이라고도 하는데, 차조〔黏粟〕를 말한다. 북쪽 지방 사람들은 이것을 사용하여 술을 빚는다. 그 줄기와 짚이 벼와 비슷하나 억세고 키가 크다”[1]라고 했는데, 바로 이것이다. 백곡百穀 중에 오직 차조가 가장 (줄기가) 억세고 (키가) 큰데, 일찍 심어서 무성하게 자란 것은 키가 두 길이나 되고, 둘레는 한 손아귀로 쥘 정도이다. 그러므로 수확할 때도 역시 다른 곡식보다 많이 거둔다.

일찍이 듣건대, 우리 고장에 김金 영감이 농사의 이치를 잘 알고 있는데 이웃에 사는 한韓 영감과 곡식에 대해 이야기하면서, “곡식 한 알을 심어 한 말을 거둘 수 있는 것은 오직 차조가 그렇다”고 말하였다. 한 영감이 믿지 않자, 김 영감은 그에게 술 한 병을 내기로 걸었다. 봄

1_ **《이아爾雅》에서 … 키가 크다** | 인용 부분은 중국 송宋나라 형병邢昺의 《이아주소爾雅注疏》 권8에 나온다. 《이아》의 주석서로는 중국 진晉나라의 곽박郭璞이 10여 학자의 설을 집성하여 주注하였고, 뒤에 송나라 형병의 《이아주소》, 정초鄭樵의 《이아주爾雅注》, 나원羅願의 《이아익爾雅翼》, 청나라 학의행郝懿行의 《이아의소爾雅義疏》, 소진함邵晉涵의 《이아정의爾雅正義》 등이 많이 알려져 있다.

에 둥구미 하나 가득 기름진 흙을 담아 차조 네다섯 알을 심었다. 싹이 올라오자 튼튼한 놈 한 포기만 남기고 다 뽑아 버리고는 인분을 주었다. 가을이 되어 거두어서 되어보니 과연 한 말이었다. 김 영감이 말하기를, "볕에 말리면 한 말이 되지 못 한다"고 하였다.

또 전에 관서關西 사람의 말을 들으니, "평양의 감홍로甘紅露는 다 차조로 빚은 술인데, 차조로 빚은 것이 메벼〔粳〕로 빚은 것보다 훨씬 좋다"라고 하였다. 《이아》 소疏에서 "이것으로 술을 빚는다"고 한 것이 참으로 그럴듯하다. 도연명陶淵明이 이것을 심은 것이[2] 그 때문인가?

2_ **도연명陶淵明이 … 심은 것이** | 진晉나라 도연명은 술을 좋아하여 중국 문학사상 대표적인 음주시인飮酒詩人으로 유명하거니와, 이는 도연명이 교관敎官에 취임하여 술을 담기 위하여 차조를 심었던 고사를 가리키는 것으로 보인다. 그의 시 가운데 "차조 찧어 맛 좋은 술을 빚고는, 술 익으면 나 혼자 맛을 본다오(舂秫作美酒, 酒熟吾自斟)"라는 시구가 있다. 《도연명집陶淵明集》 권2, 〈화곽주부和郭主簿〉 참조.

곡식의 종류

농가에서 심는 것 중에 논에는 벼와 찰벼를 심고, 밭에는 가을보리 · 봄보리 · 겉보리 · 콩 · 팥 · 녹두 · 깨 · 검은깨[1] · 찰기장 · 메기장 · 기장 · 차조 · 메밀을 들 수 있으니,[2] 모두 열세 종이다.

두 종류의 보리를 심지 않는다면 농가의 양식을 마련할 수 없고, 겉보리를 심지 않는다면 누룩을 만들고 밀가루를 얻을 수 없으며, 콩을 심지 않는다면 장을 담그고 짐승을 기를 수 없으며, 팥을 심지 않는다면 떡을 제대로 갖출 수 없고, 녹두를 심지 않는다면 가루를 취할 수 없고, 깨를 심지 않는다면 등잔불을 켤 수가 없고, 검은깨를 심지 않는다

1_ **깨 · 검은깨** | 이옥은 유마油麻와 호마胡麻를 구분하여 적었는데, 《표준국어대사전》(국립국어원, 1999)에는 유마 · 호마 · 지마芝麻를 동의어로 설명하고, '검은깨와 참깨를 통틀어 이르는 말'로 풀이하고 있다. 《향약집성방鄕藥集成方》 등 우리나라 고서古書를 살펴보면, 깨와 검은깨를 이르는 호칭이 통일되어 있지 않다. 여기서는 뒤의 〈검은깨로 만든 음식〉편에 나오는 설명에 의거하여 유마油麻를 깨, 호마胡麻를 검은깨로 옮겼다.

2_ **농가에서 … 있으니** | 곡식의 우리말 명칭은 〈곡식 이야기〉편에 나오는 이옥 자신의 기술과 《대한한사전大漢韓辭典》(교학사, 1998)을 참고하였다. 참고로 근세 시기에 만들어진 《물보物譜》에 나오는 곡식 명칭을 소개해둔다. 피: 稷 · 明粢 · 穄. 기장: 黍. 찰기장: 秫 · 衆. 수수: 蜀黍. 찰수수: 黏蜀黍. 벼: 稻 · 稌. 찰벼: 黏稻. 찹쌀: 糯米. 돌피: 稗. 차조: 粱 · 芑 · 虋. 조: 粟. 밀: 小麥 · 麥. 보리: 大麥 · 牟. 메밀: 蕎麥. 귀밀: 穬麥. 들깨: 蘇 · 桂荏 · 白蘇 · 明油. 참깨: 脂麻 · 油麻 · 芝麻 · 食油. 콩: 大豆 · 菽. 팥: 小豆. 《물보》 상편, 〈초본문草木部〉, '화곡禾穀' 참조.

면 진미를 도울 수 없고, 찰기장·메기장·기장을 심지 않는다면 끼닛거리가 넉넉지 못할 것이고, 차조를 심지 않는다면 비를 매거나 울타리를 엮을 수 없고, 메밀을 심지 않는다면 수제비를 얻거나 다장茶醬을 갖출 수 없다.

이들은 모두 농가에서 하나라도 빠뜨릴 수 없는 것이다. 이외에도 완두콩과 방울보리 따위가 있는데, 또한 모두 심을 만하다.

콩

대두大豆는 '숙菽'이라 하니, 숙이란 뭇콩을 총칭하는 이름이다. 후세에 이로 인하여 숙을 대두라 이름하게 되었다. 우리나라에서 '태太'라 칭하는 것은 너무도 근거할 바가 없다. 대개 관청 장부에 칭하는 것이다. 대두는 누른색에 가장 큰 것, 누른색인 것, 약간 푸른색인 것, 약간 붉은색인 것, 검은색인 것, 얼룩 반점이 박힌 것, 먹 묻은 손가락을 비벼 놓은 듯한 것, 검은색에 매우 작은 것이 있다.

검은색의 작은 콩을 '쥐눈이콩〔鼠目太〕'[1]이라고 하는데 약용藥用으로 사용할 수 있다. 누른색의 큰 콩을 '환부태鰥夫太'라고 하는데 따로 심기 때문에 이렇게 부르며, 맛이 매우 깊고 쌀에 섞어서 먹으면 삶은 밤처럼 달다. 또 올콩이 있는데 '청대콩〔青太〕'[2]이라 하며 6월에 먹는다.

1_ **쥐눈이콩**〔鼠目太〕 | 검은콩의 한 종류. 콩자반을 만드는 서리태보다 작고 윤기가 흐르는 콩이다. 쥐 눈처럼 작고 반짝인다고 하여 서목태鼠目太라고 하며, 한방에서 약재로 쓰이는 탓에 약콩이라고 부르기도 한다.

2_ **청대콩**〔青太〕 | 푸른콩의 한 종류. 열매의 껍질과 속살이 다 푸르다 하여 푸르대콩이라고 부른다. 송편의 소로 많이 넣는 콩이다.

부종법과 이종법

경기에서부터 이남은 오로지 무논〔水田〕으로 농사를 짓는다. 그중에 볍씨를 직접 논에 뿌려 세 번 김매기 하는 것을 '부종付種(直播)'[1]이라 하고, 모판의 모를 옮겨 심어 두 번 김매기 하는 것을 '이종移種(移秧)'[2]이라 한다. 경기 이남에는 부종법이 이앙법移秧法보다 더 낫고, 충청도[3] 밑으로는 도리어 결실이 많고 잘 익는 이앙법만 못하다. 대개 토질과 풍습이 그렇게 만든 것이다. 그러나 자주 갈고〔耕〕 자주 김매기 하면,

---

1_ **부종付種** | 직파법直播法을 말한다. 이앙법이 보급되기 이전에 널리 채용되었던 벼 재배 방법. 파종법播種法이라고도 한다. 논에 직접 볍씨를 뿌리는 방법이다. 씨를 뿌리는 곳은 물이 있는 무논〔水田〕이 될 수도 있고, 물이 없는 건답乾田이 될 수도 있다. 씨 뿌리는 과정에서 일손이 적게 들어가나, 제초 과정에서 많은 노동력이 들어가고, 생산량에서도 이앙법으로 재배한 것과 많은 차이가 난다. 그러나 가뭄에 따른 위험 부담이 적었으므로 조선조 이후까지 이 방법이 장려되기도 하였다.

2_ **이종移種** | 이앙법移秧法을 말한다. 오늘날 벼를 재배하는 대표적인 방법의 하나. 모판을 만들어 모가 한 뼘 이상 자라면 논에 옮겨 심는 방법이다. 사전에 모를 심을 곳을 잘 정리해야 하고, 물이 넉넉해야 하고, 심을 때 적당한 간격을 유지해야 하는 등 일손이 많이 들어가지만 이앙을 한 후에는 직파법에 비해 약 8할 정도 노동력이 절약된다. 보리와 함께 번갈아 심으면 이모작이 가능하여, 단위면적당 수확량을 크게 늘릴 수 있고, 볍씨로 사용되는 양이 비교적 적다는 장점도 있다. 18세기 이후 수리 시설의 정비와 농업 기술의 보급으로 인해 전국적으로 행해지게 되었다.

3_ **충청도** | 원문의 호湖는 호서湖西와 호남湖南을 통칭하는 경우가 많은데, 이 경우는 충청도를 가리키는 듯하다.

부종법과 이종법

2006년 국립민속박물관의 기증전 〈독일인 헤르만 산더의 여행—1906~1907 한국·만주·사할린〉 중 부종법(위)과 이종법(아래) 그림.

수확량이 많지 않을 수 없다.

일찍이 들으니, 충청도 연읍沿邑[4]에 역농자力農者로서 재물을 많이 모은 사람이 있었는데, 그 사돈과 물을 사이에 두고 살았다. 사돈이 나락을 빌리러 오자 오십 섬을 내어 꿔주는데, 이미 말로 되어보고 다시 이것을 배에 달아 그 표시를 새겨 놓은 뒤에 주었다. 가을이 되어 사돈이 나락을 돌려주었다. 말로 되어보니 평미레[5]를 한 횟수가 같았으나, 배에 달아보니 표시를 해 놓은 데에 한참 미치지 못하였다. 드디어 받지 않고 돌려보내며 다음해 가을에 갚도록 하였다. 사돈은 부종으로 지어 네 번 김매기 하고, 또 가서 달아보았지만 그래도 양이 차지 않아 다시 돌아오게 되었다. 그 두 해째에 사돈은 또 그렇게 지어 여섯 번 김매기를 하여, 또 가서 달아보니 비로소 표시를 해 놓은 데에 미쳤다. 이에 역농자가 말하였다.

"당신은 비로소 농사짓는 방법을 알게 된 같소. 벼는 김을 매주면 이삭이 달리고, 이삭이 달리면 무거워지고, 무거워지면 쌀을 많이 취할 수 있지요. 그러므로 벼를 두 번 김매기 하면 십 할 중에서 사 할도 취할 수 없고, 세 번 김매기 하는 자는 사 할을 얻을 수 있지만, 다섯 번, 여섯 번씩 김매기 하는 자는 그 양을 말질하매 찧은 쌀 다섯 되, 여섯 되를 거둘 수 있소. 나는 돌려받는 양을 심하게 따지려 한 게 아니고, 당신에게 농사짓는 법을 알려주려 한 것이었소."

또 전에 들으니, 영남의 종으로서 농사를 경영하는 자가 있었다.[6] 갈

4_ **연읍**沿邑 | 해안가나 강가에 연해 있는 고을.

5_ **평미레** | 말이나 되에 곡식을 담고 그 위를 평평하게 밀어 고르게 하는 데 쓰는 방망이 모양의 기구.

고 매기를 매우 부지런히 하여 가을에서 여름이 되기까지 무려 열두 번이나 갈아주고 인분을 뿌렸으며, 세 치 정도 자라나자 일찌감치 모를 옮겨 심었다. 추수를 함에 한 말을 심은 땅에서 삼백 말을 거두었다. 하등전下等田의 십오 년치 수확에 해당하는 것이었다.

그러므로 부지런히 갈아주는 자는 나락이 많고, 부지런히 김매기 하는 자는 쌀이 많은 것이다. 자주 갈아주고, 자주 김매기 하는 것이 농사짓는 근본인가 보다.

6_ **영남의 … 있었다** | 치농治農을 잘한 영남의 종 이야기는 〈농사 잘 짓는 종의 이야기〉편에 자세히 나와 있다.

건파법

마른 땅에 심어서 마른 땅에서 김매기 하는 것을 '건파乾播'[1]라고 부른다. 맹자孟子가 말한 "가물면 싹이 마르다가 비가 오면 싹이 우쩍 일어난다"[2]함은 건파한 벼가 그것에 가장 가까운 것이다. 최근에 시골에 사는 백성들은 오로지 건파로써 일삼는다. 그러므로 매양 4, 5월 사이에 비오는 철을 넘기고, 마른 땅에 날마다 바람이 불면 무논을 가는 자는 모두 학어涸魚[3]의 근심이 있지만, 건파를 한 자라면 도리어 그 때를 얻었다고 생각할 것이다. 그리하여 무릎을 나란히 한 채 밭에 쪼그리고 앉아 호미로 흙덩이를 두드려 부수며 노래를 부른다.

1_ **건파**乾播 | 건부종乾付種, 건답직파乾畓直播라고도 한다. 마른논에 볍씨를 뿌려 밭곡식처럼 기르다가 물을 대주는 농사법. 농번기에 노동력의 집중을 분산시키고, 직파直播에 비해 도복倒伏에 강하다는 장점이 있으나, 볍씨가 많이 들어가고, 비가 많이 오면 싹이 나오지 못하고, 땅이 습하면 시행할 수 없다.

2_ **맹자**孟子**가 … 일어난다** | 《맹자孟子》, 〈양혜왕梁惠王〉 상에 나오는 다음 대목을 인용하였다. "七八月之間, 旱則苗槁矣, 天油然作雲, 沛然下雨, 則苗浡然興之矣."

3_ **학어**涸魚 | 학철부어涸轍鮒魚의 고사를 말한다. 수레바퀴 자국의 고인 물속에 있는 붕어라는 뜻으로, 몹시 어려운 처지에 있는 사람을 가리킨다. 《장자莊子》, 〈외물外物〉편에, "장자莊子가 집이 가난하여 감하후監河侯에게 양식을 빌리러 간 얘기가 나온다. 감하후가 '나는 머지않아 세금을 거둬들일 텐데, 그러면 선생께 삼백 금쯤 빌려드리지요(莊周家貧, 故往貸粟於監河侯, 監河侯曰: 我將得邑金, 將貸子三百金, 可乎)'라고 말하자, 화가 난 장자가 수레바퀴 자국의 고인 물에 있는 붕어 이야기를 들려주었다"라는 구절이 보인다.

바람아, 바람아! 風乎風乎
산사내의 죽 쑤는 바람인가 山漢子之粥風耶
들사내의 떡 줄 바람인가! 野漢子之糕兒風耶

혹 봄여름에 비가 많이 오면 건파를 한 자는 반드시 눈물을 흘린다. 대개 가뭄이 들면 흙이 비옥하더라도 가라지가 크지 않고, 비가 오면 가라지가 많이 나서 다 제거할 수 없기 때문이다.

근래에 한 종류의 벼가 있는데, 마른 땅에 심기에 적합하여 이름하여 '보리벼〔麥稻〕'라 한다. 이미 보리를 베어내고 모를 옮겨 심으면, 두어 되를 뿌린 씨의 수확이 한 섬을 초과하기도 한다. 쌀은 또 기름지고 빛이 희어서 산벼〔山稻〕와 다르다.

농서農書를 살펴보매, 역시 건앙법乾秧法[4] · 건이법乾移法이 있으니, 벼 또한 참으로 마른 땅에 재배할 수 있다. 그러니 이 벼가 세상에 다 퍼질 것 같으면 무논이 한전旱田(밭)보다 값이 높을 필요가 없고, 봄여름의 가뭄에도 농가에서 근심을 할 필요가 없을 것이다. 들으니, 이 종자가 점차 경기도에 널리 퍼지고 있다고 한다.

4_ **건앙법**乾秧法 | 봄에 가물이 들어 못자리할 논에 물이 없으면, 마른 대로 잘 갈아 흙덩이가 없도록 모판을 다듬고, 볍씨를 인분 섞은 재와 혼합하여 건파하듯이 심는 방법. 비가 와 이앙을 하면 물 못자리한 것보다 잘된다고 한다. 《농사직설農事直說》, 《산림경제山林經濟》 참조.

보리

보리는 농가 사람들이 삼복三伏을 넘기는 양식이다. 농부들은 말한다. 보리는 배를 쉬이 부르게 하고 소화가 잘되어, 사람을 이롭게 하고 무병無病케 한다. 지금 6, 7월 즈음에, 더운 바람이 온몸에 덮이고 이글거리는 햇볕에 구워진다. 도랑과 밭두둑 사이에는 풀 기운이 사람을 찌는데, 아침부터 김매면서 등을 구부린 채 한낮에 이르면 사람으로 하여금 가슴을 답답케 하고 위장이 허하여 부풀어 오르게 한다.

그러나 들밥을 인 아낙이 이르면 거친 고봉 보리밥 한 사발을 뚝딱 해치운다. 식사가 끝나면 보리막걸리 한 주발을 들이키고는 쓰러지듯 풀을 깔고 잠에 빠진다. 잠시 후 일어나 앉아 방귀를 두어 번 뀌고 나면 뱃속이 편안해진다. 아마 보리로 된 음식이 아니고 쌀로 된 음식이었다면 한낮에 들밥을 먹는 논두렁에서 급체하여 죽는 사람이 많을 것이다.

그 말이 진실로 일리가 있다. 의서醫書에도 말하기를, "보리는 더욱 소화가 잘되어 사람에게 도움이 되는 공功이 있다"라고 한다. 가을보리〔秋麥〕는 더욱 그러하다. 가을에 파종한 것을 '가을보리', 봄에 파종한 것을 '봄보리〔春麥〕'라 하며, 빙설氷雪을 덮어쓰고 일찍 가는 것을 '얼보리〔凍麥〕'라고 하는데, 그 품질은 가을보리에 버금간다.

보리는 반드시 벌어진 까끄라기가 사방으로 갈라져 있는데, 또 까끄라기가 없는 것이 있어서 '중보리〔僧麥〕'라고 한다. 보리는 그 껍질이 두터워 방아 찧기가 어려운데, 또 껍질이 얇아서 잘 벗겨지는 것이 있어서 '쌀보리〔米麥〕'라고 한다. 바로 청과맥靑顆麥이다. 보리는 반드시 네모가 나 있는데, 또 육모가 난 것이 있어서 '육모보리〔六稜麥〕'라고 한다. 또 덩굴로 자라면서 이삭이 많은 것이 있어서 '덩굴보리〔蔓麥〕'라고 하는데, 북쪽 지방에서 자란다. 보리 종류가 또한 많다.

기장밥과 보리밥

김생金生 중경重卿이 관서關西에서 와서, 밭에 뭔가 심는 자를 보고 물었다. "먹을 수 있는가?" 답하기를, "이미 심었는데 누가 막아서 먹지 못하겠는가?"라고 한다. 중경이 한숨을 쉬며, "경기의 땅은 참으로 덕이 있구나! 어찌 저처럼 게으르고 오만한 데도 저자에게 먹여주는가!"라고 말하였다. 내가 그 관서 지방의 농사에 관하여 물었더니, 중경이 다음과 같이 말하였다.

"밭을 경작하는 데는 두 자 너비로 이랑을 만들되, 이랑은 깊고 두둑은 높게 합니다. 이랑에 기장을 파종할 때는 열을 곧게 하여 뒤섞이지 않게 합니다. 싹이 나면 소를 부려 두둑을 갈고 북돋아줍니다. 무릇 세 번 잡초를 제거하고, 세 번 뿌리를 북돋아주는 동안 두둑이 도리어 이랑이 되며 이랑이 두둑보다 높아지게[1] 됩니다. 이에 밭에서 노는 아이

1_ **두둑이 … 높아지게** | 《시경》, 〈소아 · 보전甫田〉편에 '운자耘耔'에 대해 이런 주석이 있다. "후직后稷이 밭을 만들 때, 한 이랑에 세 두둑을 만들되 넓이가 한 자, 깊이가 한 자로 하여, 그 가운데 파종해서 묘苗가 싹이 나 올라오면 차츰 두둑의 풀을 김매고, 그 흙을 북돋아 묘苗의 뿌리에 붙인다. 두둑이 다하여 고랑이 평평해지면 뿌리가 깊어져서 바람과 가뭄을 견더내게 된다.(蓋后稷爲田, 一畝三甽, 廣尺深尺, 而播種於其中, 苗葉以已上, 稍耨壟草, 因墤其土, 以附苗根. 壟盡甽平, 則根深而能耐風與旱也.)"

들이 조금만 몸을 구부려도 기장 사이를 빠져나올 수 있는데, 줄기에 팔뚝이 걸리지 않으며 이삭 위로 머리 꼭대기가 드러나지 않습니다. 이와 같이 하는 까닭에 관서 사람들은 기장으로 먹고사는 데에 부족함이 없습니다."

아! 이는 후직씨后稷氏가 남긴 농사법이다. 뿌리가 깊기 때문에 바람에 견딜 수 있고, 가뭄에 견딜 수 있으며, 성글게 심는 까닭에 열매가 영글고 열매를 풍부하게[2] 수확할 수 있다. 근세 이래로 중국의 농부들은 모두 이 법을 사용한다. 이 때문에 밭 갈고 김매는 방법이 이미 뒤섞이고 빽빽이 뿌리는 것보다 편리하고, 또 그 가운데 조과趙過의 해거리〔歲易〕[3]의 의미도 가지게 된다. 때문에 매년 파종하더라도 해마다 많이 수확하는 것이 어찌 가능하지 않겠는가? 경기 사람은 한 해 기장을 심었다면 감히 연거푸 심지 못하는데, 그 토질이 건조하고 척박하기 때문이다.

중경과 경기 사람이 곡식의 성질을 논하면서 경기 사람은 "보리밥이 낫다"고 하고, 중경 사람은 "기장밥의 맛남만 못하다"고 하여, 드디어 각자가 고집하여 조정할 수 없었다.

내가 웃으며 말하였다.

"내차奶茶[4]는 연경 사람들이 진귀하게 여기는 것이지만 남방 사람들

2_ **열매가 … 풍부하게** | 이 대목의 원문은 "實穎而實襃"인데, 《시경》, 〈대아 · 생민生民〉편의 "씨앗을 담궈 싹이 트려고 하며, 시를 뿌려 점점 자라며, 발육하고 발수發穗하며, 단단하고 아름다우며, 이삭이 늘어지고 알차더니(實方實苞, 實種實襃, 實發實秀, 實堅實好, 實穎實栗)"에서 차용하였다.

3_ **조과趙過의 해거리〔歲易〕** | 조과는 중국 한 무제 때의 인물. 수속도위搜粟都尉가 되어 경운耕耘 · 낙종落種 등에 사용되는 농기구를 제작하고, 대전법代田法을 시행하였다. 해거리는 대전법을 말하는데, 전지田地를 나누어 해마다 돌아가면서 경작하는 방법으로, 조과에 의해 처음 시행되었다고 한다.

은 버리고 먹지 못하며, 물고기 회는 강남 사람들이 좋아하는 것이지만 북방 사람들은 내뱉으면서 비린내를 참을 수 없다고 한다. 도道가 같지 않으면 서로 도모할 수 없는 것이니,[5] 경기 사람이 보리로 밥을 짓고, 관서 사람이 기장으로 밥을 짓는 것은 각기 좋아하는 것을 따를 뿐이다. 어느 것이 짧고 어느 것이 길단 말인가!"

4_ **내차奶茶** | 우유차. 차덩이를 부수어 다기茶器에 넣고 끓이면 걸쭉한 탕처럼 되는데, 그 위에 동물 지방으로 가공한 수유酥油(소나 양의 젖을 바짝 졸여서 만든 기름)를 넣어 기름이 차 위에 퍼지면 이것이 수유차酥油茶이고, 여기에 소젖이나 말젖을 넣으면 내차가 된다.

5_ **도道가 … 것이니** | 원문의 "道不同, 不相爲謀"는 《논어》, 〈위령공衛靈公〉 편에 나오는 구절이다.

옥수수

시골 사람들은 원래 차조를 수수垂垂라고 부르는데, 또 옥수수玉垂垂라고 이른 것이 있다. 그 줄기와 잎은 차조와 비슷하고, 곁으로 나는 것은 율무와 비슷하다. 열매가 커서 구슬만 한데, 담홍색 · 짙은 자주색 · 푸른 물색 등 여러 색이 있다. 쪄서 먹으면 맛이 매우 달며 가루를 내어 떡을 만들 수도 있다. 그러나 《본초》에서 말한 적이 없으니, 이것이 어떤 종種인지 알 수 없다.

검은깨로 만든 음식

우리나라 사람들은 유마油麻(깨)를 '임荏'이라고 부른다. 그러므로 진임眞荏(참깨) · 수임水荏(들깨) · 흑임자黑荏子(검은깨)의 구별이 있다. 흑임자는 호마胡麻인데, '거승자巨勝子'라고도 하며, '방경方莖'이라고도 하며, 복식服食[1]하는 사람들이 귀중하게 여기는 것이다. 아홉 번 찌고 아홉 번 말려 볶아서 찧어 복용하면, 벽곡辟穀할 때 허기가 지지 않기 때문이다. 거친 맷돌에 갈아 죽을 만들면 또한 신장을 건강하게 할 수 있다.

일찍이 채마밭에 심어보니, 수확이 또한 백마白麻[2]보다 훨씬 나았다. 이 거승巨勝이라는 이름은 팔곡八穀[3] 중에서도 '뛰어나다는 승勝'을 취한 것이다. 일반 습속에 꿀에 버무려 반죽을 하여 판에 꽃 문양을 찍어서 '검은깨 다식'이라고 하는데, 또한 맛이 송화松花나 황률黃栗 따위보다 낫다고 한다.

— 이상 이현우 옮김

1_ 복식服食 | 도가道家에서 장생불사의 약을 복용하는 것.

2_ 백마白麻 | 흔히 '어저귀'라고 하는 아욱과의 한해살이풀. 줄기는 높이가 1.5m 정도이며, 잎은 어긋나고 둥근 모양으로 가장자리에 둔한 톱니가 있다. 줄기로 밧줄과 마대를 만들고, 씨는 한약재로 쓴다.

3_ 팔곡八穀 | 여덟 가지의 곡식으로 벼 · 보리 · 기장 · 조 · 밀 · 콩 · 팥 · 깨 등을 이른다. 밀과 팥 대신에 피와 수수를 꼽기도 한다.

경庚 — 과일 이야기 談果

감의 품종

우리 고을은 바닷가 고을이다. 감을 많이 심는데, 숲을 이룬 집에서는 생계 방편으로 사용되니, 귤과 대나무만이 꼭 부富를 이루는 것은 아니다. 그중에는 많은 품종이 있는데 품종이 좋고 많은 결실을 맺기 때문에 작은 것으로도 큰 것과 겨룰 수 있다.

'물감〔水柿〕'이라는 것이 있는데, 둘레가 크고 모난 데다가 네 홈이 있고 머리가 오목하며 시원하고 과즙이 많다. '조홍감〔早紅柿〕'이라는 것은 '온양溫陽'이라고도 하는데, 뾰족하고 조금 작으며 익는 것이 서리를 기다리지 않는다. 다음으로 '납작감〔盤柿〕'이라는 것은 모양이 물감과 닮아 모났지만 홈은 없고, 무르익으면 꿀물과 같다. 먹감〔墨柿〕과 상시霜柿는 그 맛 역시 단데, 상시는 머리가 둥글고 서리가 내리면 더욱 맛이 있으며, 먹감은 조금 평평한데 검고 씨가 없다.

'고종시高鍾柿'는 모양이 연방蓮房과 비슷한데 우리거나 말리면 그 맛이 엿과 같이 달다. 장준長準은 매우 높고 홈은 자못 선명한데, 그 껍질은 두꺼워 떡으로 만들어 먹는다. 월하시月河柿는 고종시와 흡사한데, 모양이 조금 작고 맛 또한 강하지 않다. 생채生菜는 장준과 비슷한데, 볼록하고 홈이 없으며 먹을 때 소금물에 우리지 않아도 단 과즙이 흘러나온다. 방열方悅은 가장 작은 것으로 끝이 목화 뭉치와 같아 일명

'속솔續欒'이라고도 하니, 우비牛椑의 짝이 된다.

오직 소원시小圓柿와 우소원隅小圓은 작고 둥글어 한 주먹에도 차지 않는다. 종자가 조롱박처럼 수백, 수천의 작지만 많은 열매를 맺기 때문에 여기에서 이름이 생겼다. 그 품종이 워낙 많아서 감농사를 업으로 삼은 자라 할지라도, 또한 다 자세히 알 수 없을 것이다.

대개 감의 성질은 바닷가로 바람을 받는 곳에 적합하다. 그런 까닭에 경기 지방, 즉 남양南陽·안산安山·강화江華에서 가장 성하고, 호서 지방은 해미海美·결성結城[1] 등지에서 대단히 많이 생산된다. 호남과 영남 지방 또한 산골짜기에서 숲을 이룬 데가 많다. 다만 호남과 영남의 감은 껍질이 두껍고 맛이 떫어 비록 오래 보관할 수 있으나, 우리거나 말리는 것이 적합하다. 경기의 감은 껍질이 얇고 과즙이 많으며 달고 시원하나 무른 것이 많다. 홍시는 당연히 경기산을 상품上品으로 친다.

1_ 결성結成 | 충청남도 홍성군에 속한 지명.

과일의 산지와 출시

과일 종류의 생산은 또한 각각 적합한 땅이 있으니, 서쪽의 배, 남쪽의 귤, 바닷가의 감, 골짜기의 밤 같은 경우이다. 토질의 적합함에 기인하기도 하고, 시속時俗 사람들의 영업을 따르기도 한다. 회양淮陽의 잣나무나 밀양密陽의 밤, 청산靑山[1] · 보은報恩의 대추, 황주黃州 · 봉산鳳山의 배, 신계新溪 · 곡산谷山의 난리爛梨, 연안延安의 연밥, 제주濟州의 감귤 같은 것은 모두 나라 안에서 이름난 것이고, 감은 호남과 영남 그리고 경기지방 곳곳에 있고, 복숭아 · 살구 · 앵두 · 오얏 · 능금 · 석류 · 사과 · 포도 등속은 서울 사람들이 많이 심어 업으로 삼는다. 이것이 그 대략이다.

내가 성균관 생원으로 다닐 때, 작은 골짜기 하나를 독점하여 사는 자가 있었는데, 능히 고운 옷을 입고 놋그릇에 밥을 먹고 있었다. 그 업을 물었다.

"앵두, 능금과 유월도六月桃[2] 몇 그루가 있습니다."

1_ **청산**靑山 | 충청북도 황간 일대에 있던 청산현靑山縣을 말하는 듯하다. 이 지역 토산물로 대추가 유명하다.

2_ **유월도**六月桃 | 일명 털복숭아라고 한다. 음력 6월에 익는 복숭아로 빛이 검붉고 털이 많으며 맛이 달다.

"그것으로 어떻게 사람을 입히고 먹일 수 있는가?"

"서울의 시장은 일찍 나오는 물품은 값이 배가 됩니다. 제 과일이 남들보다 삼사 일 앞서 익기 때문에, 저는 그것으로 과일의 이익을 독점하여 사람으로서 생활에 부족함이 없도록 할 수 있습니다."

진실로 그 땅을 얻는다면 천 그루의 나무를 얻지 않더라도 좋을 것 같다.

세 가지 경계

내가 어렸을 때에 집 뒤에 대단히 오래되고 커다란 은행나무가 있었는데, 해마다 거둬들이는 은행 알이 대여섯 섬이 되었다. 서로 전해오기를 예전에 (그것을) 먹고 병든 자가 많았다고 하였다. 그러므로 어른들이 먹지 못하게 금하면서 죽는다고 겁을 주었다. 이 때문에 은행에는 큰 독이 있다고 생각하여, 다른 곳에서 그것을 대하더라도 또한 감히 먹지 못하였다. 어른이 되어 그것이 사람을 죽이는 열매가 아님을 알았지만, 그것을 경계한 것이 오래되었기에 망설이고 의심하며 감히 마음대로 먹지 못하였다.

우리 백씨伯氏가 일찍이 한더위에 복숭아를 먹고 갑자기 체증을 앓아 매우 위급했는데, 한밤중에 의원을 불러 약을 먹고는 다행히 무사하였다. 내가 이때부터 복숭아를 대하면 두려워서 함부로 먹지 못한 것이 이십여 년이었다.

경술년(1790)에 내가 이범李凡 옹의 집에 가니, 복숭아를 대접하였는데 사양하며 먹지 않았다. 옹이 웃으면서 말하기를, "그대는 두려운가? 그대는 《본초》를 읽지 않았는가? 복숭아는 독이 없고 사람에게 이로우니, 살구에 사람을 해치는 독이 있는 것과는 같지 않다. 그대는 들게. 살구라면 먹어서는 안 되지"라고 하였다. 옹은 본디 의술醫術[1]에 밝았다. 옹의 말을 듣고 나서는 또 살구를 대하면 두려워 감히 먹지 못하였다. 이와 같은 것이 지금 또 십여 년이 되었다.

내가 일찍이 가만히 생각해보니, 은행을 먹지 않은 것은 경계함이 일찍 되었기 때문이고, 복숭아를 먹지 않은 것은 징계함이 절실했기 때문이고, 살구를 먹지 않은 것은 그 믿음이 돈독했기 때문이다. 천하의 일이 참으로 일찍 경계되고 돈독히 믿으며 또 징계함이 절실하다면, 비록 하고자 하는 것이 심하더라도 모두 자르고 끊을 수 있을 것인가?

이윽고 또 생각해보니, 술이 사람을 죽일 수 있다는 것을 알지만 경계할 수 없으며, 여색女色이 사람을 죽일 수 있다는 것을 알지만 경계할 수 없으며, 위험한 말과 위태로운 행동이 사람을 죽일 수 있다는 것을 알지만 경계할 수가 없다. 그렇다면 윗사람에게 교훈을 받는 것이 이르지 않아서가 아니고, 이목耳目에 징계된 것이 절실하지 않아서가 아니고, 옛 성현들의 말씀에 대한 믿음이 돈독하지 않아서가 아니다. 단지 저것만을 경계하고 이것을 경계하지 않는 것이라면, 또한 어찌 은행과 복숭아만을 먹지 않는 것을 일삼겠는가? 이것을 미루어 넓혀 본다면 두려워 먹을 수 없는 것은 비단 세 가지 과실만이 아닐 것이다.

1_ **의술醫術** | 원문에는 "기황술岐黃術"이라고 되어 있다. 기황은 기백岐伯과 황제黃帝를 가리키는 것으로, 한의학의 원조라고 전해지는 인물들이다.

명자

누군가 나에게 나무 한 그루를 주면서 '과일나무'라고 한다. 모과와 비슷하지만 형태와 맛이 조금 닮지 않았다. 그 이름을 '명자榠子'라고 한다. 내가 의서醫書를 살펴보니, "명사榠樝의 성질은 따뜻하고 맛은 시어 술독을 풀고 악한 마음을 제거하고, 벌레와 물고기를 죽이며, 모과의 별종이다"[1]라고 하였다.

또 구양수歐陽脩의 《귀전록歸田錄》을 살펴보니, "감이 처음 열릴 때는 견실하기가 돌과 같은데, 수십 수백의 감나무에 한 그루 명사나무를 그 속에 두게 되면 붉게 익는 것이 진흙과 같아서 사람들이 이를 홍시烘柹

1_ **명사榠樝의 … 별종이다** | 이옥이 열람한 의서가 어떤 책인지 알 수 없으나, 명사榠樝는 '명사榠楂'로도 표기하는데, 《본초강목本草綱目》, 〈과부果部 · 명사榠楂〉조에 다음과 같은 기록이 보인다. "명사는 목엽화인데, 열매가 모과와 매우 비슷하다. 다만 모과에 비해 크기가 크고 황색이다. 그것을 변별하려면, 오직 꽃받침 사이를 보아 별도로 겹꽃받침이 있고, 젖과 같은 것이 있으면 모과이고, 그것이 없으면 명사인데, 술에 섞어 먹으면 가래를 제거할 수 있다.(榠楂木葉花, 實酷類木瓜, 但比木瓜大而黃色. 辨之, 惟看蒂間, 別有重蒂, 如乳者, 爲木瓜, 無此則榠楂也. 可以進酒去痰.)"

2_ **《귀전록歸田錄》을 … 홍시烘柹라고 한다** | 《귀전록》은 중국 송나라 때의 문인 구양수가 지은 상하 2책의 필기류 저작. 사관史官이 기록하지 않은 조정지사朝廷之事와 사대부의 소담笑談거리를 기록하였다. 서거정徐居正 · 허균許筠 · 서유구徐有榘 등 우리나라의 문인들도 구양수의 이 책을 애독했던 기록이 보인다. 《귀전록》의 구절은 다음과 같다. "唐鄧間多大柹, 其初生澀, 堅實如石, 凢百十柹, 以一榠樝, 置其中, 則紅熟爛如泥, 而可食, 土人謂之烘柹者, 非用火, 乃用此爾."

라고 한다"[2]라고 되어 있다. 소송蘇頌의 《도경圖經》에는 "모과와 매우 비슷한데 꽃받침 사이에 중엽重葉이 없고, 꽃받침은 젖 모양과 같다"[3]라고 하였다. 《통지通志》에는 "일명 '만사蠻楂', 일명 '목리木李', 일명 '목리木梨'라 부르기도 한다"[4]라고 하였다.

3_ **소송蘇頌의 … 같다** | 소송蘇頌(1020~1101)은 중국 송나라 때의 의학자. 소송의 자는 자용子容. 그는 진사에 급제하여 집현교리集賢校理·탁지판관度支判官·태자소사太子少師 등을 지냈으며, 명망이 있었다. 《신의상법요新儀像法要》 등을 저술하였다. 《도경圖經》은 소송이 지은 의서인 《도경본초圖經本草》를 말한다. 그 책에 "또 한 종류가 있는데, 명사는 잎과 꽃이 모과와 매우 닮았다. 그것을 변별하고자 하면, 꽃받침 사이를 보아 별도로 겹꽃받침이 있고, 젖과 같은 것이 모과이다(又有一種, 榠樝木, 葉花實酷類木瓜, 欲辨之, 看蔕間, 別有重蔕, 如乳者, 是木瓜也)"라고 되어 있어 본문의 내용과 조금 차이가 있다.

4_ **《통지通志》에는 … 부르기도 한다** | 《통지》는 중국 송나라의 정초鄭樵가 편찬한 사서史書. 삼황三皇에서부터 수隋나라 때까지의 역사를 기전체紀傳體로 기술하였다. 《통지》에 나오는 관련 대목은 다음과 같다. "木瓜短小者, 謂之榠樝, 亦曰蠻樝, 俗呼爲木梨."

제수 과일

종묘의 제사 지내는 일은 변두籩豆에 올려지는 것이 대추·밤·개암·비자·마름 열매 등속에 불과하니, 어찌 한 나라의 부富로 진귀한 과일을 얻을 수 없어 그러한 것이겠는가? 진실로 제사에 쓰임은 정성을 귀하게 여기고, 진귀함을 귀하게 여기지 않기 때문이다.

일반 가정 제사의 경우는 조금 차이가 있어, 생전에 먹던 과일은 모두 제수로 올릴 수 있다. 그러므로 붉은 앵두와 푸른 능금의 선명함, 호두와 잣의 기름짐, 석류와 포도의 진귀함, 청술레〔靑梨〕와 홍시의 시원함, 감귤의 희귀함, 살구와 오얏의 평범함, 옥연玉延(마)과 복분자의 자질구레함, 참외와 수박의 흔함에 이르기까지 쓰이지 않는 것이 없다. 심지어 한 상의 제수가 여섯 그릇을 넘기도 하고, 한 상의 비용이 천 전錢[1]을 넘기도 한다.

제사 지내는 사람의 마음 여하에 달린 것이지만, 내 생각은 그렇지 않다. 제사는 본디 연회와는 달라서 제기는 반드시 정해진 수가 있고, 과일도 반드시 수요되는 품목이 있다. 취하는 것은 반드시 계절에 따라

1_ **천 전錢** | 엽전 10닢이 1전으로, 여기서 천 전이라는 것은 매우 많다는 것을 뜻한다.

하여 앵두를 천신薦新[2]하는 정성에 뜻을 붙이고, 사용은 반드시 온전하게 하여 현주玄酒[3]로써 근본을 귀하게 여기는 뜻에 따른다면 아마도 정례情禮에 어긋나지 않을 것이다.

일찍이 사치하고 낭비하는 집을 보니, 밤은 반드시 쪄서 무르게 만들고, 대추는 꿀에 졸여 검은 자줏빛이 돌게 하고, 잣은 꿀로 붙여 박산로博山爐[4] 모양으로 만들거나 솔잎으로 꿰어 묶는다. 곶감은 꿀물에 담가 잣과 섞고, 석류와 유자 속은 냉차로 만들며, 생강 · 연근 · 배 · 두체杜棣[5] 따위는 꿀에 졸여 전과煎果로 만든다. 대개 그 본질 그대로 사용하는 것은 조금 있을 뿐이니, 이것이 어찌 제사의 뜻이겠는가?

또 일찍이 들으니, 호사하는 집에서는 매양 제사를 지낼 때에 반드시 후한 값으로 용안龍眼 · 여지茘枝 · 건포도 · 양매자楊梅子 따위를 사들이면서, 우리나라에서 생산된 과일 같은 것은 업신여겨 사용하지 않는다고 한다. 참으로 이와 같이 하고자 한다면, 어찌하여 절동浙東의 장요미長腰米[6]로 밥을 짓지 않고, 송강松江의 사시四腮[7]로 국을 끓이지 않으며, 단지 과일 종류에서만 맛있는 것을 구하는가? 이는 제사를 위함이 아

2_ **천신**薦新 | 그 해에 새로 나온 곡식과 과일을 신위神位에 올리는 일.

3_ **현주**玄酒 | 제사에 쓰는 맑은 물. 술과는 별도로 맑은 물을 떠서 제사상에 올리는데, 원래 자연 그대로의 근본을 잊지 않는다는 뜻이다.

4_ **박산로**博山爐 | 중국 산동성에 있는 박산博山 모양을 본떠서 만든 향로. 축부軸部가 있으며 밑은 접시, 위는 산 모양으로 중국 육조六朝시대부터 당대唐代까지 불기佛器로 사용되었다.

5_ **두체**杜棣 | 우리말로 '두을죽豆乙粥'이라 한다. 오미자와 비슷하게 생겼고, 달면서도 신맛이 나는 열매. 《오주연문장전산고五洲衍文長箋散稿》, 〈농가기문이자변증설農家奇文異字辨證說〉 참조.

6_ **장요미**長腰米 | 쌀 품종의 하나. 소식의 제영시題詠詩 〈화문여가양주원지和文與可洋州園池 · 당천정瀼泉亭〉 편에 "勸君多揀長腰米, 消破亭中萬斛泉"이라는 구절이 있는데, 조차공趙次公이 "장요미는 한수漢水 윗지역의 쌀 가운데 뛰어나게 좋은 것이다(長腰米, 漢上米之絶好者)"라고 주를 달아 놓았다.

니라, 다른 사람들의 이목에 자랑하기 위함이다. 어찌 효자가 그 조선祖先에게 제사 지내는 것이 다른 사람들의 이목 때문이겠는가?

7_ **송강松江의 사시四腮** | 송강은 중국 태호太湖의 동쪽에 있는 오송강吳松江을, 사시는 사시노四腮鱸를 지칭한다. 사시노는 농어의 일종으로 송강의 명물이며, 본래 송강노松江鱸라고 한다. 육질이 연하고 맛이 좋기로 유명하다. 《후한서後漢書》, 〈방술전하 좌자方術傳下 左慈〉에 "오늘 고아한 모임에 진수성찬이 대략 갖추어졌는데, 드문 것은 오송강의 농어〔鱸魚〕이다(今日高會, 珍羞略備, 所少吳松江鱸魚耳)"라는 구절이 있다.

빈과 선매先買

빈과蘋果는 속칭 '사과沙果'라고 하는 것인데, 맛과 품질이 여름 과일 중 으뜸이다. 그러므로 한 그루에 혹 삼사천 전錢이 나가기도 한다. 매양 서울 상인들이 과일이 익기를 기다리지 않고 사는 것을 보았는데, 푸른 것을 보고 가격을 논하기도 하고, 꽃을 살펴 값을 매기기도 한다. 두어 달 앞서서 과일을 사지만 또한 크게 틀리지 않는다.

일찍이 주력원周櫟園의 《민소기閩小紀》[1]를 보니, 여지荔枝와 용안龍眼을 사는 자는 매양 봄에 과수원을 살펴 돈을 내는데, 월越에서는 '단斷'이라고 하고, 민閩에서는 '복樸'이라고 하는데, 복화樸花가 있고 복잉樸孕이 있고 복청樸青이 있으니,[2] 익숙한 상인들은 훗날의 날씨와 여무는

1_ **주력원周櫟園의 《민소기閩小紀》** | 주력원은 중국 청나라 문학가인 주량공周亮工(1612~1672)을 말한다. 자는 원량元亮이고, 호는 역원으로 상부祥符 출신이다. 《민소기》는 주량공이 복건포정사福建布政使로 있을 때 지은 책으로, 대개 그 지역의 역사와 지리, 물산과 풍속을 기록하고, 사람들의 입에 오르내리는 소소한 이야기와 시화詩話 등을 아우르고 있다. 4권으로 구성되어 있다.

2_ **복화樸花가 … 있으니** | 복화는 꽃의 상태를, 복잉樸孕은 씨방을, 복청樸青은 익기 전의 푸른 상태를 보고 값을 매기는 것을 말한다.

3_ **여지荔枝와 … 것이다** | 《민소기》 권1, 〈복려樸荔〉조에 다음과 같은 내용이 보인다. "민閩 땅에서는 여지·용안을 심는데, 그런 집들 가운데는 스스로 열매를 따지 않는 집이 많다. 오월吳越의 장사치들이 봄철에 재물을 주고 그 과수원을 매매하는 것이다. 오월인들은 단斷이라 하고,

정도를 알아 그 값을 매기는 것이다.[3] 비로소 빈과를 사는 자들 또한 민의 복법樸法이었음을 알겠다.

민인들은 복樸이라고 부르는데, 복화樸花 · 복잉樸孕 · 복청樸青이 있다. 나무 주인과 복의 주인이 익숙한 장사치와 마을의 부로에게 호인互人이 되어주기를 청하는데, 호인이 나무를 둘러서서 지적하며 말하기를, '어느 나무는 말린 열매를 얻음이 얼마쯤 될 것이고, 어느 나무는 조금 모자라고, 어느 나무는 비교적 나을 것이다'라고 한다. 비록 볼 때 많다 적다고 한 말로써 후일에 비바람이 치고 나서 그 많고 적음을 견주어보면, 호인들이 다 예상했던 대로 거두게 된다. 다른 날에 따서 말리면 선매했던 바와 많이 차이나지 않는다. 선매할 때에 양측에서 호인에게 뇌물을 주는데, 나무 주인집에서는 많이 말해 달라고 주고, 복을 사는 사람은 적게 말해 달라고 준다.(閩種荔枝龍眼, 家多不自采. 吳越賈人, 春時, 卽入貲估計其園, 吳越人曰斷, 閩人曰樸, 有樸花者, 樸孕者, 樸青者. 樹主與樸者, 倩慣估鄉老, 爲互人. 互人環樹指示曰: '某樹得乾幾許, 某少差, 某較勝. 雖以見時之多寡言, 而後日之風雨之肥瘠, 互人皆意而得之. 他日摘焙, 與所估不甚遠. 估時, 兩家賄互人, 樹家囑多, 樸家囑少.)"

복분자

복분자覆盆子는 곧 봉류蓬藟인데, 중국 사람들은 초려지艸荔支라고 부른다. 매양 단오를 지나면 붉게 익어 사랑스럽다. 냉수를 이용해 깨끗하게 씻은 후, 붉은 곡식에 섞어 꿀차에 담가 먹으면 색과 맛이 모두 좋다. 의서에서 그 효능 역시 매우 많다고 일컫는다.

앵두즙과 청포도즙

내 성질이 씨를 삼키지 못해 비록 앵두의 작은 씨라 하더라도, 씨를 삼켜 내리지 못한다. 그러므로 일찍이 앵두를 얻으면 그것을 잘게 부수어 베로 싼 뒤, 비틀어 즙을 내어 마셨다. 그 색은 담홍색으로 매우 예뻤다. 또 청포도를 얻으면 그 방법에 따라 즙을 냈는데, 그 빛깔 역시 옅은 초록색으로 예뻤다. 앵두에 비교하면 더 맑고 시원하게 느껴진다.

봉산배

배의 진품珍品으로는 청술레〔靑戌來〕·황술레〔黃戌來〕·합술레〔合戌來〕 등의 명칭이 있는데, 봉산鳳山에서 생산된 것을 최상으로 친다.

일찍이 한 재상에게 그 족제族弟가 봉산군수가 되어 배를 보내왔는데, 마침 그 조카가 찾아와 뵈었다. 재상이 "봉산에서 내게 배를 보내왔는데, 배가 무척 맛이 있다"라고 하면서, 계집종에게 봉산배 하나를 가져오게 하여 직접 그 껍질을 깎아 먹으면서 말하였다.

"봉산배가 맛이 있는 것이냐?"

그 조카가 대답하지 않자, 또 물었다.

"봉산배가 정말 맛이 있는 것이냐?"

조카가 대답하였다.

"맛있다는 것은 배 자체가 맛있는 것일 뿐입니다. 저는 일찍이 봉산배를 먹어본 적이 없으니, 어떻게 봉산배가 맛이 있는지, 맛이 없는지 알겠습니까?"

사람들이 이 때문에 맛있지만 나와 상관없는 것을 '봉산배〔鳳山梨〕'라고 한다.

낙화생

중국에 낙화생落花生(땅콩)이라는 것이 있는데, 꽃이 땅에 떨어지면 곧 한 부분이 실처럼 땅속에 흘러들어가 맺혀 과실이 된다.[1] 익기를 기다려 그것을 캐면 또한 좋은 과실이다. 영재泠齋 유득공柳得恭이 일찍이 심양瀋陽에서 그것을 보고는 그 열매 맺는 이치를 무화과無花果에 견주었는데, 역시 참으로 기교奇巧한 일이다. 어찌하여 옛사람들이 문자로 언급함이 없었던 것인가?

평과平果라는 것이 있는데, 또 빈과蘋果와 흡사하고 매우 맛있다고 한다.

1_ **꽃이 땅에 … 된다** | 땅콩은 꽃받침통 안에 1개의 씨방이 있고, 실 같은 암술대가 밖으로 나와 수정이 되면, 씨방 밑부분이 길게 자라서 씨방이 땅속으로 들어가 열매를 맺는데, 이를 형용한 것이다.

복숭아와 제수

우리나라 사람들은 제수용품으로 앵두〔櫻桃〕·유행流杏·단행丹杏·자두〔紫桃〕·능금〔林禽〕·사과沙果·이리李梨·난리爛梨·포도·석류·머루〔蘡薁〕·생률生栗·황률黃栗·호두·실백잣·개암·은행·비자榧子·산사山楂·홍시紅柿·감떡·모과·대추·귤·유자·밀감〔柑〕·두체杜棣·복분자覆盆子·산약山藥·연근·수박〔西瓜〕·참외〔甛瓜〕 등 쓰지 않는 것이 없다. 그런데 유독 복숭아에 대해서만 꺼려 사용하지 않으니, 그 나무가 귀신을 죽일 수 있다고 여겨서인 듯하다. 이 때문에 꺼리는 것이지만 이는 그렇지 않다.

갈대비로 푸닥거리하는 것[1]과 부적으로 벽사辟邪하는 것, 올빼미와 좀벌레로써 죽이는 것들은 모두 음사잡귀陰邪雜鬼를 말하는 것이다. 만약 신도神道에 방해가 된다면 갈대비를 어떻게 조문하는 데 쓸 수 있으

1_ **갈대비로 푸닥거리하는 것** | 갈대의 이삭과 복숭아 나뭇가지로 만든 비는 벽사辟邪하는 데 쓰였다. 《주례周禮》, 〈하관夏官·융우戎右〉의 "贊牛耳桃茢"이라는 구절에 대해 정현鄭玄은 "복숭아나무는 귀신이 두려워하는 것이고, 갈대비는 상서롭지 못한 것을 쓸어내는 것이다(桃, 鬼所畏也, 茢掃帚, 所以掃不祥)"라고 주를 달았다. 또 한유韓愈의 〈논불골표論佛骨表〉에 "옛날의 제후는 그 나라에 조문을 갈 때 무당으로 하여금 기도를 올리게 하고, 먼저 복숭아나무와 갈대비로 상서롭지 못한 것을 제거하고, 그런 다음에 조문을 하러 갔다(古之諸侯, 行弔於其國, 尙令巫祝, 先以桃除不祥, 然後進弔)"라는 구절도 보인다.

며, 부적을 어떻게 문에 붙일 수 있겠는가? 또 붉은 팥죽은 초楚나라 사람이 역귀를 쫓기 위해 사용하였고,[2] 약밥은 신라에서 신령스런 까마귀에게 보답하기 위해 사용하였으니,[3] 이는 본디 망자를 섬김에 살아 있을 때와 같이한다는 뜻에서 나온 것이다. 생전에 드시던 것을 제사 지내면서 모두 드리는 마당에, 어찌 유독 복숭아만을 사용하지 아니하여 마치 신도가 이를 꺼리는 것과 같이 여긴단 말인가? 이는 개를 잡아 찢어 벽사하면서 갱헌羹獻[4]의 예禮를 쓰지 않는 것과 같은 잘못이다.

2_ **붉은 팥죽은 … 사용하였고** | 중국 송나라 때 이방李昉이 편찬한 《태평어람太平御覽》에 "《형초기荊楚記》에 이르기를, 공공씨에게 재주 없는 아들이 있었다. 동짓날에 죽어서 인려人厲가 되었는데, 붉은 팥을 무서워하므로 팥죽을 쑤어 그를 물리쳤다(《荊楚記》云, 共工氏, 有不才子, 以冬至日死, 爲人厲, 畏赤豆, 故作粥禳之)"라는 구절이 보인다.

3_ **약밥은 … 사용하였으니** | 신라 소지왕炤知王이 정월 보름에 천천정天泉亭으로 거둥하려다가 까마귀의 안내로 편지를 얻었는데, 이 편지 덕에 목숨을 구할 수 있었다. 이 때문에 왕이 까마귀의 은혜에 감사하여 매년 이날〔烏忌日〕에 약밥을 지어 까마귀에게 먹였다고 한다. 《삼국유사三國遺事》, 〈기이紀異〉편, '사금갑射琴匣' 참조.

4_ **갱헌羹獻** | 종묘의 제례에 쓰던 삶은 개고기. 《예기禮記》, 〈곡례曲禮〉 하에 "凡祭宗廟之禮, 犬曰羹獻"이라는 구절이 보인다.

산앵두와 머루

《시경》의 "6월엔 울鬱과 욱薁을 먹고"[1]에 대해, 주자朱子 주註에서는 "울은 체棣 종류이고, 욱은 영욱蘡薁이다"라고 하였고, 공영달孔穎達은 "울은 나무의 높이가 오륙 척인데, 열매의 크기는 오얏과 같고 붉어졌을 때 먹으면 달다"[2]라고 하였다. 《본초》에는 "'작리雀李'라고도 하고, '차하리車下李'라고도 하는데, 체棣와 비슷한 종류이다"[3]라고 하였다. 욱은 《본초》 주註에는 "포도가 곧 영욱으로, 농서隴西의 오원산五原山[4] 골짜기에서 난다"[5]라고 되어 있다. 《시경초목고詩經草木攷》[6]에는 "욱은

1_ **6월엔 … 욱薁을 먹고** | 원문은 "六月食鬱及薁"으로, 《시경詩經》, 〈빈풍豳風 · 칠월七月〉편에 나온다.

2_ **공영달孔穎達은 … 달다** | 공영달은 중국 당나라의 학자(574~648). 자는 중달仲達. 태종 때 국자감의 좨주가 되고, 태종의 명으로 《오경정의五經正義》를 편찬하여 오경 해석의 통일을 시도하였다. 이 구절은 《시경통석詩經通釋》의 〈빈풍 · 칠월〉편을 주석한 내용이다.

3_ **《본초》에는 … 종류이다** | 원문에는 욱리를 "一名'雀李', 一名'車下李'"라고 하였는데, 《본초강목》, 〈욱리郁李〉조에는 "薁李 · 鬱李 · 車下李 · 爵李 · 雀梅"라고 풀이되어 있다. 곧 '爵李'를 '雀李'로도 표기하고 있음을 알 수 있다.

4_ **농서隴西의 오원산五原山** | 중국의 섬서성陝西省에 있는 지역을 말한다.

5_ **《본초》 주註에는 … 골짜기에서 난다** | 《본초》 주석은 당신미唐愼微의 《증류본초證類本草》를 말한다. 〈포도葡萄〉조의 주석에 다음과 같은 내용이 있다. "영욱과 포도는 서로 비슷하다. … 포도는 농서 지역 오원산 돈황산 골짜기에서 생산되었는데, 지금은 하동 및 수도 부근의 주군에도 모두 생산된다.(蘡薁與葡萄相似. … 葡萄生隴西五原燉煌山谷, 今河東及近京州郡, 皆有之.)"

《도경본초圖經本艸》에 '욱리郁李는 나무 높이가 오륙 척인데, 가지와 꽃, 잎 모두 오얏과 같고 열매의 작기는 앵두와 같다. 색은 붉고 맛은 달콤새콤하다. 씨는 열매를 따라 익는데, 6월에 뿌리와 아울러 열매를 취한다'"라고 하였다. 지금 《본초》를 살펴보니, "욱리는 곳곳에 있는 것으로, 가지와 꽃, 잎은 모두 오얏과 같고 열매의 작은 것은 앵두와 같다. 붉은색에 맛은 달콤새콤하고 조금 떫다. 일명 '차하리'라 한다"[7]라고 하였다. 단계丹溪의 의서에서는 "영욱은 곧 산포도니, 열매는 자잘하고 맛은 시다. 또 술을 만들 수도 있다"[8]라고 하였다.

이를 가지고 논한다면, 울鬱은 오늘날의 두리杜李로 속칭 '산앵두'라는 것이고, 욱薁은 오늘날의 조리자稠李子로 속칭 '머루〔麥盧〕'【麥은 중국의 음으로는 미美·어魚의 반절로 발음한다.】라는 것이다. 욱을 차하리나 포도라고 일컫는 것은 모두 잘못이다. 시를 읽는 자가 초목의 이름을 알기 어려움이 이와 같다. 그러나 옛사람이 참으로 아껴서 시에 실었던 것은 일찍이 초동목부가 좋아하던 것이니, 그 검소함을 숭상하는 풍속을 이 두 과일에서도 볼 수 있다.

6_ **《시경초목고詩經草木攷》** | 미상. 이유원李裕元의 《임하필기林下筆記》에 "《초목고草木攷》를 본 적이 있는데"라고 하면서 《시경》과 《이아》의 초목 명칭에 대해 설명한 글이 있다. 동일한 책인 듯하나 확인되지 않는다. 조선조의 학자들이 주로 인용한 책은, 중국 명나라 풍응경馮應京이 찬한 《육가시명물소六家詩名物疏》, 원나라 초의 허겸許謙이 지은 《시집전명물초詩集傳名物鈔》, 청나라 진대장陳大章이 찬한 《시전명물집람詩傳名物集覽》 등이다.

7_ **《본초》를 … '차하리'라 한다** | 여기서 《본초》는 중국 송나라 소송의 《도경본초》를 말한다. 《도경본초》에 "郁李 … 今處處有之, 本高五六尺, 枝條葉花, 皆若李. 惟子小若櫻桃, 赤色而味甘酸. 核隨子熟, 六月, 採根幷實, 取核中仁"이라는 구절이 있다.

8_ **단계丹溪의 … 만들 수도 있다** | 단계는 중국 원나라의 의가醫家 주진형朱震亨의 호이다. 《맥인증치脈因證治》, 《격치여론格致餘論》, 《국방발휘局方發揮》, 《단계선생심법丹溪先生心法》, 《금궤구현金匱鉤玄》 등 의술 방면에 많은 저술을 남겼다. 인용 대목에 나오는 의서가 어떤 책인지는 자세히 알 수 없다.

제수 과일의 사치

중국은 제사나 연회에서 오로지 과일 종류를 주로 하는데, 듣자 하니 그 사용되는 것이 대부분 건포도 · 양매자楊梅子 · 수박씨 · 잣 · 호두속 · 귤병橘餠 등속이다. 그러나 우리나라는 과실 이외에도 유밀과油密果 · 중배끼〔中白桂〕[1] · 산자饊子[2] · 요화蓼花[3] 등 마른 전과煎果 여러 종류, 수전과水煎果 여러 종류, 다식茶食 · 빈사과賓沙果[4] 등속이 있다. 유밀과는 고려병高麗餠이고, 전과는 과일을 꿀에 재어둔 것이고, 중배끼는 편조扁條[5]이다.

나라의 능침陵寢 제사에는 또한 모두 유밀과를 사용하였는데, 지금은 풍속이 점점 사치해져서 시골의 가난한 백성이 상喪을 치룰 때에도

1_ **중배끼**〔中白桂〕 | 유밀과의 하나. 밀가루를 꿀과 기름으로 반죽하여 네모지게 잘라 기름에 지져 만든다.

2_ **산자**饊子 | 찹쌀가루를 반죽하여 납작하게 만들어 말린 것을 기름에 튀기고 꿀을 바른 후 그 앞뒤에 튀긴 밥풀이나 깨를 붙여 만든 유밀과의 하나. 흰색과 붉은색의 것이 보통이며, 제물祭物에도 쓴다.

3_ **요화**蓼花 | 요홧대. 유밀과의 하나. 속나깨에 설탕을 넣고 끓는 물에 반죽하여, 여뀌의 꽃 모양으로 만들어 기름에 지져 조청을 바른 음식이다.

4_ **빈사과**賓沙果 | 유밀과의 하나. 강정을 만들 때 나오는 부스러기를 기름에 지져 조청으로 버무려 뭉쳐서 육면체로 썰거나 틀에 넣어 육면체가 되게 한 후, 여러 가지 색깔로 물들인다.

5_ **편조**扁條 | 자세히 알 수 없으나 납작하고 갸름한 줄기 모양을 가리키는 듯하다.

반드시 이것을 기다린 후에 비로소 제사를 지낸다. 만드는 것이 이미 본래의 방식과 같지 않으니, 옛날에 나무로 만든 과일로 상을 차리는 것과 다를 바가 없다. 이것이 어찌 생률 한 그릇, 대추 한 그릇, 곶감 한 그릇이지만 오히려 정결하고 참됨을 얻은 것과 같을 수 있겠는가?

과일벽

보성寶城 이억李檍이 말하기를, 그가 보성에 있을 때에 이웃 고을의 원이 유자柚子 삼백 개를 보내왔는데, 마침 고을 사람이 배알하기에 꺼내어 맘껏 먹게 하였더니 오십 개를 먹었다. 대단히 장하게 여겨서, 시침 드는 기녀에게 얘기했더니, 기녀는 "이것이 어찌 충분히 먹은 것입니까? 저 역시 삼백 개는 먹을 수 있습니다"라고 하였으나 믿지 않았다. 번번이 열 개를 꺼내어 시험하였는데, 무릇 이와 같이 한 것이 열 번이니, 먹은 것이 이미 유자 백 개였다. 그런데도 오히려 꿀꺽하며 한 번 만족한 기색이 있을 뿐이었다. 기녀가 말하기를, "유자는 연피蓮皮와 같아 먹는 것이 비록 오백이라도 질리지 않습니다"라고 하였다.

갑인년(1794) 가을, 성균관 수복守僕 홍오번洪五番은 나이가 칠십여 세인데, 소의문昭義門을 나오다가 가게 안의 홍시가 몹시 농익은 것을 보고는 광주리째 다 사니, 돈 일백 전에 홍시가 무릇 백여섯 개였다. 여섯 개를 떼어 그 무리인 영규英奎에게 주었는데, 영규는 아이였다. 그때에 서리가 내려 아침에는 몹시 추웠다. 감 세 개를 먹자, 추운 기색이 있어 김을 불어가면서 더 먹으라고 하여 여섯 개를 다 먹었을 때는 가슴이 응어리져 얼음처럼 되었는데, 끓인 소금물을 마시고 난 후에야 괜찮아졌다. 오번이 그 감을 다 먹고, 숭례문 밖에 이르자 그 무리들은 그것을 모르고, 또 열두 개의 감을 사서 가져다주니 오번은 또 그것을 다 먹었다. 이날 먹은 감이 무릇 백열두 개였다.

내가 아이 적에 일찍이 도정都正 조세선趙世選을 보았는데, 맑은 새벽에 농익은 감 서른일곱 개를 먹었다. 그때에 나이가 칠십여 세였고, 또 시월 보름 뒤라서 곁에서 보는 사람들이 한기를 느꼈으나 끝내 아무 탈이 없었다. 혹시 과일에도 술을 마시는 사람들의 술배처럼 따로 과일배가 있는 것인가?

내 나이 열다섯에 처음으로 양주 선산에 성묘하러 갔는데, 양주는 본래 밤의 고장으로 불린다. 갈 때에는 서 말을 먹어도 배부르지 않을 것 같았다. 마을 입구에 들어서매, 나귀 머리에 스쳐 떨어지는 것이 있어 물으니 밤이었고, 나귀 발굽에 닿아 구르는 것이 있어 살피니 밤이었다. 귀락동歸樂洞 박씨朴氏 댁에 닿으니 건장한 종 세 사람이 막 뜰로 밤을 날라 쌓으니, 높이가 사람 어깨만 하여 갑자기 사람으로 하여금 밤을 먹을 생각이 없게 하였다. 돌아올 때까지 구운 밤 십여 개를 먹는 것에 지나지 않았다.

신축년(1781) 가을, 우리 집은 처음으로 시골에 우거하였다. 그해 9월, 나는 감을 구하기 위해 백곡白谷의 외삼촌댁에 갔다. 그 집에는 물감〔水柹〕이 많았는데 참 맛이 있었다. 도착하여 목이 마른 탓에 무르게 익은 술잔만 한 물감 두 개를 빨아먹고 나니, 문득 시원하여 더 먹을 생각이 없었다. 하루 반나절 동안 다른 사람의 강권에 마지못해 또 하나를 먹고 돌아왔다. 나는 본디 과일에 벽癖이 없어서, 먹으면 또한 좋지만 많이 보면 쉽게 염증을 느낀다.

잣의 종류

과일 중 대추 · 밤 · 배 · 감 같은 것은 각각 품종도 많고, 품종마다 각기 이름도 다르다. 그런데 잣의 경우에는 다만 '실백實栢' · '피백皮栢'이라고만 불릴 뿐, 달리 다른 이름이 없다. 그러나 도곡陶穀의 《청이록淸異錄》에 "신라의 잣은 옥각향玉角香 · 중당조重堂棗 · 어가장御家長 · 용아자龍牙子 등의 품종이 있다"[1]라고 한다. 옛날에는 있고 지금은 없어진 것인가, 아니면 같은 잣인데 가공하는 것에 차이가 있어서 그러한 것인가?

1_ **도곡陶穀의 … 있다** 《청이록淸異錄》 상권의 〈옥각향玉角香〉조에 "新羅使者, 每來多鬻松子, 有數等, 玉角香 · 重堂棗 · 御家長龍牙子, 惟玉角香最奇, 使者亦自珍之"라는 구절이 있다. 도곡은 중국 오대五代에서 북송北宋의 문인으로, 자는 수실秀實이며, 빈주邠州 신평新平 사람이다. 도곡이 편찬한 《청이록》은 당唐과 오대의 독특하고 새로운 어휘들을 채록하여 천문天文 · 지리地理 · 군도君道 · 인사人事 · 초草 · 목木 등 37개 부분으로 나누고, 각각 표제를 붙여 주를 달았으며, 상 · 하 2권으로 구성되어 있다. 한치윤韓致奫의 《해동역사海東繹史》 26권, 〈물산지物産志 1 · 과류果類〉 조항과 이덕무李德懋의 《앙엽기盎葉記》 1권, 〈오렵송五鬣松〉 조항에 동일한 구절이 인용되어 있다.

음식 사치

서울의 여러 재상들이 일찍이 늦봄에 북동北洞에서 모여 도화연桃花筵을 벌였는데, 각각 자리를 마련하여 술안주와 과일로 서로 자랑하려 하였다. 남성南城의 한 재상집에서 차린 것이 대단히 풍성하고도 화려하여 무리들이 모두 제일로 추켜세웠다. 가장 늦게 동성東城의 한 재상집에서 비로소 찬饌을 전하는데, 겨우 한 작은 계집종이 주홍색 작은 합 하나를 이고 왔는데, 열어보매 단지 약밥 작은 바리 하나와 찐 붉은 대추 열 개의 작은 그릇 하나뿐이었다.

재상이 그중 칠 분을 먹고는 매우 조심스럽게 삼 분을 다시 봉하여 계집종에서 주어 돌려보냈다. 남성 재상집 사람이 이를 괴이쩍게 여겨 그 여종을 쫓아가 물으니, 대추 열 개의 값이 이만여 전이었다. 대개 대추를 쩌서 씨를 빼 버리고 육말肉末[1]과 강삼江蔘[2]을 꿀에 타서 다시 그 속을 채워 잣으로 그 양쪽 끝을 막은 것이다. 이에 남성 재상집에서는 크게 부끄러워하여 감히 찬의 품격으로 자처하지 못하였다.

1_ **육말**肉末 | 고기를 잘게 다진 것. '肉沫'이라 적기도 한다. 여기서는 씨를 뺀 나머지의 대추 속살을 말한다.

2_ **강삼**江蔘 | 평안도 강계江界에서 캐낸 산삼.

아, 또한 지나친 일이다. 과일은 과일이고 약은 약이니, 어찌하여 꼭 그래야만 하는가? 이 때문에 홍초紅椒 · 만두饅頭 · 청과靑瓜 · 송병松餠 · 생해生蟹 · 침채沈菜는 그 근원을 궁구하면 모두 동성에서 전한 것이다. 심지어 한 시루의 떡도 체 치기를 열두 번 하고, 주머니에 넣어 쪄서 음식을 만들면 향기가 집에 가득하고 목구멍을 찔러서 먹지 못할 지경이다. 일찍이 들으니, 나주羅州의 이인섭李寅燮은 집안을 경계하기를, "음식 사치보다 차라리 입는 데 사치하는 것이 낫다. 음식 사치하는 자는 먼저 망하고 옷 사치하는 자는 뒤에 쓰러진다"라고 하였다. 음미할 만한 말이다.

헐지와 교양목

과실나무에는 해를 걸러 열매를 맺는 것이 있고, 남쪽 가지와 북쪽 가지에 해를 나누어 열매를 맺는 것도 있다. 한 해 걸러 맺는 것은 민閩의 여지荔枝에서 일컫는 헐지歇枝[1]라는 것이고, 남쪽 가지와 북쪽 가지에 번갈아 맺는 것은 곧 옛날에 교양목交讓木[2]이라고 하던 것이다.

— 이상 최영옥 옮김

1_ **헐지**歇枝 | 여지가 많은 열매를 맺은 다음해나, 그 이후 몇 년 동안 결실이 매우 적거나 없는 것을 말한다. 양수養樹라고도 한다. 중국 송나라 채양蔡襄의 《여지보荔枝譜》에 "격년으로 열매를 맺는 것이 있는데, 이를 헐지라고 한다. 해마다 열매를 맺는 것이 있는데, 반쪽은 맺고 반쪽은 맺지 않는다(有間歲生者, 謂之歇枝, 有仍歲生者, 半生半歇也)"라는 구절이 있다.

2_ **교양목**交讓木 | 굴거리나무를 말한다. 새 잎이 나고 나서 먼저 달렸던 잎이 떨어져 나가므로, 자리를 물려주고 떠난다는 뜻으로 붙여진 이름이다. 중국 양梁나라 임방任昉의 《술이기述異記》에 "황금산에는 남수南樹가 있는데, 한 해는 동편이 번성하고 서편은 시들하며, 그 다음해에는 서편이 번성하고 동편은 시들하다. 해마다 이와 같다. 장화張華가 교양수交讓樹라고 하였다(黃金山有楠樹, 一年東邊榮西邊枯, 後年西邊榮東邊枯, 年年如此. 張華云, 交讓樹也)"라는 대목이 있다.

신辛 — 채소 이야기 談菜

나의 채마밭

황산곡黃山谷이 채소 그림에 제題하여 "사대부로 하여금 이 맛을 모르게 할 수 없고, 천하의 백성들로 하여금 이 색色[1]이 있게 할 수 없다"[2]라고 하였다. 나는 초야草野에 사는 백성이다. 비록 이 색이 있어서는 안 된다고 하였지만 이 맛을 알고 있으니, 불가不可함을 기다리지 않고도 또한 그것에 능할 수 있다.

내 집에 작은 채마밭이 있는데, 마루 앞에 바로 면해 있다. 아이종 하나가 거기에 부지런히 힘을 기울이면 밥반찬으로 나물을 마련하는 데 이바지할 수 있다. 그 심은 것으로는 파·마늘·부추·무·배추·겨자·아욱·방아·해바라기·상추·시금치·오이 등이다. 호박과 박은 담장 아래에 줄 지어 심었다. 채마밭 가까이에 우물이 있는데 우물 아래에는 푸른 미나리를 심었고, 뜰 주변에는 가지를 심었는데, 조금 남은 땅이 있어 고추〔蠻椒〕를 심었다. 이 채소들은 절여 먹을 수 있고, 국

1_ **이 색**色 | 굶주린 사람의 얼굴색. 채색菜色이라고 한다.

2_ **황산곡**黃山谷**이 … 할 수 없다** | 황산곡은 중국 북송北宋의 시인 황정견黃庭堅(1045~1105)을 말한다. 산곡은 그의 호이며, 강서시파江西詩派의 시조로 꼽힌다. 이 대목은 《산곡집山谷集》 별집 권10의 〈제화채題畫菜〉에서 인용한 것이고, 중국 송나라의 축목祝穆이 편찬한 《사문유취事文類聚》 후집後集 권22, 〈곡채부穀菜部·소채蔬菜〉에도 수록되어 있다.

을 끓여 먹을 수 있고, 데쳐 먹을 수 있고, 생으로 먹을 수 있고, 해물이 나 고기에 넣어 먹을 수 있고, 즙을 내어 먹을 수 있고, 약용으로 쓸 수도 있다. 내가 홍순유洪舜兪의 〈노포부老圃賦〉[3]나 주부자朱夫子의 〈십삼운十三韻〉[4]에 대해 많이 부러워할 필요는 없겠다.

3_ **홍순유洪舜兪의 〈노포부老圃賦〉** | 《사문유취》에 〈노포부〉가 실려 있는데 '홍순유'의 작으로 되어 있다. 문헌에 따라서는 이 글을 홍매洪邁가 지었다고 한 것도 있다. 홍매는 중국 송나라 파양鄱陽 사람으로 자는 경로景盧, 호는 용재容齋이다. 《이견지夷堅志》, 《용재수필容齋隨筆》 등의 책을 남겼는데, 문집이 전한다는 기록은 보이지 않는다. 순유舜兪라는 자를 쓰는 이로 송나라의 홍자기洪咨夔라는 사람이 있고, 문집으로 《평재집平齋集》이 전하는데, 거기에 이 〈노포부〉는 실려 있지 않다. 즉 현재로서 홍순유가 누구를 말하는지는 알 수가 없다.

4_ **주부자朱夫子의 〈십삼운十三韻〉** | 주부자는 주희朱熹를 가리킨다. 〈십삼운〉이란 주희가 지은 〈차유수야소식십삼시운次劉秀野蔬食十三詩韻〉(《회암집晦庵集》 권3)을 말하는 것으로, 채소 13종(乳餠 · 新笋 · 紫蕈 · 子薑 · 茭筍 · 南芥 · 蔊菜 · 木耳 · 蘿葍 · 芋魁 · 筍脯 · 豆腐 · 日蕈)에 대해 오언절구로 시를 지었다. 《사문유취》에도 보인다.

가지

내 집이 용산龍山에 있을 때, 집 뒤에 조그만 땅이 있어 너비가 서너 척이고 길이는 그 배가 되었다. 거기에 인분을 뿌리고 가지〔茄〕를 심었는데, 가지가 아주 많이 열렸고, 스스로 씹어보니 먹을 만하였다. 서리가 내리는 날에 이르러 가지 백여 개를 거두었다. 절여 먹고, 데쳐 먹고 난 나머지는 술을 깨게 하는 용도로 쓰기도 하고, 이웃집에 나눠주기도 했는데, 그래도 부족하지 않았다.

가지의 색깔로는 자줏빛 가지가 있고, 흰 가지가 있고, 푸른 가지가 있고, 누런 가지가 있고, 연붉은 빛의 가지가 있다. 가지의 성질에 따라 산가지가 있고, 물가지가 있다. 산가지는 국을 끓이거나 데치거나 절이거나 구워서 먹을 수 있지만 생으로는 먹을 수 없다. 물가지는 굴젓에 섞으면 생으로 먹어도 아주 맛이 좋다.

시금치

파릉菠薐은 속명이 시금치〔蒔根翠〕로, 시골 사람이 많이 심어 나물로 여긴다. 익히면 그 색이 더욱 파래져 보기에도 좋고, 성질은 또한 연하고 부드러워 먹기에 알맞다.

유우석劉禹錫의 《가화록嘉話錄》에 "파릉은 그 종자가 서역西域에서 온 것으로, 한 승려가 그 씨앗을 가지고 와서 파릉국頗陵國에서 온 종자라고 했는데, 말이 와전되어 파릉菠薐이 되었다"[1]라고 하였다. 이시진李時珍이 "《당회요唐會要》를 살펴보니, 태종太宗 때 니파유국尼波維國이 파릉채菠薐菜를 바쳤는데, 홍람紅藍[2]과 비슷하다고 되어 있다"[3]라고 하였

1_ **유우석劉禹錫의 … 되었다** | 《가화록嘉話錄》은 《유빈객가화록劉賓客嘉話錄》을 말하는 것으로, 유우석의 저술이 아닌 중국 당나라의 위현韋絢이 편술한 책이다. 이 책의 한 조목에 "菜之菠薐, 本西國中有僧將其子來. 如苜蓿蒲萄因張騫而至也. 絢曰: 豈非頗稜國將來, 而語訛爲菠稜耶"라는 기록이 있다.

2_ **홍람紅藍** | 잇꽃. 홍화紅花 또는 연지臙脂라고도 한다. 엉거시과에 속하는 한해살이풀로 줄기는 1m 남짓 자란다. 유럽 동부 및 이집트가 원산지이며, 씨앗은 기름을 짜는 데 쓰이고, 꽃은 약재나 염료로 쓰인다. 홍람에 대해서는 이 책의 〈풀 이야기 · 연지〉편 참조.

3_ **이시진李時珍이 … 되어 있다** | 이는 《본초강목》 권50, 〈한채蔊菜〉조에서 인용한 것이다. 이시진은 1518년 중국의 호북성에서 태어났다. 30년 동안 집필한 《본초강목》의 저자로 유명하다. 1,892종의 약종과 340종의 동물종, 357종의 광석류를 수집하고 1만 1,096종의 처방과, 1,160점의 도안이 들어 있다.

다. 유언충劉彦沖은 채소를 읊은 시[4]에서,

금 화살촉처럼 모양이 이루어지니	金鏃因形製
밭두둑에 임해 긴 탄성이 나오네.	臨畦發永歎
시국이 위태로워 이것을 패물로 차고 싶으니	時危思擷佩
초객楚客은 난초만을 패용하지 말게나.[5]	楚客莫紉蘭

라고 하였다.

옛사람은 진실로 귀한 품종의 아름다운 채소로 여겼는데, 다만 쉽게 쉬어져 여러 날을 견디지 못한다. 또한 의서에는 "많이 먹으면 다리가 약해진다"라고 하였으니, 장복할 수는 없다.

4_ **유언충劉彦沖은 … 시** | 유언충은 중국 송나라 때 사람 유자휘劉子翬를 말한다. 언충은 그의 자이며, 숭안崇安 사람으로 주자朱子 문하에서 수업하였다. 인용된 시는 유언충의 문집《병산집屛山集》권15, 〈원소십영園蔬十詠 · 파릉菠稜〉편이다.《사문유취》에 인용되어 있는데, 제3구의 '擷'자가 '預'자로 되어 있다.

5_ **초객楚客은 … 말게나** | 난초를 드리운다는 표현은 중국 초楚나라 굴원屈原의 〈이소離騷〉 중, "扈江離與辟芷兮, 紉秋蘭以爲佩"라는 구절에서 연유하는 말인 듯하다.

산나물

채소는 채마밭에 심는 것뿐만 아니라, 무릇 산과 들판에 자생하여 자라는 것도 또한 모두 채소이다. 그러므로 매년 봄이 늦고 비가 충분히 내린 뒤에 온갖 풀이 싹을 틔우면 연초록과 짙푸른 것 가운데 먹을 수 없는 것이 드물다. 젊은 아낙이 광주리를 들고 무리 지어 집을 나서 푸성귀를 찾는데 그 캐고 뜯는 것으로, 들에서는 고들빼기〔苦突白〕· 조방가새〔助芳〕· 엉겅퀴〔魚應巨貴〕· 사태올沙台兀 · 지채광芝菜光 · 꽃다지〔花多的〕· 질경이〔吉徑〕· 소루쟁이〔率意長〕· 도꼬마리〔獨古抹〕· 거여목〔鵝兒頸〕· 닭의장풀〔鷄翅甲〕· 벼룩나물〔蛇兒席〕· 가자채茄子菜 · 황두채黃豆菜 · 동해채東海菜 · 솔나물〔松菜〕· 평량채平凉菜 · 조팝나물〔粳飯菜〕등이 있다. 산에서 뜯는 것으로는 삽주歃朱 · 고사리高沙里 · 어사리魚沙里 · 말굴레풀〔馬兒勒〕· 설면자雪棉子 · 고비高非 · 서흘아鉏訖兒 · 원추리〔園翠里〕· 게로기〔鷄肋〕· 산쑥〔山蒿〕· 계아즙鷄兒蕺 · 대나물〔竹菜〕· 조개나물〔蛤菜〕· 진채榛菜 · 곽채藿菜 · 나올채羅兀菜 등이 있다.

그 '조방가새'라는 것은 소계小薊이고, '엉겅퀴'라는 것은 대계大薊이다. '질경이'라는 것은 차전車前이고, '거여목'이라는 것은 목숙苜蓿이다. '도꼬마리'라는 것은 창이蒼耳이고, '소루쟁이'라는 것은 양제羊蹄이다. '삽주'라는 것은 창출蒼朮과 백출白朮이고, '고사리'와 '어사리'라는 것은 궐蕨과 미薇이다. '게로기'라는 것은 제니薺苨(모싯대)이고, '닭의장풀'이라는 것은 번루蘩蔞이다. 이는 모두 나물 캐는 아낙들이 부르는 말을 글자로 적은 것이다. 비록 왕반王磐의 보譜[1]와 곽박郭璞의 주註[2]를 살피더라도 다 고증할 수 없는 것이 있다.

그러나 대저 들나물은 몹시 쓰면서도 사람에게 이롭고, 산나물은 향기가 진하면서도 사람에게 해롭다. 매양 흉년이 들 때에 백성들이 나물로 먹는 것을 반드시 들에서 구하고, 산에서 취하지 않는 것은 대개 그 이유가 있는 것이다.

나는 천성이 산나물을 좋아해서 보게 되면 반드시 포식을 하고 만다. 일찍이 한식寒食날에 누원樓院의 객점을 지나다가 밥을 사먹은 적이 있었다. 객점의 노파가 바야흐로 큰 동이에 산나물을 씻는데, 빛깔이 매우 좋고 향기가 났다. 나는 이미 밥 한 그릇을 먹었는데, 잇달아 건청어乾青魚로 한 그릇과 바꾸고, 또 북어채北魚菜로 한 그릇과 바꾸어서 연달아 세 그릇을 먹게 되었다. 객점의 노파는 내가 재계齋戒 중인지를 물었는데, 나는 "재계하고 있는 게 아니라, 나물을 좋아해서라오" 하였다. 객점의 노파는 "손님들이 모두 댁 같다면 수락산 나물을 다 뜯는다 해도 부족할 것입니다"라고 하면서, 다시 크게 한 그릇을 대접해주었다. 산나물은 실로 맛이 좋지만, 많이 먹으면 사람을 피폐하게 한다.

1_ **왕반王磐의 보譜** | 왕반王磐은 중국 명나라 사람으로, 《야채보野菜譜》, 불분권不分卷 1책을 남겼다.

2_ **곽박郭璞의 주註** | 중국 진晉나라의 곽박郭璞이 주석을 단 《이아爾雅》 권3에 〈석초釋草〉라는 항목이 있다.

무

채소 중에 큰 것으로는 무〔蔓菁〕 만한 것이 없다. 옛사람이 말한바 내복萊菔·봉비葑菲·수종蕦葼·무청蕪菁·풍요蘴蕘·나복蘿菖·노복蘆菔이 모두 그것이다. 무는 때를 가리지 않고 심을 수 있고, 얼마 지나지 않아 먹을 수 있고, 생으로 먹을 수 있고, 말에게 먹일 수 있고, 버려도 아깝지 않다. 이것은 제갈무후諸葛武侯가 취하여 썼던 까닭으로, 또한 이 채소에게 제갈諸葛이라는 성을 주었고,[1] 또 우리나라 사람이 이를 '무후채武侯菜'라고 불렀던 것이다. 무는 동저冬菹로도 좋고, 한저寒菹로도 좋고, 생채로도 좋고, 숙채로도 좋고, 국을 끓여도 좋고, 장으로 만들어도 좋고, 닭고깃국에 넣어도 좋고, 새우젓에 넣어도 좋고, 떡을 만들 때 넣어도 좋다. 부엌에 들여놓으면 맞지 않는 데가 없으니, 아마 채마밭에서 나는 것 가운데 온갖 채소의 으뜸일 것이다. 옛사람은 봉葑·수蕦·무청蕪菁·만청蔓菁·봉종葑葼·요蕘·개芥라고 불렀는데, 일곱 가지 이름이 모두 한 물건이다.

지금 보건대, 만청이란 속칭 '순무〔淳武侯〕'로 배추〔菘菜〕와 비슷하다. 나복이란 속칭 '대무〔大武侯〕'로 채소를 절일 때 들어가는 것이다.

1_ 이 채소에게 … 주었고 | 무 또는 순무를 '제갈채諸葛菜'라 칭하기 때문에 하는 말.

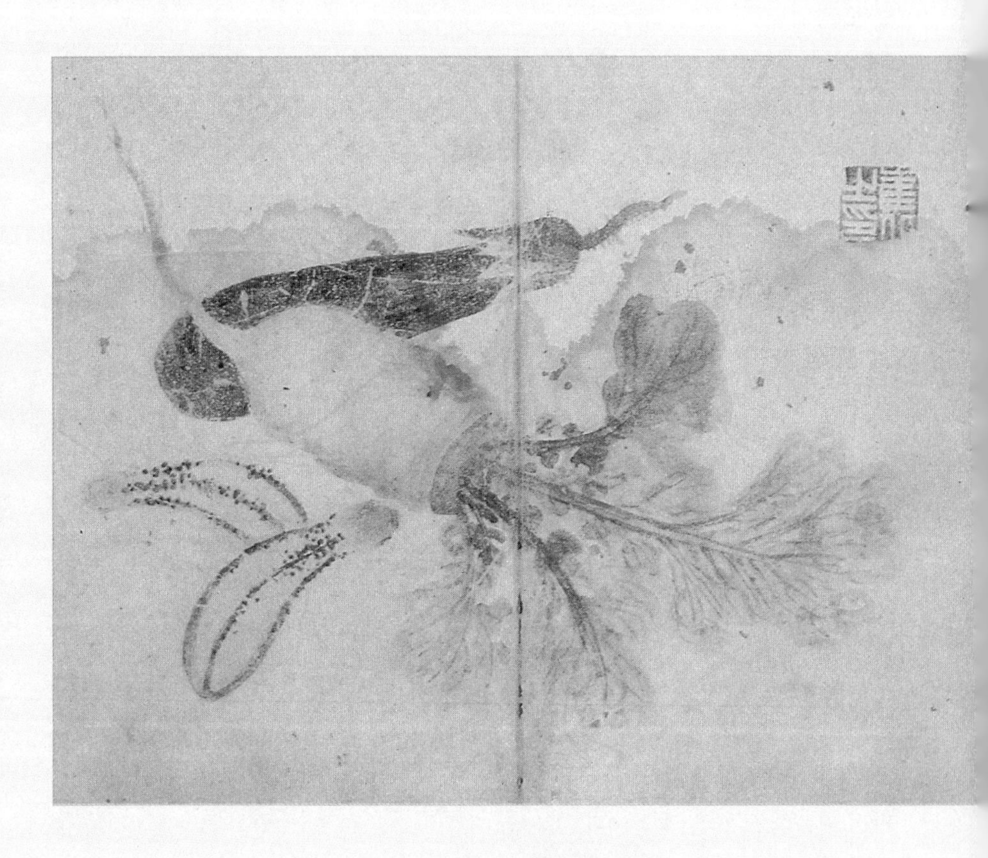

〈소채蔬菜〉
최북, 18세기, 국립중앙박물관 소장.

또 '근개根芥'라 불리는 것이 있는데, 뿌리는 만청과 비슷하면서 매우 딱딱하고 매운 맛이 나며 한저로 담기에 좋다. 대개 이 세 종류가 있다. 나복을 심을 때에는 자주 밭을 갈아주어 토질을 부드럽게 하고, 자주 호미질을 하여 뿌리를 북돋워주면, 그 밑둥이 매우 커지고 맛 또한 시원하고 달게 된다.

우리나라의 연산連山[2]에서 나는 품종은 그 크기가 말〔斗〕만 하여 건장한 사람이라도 다섯 뿌리를 겨우 짊어질 수 있다. 진위振威[3]에 괴화정槐花亭이라는 품종이 있는데, 또한 '나복'이라고 불린다. 굵은 놈은 한 자〔尺〕가 넘고 맛이 시원하기는 배보다 나은데, 이는 대개 토질이 알맞기 때문이다.

2_ **연산連山** | 지금의 충청남도 논산군에 속한 지명.
3_ **진위振威** | 지금의 경기도 평택시에 속한 지명.

배추

숭菘은 민간에서 '배추〔白菜〕'라고 칭한다. 만청과 비슷하지만 잎이 질기고 연한 구별이 있고, 뿌리는 굵고 가는 차이가 있다. 만청은 뿌리를 먹고, 배추는 잎사귀를 먹는다. 그런데 시골 채마밭은 토양의 성질이 매우 척박하여 훈련원訓練院의 낮고 습기 있고 기름진 땅[1]과는 달라서, 배추를 심은 지 삼 년이 되면 변하여 만청이 된다. 이는 물성物性은 비슷하지만 토품土品이 다르기 때문이다.

1_ **훈련원訓練院의 … 기름진 땅** | 훈련원은 서울의 명철방明哲坊(지금의 동대문운동장 부근)에 있었는데, 훈련원 곁에는 원에 딸린 많은 옥전沃田이 있고, 질 좋은 배추가 생산되어 '훈련원 배추'라는 이름으로 불렸다고 한다.

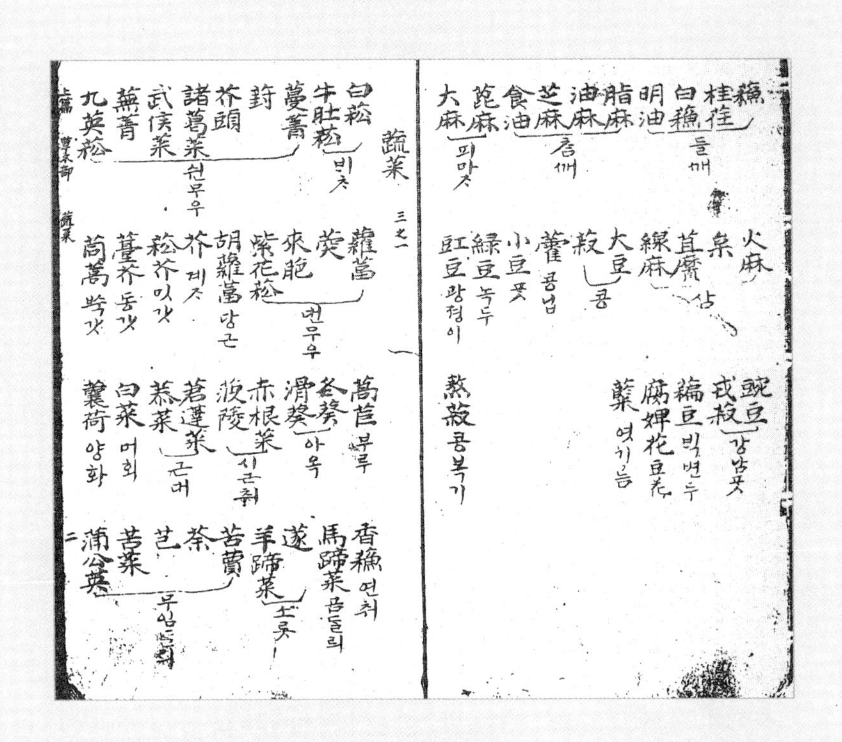

채소의 종류와 명칭

이철환李嘉煥의 《물보物譜》에 보이는 여러 가지 채소의 명칭. 백숭白菘·우두숭牛肚菘을 비추로 표기하였다.

취나물

산나물 가운데 맛이 좋은 것으로 '취翠'[1]라 불리는 것이 있다. 그 기氣가 매우 향긋하고 그 맛은 매우 기름져, 삶아서는 나물로 무치고 말려서는 국을 끓이는데 모두 절품絶品이다. 깊은 산에서 나는 것이 더욱 좋은데, 일반적으로 말하기를 용문산龍門山[2]은 취가 자라기에 매우 알맞아, 그 때문에 용문산의 산색이 드리우는 땅은 그 취가 모두 맛이 좋다고 한다. 또 곰취〔熊翠〕라는 것이 있어 또한 향기롭고 맛이 있는데, 그 잎은 매우 커서 단지 밥을 싸서 먹을 수 있을 뿐이다.

유영재柳泠齋(유득공)가 일찍이 취를 두형杜衡이라고 하였는데, 지금 《이아》의 주석을 살펴보니, "두형은 아욱과 비슷하고 향기가 있다(杜衡似葵而香)"[3]라고 하였고, 당신미唐愼微의 《본초》 주석에는 "잎은 아욱과 같고, 모양은 말굽과 같다(葉似葵, 形如馬蹄)"[4]라고 하였다.

대개 또한 지금 말하는 취와 비슷하지만 자세하지 않다. 집 뒤의 작

1_ **취翠** | 곰취 · 참취 · 단풍취 · 수리취 등 '취'자가 붙은 산나물의 총칭.

2_ **용문산龍門山** | 용문산은 경기도 양평군에 있는 산으로 높이는 1,157m이다. 취나물은 우리나라 전국에 걸쳐 깊은 산에 자생하는데, 용문산의 취가 특히 유명하다고 한다. 한국의 맛연구회, 《한국의 나물》 참조.

3_ **두형은 … 향기가 있다** | 《이아》, 〈석초釋草 · 두형杜衡〉조에 나오는 구절이다.

은 산에 또한 취가 많고 매우 맛이 좋은데, 다만 오랫동안 보관할 수가 없다.

4_ **당신미**唐愼微**의 … 말굽과 같다** | 당신미는 중국 송대의 의약학자로 자는 심원審元이다. 《본초》 주석은 당신미가 편찬한 《증류본초證類本草》를 말한다. 《증류본초》, 〈두형〉조의 주석에 "杜衡葉似葵, 形如馬蹄, 故俗云馬蹄香"이라는 구절이 있다.

고추와 호박

채소 가운데 매우 흔하고 두루 재배하면서도 옛날에 없던 것이 지금에는 있는 것으로 두 가지가 있다. 초초艸椒는 곧 일명 '만초蠻椒'로서 속칭 '고추〔苦椒〕'라고 하고, 왜과倭瓜는 곧 일명 '남과南瓜'로서 속칭 '호박好朴'이라 한다. 이 두 가지는 대개 근세에 외국에서 전해진 것이다. 옛《본초》와 다른 책에는 기록이 보이지 않는다.

지금《본초》의 훈석訓釋에 의하면, 초초는 성질이 매우 뜨겁고 맛은 매우며 약간의 독이 있다고 하였고, 왜과는 성질이 평담하고 맛은 달며 독이 없다고 하였다. 그런데 그 주로 치료하는 증상에 대해서는 알 수가 없다. 혹자는 고추를 많이 먹으면 풍風이 들거나 눈에 좋지 않다고 말한다. 내가 들은바, 철원鐵原에 나이 팔십 세가 된 노부인이 있는데 천성이 고추를 좋아하여, 떡과 밥을 먹는 이외에는 모두 고추를 뿌려 붉은색이 되고 나서야 비로소 맛을 본다고 한다. 한 해 동안 먹은 것을 합해보면 백여 말〔斗〕에 달할 정도라 한다. 나이 팔십이 넘었지만 오히려 밤에 바늘귀를 찾을 수 있다고 한다. 고추가 눈에 좋지 않다는 말이 과연 맞는 것이겠는가?

호박〔倭瓜〕은 팔구십 년 전에는 사람들이 심는 경우가 드물었고 먹을 거리로 여기지 않았는데, 오직 절의 승려가 심어서 별미로 여겼다. 그

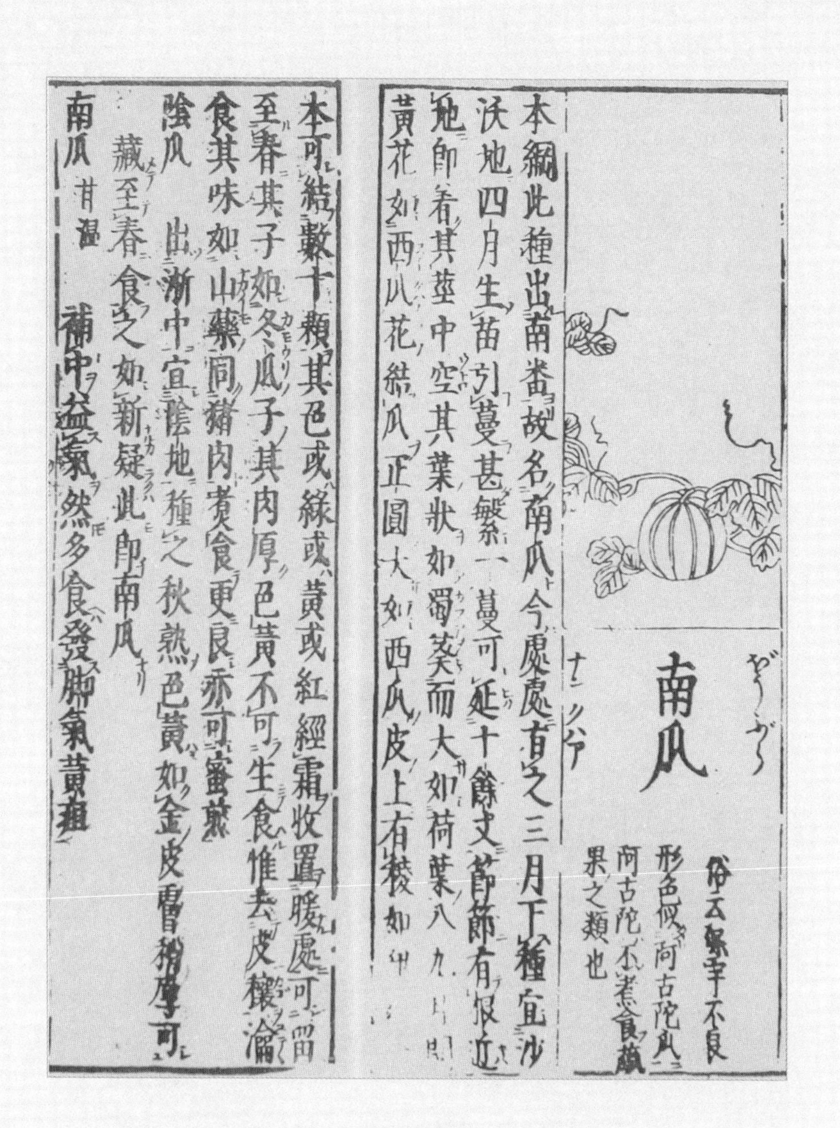

南瓜

俗云 保宇不良

形色似阿古陀瓜 阿古陀瓜不堪食蔵果之類也

本綱此種出南番故名南瓜今處處有之三月下種宜沙
沃地四月生苗引蔓甚繁一蔓可延十餘丈節節有根近
地即着其莖中空其葉狀如蜀葵而大如荷葉八九月開
黄花如西瓜花結瓜正圓大如西瓜皮上有稜如甜瓜

本可結數十顆其色或綠或黄或紅經霜收置暖處可留
至春其子如冬瓜子其肉厚色黄不可生食惟去皮穰瀹
食其味如山藥同豬肉煮食更良亦可蜜煎
陰瓜 出浙中宜陰地種之秋熟色黄如金皮膚稍厚可
藏至春食之如新疑此即南瓜
南瓜 甘温 補中益氣然多食發脚氣黄疸

호박 요리법

호박의 생태와 요리법이 자세히 실려 있는 《왜한삼재도회倭漢三才圖會》, 〈나채류蓏菜類 · 남과南瓜〉 항목.

뒤 어떤 정승이 이를 매우 즐겨 먹어 상에 호박 반찬이 없으면 밥을 먹지 않았는데, 집에서 기름으로 부친 다음 식초를 얹으면 먹지 않다가 곧 새우젓을 곁들여 볶아 놓은 다음에야 먹었다. 호박이 이로 인해 세상에 널리 퍼지게 되었다고 한다.

요즘에는 새로운 요리법이 있는데, 돼지고기에 섞어 조리를 하면 아주 맛이 있다. 그런데 《왜한삼재도회倭漢三才圖會》[1]에 이르기를, "돼지고기와 섞어 삶으면 매우 맛이 있다"라고 하였으니, 내가 생각하기에 이것은 은연중 서로 합치된 것으로 왜인倭人 쪽이 먼저 하게 된 것이 아닌가 한다. 아니면 상순尙順[2]에게서 얻어 전해온 것인가?

나는 이 두 가지를 또한 즐겨 먹는 사람이다. 그런데 고추를 호박에 비한다면 웅장熊掌과 생선의 차이가 있다. 서울에 있을 때를 회상해보매, 매양 술집에 들어가서 연거푸 서너 잔의 술을 마시고 손으로 시렁 위의 붉은 고추를 집어서 가운데를 찢어 씨를 빼내고 장醬에 찍어 씹어 먹으면 주모가 반드시 흠칫 놀라며 두려워하였다. 남양에 살게 되어서는 가루를 내어 양념장을 만들어 회와 함께 먹는데, 또한 누런 겨자즙보다 나았다.

1_ **《왜한삼재도회倭漢三才圖會》** | 《화한삼재도회和漢三才圖會》라고도 불린다. 중국 명대의 《삼재도회三才圖會》를 모방하여, 18세기 초엽 일인日人 승려 양안상순良安尙順이 천지인 삼재의 사물에 대해 그림을 싣고 설명을 붙여 105권으로 편찬하였다. 이덕무 · 유득공 등 조선조 실학파 학자들에게 많이 읽혔다.

2_ **상순尙順** | 《왜한삼재도회》의 편자 양안상순良安尙順을 말한다.

나물 뿌리를 먹는 것

옛사람들은 거친 밥과 나물국을 가난한 이의 식사로 여겼다. 또 "나물 뿌리를 먹고는 온갖 일을 이룰 수 있다"[1]라고 했는데, 이는 그 쓴 음식을 먹으며 어려움을 견딘다는 말일 것이다. 그런데 일찍이 세상의 채식하는 어떤 사람을 보니, 당귀〔辛甘菜〕의 순을 굽고, 용문산에서 나는 취翠 잎으로 국을 끓이며, 송이나물과 두릅순 중에 크기가 송아지 뿔만 한 것을 잘라 오고, 산개山芥의 어린 줄기를 절여서 먹으니, 그 맛과 비용이 여간한 생선과 고기를 먹는 것에 비할 수 있겠는가! 이와 같은 자는 '나물 뿌리를 먹는다(咬得菜根)'고 할 수 없고, 또한 '나물국〔菜羹〕'이라고 할 수도 없다.

시골에 사는 사람은 아욱을 뜯어 국을 끓이면서 고깃점을 넣지 않고, 미나리를 캐서 소금으로 절인 물김치를 만들고, 파를 끊어서 차가운 물김치로 만들며, 비름〔人莧〕을 삶아 나물로 삼고, 도꼬마리〔蒼耳〕 잎사귀로 보리밥을 싸서 먹으니, 바야흐로 '나물 뿌리를 먹는다'고 할 수 있

1_ **나물 뿌리를 … 있다** | 중국 송나라 왕신민汪信民이 한 말로, 《사문유취》 후집 권22, 〈문견록聞見錄 · 교득채근咬得菜根〉조에 관련 기록이 있다. "汪信民嘗言, 人常咬得菜根, 則百事可作. 胡康侯聞之, 擊節嘆賞."

다. 그러나 진실로 그 뜻이 없으면서 나물 뿌리만 먹는다면 이는 또한 하나의 푸성귀 벌레일 뿐이니, 또한 일을 하는 데 무슨 보탬이 있겠는가? 그러나 얻기가 쉽고 먹는 데도 맛이 있으니, 오히려 구구하게 푸줏간의 비린내 나는 음식물 가운데 한 마리 파리가 되는 것보다는 나을 것이다.

오이

내 집 앞 작은 채마밭에 해마다 오이 육칠십 뿌리를 심는다. 일찍 모종을 내고 자주 뿌리를 북돋워주며, 인분으로 거름을 주고 물을 주어서 노복으로 하여금 누런 벌레가 끼지 않게 하고, 버들을 꺾어 울타리를 만들어 어린 아이가 밟지 못하게 하니, 여름을 나는 먹을거리를 갖추기에 충분하였다. 매양 오이가 익으면 시고 짜고 생것 익힌 것이 모두 오이이다. 내가 항상 먹는 것으로 오이국, 오이지절임, 오이나물, 오이장이 있다. 어떤 사람이 그 매우 가난한 것을 비웃기에, 나는 "과瓜라는 글자는 두 개의 팔八이다. 옛날에 이영공李令公은 세 가지 부추로 27가지 반찬을 만들어 먹었는데,[1] 나는 지금 팔八이 두 개인 오이로 반찬을 만들어 64종을 먹고 있으니, 또한 부유한 것이 아닌가!"라고 하였다.

1_ **이영공李令公은 … 먹었는데** | 원문의 "삼구三韭"란 부추 반찬 세 가지를 말한다. 중국 남조南朝 제齊나라의 유고庾杲는 집이 가난하여 부추 반찬 세 가지(부추절임, 삶은 부추, 생부추)만을 먹었으므로 '삼구'라고 칭하였고, 그의 친구 임방任昉은 '유고가 27종의 부추나물을 먹는다'고 하였다. 이영공은 상서령尙書令을 지낸 이숭李崇을 말하는데, 그는 부유하면서도 검소한 식사를 하여 항상 부추로 반찬을 삼았다. 《사문유취》 후집 권22, 〈곡채부穀菜部 · 이십칠종二十七種〉조에 관련 기록이 보인다. "庾杲之清貧自樂, 食惟有韭葅 · 瀹韭 · 生韭雜菜. 任昉戲之曰: 誰謂庾郎貧? 食有二十七種, 謂三種韭也."(《南史》). "李崇爲尙書令, 富而儉食, 常無肉, 止有韭茹韭葅, 崇客李元祐謂人曰: 李令公一食十八種, 人問其故, 元祐曰: 二韭十八, 聞者大笑."(《雞跖集》).

〈오이밭의 개구리〉

정선鄭敾(1676~1759), 18세기, 간송미술관 소장.

외 종류

나무에 열리는 것을 '과果'라고 하고, 땅에 열리는 것을 '나蓏'라 한다. 나蓏라는 것은 과瓜이다. 그러므로 넝쿨로 자라나 열매를 맺는 것을 통틀어 과瓜라고 한다. 호과胡瓜는 일명 '황과黃瓜'이니, 곧 오늘날 늘상 먹는 오이〔瓜〕이다. 사과絲瓜는 속칭 '수사과垂絲瓜(수세미외)'이고, 서과西瓜는 속칭 '수박〔水瓠〕'이며, 남과南瓜는 일명 '왜과倭瓜'로서 속칭 '호박〔好瓠〕'이다. 동과冬瓜는 일명 '지지地芝'로 곧 지금의 동아〔冬瓜〕[1]이다. 첨과甛瓜는 속칭 '참외〔眞瓜〕'로 아이들이 몹시 좋아하는 것이다. 다 같은 참외〔甛瓜〕 중에는 또한 꾀꼬리참외〔鸎甛瓜〕·개구리참외〔蝦蟆甛瓜〕·수청참외〔水靑甛瓜〕·쇠뿔참외〔牛角甛瓜〕가 있는데, 여러 품종의 차이는 혹 생긴 모양이나 색깔에 따르기도 하고, 혹 성질과 맛에 따라 구별되기도 하여 그 종류가 한 가지가 아니다.

나는 아이 적에 일찍이 이런 일을 보았다. 건달꾼들이 참외 가게에 모여, 꼭지의 냄새를 맡아보고 잘 익었는지 아닌지를 구분해 놓고, 곧

1_ 동아〔冬瓜〕 | 박과의 한해살이 덩굴성 식물. 줄기는 굵고 단면이 사각四角이며 갈색 털이 있다. 잎은 어긋나고 5~7개로 얕게 갈라지며 심장 모양이다. 여름에 노란 종 모양의 꽃이 피고, 열매는 호박 비슷한 긴 타원형이고, 익으면 흰 가루가 앉는다. 과육, 종자는 약용하며, 동과冬瓜라고도 한다.

참외를 쪼개어 비교하는데 단것을 맞춘 사람이 이기고, 이기면 진 사람에게 가게 전체의 참외값을 물게 하였다. 이를 '참외치기[打甛瓜]'라고 한다. 이는 전씨錢氏의 자제子弟들이 삽상霅上에서 벌인 참외 싸움[2]과 비슷하고, 또한 제齊·조趙 지역의 이른바 비선鼻選의 방법이다.[3] 듣건대 지금은 이러한 일이 없어졌다고 하니, 하나의 작은 일이지만 오히려 풍속이 점점 쇠미해지는 것을 알 수 있다.

우리 고을의 북쪽에 송림촌松林村이 있고 그 촌에 밭이 하나 있는데, 토질이 참외에 적당하여 심기만 하면 그 크기는 겨우 거위 알만 하지만 푸르기는 물들인 청대青黛[4]와 같고 달콤한 향이 넘쳐 도리어 짠맛이 나며, 목구멍을 톡 쏘아 많이 먹을 수가 없다. 내가 남양에 이르렀을 때, 밭일하는 사람들이 관리들의 가렴주구苛斂誅求를 이기지 못하여 참외를 심지 않은 것이 이미 서너 해가 되었다. 요즈음에는 또 사과참외[沙果]라는 품종이 있어, 껍질은 희고 속은 푸르며 크기는 한 움큼이 되지 않지만, 달고 시원하여 빈과蘋果(사과)의 기미氣味가 있기에 그렇게 불린다. 서로 전하는 말에 평안도의 품종이라고 한다.

2_ **전씨錢氏의 … 참외 싸움** | 중국의 오吳·월越 지역에 사는 전씨錢氏의 자제들은 각자 참외를 하나씩 고른 다음, 그 씨의 숫자를 추측해 말하고, 그것을 확인해 진 사람이 잔치를 벌였다. 이를 참외 싸움[瓜戰]이라고 불렀다. 중국 송나라의 도곡이 지은 《청이록》, 〈채부菜部·과전瓜戰〉조에 관련 기록이 보인다. "吳越稱霅上瓜, 錢氏子弟逃暑, 取一瓜, 各言子之的數, 言定剖觀, 負者張宴, 謂之瓜戰."

3_ **제齊·조趙 지역의 … 방법이다** | 참외가 많이 나는 중국 제齊·조趙 지역에서는 저잣거리에 참외를 벌여 놓으면, 그 단내가 퍼져서 입으로 맛보기 전에 코로 먼저 판별할 수 있었다고 한다. 《청이록》, 〈채부·비선鼻選〉조에 관련 기록이 보인다. "瓜最盛者, 無踰齊趙, 車擔列市, 道路濃香, 故彼人云: 未至舌交, 先以鼻選."

4_ **청대青黛** | 쪽으로 만든 검푸른 물감.

훈채

훈채葷菜의 종류는 일정하지가 않다. 《예기禮記》, 〈옥조玉藻〉편의 주석에는 "훈葷은 생강과 신채辛菜이다"라고 하였고, 《의례儀禮》, 〈사상견례士相見禮〉의 주석에는 "훈은 매운 채소이다"라고 하였고, 《옥편玉篇》에는 "그것으로 흉사凶邪를 막는다"라고 하였다. 그러므로 《한서漢書》, 〈의례지儀禮志〉에는 "붉은 줄로 훈채를 꿰어 문 앞에 드리운다"라고 하였다. 서현徐鉉[1]의 《설문해자說文解字》 주석에는 "훈은 향이 나는 채소이니, 운대芸薹[2] · 봄부추〔春韭〕 · 파 · 마늘 · 아위阿魏[3] 등속을 통틀어 말한다"라고 하였다. 《능엄경楞嚴經》 통윤通潤의 주석[4]에는 "파 · 마늘 · 부추 · 염교〔薤〕[5] · 무릇〔興渠〕[6]을 오훈五葷이라 부른다"라고 하였다. 《이

1_ **서현**徐鉉 | 서현은 중국 오대말五代末에서 송초宋初의 학자. 《설문해자說文解字》 주석은 서현 · 서개徐鍇 형제가 각각 교정한 대서본大徐本, 소서본小徐本(일명 說文繫傳)이 유명하다.

2_ **운대**芸薹 | 유채油菜. 십자화과의 두해살이풀. 높이는 1m 정도이며, 뿌리잎은 잎자루가 길고 갈라지는 것도 있으나 윗부분의 잎은 밑이 귀처럼 처져서 줄기를 감싸며 갈라지지 않는다. 4월에 노란 꽃이 피고 열매는 원기둥 모양의 각과角果를 맺으며, 씨는 작고 검은 갈색이다. 잎과 줄기는 먹고, 종자로는 기름을 짠다. 한국, 중국, 일본 등지에 분포한다. 대개薹芥 · 운대雲薹 · 한채寒菜라고도 한다.

3_ **아위**阿魏 | 산형과의 여러해살이풀. 뿌리는 살이 많고 처음에는 뿌리잎만 모여났다가 약 5년 후에 줄기가 난다. 높이는 1m 정도이며, 뿌리잎은 매우 크고 잎자루가 있다. 노란 꽃이 겹산형〔繖形〕 꽃차례로 피고 열매는 편평한 달걀 모양이다. 뿌리의 진은 약용한다. 이란이 원산지이다.

아익爾雅翼》에는 "서방西方에서는 대산大蒜 · 소산小蒜 · 무릇 · 자산慈蒜 · 각총茖蔥을 오훈이라 하고, 도가道家에서는 부추 · 마늘 · 운대 · 고수〔胡荽〕[7] · 염교를 오훈이라 한다"라고 하였다.

지금 살펴보건대, 무릇은 곧 운대인데, 운대는 곧 민간에서 '평지平枝'라 부르는 것으로, 좀을 막는 운芸과 비슷하다. 그런데 통윤의 주석에는 "뿌리는 무와 같고 흙에서 자라며 냄새가 나는데, 이 지방에는 나지 않는다"라고 하였으니, 또한 운향芸香의 운芸은 아닌 듯하다. 소산은 마늘 가운데 산곡山谷에서 나는 것으로 민간에서 '족지簇枝'라고 부르는 것이다. 각총은 또한 산마늘〔山蔥〕 가운데 줄기가 가늘고 잎이 큰 것이다. 자산은 어떤 것을 말하는지 알 수 없지만, 이미 '마늘 산蒜'자가 들어간 것으로 보아 야산野蒜인 듯하며, 이는 지금 민간에서 '달래達來'라고 부르는 것이다.

4_ **《능엄경楞嚴經》… 주석** | 《능엄경》은 선종禪宗의 주요 경전으로 인연因緣과 만유萬有를 설명하였다. 전10권. 중국 당나라 때 반자밀제般剌密帝가 한역漢譯하였다. 통윤通潤(1565~1624)은 명나라 때의 화엄종 학승. 자는 일우一雨이며, 유가의 전적과 불교 경전을 두루 수학하였으며, 당시 최고의 승려 설랑홍은雪浪洪恩에게 사사하면서 교법을 연찬하였다. 《유마경維摩經》, 《원각경圓覺經》, 《법화경法華經》, 《기신론起信論》, 《유식론唯識論》 등 여러 불경에 대한 주석서를 펴냈다.

5_ **염교〔薤〕** | 백합과의 여러해살이풀. 꽃줄기의 높이는 30~60cm이며, 잎은 비늘줄기에서 모여나고 속이 비어 있다. 가을에 자주색 꽃이 산형繖形 꽃차례로 피고 열매를 맺지 못한다. 잎은 절여서 먹으며, 중국 남부가 원산지이다. 교자〔藠子〕 · 채지菜芝 · 해채薤菜라고도 한다.

6_ **무릇〔興渠〕** | 백합과의 여러해살이풀. 파, 마늘과 비슷한데 봄에 비늘줄기에서 마늘잎 모양의 잎이 두세 개가 난다. 초가을에 잎 사이에서 30cm 정도의 꽃줄기가 나와서 엷은 자주색 꽃이 총상總狀 꽃차례로 많이 피고 열매는 삭과蒴果를 맺는다. 어린잎과 비늘줄기는 식용한나. 밭과 들에서 저절로 나는데, 구황 식물로 아시아 동북부의 온대에서 아열대까지 널리 분포한다. 야자고野茨菰 · 흥거興渠라고도 한다.

7_ **고수〔胡荽〕** | 산형과의 한해살이풀. 높이는 30~60cm이며, 잎은 어긋나고 잘게 갈라진 깃 모양 겹잎이다. 6~7월에 작고 흰 꽃이 겹산형 꽃차례로 가지 끝에 피고 열매는 둥글다. 동부 유럽이 원산지로 절에서 많이 재배한다. 고수풀 · 향유香荽 · 호유胡荽라고도 한다.

고수[胡荽]는 곧 북방北方의 향유香荽로서 민간에서 '고재苦栽'라고 부르는 것이다. 의서에 이르기를 "고수는 정신을 손상시키고, 운대는 양기陽氣를 손상시키며, 마늘은 간肝과 눈을 손상시킨다"고 하였으니, 진실로 도가가 꺼리는 것이 마땅하다. 그런데 부추는 심장을 이롭게 하고 간에 기운을 채워주며 열을 제거하고 허虛를 보補해준다고 했고, 실로 성질이 따뜻하면서 사람을 이롭게 하는 공이 있다.

염교는 중초中焦를 조섭하여 뼈를 이롭게 하고, 성질이 따뜻하고 몸을 보해주는 약효가 있다. 그러므로 선방仙方에서나 복식가服食家가 모두 필수적인 것으로 여기고, 오장五臟에 매운 냄새를 끼치지 않아 도가가 늘상 먹었다고 했는데, 부추·염교가 도가에서 금하는 바가 된 것은 자못 알 수가 없다. 불가佛家에서 "익힌 음식은 음란한 생각을 일으키고 날 음식은 화를 돋운다(熟食發淫生啗增恚)"라고 말하는 것은 크게 의미가 없다. 이미 정精을 돕는 꽃도 아니고, 또 발광發狂하게 하는 약과도 다른데, 어찌 이 나물 뿌리를 씹으면 갑자기 음란한 생각을 일으키고 화를 돋우는 이치가 있겠는가?

마늘의 경우는 비록 도가·불가가 아니라 할지라도 또한 통절히 경계할 만하다. 매년 여름 시골집에서 마늘을 먹은 사람을 자주 만나게 되는데, 입을 한 번 열자마자 역한 냄새가 방에 가득하여 곁에 있는 사람을 참을 수 없게 만드니, 암내나 방귀보다 심하다. 옛사람 가운데에는 난채蘭茝를 허리에 차고,[8] 계설향鷄舌香을 머금은 사람이 있었는데,[9] 비록 연꽃 향으로 입 안 가득 채우지는 못한다 할지라도, 어찌 불결한

8_ **난채蘭茝를 허리에 차고** | 난蘭과 채茝는 향기 나는 풀을 말한다. 《이아》의 소疏에 "채초茝草는 궁궁芎藭의 이삭인데, 일명 미무蘼蕪라고도 한다"라고 하였다.

기운으로 도처에 냄새를 풍길 수 있겠는가? 깊은 병에 약으로 쓰는 것이 아니라면 절대 먹지 않을 일이다.

나는 또한 채마밭가에 수십 뿌리를 심어, 약용과 김치 담그는 재료로 삼았는데, 유독 이 사향초麝香艸(마늘)에 대해서는 냄새를 지키는 계율을 매우 엄격히 하였다.

9_ **계설향鷄舌香을 … 있었는데** | 계설향은 정향丁香나무의 말린 꽃봉오리를 말한다. 응소應劭의 《한관의漢官儀》에 옛날 상서성尙書省의 낭관郎官이 임금에게 일을 아뢸 때 구취口臭를 없애기 위해 계설향을 머금었다는 고사가 있다.

수박마마

정사년(1797) 가을, 수박〔西瓜〕이 막 익으려 할 때, 수박의 여기저기에 사마귀가 생겨 크기가 콩알만 하고, 안으로는 못 자국 심이 생겨 먹을 수가 없게 되었다. 농사짓는 사람들은 '수박마마〔西瓜痘〕'라고 불렀다. 수박마다 비슷했고 모든 밭이 그러했으니, 또한 하나의 괴이한 일이었다.

또 근년 이래로 박〔匏瓜〕이 열매를 맺지 못하고, 여물려고 할 무렵에 뿌리와 넝쿨이 먼저 마르고 썩어 문드러져 쓸 수 없게 되었다. 그 뿌리를 쪼개 살펴보니, 흙에 가까운 곳에 벌레가 갉아먹은 흔적이 있었다. 그리하여 반 말〔斗〕이 들어갈 박의 값이 거의 오륙십 전이나 되었다. 물을 긷고 밥을 하는 자들이 모두 나무바가지를 사서 쓰게 되었으니, 또한 하나의 괴이한 일이었다. 어떤 사람은 "박을 처음 심을 때 구덩이에 소금을 뿌려주고, 싹이 트고 줄기가 퍼질 때 흙으로 북돋워주면 말라죽지 않고 튼튼하게 자란다"고 하였다.

생강

나는 천성이 매운 것을 좋아하여 겨자〔芥〕·생강〔薑〕 따위를 남보다 많이 먹는다. 임자년(1792) 가을, 희정당熙政堂[1] 앞뜰에서 책문策問에 대한 답안을 쓸 때, 궐내에서 유생들에게 음식을 하사하였다. 음식 가운데 큰 그릇에 황개즙黃芥汁이 있었는데, 이는 삶은 고기를 위해 내놓은 것이었다. 그런데 여러 유생들은 모두 고기를 움켜 그냥 먹을 뿐 겨자장〔芥醬〕이 있는 줄은 알지 못하였다. 나 홀로 겨자장에 찍어 반 그릇을 먹었는데, 맛이 또한 매우 좋아 가슴이 시원스럽게 뚫리는 듯하였다.

을묘년(1795) 10월, 전주全州 동성東城의 객점을 지나게 되었는데, 그곳은 곧 양정포良井浦로서 우리나라의 이름난 생강 산지였다. 집집마다 생강밭으로 둘러싸여 있었는데 그 밭이 매우 넓었고, 말〔斗〕을 손에 들고 둥구미를 짊어진 사람들이 말하는 바는 모두 생강에 관해서였다. 내가 돈 세 푼을 꺼내 생강을 샀는데, 서울보다 열다섯 배가량이 되었다. 주인이 후하게 준 것으로 생각하여 그 양이 너무 많다고 사례하였더니, 주인은 "올해는 생강이 잘되지 않아, 예년에 비해 반밖에 안 되는 소출

1_ **희정당**熙政堂 | 창덕궁 안에 있는 건물. 왕의 침전寢殿으로 사용되었다가, 순조純祖대에 이르러서는 주로 편전便殿으로 사용된 것으로 추정된다.

입니다. 그러나 값은 그대로입니다"라고 하였다. 내가 껍질을 벗겨 깨물어 먹은 것이 거의 삼 분의 일이 되었을 때에, 주인은 내가 생강을 좋아한다고 여겨, 밥상을 차릴 때 생강절임 한 접시를 차려주었다. 뿌리는 밤꽃과 같고 순은 댓잎과 같았는데, 짠맛이 매운맛을 빼앗아 그 맛이 날로 먹는 것만 못하였다. 마치 아이들 오줌 같은 느낌이 있어 먹지 못할 것 같았다.

상추쌈

상추는 두 가지 종류가 있다. 줄기가 굵고 잎은 넓고 짙푸르러 적흑색赤黑色을 띠는 데다 주름이 많아 마치 주름치마와 같은 것은 '상불로裳不老'라고 하고, 줄기가 가늘고 잎은 좁아 마치 떡갈나무처럼 주름이 조금 지고 흰색을 많이 띠는 것은 '오십엽불로五十葉不老'라 하며 또 '삼월불로三月不老'라고도 하는데, 오래 두고 먹을 수 있다. 《본초》에는 와거萵苣와 백거白苣 두 종류가 있다고 했는데, 아마 오십엽불로란 백거를 말하는 듯하니, 상불로 같은 것은 곧 와거가 아니겠는가! 그 맛에 있어서는 진실로 흰 것보다 낫다.

매년 한여름 단비가 처음 지나가면 상추잎이 매우 실해져 마치 푸른 비단 치마처럼 된다. 큰 동이의 물에 오랫동안 담갔다 정갈하게 씻어내고, 이어 반盤의 물로 두 손을 깨끗이 씻는다. 왼손을 크게 벌려 승로반承露盤[1]처럼 만들고, 오른손으로 두텁고 큰 상추를 골라 두 장을 뒤집어 손바닥에 펴놓는다. 이제 흰밥을 취해 큰 숟가락으로 퍼서 거위 알처럼 둥글게 만들어 상추 위에 올려놓되, 그 윗부분을 조금 평평하게 만든

1_ **승로반承露盤** | 이슬을 받아 장수하려는 의도에서 만든 구리 쟁반으로, 중국 한 무제漢武帝가 제작하였다고 한다. 조식曹植이 지은 〈승로반명承露盤銘〉이 알려져 있다.

다음, 다시 젓가락으로 얇게 뜬 송어〔蘇魚〕회를 집어 황개장黃芥醬에 담갔다가 밥 위에 얹는다. 여기에 미나리와 시금치를 많지도 적지도 않게 더하여 송어회와 어울리게 한다. 또 가는 파와 향이 나는 갓〔芥〕 서너 줄기를 집어 회와 나물에 눌러 얹고, 곧 새로 볶아낸 붉은 고추장을 조금 바른다.

그리고는 오른손으로 상추잎 양쪽을 말아 단단히 오므리는데 마치 연밥처럼 둥글게 한다. 이제 입을 크게 벌려 잇몸은 드러나고 입술은 활처럼 되게 하고, 오른손으로 쌈을 입으로 밀어 넣으며 왼손으로는 오른손을 받친다. 마치 성이 난 큰 소가 섶과 꼴을 지고 사립문으로 돌진하다 문지도리에 걸려 멈추는 것과 같다. 눈은 부릅뜬 것이 화가 난 듯하고, 뺨은 볼록한 것이 종기가 생긴 듯하고, 입술은 꼭 다문 것이 꿰맨 듯하고, 이〔齒〕는 신이 난 것이 무언가를 쪼개는 듯하다. 이런 모양으로 느긋하게 씹다가 천천히 삼키면 달고 상큼하고 진실로 맛이 있어 더 바랄 것이 없다. 처음 쌈을 씹을 때에는 옆사람이 우스운 이야기를 주고받는 것을 허락하지 않아야 된다. 만일 조심하지 않고 한번 크게 웃게 되면 흰 밥알이 튀고 푸른 상추잎이 주위에 흩뿌려져, 반드시 다 뱉어내고 나서야 그치게 될 것이다.

앞에서 말한 것처럼 하여 십여 차례 쌈을 먹게 되면, 나는 진실로 일체세간一切世間의 용미봉탕龍味鳳湯과 팔진고량八珍膏粱 같은 허다한 음식들이 어떤 것인지를 알지 못한다. 마시고 먹지 않는 사람이 없지만 그 맛을 알 수 있는 자는 드물다.

나는 상추를 유달리 좋아하여, 때때로 이 방법대로 쌈을 싸 먹곤 한다. 비록 그 법대로 따르지 않더라도 또한 먹으면 달게 느낀다. 이미 달게 먹고 나서는 재미삼아 '불로경不老經'을 지어, 세상의 채소 맛을 아는 이들과 더불어 이야기를 나누고자 한다. 그들이 내 글을 얻어 읽게 된다면, 아마 추평공鄒平公의 연진당鍊珍堂《식헌食憲》오십 장[2]보다 낫게 여길 것이다.

— 이상 한영규 옮김

2_ **추평공鄒平公의 …《식헌食憲》오십 장** | 추평공鄒平公은 중국 당나라의 단문창段文昌을 말하며, 추평鄒平은 그의 봉호封號이다. 도곡이 지은《청이록》,〈추평공식헌鄒平公食憲〉에 다음과 같은 구절이 있다. "승상 단문창은 음식에 각별한 관심을 기울여, 집 안의 부엌에는 '연진당煉珍堂', 행차할 때의 주방에는 '행진관行珍館'이란 이름을 붙였다. 늙은 여종이 주방을 맡아 음식 만드는 법을 젊은 여종들에게 전수했는데, 40년 동안 그 요리법을 배운 사람이 아홉에 불과하였다. 단문창이 스스로《식경食經》50권을 편찬하니, 당시에 '추평공 식헌장鄒平公食憲章'이라고 불렀다.(段文昌丞相, 特精食事, 第中庖所榜曰 '煉珍堂', 在塗曰 '行珍館'. 家有老婢, 掌其法, 指授女僕, 凡四十年, 閱百婢, 嗣法止九婢. 文昌自編《食經》五十卷, 時稱 '鄒平公食憲章.')"《식경》을《식헌》이라고도 하는데, 오십 권으로 구성되어 있다.

임壬 — 나무 이야기 談木

동산의 잡목들

내 집 뒤 작은 동산에는 이름 없는 잡목이 많다. 대개 애초에 심지도 않았는데, 저절로 돋아나 단단한 울타리를 이루고 있는 것들이다. '팽彭'[1]이라 하고, '엄嚴'[2]이라 하고, '약藥'이라 하고, '꾸지〔枸枳〕'라 하고, '붉〔北〕'[3]이라 하고, '자刺'라고 하는 나무들이 있다.

'자나무'라고 하는 것은 곧 들장미이니, 가시가 있고 흰 꽃이 피며 붉은 열매가 열린다. 열매는 '영실營實'이라고 하는데, 그 모양이 마치 영실성營室星[4] 같다고 하여 붙인 이름이다. 옛사람들의 말에, 들장미는 기름을 짜서 머리에 바르면 매우 곱다고 한다.

1_ 팽彭 | 느릅나뭇과의 낙엽 활엽 교목. 높이는 20m 정도이며, 잎은 어긋나고 달걀 모양인데 톱니가 있다. 봄에 연한 노란색의 작은 꽃이 잎과 함께 피고 열매는 핵과核果로 9월에 익는다. 목재는 건축, 가구재로 쓰고 정자나무로 재배한다. 산록이나 골짜기, 개울가에서 자라는데 한국, 일본, 중국 등지에 분포한다.

2_ 엄嚴 | 음나무라고도 한다. 두릅나뭇과의 낙엽 교목. 높이는 15~25m이며, 잎은 어긋나고 5~9개로 갈라진다. 7~8월에 누런 녹색 꽃이 산형 꽃차례로 피고, 열매는 둥근 핵과로 10월에 검게 익는다. 재목은 가구재, 나무껍질은 한약재로 쓴다. 아목牙木 · 해동海桐이라고도 한다.

3_ 붉〔北〕 | 오배나무를 말한다. 천금목千金木이라고도 한다. 옻나뭇과의 낙엽 활엽 소교목. 높이가 7m 정도이고, 가지가 굵으며, 잎은 어긋나고 7~13개의 작은 잎으로 된 깃 모양 겹잎이다. 여름에 흰 꽃이 원추圓錐 꽃차례로 피고, 열매는 편구형의 핵과로 누런 갈색 털로 덮이며, 10월에 익는다. 잎에 진디, 나무진디 따위가 기생하여 혹같이 돋는 것을 '오배자'라고 하고, 약제 · 염료 · 잉크 원료로 쓴다. 산기슭과 골짜기에서 자라는데 한국, 일본, 중국, 인도 등지에 분포한다.

'붉나무'라는 것은 그 열매를 '오배자五倍子'라고 부르는 것이다. 작년 겨울, 홍진紅疹이 크게 돌았을 때 "오배자탕이 회蛔를 치료하는 데에 신통한 효험이 있다"라고 하여 열매가 부족하자 껍질을 이어 쓰기도 하였다. 때문에 오배나무는 모두 껍질이 벗겨져 나목裸木이 되어 버렸다.

'꾸지나무'라는 것은 곧 산뽕나무이다. 시골 사람들이 그 잎을 따서 누에를 치기 때문에 '꾸지잠〔枸枳蠶〕'이라고 한다. 큰 것은 열매가 열리는데 붉고 달다. 육기陸璣의 소疏에서 말한바 지구자枳枸子라 한 것[5]과 닮았는데, 지구는 곧 호깨나무이니 비슷하지만 실제로는 아니다. 뽕나무 열매는 '오디〔葚〕'라 하고 산뽕나무 열매는 '가佳'라고 하니, 곧 이것이 어쩌면 가佳 그것인가? 그 뿌리를 캐어 누런 물을 들이면 황벽黃檗[6]이나 치자梔子보다 나은데, 곧 자황柘黃이라고 하는 것이다. 그런데 시골 사람들은 쓸 줄을 모른다.

'약나무'라고 하는 것은 나무가 산초山椒와 비슷한데, 5, 6월 즈음에 흰 꽃이 피고 열매는 크기가 앵두만 하다. 물고기 잡는 사람이 그 열매를 찧어서 웅덩이나 못에 풀면 물고기가 모두 죽기 때문에 '약나무'라고 부른다. 《이아》에 "원杬나무는 물고기를 중독시킨다"[7]라는 내용이

4_ **영실성營室星** | 이십팔수二十八宿의 하나인 정성井星의 별칭이다. 10월이 되면 초저녁에 북쪽에 나타나는데, 이때는 농한기여서 집을 지을 수 있다 하여 영실성이라 한다.

5_ **육기陸璣의 … 한 것** | 중국 삼국시대 오吳나라의 육기가 편찬한 《육씨시소광요陸氏詩疏廣要》, 〈석목釋木 · 남산유구南山有枸〉조를 말한다.

6_ **황벽黃檗** | 운향과의 낙엽 활엽 교목. 황경나무 또는 황백黃柏나무라고도 한다. 높이는 10~15m이며, 잎은 마주나고 달걀 모양의 긴 타원형이다. 6월에 노란색의 단성화單性花가 원추圓錐 꽃차례로 피고, 열매는 공 모양의 핵과로 9~10월에 익는다. 나무껍질은 코르크를 만들거나 열매와 함께 약용한다.

7_ **《이아》에 … 중독시킨다** | 《이아》, 〈석목釋木〉에 나오는 말이다.

실려 있는데, 이는 어쩌면 원나무의 종류인가?

'엄나무'라고 하는 것은 가시나무이다. 온몸에 가시가 나 있고 잎은 단풍 같은데 더 크다. '팽나무'라고 하는 것은 나뭇결이 매우 메마르고 단단해서 (재목으로) 쓰기에 알맞다. 그 가지는 굴곡이 많고 역시 꽃도 있고 열매도 있는데, 무엇에 쓰는 나무인지 모른다. 혹자는 말하기를 "검팽黔彭이라는 것이 기특한 재목이다"라고 하니, 팽나무 또한 이와 비슷하면서 용도가 다른 것인가?

합환목

동산 가운데는 또한 합환목合歡木[1]이 많은데, 이는 밤에 꽃잎이 닫히는 꽃이다. '익분화鷁忿花'라고도 하고 '영화榮花'라고도 하는데, 긴 가지에 좁은 잎이 다른 나무와 다르면서 매양 꽃이 성개盛開할 때면 하늘거리는 모양이 마치 세속에서 말하는 금전지金剪紙[2] 수술과 같아서 매우 사랑스럽다. 《양생론養生論》에서 "사람으로 하여금 분忿을 내지 않게 한다(使人不忿)"[3]라고 한 것이 곧 이 나무이다.

1_ **합환목**合歡木 | 자귀나무를 말한다. 콩과의 낙엽 활엽 소교목. 높이는 3~5m 정도이고, 6~7월에 가지 끝에 연분홍색 꽃이 핀다. 가구와 수공 재료로 쓰이며, 껍질은 약재로 쓴다.

2_ **금전지**金剪紙 | 보자기의 네 귀나 끈에 다는 금빛이 나는 종이로 만든 장식품을 말한다. 방승方勝이라고도 한다.

3_ **《양생론**養生論**》에서 … 않게 한다** | 중국 진晉나라 죽림칠현竹林七賢의 한 사람인 혜강嵇康은 합환목을 자기 집 앞에 심었다고 한다. 그의 저서 《양생론》에서 "합환목은 분을 삭이게 하고, 훤초는 근심을 잊게 한다(合歡蠲忿, 萱草忘憂)"라고 하였다.

비슷하게 생긴 나무들

떡갈나무 · 소리참나무 · 참나무

나무 중에 서로 비슷하면서 같지 않은 것이 있으니, 역櫟(떡갈나무)이니, 각〔槲〕(소리참나무)이니, 작柞(참나무)이니, 허栩(상수리나무)니, 서〔杼〕(굴참나무)니 하는 것으로, 《시전詩傳》의 주소註疏에서도 자세히 분변하지 못하였다.[1]

이제 우리말의 호칭대로 나누어보면 '떡갈나무〔德加乙木〕'라는 것은 잎이 넓고 껍질이 두꺼우며, 도토리는 깍지가 있어 둘러 싸고 있다. 이것이 《이아》에서 말한 역櫟나무이다. '소리참나무〔蘇里眞木〕'라는 것은 잎도 조금 작고 열매도 또한 작은데, 이것이 각〔槲〕나무이다. '참나무〔眞木〕'라는 것은 잎은 밤나무 같고, 열매는 조두皁斗라고 하여 매우 크다. 이것이 작柞나무이다.

작나무는 재목으로 쓰기에 적합하고, 역나무는 어부들이 그 껍질을 달여 그물에 물을 들이는데 검붉은색이 난다. 《한청문감》에는 작柞을 상橡이라 했고, 역櫟은 보리수〔婆羅樹〕라고 하였다.

1_ **역櫟이니 … 못하였다** | 《시경》, 〈진풍秦風 · 신풍晨風〉편의 "山有苞櫟"이란 시구와 관련하여 육기陸璣가 주석을 하였지만 확정하지 못한 것을 말한다. 《육씨시소광요陸氏詩疏廣要》, 卷上之下에 나오는 관련 원문을 소개한다. "苞櫟秦人謂 '柞爲櫟', 河內人謂 '木蓼爲櫟椒', 椒之屬也. 其子房生爲梂木, 蓼子亦房生."

비슷하게 생긴 나무들

참죽나무 · 가죽나무 · 옻나무 · 붉나무

나무 중에 같지 않으면서 서로 비슷한 것에 또 저樗(가죽나무)[1]와 칠漆(옻나무)이 있다. 그렇기 때문에 옛말에 이르기를, "춘櫄(참죽나무)[2]과 저樗와 고栲(붉나무)와 칠漆은 하나같이 서로 비슷하다"라고 하였다.

살펴보건대 춘櫄나무는 본래 춘杶 또는 춘椿으로 쓰는데, 〈우공禹貢〉 공안국孔安國의 전傳[3]에 이르기를, "나무가 저나무와 칠나무와 비슷하다"[4]라고 하였다. 혹은 춘橁나무라 하기도 한다. 《좌전左傳》에서는 "맹장자孟莊子가 춘橁나무를 베어서 공公의 거문고를 만들었다"[5]라고 하였

1_ **저樗** | 소태나무과 식물인 가죽나무를 말한다. 가죽나무는 참죽나무와 구분하기 힘들 만큼 생김새가 비슷하다. 정원수나 가로수로 많이 심는다. 소태나무과라는 이름에서 짐작할 수 있듯이 맛과 냄새가 지독하다. 뿌리와 껍질을 저근백피樗根白皮라 하여 한약재로 쓴다. 원산지는 중국이다.

2_ **춘櫄** | 멀구슬나뭇과의 낙엽 활엽 교목으로 참죽나무를 말한다. 대나무처럼 순을 먹는다 하여 참죽나무라고 한다. 새순은 식용으로 쓰며, 시골에서 울타리로 많이 심는다. 목재는 흑갈색이며, 무늬가 아름다워 가구재로 이용한다. 원산지는 중국이다.

3_ **〈우공禹貢〉 공안국孔安國의 전傳** | 공안국은 중국 한漢나라 때 사람. 자는 자국子國. 공자孔子의 11대손으로 《상서尙書》 고문학의 시조로 일컬어진다. 노魯나라의 공왕共王이 공자의 옛 집을 헐었을 때 과두문자蝌蚪文字로 된 《고문상서古文尙書》, 《예기禮記》, 《논어論語》, 《효경孝經》 등이 나왔는데, 당시 아무도 이 글을 읽지 못한 것을 공안국이 금문今文과 대조, 고증, 해독하여 주석을 붙였다. 공안국이 주석을 하였다고 하여 《공안국전孔安國傳》 또는 《공씨전孔氏傳》이라고도 한다.

4_ **〈우공禹貢〉 … 비슷하다** | 《서경書經》, 〈우공禹貢〉 52장에 보인다.

으니, 오늘날 속칭 '참충나무〔眞忠木〕'이다. 저樗나무는 〈빈풍豳風〉 육기의 소疏에 이르기를, "나무와 껍질은 모두 칠나무와 비슷하지만 잎의 색이 더 푸르고 냄새가 난다"[6]라고 하였다. 《장자莊子》에서 "울퉁불퉁하고 꾸불꾸불하다"[7]라고 한 것이니, 오늘날 속칭 '가충나무〔假忠木〕'이다. 때문에 《이아》에서는 산저山樗라 하였는데, 곽박의 주註에서 "저나무와 비슷한데 색이 조금 희고 산중에서 난다"[8]라고 하였다. 《시전詩傳》 육기의 소疏에는 "하전저下田樗와 다름없지만 잎이 조금 좁은 듯하다"라고 하였으니, 이는 오늘날 속칭 백가충나무〔白假忠木〕인 듯하다. 칠나무는 모양이 비록 서로 가깝지만, 즙이 있기 때문에 쉽게 분별된다.

지금 살펴보건대, 춘杶나무는 목질이 붉고 단단하여 재목으로 쓰기에 알맞아서 공貢으로 바치는 것이 당연하다. 저樗나무는 냄새가 나는데다 부실하여 그 종류가 본래 천하므로 땔감으로 쓰기에 적당하다. 고栲나무는 결이 오동나무처럼 부드럽고 질기며 단단하여 수레바퀴를 만들 만하다고 칭하는 것이 또한 마땅하다. 우리나라에서 도조度祖의 휘를 피하여[9] 춘椿을 충忠으로 읽기 때문에 '진충眞忠'·'가충假忠'·'백가충白假忠'이라 하여 구분한다. 네 가지 나무는 성질이 바닷가에서 자라기에 적당하기 때문에 매양 시골 사람들의 울타리로 집을 둘러 숲을

5_ **《좌전左傳》에서는 … 만들었다** | 《좌전》, 〈양공襄公 18년〉조의 기사이다.

6_ **〈빈풍豳風〉 … 냄새가 난다** | 〈빈풍〉은 《시경詩經》 15, 국풍國風의 하나. 육기의 《육씨시소광요》, 〈채도신저采荼薪樗〉조에 이와 관련된 기록이 보이니, "樗樹及皮, 皆似漆, 青色耳. 其葉臭"라고 하였다.

7_ **《장자莊子》에서 … 꾸불꾸불하다** | 《장자莊子》, 〈소요유逍遙遊〉에 보이는 구절이다.

8_ **《이아》에서는 … 산중에서 난다** | 《이아》, 〈석목釋木〉 곽박의 주註에 나오는 내용이다. "栲似樗色小白, 生山中, 因名云. 亦類漆樹."

이룬 것을 많이 볼 수 있다. 춘나무의 어린잎으로 나물을 만들면 또한 향기와 맛이 매우 좋다고 한다. 혹은 말하기를 "저나무와 고나무는 근본이 같은데, 큰 것은 고나무이고 작은 것은 저나무이다"라고 한다.

9_ **도조度祖의 휘를 피하여** | 도조는 조선조 태조 이성계의 조부. 이름은 춘椿인데, 태조 즉위 후 도왕度王에 추존되었다. 조선왕조 오백 년 동안 도조의 이름자인 '椿'을 기휘하여 '春'으로 사용하던 것이 관례였다.

뜰에 심은 수양버들

내가 사는 집에는 본래 수양버들〔柳樹〕이 없었다. 처음에 채찍처럼 긴 가지 둘을 뜰가에 꽂아두었더니, 여러 해 되지 않아서 실가지를 드리우고 그늘을 이루었다. 무성하게 되었을 때 매양 가지를 베어서 옮겨 심기를 한 지 이제까지 이십 년이 되었는데, 무릇 크고 작은 이삼십 그루의 수양버들을 얻었다. 그런데 처음 심었던 두 나무는 이미 늙어 썩어 버렸다. 매양 한번 돌아보매 금성지탄金城之歎[1]을 금할 수 없다. 대개 쉽게 자라는 것은 쉽게 늙는가 보다.

1_ **금성지탄**金城之歎 | 중국 진晉나라 환온桓溫이 강릉江陵에서 북벌北伐을 하러 떠날 적에, 금성金城을 지나가다가 젊어서 낭야瑯琊 지방관으로 있을 때 자신이 심었던 버드나무들이 모두 아름드리가 된 것을 보고 감개하여 "나무가 오히려 저렇게 컸는데 사람이 어떻게 늙지 않고 배기겠는가?" 라고 하며 가지를 잡고 눈물을 흘렸다는 고사가 있다. 흔히 '금성읍류金城泣柳'로 쓴다. 《진서晉書》, 〈환온전桓溫傳〉 참조.

양과 류에 대하여

양楊(버드나무)과 류柳(수양버들)는 옛사람이 분변하여 밝혀 놓았는데, 나는 "양과 류가 그 근본은 하나로서, 양을 거꾸로 심으면 류가 되고, 류를 거꾸로 심으면 양이 된다"라고 말한다. 양은 잎이 넓고 가지가 딱딱하여 빳빳이 일어나는 것이고, 류는 잎이 길고 가지가 연하여 휘늘어지는 것인데, 내가 한 그루를 가지고 나누어 심어 시험해보니, 과연 그러하였다.

물가의 붉은 류〔赤柳〕에 대해서는 옛사람들이 정檉이라 불렀는데, 《이아익》에서는 "잎이 실같이 가늘어 하늘거리는 모양이 사랑스럽다"[1] 라고 하였다. 또한 오늘날의 붉은 양〔赤楊〕과는 같지 않고, 오늘날의 위성류渭城柳[2]라고 하는 것과 비슷하다. 내가 위성류 한 가지를 얻어 심었더니, 매양 꽃 피고 잎이 드리워질 때 바라보면 연무烟霧와 같아서 참으

1_ **《이아익》에서는 … 사랑스럽다** | 나원羅願의 《이아익》, 〈석초釋草 · 운芸〉조에는 관련 내용이 다음과 같이 있다. "仲冬之月, 芸始生, 芸香草也. 謂之芸蒿似邪蒿, 而香, 可食其莖幹, 婀娜可愛, 世人種之中庭."

2_ **위성류渭城柳** | 위성류과의 낙엽 활엽 교목. 높이는 5m 정도이며, 잎은 어긋나고 가늘며 잿빛을 띤 녹색이다. 여름에는 묵은 가지에, 가을에는 새 가지에 엷은 붉은색 꽃이 총상 꽃차례로 피고, 가을 꽃이 열매를 맺는데 삭과蒴果이다. 가지와 잎은 약용하고, 정원수로 재배한다. 한국, 중국 등지에 분포한다. 성류城柳라고도 한다.

로 사랑스럽다. 붉은 양은 곧 양수척楊水尺[3]이 짜서 버들고리를 만드는 것인데, 옛날에 갯버들〔蒲柳〕이라고 하던 것이 이와 비슷할 것이다. 《비아埤雅》에서 "양楊에는 누른 것, 흰 것, 푸른 것, 붉은 것의 네 종류가 있다"[4]라고 하였는데, 기실 네 가지 뿐만은 아닐 것이다.

3_ **양수척**楊水尺 | 후삼국 고려시대에 떠돌아다니면서 천업에 종사하던 무리. 대개 여진의 포로 혹은 귀화인의 후예로서 관적貫籍과 부역이 없었고, 떠돌아다니면서 사냥을 하거나 고리를 만들어 파는 것을 업으로 삼았다. 이들에게서 광대 · 백정 · 기생 들이 나왔다고 한다.

4_ **《비아**埤雅**》에서 … 있다** | 《비아》 권13, 〈석목釋木〉에 나오는 내용으로 "《埤雅》云: '楊有黃白青赤四種, 惟黃楊貴, 堅緻難長, 俗語黃楊厄閏, 楊之孚甲, 早於衆木, 昏姻失時, 則曾木之不如也'"라고 하였다. 《비아》는 중국 북송北宋의 학자 육전陸佃이 편찬한 《이아》의 주석서이다. 총 20권으로 이물異物에 관한 설명이 많고, 물명의 유래를 자세히 설명한 것이 특징이다.

내가 심은 나무들

내가 이미 시골에 살게 됨에 시끄러운 데 일이 없고, 오로지 곽탁타郭橐駝의 사업[1]에 뜻을 두게 되었다. 전후로 심은 것이 소나무 오백여 그루, 떡갈나무 백여 그루, 산뽕나무 삼사십여 그루, 버드나무 삼십여 그루, 수유나무 대여섯 그루, 복숭아나무 이십여 그루, 살구나무 네다섯 그루인데, 오얏나무도 같은 숫자이고, 앵두나무 사십여 그루, 감나무 십여 그루, 밤나무 대여섯 그루, 대추나무 서너 그루, 고욤나무〔牛奶柿〕 네댓 그루, 모란 예닐곱 그루, 참죽나무 십여 그루, 가죽나무 대여섯 그루이고, 옻나무 뿌리가 절로 돋아난 것이 오륙십 그루, 오동나무 한 그루, 장미 서너 뿌리, 해당화 한 그루, 무궁화 한 그루, 산단화 서너 그루, 전나무 서너 그루, 조피나무 한 그루, 산앵두나무 한 그루, 두릅나무 한 그루, 위성류나무 한 그루, 두견화 서너 뿌리, 두충나무 한 그루, 산사나무 두 그루, 석류나무 대여섯 그루이니 심은 것이 무릇 삼십

1_ **곽탁타郭橐駝의 사업** | 나무를 심고 기르는 일을 말한다. 곽탁타는 중국 당나라의 문인 유종원柳宗元(773~819)이 지은 〈종수곽탁타전種樹郭橐駝傳〉의 입전立傳 인물로, 나무를 심고 기르는 일을 업業으로 삼았던 사람이다. 나무를 아주 번성하게 잘 길렀는데, 오직 나무의 천성을 거스르지 않고 그대로 온전히 간직하게 함으로써 나무들이 절로 번성하였다고 한다.

여 종류이다. 혹은 그 열매를 취하고, 혹은 그 꽃을 취하고, 혹은 그 재목을 취해서이다. 대개 취할 만하지 못하거나 취할 만하고가 없는 것들이다.

소나무의 종류

세상에서 보통 쉽게 분변할 수 있는 것으로 소나무보다 흔한 것이 없지만, 소나무의 종류가 이미 많은 데다 소나무 종류의 이름도 다양하여, 이것 또한 적확하게 알기가 어려운 점이 있다.

이제 무릇 소나무 종류의 이름을 '송松'이라 하고, '백柏'이라 하고, '괄栝'이라 하고, '종樅'이라 하고, '삼杉'이라 하고, '회檜'라고 한다. 회檜는 백柏의 잎에 송松의 몸을 한 것이고, 삼杉은 송松과 비슷하며, 종樅은 송松의 잎에 백柏의 몸을 한 것이고, 괄栝은 회檜와 같은 것이다. 이 백柏의 잎에 송松의 몸을 한 것과 송松의 잎에 백柏의 몸을 한 것이 송松의 잎에 송松의 몸을 한 것과 백柏의 잎에 백柏의 몸을 한 것과 더불어 무릇 네 가지 종류가 되는 것이다.

대저 소나무의 종류에 '백자柏子'라 부르는 것이 있고, '측백側柏'이라 부르는 것이 있고, '익가목益價木'이라 부르는 것이 있고, '향목香木'이라 부르는 것이 있고, '노가재老家材'라 부르는 것이 있고, '전목殿木'이라 부르는 것이 있고, '적목赤木'이라 부르는 것이 있어서 송松과 아울러 모두 여덟 종류가 된다.

이 때문에 혹은 우리나라의 소나무는 참 소나무가 아니라고 의심하는 논의가 있다. 곧 심상한 송松과 백柏이지만 오히려 쉽게 알 수 없기 때문이니, 대개 소나무는 송松이고, 측백은 백柏이고, 백자柏子는 해송海松이고, 전나무〔椴木〕는 회檜이고, 익가목은 삼杉이고, 향나무는 자단紫檀이고, 노가재는 종樅이다. 그 이외는 알 수 없다. 요사이 사람들이 해송자海松子를 '백자栢子'라고 부르는 것은 또한 괴이하다.

소나무 가운데에 또 '해송海松'이라는 것이 있어 산에 있는 소나무와는 다른데, 자못 줄기가 길고 벌레가 없다.

장청사

소나무는 모든 나무의 으뜸이다. 그 재목됨이 인간에게 있어 크게는 관곽棺槨으로 임종臨終을 후하게 하고, 다음으로 동량棟梁의 막중한 임무가 모두 소나무에 의존하게 되니, 곧 조율棗栗의 열매나 도리桃梨의 꽃보다 실로 중요함이 있다.

생각건대, 그 나무가 단단하고 곧은 데다 중심이 있어 베면 다시 싹이 돋지 않으며, 심으면 쉽게 줄기가 자라지 않기 때문에 힘써 기르고 보호하지 않으면 많은 쓰임에 공급되기가 어렵다. 그렇기 때문에 국가에서는 금법禁法을 두어 감히 함부로 베지 못하게 하여 그 범죄를 소의 밀도살密屠殺, 밀주密酒와 같이 법령法令[1]에 실어두었다. 그러나 금하는 법망이 해이해져 곧 소나무가 날로 동탁童濯[2]하게 되어 버린다면 진실로 온 나라의 우환憂患이 된다.

우리 고장은 바닷가 고을이다. 그 토양이 소나무에 적합하여 구릉 사

1_ **법령**法令 | 원문의 "영병令丙"은 영갑令甲·영을令乙과 함께 법령의 별칭이다. 중국 한나라에서 영갑令甲·영을令乙·영병令丙으로써 법령의 편차編次를 삼았기 때문이다.

2_ **동탁**童濯 | 목동이 소와 양을 끌어들임으로써 산이 반질반질하게 된 모양을 일컫는 말이다. 《맹자孟子》, 〈고자告子〉 상편의 '우산지목牛山之木' 장에 나온다. 우산의 임목이 아름다웠으나 부근斧斤과 우양牛羊이 해치므로 본래 모습을 잃어버린 것처럼, 사람의 양심이 본래 모든 사람에게 있는데 물욕에 의해 소멸됨을 비유하는 말로 쓰였다.

이 숲과 산자락 언저리에 심지 않아도 절로 나고, 기르지 않아도 절로 자라, 바라보매 울울창창하여 아름답게 보인 것이 오래되었다. 불을 때는 가호家戶가 점차 조밀해져서 인심이 옛만 못하고, 소금 달이는 솥이 점차 널리 퍼져 땔감 마련하는 일이 더욱 궁색해지자, 큰 것은 큰 도끼와 작은 도끼의 침탈로 곤핍해지고, 작은 것은 섶의 용도에 다 들어가 일찍이 얼마 되지 않아 산은 모조리 까까머리처럼 되어 꽃바다 한 변두리가 온통 벌거숭이 상산湘山[3]과 다름없게 되었다. 시골 사람들이 이로써 크게 반성하여 결사結社를 통하여 보호하려 하였으니, 또한 향리에서 금법을 제정하여 무엇을 길렀던 전례前例에 따른 것이다. 모임이 이미 결성됨에 내가 '장청사長靑社'라 이름을 지어 그 약속을 다짐하여 엄하게 하였다.

매일 사社 중 두 사람씩 윤번으로 산을 순찰하여 몰래 베는 짓을 꾸짖어 금하게 하되, 게을리 하여 힘쓰지 않는 자를 벌하고, 사사로이 용서하는 자가 있으면 벌하되, 벌은 몰래 베는 자와 동일하게 하였다. 매년 4월과 10월에 사社에서 한 번 회합하여 능부能否를 계고稽考하는데, 회합시에 주정을 부리거나 시끄럽게 떠드는 자를 벌하고, 자리에 앉을 때 차서次序를 잃거나 횡포한 의론을 야기하는 자도 벌하였다. 매년 봄가을에 사社 구성원의 소나무 심는 성적을 고과考課하여 '부否'에 해당하는 자를 벌하였고, 사내社內에 혼인이나 초상이 있을 때는 매 사람이 쌀 두 되를 내어 돕되 위반하는 자를 벌하였고, 사社 회합시에 나오지

3_ **벌거숭이 상산湘山** | 상산은 중국 동정호洞庭湖 안에 있는 큰 산인데, 진 시황秦始皇이 동정호에서 노닐 때, 풍랑이 일자 상군湘君의 방해라고 여겨 그 사당이 있던 상산의 나무를 모조리 베었기 때문에 벌거숭이가 되었다고 한다. 상군은 상수湘水의 신神으로, 요堯임금의 두 딸인 아황娥皇과 여영女英이 죽어서 이 신이 되었다고 한다.

않거나 늦게 온 자를 벌하되, 벌은 상·중·하의 등급을 두었다. 양송養松을 하였던 곳은 대현大峴과 방곡芳谷과 채경茱逕과 고령苦嶺과 해정海亭[4] 등이었고, 너비는 사오 리 정도였다.

4_ **대현**大峴**과 … 해정**海亭 | 이옥의 본가가 있는 매화동 앞쪽에 '채경茱逕'이라는 지명이 있는 것으로 보아, 장청사長靑社가 조직되어 양송養松을 한 지역이 그 일대인 듯싶다.

수유나무

수유茱萸나무는 세 종류가 있으니, '오수유吳茱萸'와 '식수유食茱萸'와 '산수유山茱萸'라고 한다. 의서에서는 모두 "복용의 효과가 있다"라고 하였지만, 오수유는 내가 아직 보지 못하였고, 식수유는 내가 아직 알지 못한다. 그런데 산수유는 일찍이 백문白門[1]에 살 때 뜰에 한 그루가 있어서 익숙히 보고 그 열매를 먹은 적이 있다.

시골집에 나무 한 그루가 있어 수유라고 하는데, 여름에 자잘한 흰 꽃이 피고 가을에 열매를 맺는다. 알맹이는 보리쌀보다 약간 크고, 씨방은 홍적색이며 익으면 저절로 터진다. 씨는 새까맣고 냄새가 심하여 다만 기름을 짜서 등잔불을 켜는 데나 알맞다. 내가 알지 못하겠으나 이 열매가 식수유인가? 그 냄새가 이미 고약한즉, 다만 '식食'이란 글자를 이름에 붙인 것은 불가할 듯하다.

《초사楚詞》에 이르기를, "살椴이 또 향낭香囊에 채워지려 한다"[2]라고 하였지만, 살椴은 진실로 향기로운 물건이 아니다. 그리고 《설문說文》

1_ 백문白門 | 서울 서대문을 가리킨다. 백白은 오행五行에서 서쪽에 해당하기 때문인데, 이옥은 〈강철에 대한 논변〉·〈나의 옛집, 남상서의 담용정〉이라는 글에서 백문 성城 근처에서 살았다는 얘기를 한 적이 있다.

에는 "수유와 비슷한데 회수淮水 남쪽에서 난다"[3]라고 하였고, 《당운唐韻》[4]에는 "수유와 비슷한데 열매가 붉다"라고 하였다. 《이아》에 "초椒와 살榝은 구茱와 비슷하다"라고 하였고, 그 주註에서 "구茱는 수유의 씨앗이 모여나서 방을 이룬 모양이다"라고 하였으며, 그 소疏에서 열매는 모두 구茱 깍지가 있어 스스로 싸고 있다"[5]라고 하였다. 이제 살펴보니, 이 나무의 모양이 이미 수유와 비슷하고, 열매의 방이 이미 붉은데, 그것이 아직 터지지 않았을 때는 또한 모두 구茱 깍지가 스스로 싸고 있고, 모여나서 방을 이루고 있으니, 이것이 《초사》에서 말한 살榝인가?

매양 서리가 내린 후에는 고운 홍색과 연붉은 적색이 멀리서 보기에 꽃과 같으니, 곧 옛사람들이 9월 9일 중양절重陽節에 머리에 꽂은 것이 또한 이 수유인가? 그 기름은 몹시 독하기 때문에 오래 태우면 눈을 해롭게 하고, 또 이〔蝨〕를 제거할 수 있다고도 한다.

2_ **《초사楚詞》에 … 채워지려 한다** | 중국 초나라 굴원屈原의 〈이소離騷〉에 나오는 "산초가 아첨하여 오만하고 음란함이여, 수유가 또 향주머니를 채우려 하도다(椒專佞以慢慆兮, 榝又欲充夫佩幃)"라는 구절에서 인용하였다. 산초는 원래 향기로운 식물로써 군자에 비유되지만, 〈이소〉에서는 절개를 지키지 못하고 변절한 모습으로 형상되었고, 수유는 본디 악취가 나는 물건으로 간신에 비유되어 당시 조정을 모두 채우려 하는 사태를 한탄하고 있다. 《초사》는 굴원의 사부辭賦를 주로 하고, 그의 작풍을 이어받은 그의 제자 및 후인의 작품을 모아 엮은 책이다.

3_ **《설문說文》에는 … 남쪽에서 난다** | 《설문해자說文解字》에 '릉菱'자를 설명한 조에 보인다.

4_ **《당운唐韻》** | 중국 당나라의 손면孫愐이 집성한 운서韻書. 수隋나라 육법언陸法言의 《광운廣韻》을 간정刊定한 것이라 하며, 총 4만 5,000여 자字에 달한다.

5_ **《이아》에 … 싸고 있다** | 《이아주爾雅注》, 〈석목釋木〉 제14에 보인다.

계족과

내가 용호龍湖[1]에 있을 때 뜰에 이름 없는 나무 한 그루가 있었는데, 가지나 잎과 꽃이 수유茱萸나무와 비슷하였다. 가을에 열매를 맺으면 열매에 네 각이 있고, 색은 붉고 맛은 새콤달콤하였다. 혹은 "이것이 계족과雞足果이니 매우 희귀한 종류이다"라고 하는데, 아마도 또한 수유의 한 종류인가?

1_ **용호龍湖** | 서울의 용산 앞을 흐르는 강을 용산강 또는 용호龍湖라 부르기도 하였다. 앞의 〈채소 이야기 · 가지〉편에 "내 집이 용산에 있을 때(余家在龍山時)"라고 언급한 대목이 있다.

두충나무

담가에 작은 나무가 있어 잎이 두껍고 넓으며, 겨울에도 능히 푸르다. '두충杜冲'이라고 하는데 나는 모르겠지만, 이것이 《본초》에서 말한 '두중杜仲'이라고 하는 것인가? 아니면 '두충杜冲'이 아닌데, 별칭으로 '두충杜冲'이라고 하는가? 의가醫家에서는 또한 일찍이 두중杜仲을 두충杜冲이라고 하였다.

나무의 성질

오행五行은 모두 성정性情과 형체形體가 있지만 지각知覺은 없는 것으로, 오충五蟲[1]이 능히 운동하고 지각이 있는 것과는 다르다. 그런데 오행 가운데 오직 나무만은 지각이 있는 것에 가장 가까우니, 계절에 따라 피고 지는 것은 나고 죽는 것과 같고, 바람에 따라 흔들리거나 고요해지는 것은 가고 멈추는 것과 같으며, 종자種子를 서로 전하는 것은 자손을 잇는 것과 같다.

이제 한 나무에 대해 자세히 관찰해보면, 그 가지와 줄기가 굽고 휜 것은 길짐승들이 잡고 움키는 것과 같고, 뿌리가 서리고 엉킨 것은 뱀이나 이무기가 똬리를 트는 것과 같고, 꽃과 잎이 깨끗하고 빛나는 것은 날짐승들이 자태를 뽐내는 것과 같으며, 껍질과 씨가 단단한 것은 갑각동물의 껍데기가 골질骨質인 것과 같고, 원 몸통이 우뚝한 것은 사람이 바로 서 있는 것과 같으니, 오행 가운데 형태가 생물生物에 가까운 점은 오직 나무에서 많이 볼 수 있다.

아마도 지각이 오행 가운데 가장 발달되어서 형상形狀이 그러한 것

1_ **오충**五蟲 | 형태에 따라 분류한 다섯 종류의 벌레. 비늘이 있는 인충鱗蟲, 날개가 있는 우충羽蟲, 털이 있는 모충毛蟲, 털 날개가 없는 나충裸蟲, 딱딱한 껍질이 있는 개충介蟲을 이른다.

인가? 그러므로 잡초에게 하는 것처럼 가벼이 베거나 칠 수 없다. 비단 쓰임이 있음을 아껴서만이 아니고, 또한 살생殺生의 유類에 가까우니, 경계하지 않을 수 있으랴!

나무의 암수

세속에 전하기를, "은행銀杏은 암수의 이치理致가 있기 때문에 반드시 서로 마주 조응照應한 다음에라야 꽃이 피고 열매가 맺힌다"라고 하는데, 이는 진실로 알 수가 없다. 그런데 일찍이 수목을 관찰해보니, 열매를 맺을 수 있는 것과 열매를 맺지 못하는 것이 있었다. 노송나무나 산뽕나무 따위는 동일한 나무이면서도 어떤 것은 씨를 맺지 못함으로써 그렇다는 것이 징험된다. 세속에 "씨를 맺는 것이 암컷이고, 씨를 맺지 못하는 것이 수컷이다"라고 하는 것도 또한 괴이할 것이 없다. 《예기禮記》에 수마〔牡麻〕와 암마〔牝麻〕가 있고,[1] 옛말에 "석남石楠나무에 암수가 있다"라고 하였다.

1_ **《예기禮記》에 … 있고** | 《주례전경석원周禮全經釋原》 권5, 〈지관地官〉에 "入者爲牡, 出者爲牝"이라는 내용이 보인다.

계수나무

《본초》에 이르기를 "계수桂樹나무는 3, 4월에 꽃이 피는데, 완전히 수유나무와 비슷하다"[1]라고 하였다. 그렇다면 내가 비록 계수나무의 꽃을 아직 보지는 못하였으나, 계수나무의 꽃이 진실로 그다지 보잘 것은 없을 것이다. 옛사람들이 국향國香이다, 선파仙葩다[2] 하여 문자로 과장하고 시가詩歌로 야단스럽게 표현하여 달 가운데나 하늘 위에 있는 것으로 꾸미기까지 한 것은 너무 지나친 것이 아니겠는가? 아마도 그 나무의 맑은 향취가 세상에 빼어나다 하여 그 꽃까지 아울러 일컬은 것이 아닐까?

나무를 사람에다 비유한다면 향기는 덕德이요, 꽃은 기예技藝이다. 덕이 있는 사람은 그 글이 반드시 드러나고, 덕이 없는 사람은 그 글이 반드시 묻힌다. 이것이 계수나무의 꽃을 일컫게 된 까닭이다. 그렇다면 계수나무의 꽃은 충신忠臣·열사烈士·효자孝子·정부貞婦가 한 조각의 글이나 한 자의 글씨만으로도 후세에 광채를 드리우게 됨을 비유한 것인가?

1_ **《본초》에 … 비슷하다** | 《본초강목本草綱目》 권34, 〈모계牡桂〉조에 보인다.
2_ **국향國香이다, 선파仙葩다** | 계수나무를 미화하여 일컫는 말이다.

듣건대, "대궐 안에 계수나무 한 그루가 있는데, 연경燕京에서 사 온 지 십여 년이 되었다"고 한다.

솔 마디와 송진의 생약 효능

내가 일찍이 솔잎을 복용하고자 하였더니, 성질이 조급해진다고 하는 사람이 있어 실행하지 못하였다. 일찍이 그 마디를 채취하여 술을 빚었더니 골절풍骨節風에 이로울 뿐만 아니라, 그 맛이 향기롭고 강렬하여 죽순주竹筍酒와 다름이 없었다.

일찍이 소나무 위의 푸른 이끼를 벗겨 화기火氣로 살라 보았더니, 냄새는 육포의 누린내가 나서 맡을 수가 없었고, 연기도 또한 동그랗게 맺히는 것을 보지 못하였다. 옛사람들이 애납향艾蒳香[1]을 중히 여겼던 까닭을 알 수 없다. 그 기름을 창구瘡口에 바르면 쉽게 아문다. 다만 상한 살이 제거되지 않았으면 가볍게 사용할 수가 없으니, 반드시 상한 살을 감싸면 살가죽이 새로 생기게 될 것이다.

1_ **애납향**艾蒳香 | 소나무 껍질에 기생하는 푸른 이끼를 가공하여 만드는 향의 이름이다. 일명 낭태狼苔라고도 하는데, 여러 가지 향과 함께 피우면 연기가 흩어지지 않고 둥글게 올라가는 모양이 아름답다고 한다.

느릅나무의 종류

세상 사람들이 느릅나무를 괴槐라고 하는데, 대개 느릅나무의 종류는 매우 다양하다. 육기의 소疏에서는 "느릅나무에 열 종류가 있으니, 잎은 같고 껍질이 다르다"라고 하였고, 《이아》에서는 "세 가지 느릅나무가 있다"라고 하여 다음과 같이 설명하였다.

"하나는 '추藲'인데, 지荎이다. 곽박의 주註에서 '오늘날 자유刺楡라고 하는 것으로, 〈산유추山有樞〉[1]의 추樞이다'라고 하였다. 하나는 '무고無姑'이니, 그 열매는 '이夷'이다. 곽박의 주에서 '무고無姑는 고유姑楡이고, 이夷는 무이蕪荑이다'라고 하였다. 하나는 '유楡'인데, 백분白枌이니, 〈동문지분東門之枌〉[2]의 분枌이다."

또 《본초》에 대유大楡와 낭유榔楡가 있다고 하니, 느릅나무의 종류는 많은 것이다. 이 때문에 세상 사람들은 다만 '백분만을 느릅나무'라 부르고, 오늘날 '귀목歸木'이라고 부르는 것이 곧 느릅나무인 줄을 알지

1_ **〈산유추山有樞〉** | 《시경》, 〈당풍唐風〉의 편명. 첫 수는 "山有樞, 隰有楡. 子有衣裳, 弗曳弗婁. 子有車馬, 弗馳弗驅. 宛其死矣, 他人是愉"이고, 주자의 주註에서 '추樞'에 대한 설명으로 "樞, 荎也, 今刺楡也"라고 하였다.

2_ **〈동문지분東門之枌〉** | 《시경》, 〈진풍陳風〉의 편명. 첫 수는 "東門之枌, 宛丘之栩. 子仲之子, 婆娑其下"이고, 주자의 주註에서 '분枌'은 "白楡也, 先生葉, 卻著莢, 皮色白"이라고 풀이하였다.

못한다. 《한청문감》에는 자유刺楡를 시무나무〔葸蕪木〕라 하였으니, 시무나무는 또한 귀목과 서로 비슷하면서 다른 것이다.

대저 세속에서는 평범한 수목에서도 또한 이름과 모양이 다른 경우가 많다. 그렇기 때문에 흔히 박달朴達이 색棟이라는 것과 수청水青이 추樞이며, 이신梨新나무는 오다烏茶이고, 뉴목杻木은 형조荊條이며, 황백黃栢이 난목煖木이라는 것을 알지 못하니, 오히려 어찌 괴槐와 유楡를 분변할 수 있겠는가?

— 이상 김명균 옮김

계癸 — 풀 이야기 談艸

칡끈

바닷가 고을 사람이 칡〔葛〕으로 생업을 삼는 자들이 많다. 매양 5월에서 6월로 넘어갈 무렵 칡 줄기가 뻗어나면 나가서 캐는데, 그 줄기와 잎사귀를 쳐내고 구불구불 말아서 가지고 온다. 그 머리를 두드려 찧고 이로 그 속을 씹어 으깨어, 손으로 껍질을 잡아당기면 껍질이 꼬리까지 벗겨진다. 그 껍질을 잘라 묶어서 물속에 하루나 이틀 담가두어, 전체에 물이 스며들어 부드러워지기를 기다렸다가, 비로소 작은 요엽도蓼葉刀[1]로 그 안팎을 깎아내면 누런 표피와 푸른 막이 발 아래 수북이 쌓인다. 그러면 비로소 칡 껍질이 하얗게 되어 밝고 깨끗함이 종이끈〔紙條〕같다. 이를 일러 '청올치靑兀致'라고 하는데, 올치란 올해 물건을 이르는 말이다.

이에 이를 꼬아서 끈을 만드는데 자리를 짤 수도 있고 그물을 엮을 수도 있다. 끈을 만들지 않고 파는 것은 한 근에 삼십 전이고, 끈으로 만든 것은 열 발에 일 전이다. 한 근을 사서 끈으로 꼬면 오륙백 발을

1_ **요엽도**蓼葉刀 | 손에 쥘 만한 단도를 말하는 듯하다. 《수호전水滸傳》에 "水底下鑽出十數人來, 都是口銜著一把蓼葉刀"(106회), "當晩張橫點了小船五十餘隻, 每船上只有三五人, 渾身都是軟戰, 手執苦竹鎗, 各帶蓼葉刀"(64회) 등의 용례가 보인다.

만들 수 있는데, 손이 날랜 자는 날마다 이십여 전어치를 꼴 수 있다. 공력은 매우 더디고 이문이 매우 작지만 전력을 다해 일하면 한 해에 만여 전을 모을 수 있다. 그러므로 칡으로 생업을 삼는 집은 방 천장에 빙 둘러 나무 갈고리를 걸어 놓고 앉거나 누워서 쉬지 않고 칡을 꼰다. 심지어 부인네들도 삼베 짜듯이 칡을 꼰다.

술독을 없애주는 칡

의서醫書에 칡을 일컬어, "꽃은 술독을 없애주고, 잎은 금창金瘡[1]을 낫게 한다"라고 하였다. 내 친구 한 사람이 술을 좋아하는데, 아이종을 시켜 칡꽃을 따 오도록 하였다. 아버지가 그것을 캐는 이유를 묻자, 친구가 대답하였다.

"약으로 씁니다."

무슨 약으로 쓰느냐고 묻자, 친구는 한참 있다가 말하였다.

"술로 생긴 병을 치유합니다."

그러자 아버지가 말하였다.

"더욱 묘한 약이 있으니, 네가 술을 마시지 않으면 병도 나지 않을 것이다."

칡뿌리의 가루 또한 술을 깨게 하는데, 친지 한 사람이 일찍이 산골짜기의 칡가루를 얻어서, 술을 마신 다음에는 매양 이것으로 죽을 만들어 먹었다. 칡가루가 떨어지자 부인이 율무 가루를 사다가 죽을 쑤어주었는데, 한참 지나서야 비로소 이를 알고는 말하였다.

"요즘 술이 빨리 깨지 않아서 이상하게 여겼더니, 본래 율무 가루였

1_ 금창金瘡 | 칼이나 창에 찔려 난 상처.

구려.”

내가 이 말을 듣고는 웃으며 말하였다.

“옛사람이 쌀뜨물을 술로 알고 마시고는 술주정을 하였더니, 그 딸이 들추어 말하기를, ‘쌀뜨물을 먹고도 술에 취하십니까?’라고 하자, 그 사람이 이에 겸연쩍어 자리를 뜨면서 말하길, ‘술기운이 크게 나오지 않음이 내 이상하더라’ 하였다 한다.”

이 일은 꼭 정반대의 경우가 되니, 이미 술을 마셨으면 마신 것이지, 어째서 꼭 칡꽃이나 칡가루로 빨리 깨어나려고 하는 것일까?

양부래

권시卷葹는 양부래羊負來(도꼬마리)로, '무심초無心草' · '창이蒼耳' · '시이枲耳'라는 이름으로도 불리니, 곧 이적선李謫仙(이백)이 밤에 취하여 깔고 누웠던 그 풀[1]이다. 그 열매는 '도인두道人頭'[2]라고 하는데, 그 속에 두 개의 판瓣이 있어, 그중 하나가 먼저 발아하여 어린 싹이 돋아나 땅에서 겨우 한 자 남짓 자라면 다시 떨어져 땅속으로 들어간다. 그리고 이듬해에 남은 하나가 다시 발아하여 어린 싹이 돋아나므로 뜰 안에 늘 울창하게 숲을 이루어서 김매어 없애기가 가장 어려운 풀이다. 또 그 성질이 악실惡實(우엉의 씨)과 비슷하여 잘 달라붙기 때문에 말갈기나 개꼬리에 주렁주렁 매달려 있으니, 참으로 양부래羊負來[3]라 불릴 만하다.

1_ **이적선李謫仙(이백)이 … 그 풀** | 이백李白의 〈기원십이수寄遠十二首〉 아홉 번째 시에 "長短春草綠, 緣堦如有情. 卷葹心獨苦, 抽却死還生. 覩物知妾意, 希君種後庭. 閒時當採掇, 念此莫相輕"이라 하였으며, 《예문유취藝文類聚》, 〈남월지南越志〉에 "寧鄕縣, 草多卷葹, 拔心不死, 江淮間謂之宿莽"(《이태백집주李太白集注》 권25)이라는 주가 보인다. 이로 미루어 권시卷葹가 '숙망宿莽'이라는 별칭으로도 불렸음을 알 수 있으나, 이백이 밤에 취하여 깔고 누웠다는 사실은 알 수가 없다.

2_ **도인두道人頭** | 도꼬마리의 씨앗을 일컫는 말로 창이자蒼耳子라고도 한다. 간肝의 열을 치료하고 눈을 밝게 하는 효능이 있으며, 절구에 짓찧어 가시를 없애고 약간 볶아서 약용으로 쓴다.

3_ **양부래羊負來** | 양부래의 어원에 대해서는 옛날 중국의 낙수洛水 지방에서 양을 몰고 촉蜀나라로 들어가는 사람들이 많았는데, 이 씨앗이 양털에 달라붙어서 옮겨갔기 때문에 양부래羊負來라 불린다는 설이 있다.

내가 일찍이 이것을 매우 싫어 하여 나오는 족족 뽑아내고 다른 데에 옮아가 자라지 못하도록 한 적이 있다. 그렇지만 의서에서는 양부래가 풍風을 다스리고 종기를 치유하며, 뱀에게 물린 데에 쓰면 효능이 있다고 하니, 또한 다 없앨 수는 없는 것이다. 어떤 사람이 말하길, 잎을 삶아 밥을 싸 먹으면 매우 향기로워 곰취〔熊翠〕의 느낌이 있다고 하여, 시험해보니 과연 그러하였다. 우리말로는 '도꼬마리〔獨苦抹〕'라고 한다.

궁궁이

〈이소離騷〉에 이르길, "강리江蘺와 벽지辟芷를 허리에 찬다"라 하였고, 또 "또한 게거揭車와 강리에 있어서랴"[1]라고 하였는데, 강리는 미무蘼蕪이니, 곧 궁궁묘芎藭苗이다. 내가 일찍이 이것을 뜰가에 심었더니, 그 냄새를 차마 맡을 수 없었다. 또 향촌의 여인네가 잔치 모임에 참석하게 되어, 처음으로 상자 속에서 시집올 때 입었던 옷을 꺼내 울긋불긋한 옷이 잠깐 나부끼자, 사람들이 코를 막느라고 정신이 없었던 것을 본 적이 있다. 대개 좀이 먹을까 염려하여 강리에 훈증薰蒸하여 두었기 때문이다.

나는 일찍이 굴삼려屈三閭[2]가 시골 구석의 가난한 집안 출신일 거라고 생각한 적이 있다. 평생 이궁정离宮錠·부용향芙蓉香[3] 등 허다한 좋

1_ **〈이소離騷〉에 … 있어서랴** | 굴원의 〈이소〉에 "扈江蘺與辟芷兮, 覽椒蘭其若玆兮, 又況揭車與江蘺"란 구절이 보인다. 강리·벽지·게거에 대해서 《초사보주楚辭補注》에서는 모두 물가에 자생하는 향초香草의 종류로 풀이하였다.

2_ **굴삼려**屈三閭 | 굴원을 가리킨다. 삼려는 곧 삼려대부三閭大夫로, 중국 전국시대에 초나라의 소昭·굴屈·경景의 세 귀족 집안을 다스리던 벼슬. 굴원이 이 삼려대부를 역임하였으므로 이렇게 부른 것이다.

3_ **이궁정**离宮錠·**부용향**芙蓉香 | 이궁정은 한방에서 쓰는 약재로 《어찬의종금감御纂醫宗金鑑》 권62에서 "治疔毒腫毒, 一切皮肉不變, 漫腫無頭搽之, 立效"라고 하였으며, 부용향은 《향승香乘》 권25에 제조법이 소개되어 있는 귀한 향료이다.

은 향료가 있는 줄을 몰랐던 까닭에 이에 궁궁이 잎을 허리에 찰 만한 향료로 여겼던 것이니, 또한 고루하지 않은가! 지금 살펴보건대, 손蓀은 창포 중에 등줄기〔脊〕가 없는 것이고,[4] 벽지辟芷는 구릿대〔白芷〕[5]이고, 약葯은 구릿대의 잎이고, 벽려薜荔는 낙석絡石[6]이고, 혜蕙는 난초 중에 꽃이 많으면서 향기가 모자란 것이고, 신茝은 또한 궁궁이의 잎[7]이니, 굴원屈原의 향기는 대개 이 같은 것들이다.

4_ **손蓀은 … 없는 것이고** | 《이소초목소離騷草木疏》 권1에 "有名溪蓀者, 根形 氣色極似石上菖蒲, 而葉正如蒲無脊, 俗人誤呼此爲石菖蒲"라 한 구절이 보인다.

5_ **구릿대〔白芷〕** | 구릿대는 산형과의 여러해살이풀로 높이는 1~2m이며, 6~8월에 흰 꽃이 겹산형 꽃차례로 피고, 타원형의 열매를 맺는다. 어린잎은 식용하고, 뿌리는 '백지白芷'라 하여 한약재로 쓴다. 감기로 인한 두통이나 요통 · 비연鼻淵 따위에 쓰며, 종기에 외과 약으로도 쓴다.

6_ **낙석絡石** | 《본초강목本草綱目》, 〈낙석絡石〉조에 "석릉石鯪 · 석룡등石龍藤 · 운영雲英 등이라 부르며, 속명은 내동耐冬이다. 돌이나 나무를 얽어 두르며 자라기 때문에 낙석絡石이라고 부른다. 산남인山南人은 석혈石血이라 부르는데, 산후産後의 혈결血結을 치료하는 데 좋다"라고 하였다. 《군방보群芳譜》 권81, 〈목보木譜〉에는 "낙석絡石은 벽려薜荔와 비슷하게 생겼다"라는 구절이 보인다.

7_ **벽지辟芷는 … 궁궁이의 잎** | 여기에 열거된 벽지辟芷 · 약葯 · 벽려 · 혜蕙 · 신茝은 모두 굴원의 《초사楚詞》에 등장하는 향초명이다.

약초

신농씨神農氏는 온갖 풀을 맛보고 의약을 만들었으니, 무릇 천하에 땅에서 돋아나 푸른 것 중에서 나름의 성미性味를 지니지 않음이 없고, 나름의 공용功用 또한 지니지 않음이 없다. 마치 빽빽이 늘어선 많은 사람들 중에서 위로는 성지聖智에서부터 아래로는 하우下愚에 이르기까지 지각과 운동을 지니지 않음이 없고, 또한 쓰이는 곳이 있지 않음이 없는 것과 같다. 장님이 악관樂官이 되고, 고자가 내시가 되며, 절름발이가 문지기가 되는 것에 이르기까지 천하에는 쓰이지 않는 사람이 없는바, 이를 사용하는 자가 어떻게 쓰느냐에 달린 것이다. 이런 까닭에 의술에 뛰어난 자는 우수마발牛溲馬勃(질경이)일지라도 거두어 모아서 나의 약효를 돕는 데 이바지하고 있으니, 진실로 그 용도를 얻는다면 묵은 뿌리나 썩은 풀도 우황이나 녹용보다 반드시 못하다고 할 수 없는 것이다.

그런데 비속한 의원은 그렇지 않아서, 가벼운 부스럼 병이라도 만나게 되면 탕제를 지을 것을 처방하면서 반드시 가격이 비싸고 구하기 힘든 약재를 모아 사용한다. 이에 안남安南(월남)의 곽향藿香[1]과 일본의 황

1_ **곽향藿香** | 순형과脣形科에 딸린 한해살이 약초로 곽란癨亂과 화기를 범한 외감外感에 쓴다.

련黃連[2], 중국의 부자附子 · 두구荳蔻[3] · 육사용肉蓗蓉[4] 같은 것이 날마다 저자에서 값이 올라 병을 쉬이 낫게 할 수 없는 것이다.

내가 살고 있는 곳의 산과 들 사이에 푸른 싹으로 돋아나고 초록빛 잎으로 하늘거리는 것을 보니, 《본초》에 실려 있는 것이 많다. 선화旋花 · 지부地膚 · 영실營室 · 낙석絡石 · 석명菥蓂 · 차전車前 · 승마升麻 · 충울茺蔚 · 고의苦薏 · 인진茵蔯 · 백호白蒿 · 창이蒼耳 · 천화天花 · 고삼苦參 · 여실蠡室 · 구맥瞿麥 · 아근芽根 · 산장酸漿 · 애엽艾葉 · 우방牛蒡 · 대계大薊 · 소계小薊 · 라마蘿摩 · 정력葶藶 · 선복旋復 · 양제羊蹄 · 편축萹蓄 · 우슬牛膝 · 백두옹白頭翁 · 맹실莔實 · 자고茨菰 · 훤초萱艸 · 마발馬勃 · 하고夏枯 · 포공영蒲公英 등은 사람들이 모두 날마다 밟으면서도 알지 못하는 것이다. 그러나 백출白朮 · 창출蒼朮 · 갈근葛根 · 목방기木防己 · 작약芍藥 · 백합百合 · 자초紫艸 · 사간射干 · 삭적〔蒴藋〕 · 초오艸烏 · 금은화金銀花 등속과 같은 것은 산에서 일삼아 캐는 것들로 다 그 싹을 알아볼 수 있다. 물 가까이에는 포황蒲黃 · 홍초葒艸 · 봉농화蓬蕽花가 있고, 청상靑箱 · 우비마牛螕麻 · 금봉金鳳 · 홍람紅藍 · 모란牧丹 같은 것들은 심어 놓으면 번성하게 된다. 이들은 모두 내가 아는 바의 것일 뿐이다.

내가 약초를 캐는 데에 익숙하지 않으니, 또한 내가 모르는 것들이 나의 소유로 있는데도 내가 이를 알지 못함이 있을 줄 어찌 알리오? 참

2_ **황련**黃連 | 가슴이 답답하고 잠을 자지 못하거나 구토, 설사 따위에 황련의 뿌리를 쓴다.

3_ **두구**荳蔻 | 육두구肉荳蔻를 말하는 듯하다. 육두구는 높이가 10~20m에 이르는 상록 활엽 교목이다. 꽃잎이 없는 누런빛을 띤 흰색의 단성화가 피고, 열매는 둥그런 모양으로 주황색으로 익어 늘어지고 한 개의 종자가 들어 있다. 이 종자는 예로부터 동양에서는 약용으로 쓰였다.

4_ **육사용**肉蓗蓉 | 의서《적수원주赤水元珠》에 진기가 훼손되거나 피부가 약할 때에 처방하는 약재 중의 하나로 이름이 올라 있다.

으로 이를 사용하는 방도를 안다면 또한 족히 한열寒熱을 치유하고, 허실虛實을 소통시키며, 사공四功으로 조제하여 십전十全[5]을 거둘 수 있을 것이다. 내가 일찍이 의원과 더불어 시골 마을에서 병을 치료하는 방도에 대해 논한 바 있다. 내가 말하기를, "부스럼에는 소똥이 황삼黃杉보다 낫고, 비계가 호동루胡桐淚[6]보다 낫다. 급체에는 생강을 동변童便에 타서 먹으면 청심환보다 낫고, 소금 끓인 물이 곽향정기산藿香正氣散보다 낫고, 감기에는 목미음木米飮이 삼소음蔘蘇飮[7]보다 낫고, 허할 때에는 묵은 닭의 기름〔陳鷄膏〕이 인삼보다 낫다. '낫다〔勝〕'는 것이 아니라, 약재가 없어서 죽게 되는 것보다는 이러한 것들을 얻어서 살아남이 어찌 낫지 않겠느냐는 것이다"라고 하자, 의원 또한 옳다고 여겼다.

섬돌 앞에 우연히 백봉선화白鳳仙花 수십 본本을 심었는데, 꽃이 다 지자 캐서 말려 놓았다. 이웃 마을에 고기를 먹고 탈이 난 자가 있거나, 어떤 자는 부스럼을 앓고 있기에 그들에게 주어서 복용하고 혹은 붙이도록 하였다. 훗날 그들이 모두 와서 사례하면서, "이는 참으로 좋은 약입니다. 매우 효과가 있어서, 이로 인해 살아났습니다"라고 하였다. 그 사람들이 쉽게 나을 수 있었기 때문이다.

5_ **십전十全** | 십전은 '열 가지 모두'라는 뜻. 한방에서 허약한 원기를 보하는 데 널리 쓰이는 십전대보탕十全大補湯 또한 이러한 의미를 취한 것이다.

6_ **호동루胡桐淚** | 땅속에 묻힌 오래된 호동나무의 나무진. 열을 내리고 가래를 삭이는 데 쓴다.

7_ **삼소음蔘蘇飮** | 한의학 처방 중의 하나로 인삼人蔘·자소紫蘇·전호前胡·반하半夏·건갈乾葛·복령茯苓·목향木香·진피陳皮·길경桔梗·지각枳殼 등의 약재를 물에 타서 복용하는 것이다.

인삼

풀보다 천한 것이 없지만 그중에는 더 이상 귀할 수 없는 풀이 있으니, 그것이 '인삼人蓡'이란 것이다. 인삼人蔘이라 적기도 하고, 인삼人蓡'이라 적기도 한다. 《본초》에는 "일명 '신초神艸'라 부르기도 하고, '인함人銜'이라 부르기도 하며, '지정地精'이라 부르기도 한다"[1]라고 하였다. 햇수가 오래되어 길게 뻗어 자란 것은 뿌리가 인형人形과 비슷한 까닭에 인삼이라 이른 것이다.

천하에서 인삼이 나는 곳은 오직 상당上黨[2]과 요동遼東, 그리고 우리나라뿐이다. 그러므로 《당서唐書》, 〈지리지地理志〉에는 "태원太原[3]에서 토산물로 인삼을 바친다"라고 기재되어 있는데, 지금은 없다고 하니 이제 천하에서 인삼은 우리나라에서만 생산되는 것이다. 이런 까닭에 동쪽으로는 일본에 흘러들어가고 서쪽으로는 중국에 수출하는데, 인삼의 값이 매우 높아 금이나 진주보다도 비싸다. 나주羅州에서 나는 것을

1_ **《본초》에는 … 부르기도 한다** | 이 대목은 《본초강목》 권12에 실려 있는데, 여기에 기재된 인삼의 이칭은 본문의 신초·인함·지정 외에도 황삼黃參·혈삼血參·귀개鬼蓋·토정土精·해유海腴·추면환단皺面還丹 등 다양하게 소개되어 있다.

2_ **상당上黨** | 중국 산서성山西省 남동부에 위치한 장치長治의 옛 이름.

3_ **태원太原** | 중국 산서성 태원시太原市 일대.

'나삼羅蔘'이라 하고, 강계江界에서 나는 것을 '강삼江蔘'이라 하는데, 나주와 강계에서 나는 상품은 한 근에 사십만 전錢까지 한다. 이 때문에 인삼을 심어서 생계로 삼는 자들이 가삼家蔘을 심었는데, 가삼이 번성해지자 삼이 비로소 세상에 널리 퍼지게 되었다. 그러나 그 효험은 산에서 캔 것에 미치지 못하니, 가삼의 값은 나삼과 강삼에 비해 사 분의 삼으로 내려간다. 가삼을 심은 자들이 밭두둑이 이어진 듯 많은데도 호의호식한다고 하니, 대개 풀로서 이보다 더 귀함이 없는 것이다.

울금鬱金[4]으로 쪄서 홍삼紅蔘으로 만들어 연경燕京에 팔면 연경의 거상들이 광동廣東으로 옮겨가고, 광동의 상인들은 큰 배에 싣고서 바다 밖의 여러 나라로 나가 그것을 풀어놓는다. 무릇 세 차례 손을 거치면 대개 십오륙 배의 이익을 얻는다고 하니, 추측컨대 수만 리 밖에 이르러서는 그 비싼 값을 감당할 수 없을 것이다. 해외 사람들은 이것을 얻으면 모두 불사약이라고 여긴다. 그런데 우리나라의 부귀가에서는 찐 인삼을 데친 도라지 보듯이 하며, 종종 꿀에 달여 과자로 만들기도 한다. 인삼이 어찌 귀하지 않을 수 있겠는가?

듣자 하니, 인삼을 심는 자들은 먼 곳으로 가기도 하고, 비와 햇볕을 조심하며, 벌레와 쥐를 방비하며, 기피하는 것을 엄히 지키느라 밤에도 감히 달게 잘 수 없다고 한다. 이익이 두터운바 사람이 어찌 수고롭지 않을 수 있겠는가? 간혹 나물 캐는 여자와 나무하는 사내가 뜻밖에 개오동나무 아래에서 이를 만나게 되면 바구니에 가득 담아가거나, 몇 지

4_ 울금鬱金 | 생강과에 속하는 여러해살이풀. 뿌리줄기가 노랗고 굵으며, 타원형 잎이 뿌리에서 나온다. 입술 모양의 노란색 꽃이 피고, 뿌리줄기는 한방에서 지혈제로 쓰고, 말린 뿌리줄기는 황색이나 반홍색 염료로 쓰인다.

게로 지고 돌아온다. 이는 또한 힘쓰지 않고 얻은 이익이니, 어찌 귀하게 여길 만한 것이겠는가! 근자에는 종삼種蔘이 있어 바야흐로 세상에 널리 퍼지고 있다.

풀의 색깔

풀은 나무의 부류인 까닭에 그것이 처음 돋아날 때에는 봄 나무의 기운을 받아 줄기와 잎이 모두 푸르거나 짙은 녹색이었다가, 봉오리가 맺혀 꽃을 피우게 되면 태양의 기운을 받는 까닭에 꽃이 대부분 붉거나 누르거나 흰색이다. 이는 모든 풀이 다 그러한 바이다. 그런데 내가 괴이하게 여기는 점은, 저 계관화鷄冠花(맨드라미)는 줄기와 잎과 꽃이 모두 짙은 주홍이거나 선홍빛이고, 계장초鷄腸艸(닭의장풀)는 그 덩굴과 잎은 연한 녹색인데 꽃은 짙은 청색인 것이다. 이는 또한 일반적인 것과는 다른 것이다. 꽃이 푸른 것으로 마린馬藺(꽃창포)과 길경吉更(도라지)이 있지만 모두 계장화보다는 못하고, 잎이 붉은 것으로는 적현赤莧[1]과 자소紫蘇(차조기)[2]가 있지만 이 또한 계관화보다는 못하다. 아마도 타고난 성질이 달라서 그런 것인지 모르겠다.

어린 시절에 하얀 풀이 있어 마치 분필로 경계를 쳐놓은 듯한 것을

1_ **적현**赤莧 | 《이아》에서 적현을 비름〔蕢〕이라 하고, 《광아》에서는 현莧의 종류를 적현赤莧 · 백현白莧 · 인현人莧 · 자현紫莧 · 오색현五色莧의 다섯 가지로 들었다.

2_ **자소**紫蘇(차조기) | 한방에서 소엽蘇葉을 이르는 말. 소엽은 꿀풀과의 한해살이풀. 높이는 30~100cm이며, 잎은 마주나고 달걀 모양에 가장자리에 톱니가 있다. 8~9월에 연한 자주색 꽃이 잎겨드랑이나 줄기 끝에서 피고, 열매는 둥근 모양의 수과瘦果를 맺는다. 잎과 줄기는 약재로 쓰고 어린잎과 씨는 식용한다.

본 적이 있는데, 금선초錦線草(이삭여뀌)라고 하였다. 또 바닷가에 해홍초海葒草라는 것이 있는데, 처음 생겨날 때에 매우 붉은색이다. 비로소 풀의 색깔 또한 한 가지가 아님을 알게 되었다. 그렇지만 색이 검은 것은 본 적이 없으니, 풀 중에 없는 것은 아마도 오직 검은 것인가 보다. 우연히 계장초와 계관화가 꽃은 푸르고 잎은 붉은데, 함께 뜰에 심어져 있는 것을 보았기에 언급하였다.

목면

목면木棉은 면柄이라 적기도 한다. 《남사南史》, 〈고창국전高昌國傳〉에 "어떤 풀이 있어 열매가 누에고치와 같은데, 그 속에 실이 있어 가는 무명실이 된다. 이를 '백첩白疊'이라 부르는데, 취하여 베를 짜면 매우 부드럽고 하얗다"라고 하였고, 《당서唐書》, 〈환왕전環王傳〉에는 "고패초古貝艸라 부르는데, 그 꽃으로 길쌈하여 베를 만든다"[1]라고 하였다. 사소史炤의 《석문釋文》[2]에는 "목면은 강남 지방에서 많이 자라는데 봄 2, 3월에 씨를 뿌린다. 싹이 돋아날 때 한 달에 세 번 김을 매주는데, 가을이 되면 누런 꽃이 피고 열매를 맺는다. 익을 때면 껍질이 네 갈래로 벌어지고 그 속에서 솜[綿] 같은 것이 삐져나온다"라고 했으니, 이것이 목화의 면棉이다. 그렇다면 목면이 세상에 나타난 것은 육조시대부터로 오래된 것이다. 내 생각으로는 서남이西南夷[3]에서 중국으로 흘러 들어왔다가 우리나라에 이른 것으로 여겨진다.

1_ **《당서唐書》, 〈환왕전環王傳〉에는 … 만든다** | 《당서》, 열전列傳 제147, 〈남만열전南蠻列傳〉, '환왕環王'조에 "古貝草也, 緝其花爲布, 粗日貝, 精日氎"이라는 기록이 보인다.

2_ **사소史炤의 《석문釋文》** | 사소는 중국 남송南宋 때 촉蜀 지방의 학자이다. 《석문》이란 《자치통감自治通鑑》을 주석한 《통감석문通鑑釋文》 30권을 가리킨다.

3_ **서남이西南夷** | 중국의 천서川西 · 운남雲南 · 귀주貴州 등의 지역에 분포되어 있던 소수민족을 통칭한다.

세간에 전하는 말로는 문익점文益漸[4]이 중국에 들어갔다가 그 씨를 붓대 속에 넣어 가지고 와서 자기 인척에게 부탁해 씨를 심었으며, 종자가 번성하게 되자, 그 인척이 취자거取子車와 소사거繅絲車를 만들었다. 취자거는 곧 오늘날 씨를 빼내는 씨아〔絞車〕이고, 소사거는 곧 오늘날 '물레〔文來車〕'라고 하는 것이다. 문씨文氏는 이로 인해 목화공신木花功臣이라는 칭호가 있게 되었다고 한다.

해변 고을은 평소 면화 재배에 힘쓰지 않았는데, 내게 있는 조그만 밭이 곡식 심기에는 마땅치 않아 거름을 주고 해마다 목면을 심었는데, 또한 서너 사람의 등을 따습게 할 수 있었다. 우리나라는 주면紬棉이 귀하고, 갖옷과 갈포옷 또한 드문지라 베를 짜서 솜옷을 만듦에 오직 목면 풀에 의지하는바, 이는 농가에서 소홀히 할 수 없는 것이다. 근래에는 또 검은 목면이 있어 물들이지 않아도 까마귀 색과 같이 검다고 한다.

4_ **문익점**文益漸 | 1329~1398년. 고려 말기의 문신. 초명은 익첨益瞻이고, 자는 일신日新, 호는 삼우당三憂堂. 사신으로 중국 원나라에 들어가 덕흥군德興君을 왕으로 내세우는 일에 가담하였으나 실패하고, 돌아올 때 목화씨를 붓자루 속에 넣어 가지고 와서 심어 우리나라에 처음으로 목화를 번식시켰다.

담배

담배는 우리나라에서는 남초南艸라 부르고, 중국에서는 연초烟艸라 부르며, 우리말에는 '담파고痰破膏'라고도 칭한다. 명나라 말엽에 여송呂宋(필리핀의 루손 섬)에서 전해져 중국으로 들어왔다. 《인암쇄어蚓菴瑣語》에 "담뱃잎은 민閩 땅에서부터 나왔으며, 관외關外 사람들은 말 한 필을 담뱃잎 한 근과 바꾼다.[1] 숭정崇禎 계미년(1643)에 담배를 금하여 위반하는 자는 참형에 처했는데, 변방의 군사가 한질寒疾에 걸리면 치유할 수가 없어서 드디어 금령을 폐지하였다"라고 했으며, 송려상宋荔裳의 《수구기략綏寇紀略》[2]에는 "명나라 말엽의 한 재앙이다"라고 했으니, 담배가 중국에 들어온 것은 대개 숭정 연간(1628~1644)에 비롯된 것이다.

1_ **《인암쇄어蚓菴瑣語》에 … 바꾼다** | 중국 청나라의 이왕포李王逋가 지은 책. 《인암쇄어》는 명나라 말년에서 청나라 초에 이르기까지 자기 향리인 가흥嘉興에서 일어났던 일을 기록한 견문록見聞錄이다.

2_ **송려상宋荔裳의 《수구기략綏寇紀略》** | 《수구기략》은 중국 청대 초기의 문인인 오위업吳偉業이 편찬한 잡록이다. 오위업은 자가 준공駿公, 호는 매촌梅村으로 숭정崇禎 신미년(1631)에 진사에 올라 한림원 편수관·국자감 좨주 등의 관직을 역임한 인물이다. 송려상은 명대의 문인인 송완宋琬(1614~1674)으로 려상은 그의 호이다. 그는 순치順治 4년(1647)에 진사시에 급제하여 호부주사戶部主事·절강안찰사浙江按察使 등의 관직을 역임한 인물이다. 송려상을 《수구기략》의 작자라 한 것은 이옥의 착오로 여겨진다.

모려慕廬 한담韓菼[3]이 처음으로 이를 즐겨 "밥과 술은 없어도 되지만 담배가 없어서는 안 된다"라고 하였는바, 또한 매우 애호한 자이다. 술에 취하면 깨어나게 하고 깨어 있으면 취하게 하며, 굶주리면 배부르게 하고 배부르면 굶주리게 하는 것[4]은 빈랑檳榔[5]만이 그 아름다움을 독차지할 수 없는 것이다.

택풍당澤風堂 이식李植[6]의 시집에 〈남령초가南靈草歌〉가 실려 있는데, 그중에 이런 구절이 있다.

남령초는 바다 동쪽 섬에서 나왔나니	南靈艸生自海東洲
왜인이 전하길 정녀의 넋이 변한 것이라 하네.	倭人相傳貞女魄
고침藁砧[7]이 병들어 의원도 손 못 대자	藁砧病時不得醫
대신 죽어 천금의 약초가 되겠다 했네.	以殉願化千金藥

3_ **모려慕廬 한담韓菼** | 한담(1637~1704)은 중국 청대의 문인으로 모려는 그의 자. 강희康熙 12년(1673)에 장원으로 급제하여 예부상서禮部尙書를 지냈으며, 경사에 밝았고 문장에도 능하였다. 문집으로 《유회당시문고有懷堂詩文稿》 58권이 전한다. 그는 담배를 애호한 것으로 유명하여, 이규경李圭景의 《오주연문장전산고五洲衍文長箋散稿》, 〈인사편人事篇 · 복식류服飾類〉, '다연茶煙' 조에도 "中原則淸韓慕廬菼最嗜, 不離手"라는 기록이 보인다.

4_ **술에 … 하는 것** | 이 대목의 원문은 "醉可使醒, 醒可使醉, 饑可使飽, 飽可使饑"로, 궁몽인宮夢仁의 《독서기수략讀書紀數略》 권54, 〈초목草木〉조에 빈랑檳榔의 네 가지 공功을 말하는 가운데 나오는 말이다. "醉可使醒【每食, 則熏然頰赤若飮酒】, 醒可使醉【酒後嚼之, 餘醒頓散】, 饑可使飽【饑而食之, 則充然氣盛】, 飽可使饑者【食後食之, 則不致停積】" 궁몽인은 중국 청나라 강희제 때 사람으로, 자는 정산定山이며, 복건순무사福建巡撫使를 지냈다.

5_ **빈랑檳榔** | 종려나뭇과의 상록 교목. 어린잎은 식용하며, 열매는 과수나 한방의 재료로 쓰인다.

6_ **택풍당澤風堂 이식李植** | 이식(1584~1647)은 조선 인조 때의 명신名臣. 택풍당은 이식의 호, 자는 여고汝固, 또 다른 호는 남궁외사南宮外史. 벼슬은 이조판서를 지냈으며, 병자호란 때에 척화파斥和派로 청나라에 끌려갔다 돌아왔다. 《선조실록宣祖實錄》을 전담하여 수정하였고, 문집으로 《택당집澤堂集》이 있다.

7_ **고침藁砧** | 고악부古樂府에서 아내가 남편을 부르는 은어隱語로 쓴 말이다.

또 이런 구句도 있다.

남방 사람들은 차 대신 이를 애용하여	南人用以代茗茶
대개 차 한 되로 담뱃잎 하나 산다네.[8]	率將一升沽一葉

그 주註에서 본래 이름은 '담박귀痰珀鬼'라고 하였다. 이 말은 제해齊諧[9]에 가깝지만, 또한 일본에서 흘러 들어온 것 같기도 하다. 담배는 담을 없애주고, 회충을 없애주고, 악한 마음을 다스려주며, 또 우울증을 해소시켜주며, 추위를 막는 데에도 족히 도움이 된다. 그런즉 담배가 좀 더 일찍 생겨나《본초本草》[10]를 작성한 그 시대에 있었더라면, 그 공용功用에 대해 필시 칭찬해 말한 바가 있었을 것이다.

담배를 재배하는 땅은 강원도[峽] 홍천洪川, 충청도의 청양靑陽, 전라도의 진안鎭安, 평안도의 삼등三登[11]이 연향烟鄕으로 이름났다. 그런데

8_ **남령초는 … 산다네** | 이식의 〈남령초가〉는《택당선생속집澤堂先生續集》권2에 실려 있으며, 이옥이 인용한 부분과 자간의 차이가 있다. 그 전문은 다음과 같다. "南靈草出自海東洲, 倭人傳是貞女魄. 藁砧病時醫不得. 以殉願化千金藥. 不作焦卿木, 且托虞姫草. 葉如秋菘味似蘖, 羅生塚上色可寶. 食者十人八九眩, 良醫一見加劑調. 沃以醇醪蒸以奥, 不以湯熨以熏曉. 黃銅作管象鼻吸, 煙縷入內如烘窯. 驅除痞塞消濕墊, 能使斯須腸胃帖. 南人用之代茶茗, 率以一升估一葉. 不知元精暗凋敝, 壯者以悴稚者斃. 嘗聞倭人政化亦如此, 專秉酷烈少慈惠. 一時快意爲長雄, 佳兵不忘戰鬪功. 伏屍流血世常然, 民生盻盻半沙蟲. 人情好異久難革, 末俗滔滔良可惜. 我來經歲作遠客, 處處逢人做火厄. 先師未達不敢嘗, 作詩自箴非乖僻."

9_ **제해齊諧** | 중국 고대의 기괴한 이야기를 수록한 책. 또는 사람 이름이라고도 하는데, 여기에서는 허탄하고 기괴한 말이라는 의미로 쓰였다.《장자莊子》,〈소요유逍遙遊〉편에 "齊諧者, 志怪者也"라는 말이 보인다.

10_ **《본초本草》** | 초근목피草根木皮를 위주로 하는 한방 약물을 통칭하는 말로, 중국 상고시대에 신농씨神農氏가 처음으로 이에 대한 기록을 남겼다는 전설이 전한다.

11_ **삼등三登** | 평양부平壤府에 속한 고을. 자초紫草가 많이 생산되는 것으로 알려져 있다.《신증동국여지승람新增東國輿地勝覽》,〈삼등현三登縣〉참조.

그 맛이 북초北艸는 강렬하고 독이 있어 사람으로 하여금 머리가 아프게 하고, 남초南艸가 그 다음인데 맛이 다만 밋밋하며, 동초東艸는 남초의 맛과 비슷하다. 오직 관서 지방의 것이 빛깔은 금색 실처럼 노랗고, 맛이 달면서도 향기가 있어, 사람들로 하여금 한 번 들이마시고도 그것이 대동강을 건너온 것인 줄 알게 한다. 이런 까닭에 담배를 논하는 자들은 반드시 서초西艸를 제일로 친다.

나는 또한 모려를 흠모하는 자인지라, 해마다 수백 본本을 심어 쓰임에 충당한다. 담배 심는 땅은 예전에 구들이 있던 터가 가장 좋고, 붉은 진흙 땅이 그 다음이며, 모래자갈 땅이 가장 못하다. 싹이 나면 옮기고, 뿌리를 내리면 심고, 자주 김매고 북돋아주며, 다 끝날 때를 기다려 거름을 준다. 거름으로 쓰는 것은 닭똥, 구들의 잿가루, 썩은 쑥잎, 말똥, 사람 오줌, 기름을 짠 찌꺼기 등이 모두 괜찮다. 다만 닭똥은 너무 맵고, 사람 오줌은 불에 덥히지 말아야 하며, 오직 구들의 재와 말똥은 향기가 있으면서 강렬하다. 지면地面 가까이에 있는 어린잎을 따내고, 자라나게 되면 곁가지를 쳐주고, 또 꼭대기에 꽃이 맺히는 부분을 쳐내어 한 그루마다 대여섯 잎만 남겨두면 잎이 두텁고 맛이 강렬해진다. 그 독성이 강해지기를 기다렸다가 베어내 묶어서, 햇볕에 사흘 동안 쪼이고 그늘에서 열흘 동안 말린다. 황적색으로 변하게 되면 뜰에 사흘 밤을 널어놓아 가을 이슬을 받게 하는데, 그런즉 맛이 향기롭고 강렬해져서 서초 못지않게 된다. 종자는 또한 오십엽五十葉과 우설엽牛舌葉이 다른 것이고, 서초는 별다른 종자라고 한다.

내가 일찍이 듣건대, 담배가 처음 전래되었을 때에는 술로 쪄서 복용했는데도 피우는 자들이 현기증을 느꼈다고 한다. 그러므로 오륙십 년 전에는 담배 피우는 자들이 열에 두셋이었는데, 지금은 안으로 부인에서 아래로 어린아이에 이르기까지 피우지 않는 이가 없다. 심지어는 네댓 살 먹은 어린아이까지도 여러 대를 연달아 피우면서 달기가 우유 같다고 하니, 또한 시속이 크게 변한 것이다. 나 또한 여러 번 목격한 사실이다.

연지

우리 집에서는 해마다 홍화紅花 두어 고랑을 심는데, 대개 딸아이를 시집보낼 때에 의상을 물들이는 데 쓰려는 것이다. 《본초》에서는 '홍람紅藍'이라 칭하고, 《고금주古今注》에서는 '연지燕支'라 칭하는데, 중국 사람들은 이를 홍람이라 부른다.[1] 그런즉 홍화의 명칭이 본래는 연지인데, 후세에 이르러 나누어 칭하게 된 것이다. 연지는 연지臙脂라 적기도 하고, 연지燕脂라 적기도 하고, 연지䌀赦라 적기도 하며, 어떤 곳에는 언지焉支라 적혀 있기도 하다. 비로소 호인胡人들이 '연씨〔閼氏〕'[2]라 부르는 것이 또한 연지가 와전된 것임을 알겠다.

그 곁에 녹색을 물들이는 풀을 심었는데, 이는 옛사람들이 요람蓼藍이라 부르는 것으로 삼람三藍[3]의 하나이다.

1_ 《고금주古今注》에서는 … 부른다 | 최표崔豹의 《고금주》(하), 〈초목草木〉 제6에 나오는 말로, "燕支, 葉似薊, 花似蒲公, 出西方. 土人以染名爲燕支, 中國人謂之紅藍, 以染粉爲面色, 謂爲燕支粉"이라 하였다.

2_ 연씨〔閼氏〕 | 중국 음가로 〔èshì〕로 발음한다. 흉노의 왕인 선우單于의 비妃. 중국 후한의 역사가인 반고班固에 의하면, 흉노족은 연지燕支를 언지焉支, 부인을 연씨〔閼氏〕라고 불렀다고 하며, 그 이유는 흉노족 남자들이 아내를 연지처럼 좋아하였기 때문이라고 한다.

3_ 삼람三藍 | 청색을 물들이는 염료인 쪽〔藍〕의 세 가지 종류인 요람蓼藍 · 대람大藍 · 괴람槐藍을 이른다. 《통지通志》 권75에 "藍有三種, 蓼藍如蓼染綠, 大藍如芥染碧, 槐藍如槐染青. 三藍皆可作澱色"이라 한 것이 보인다.

꽃의 귀천

늦봄에서 초여름 사이에 비가 그치고 햇살이 빛나면 온갖 풀에 꽃이 피어, 실로 갖가지 종류로 번성하게 된다. 내가 이에 지팡이를 짚고 넓은 들판을 거닐다가 두루 꺾어 하나하나 골라 꽃이 이루어진 모양을 살펴보았다. 깃털 장식처럼 생긴 붉은 꽃, 밀랍처럼 생긴 노란 꽃, 구슬을 꿰어 놓은 듯한 것, 금박지처럼 생긴 것, 황금알을 섞어 놓은 듯한 것, 비단 수술을 모아 놓은 듯한 것, 등燈 같기도 하고 공 같기도 한 것, 물고기 비늘 같기도 하고 새의 깃 같기도 한 것 등이 요란스럽게 일제히 터트려져 광채가 찬란하다. 이때에 바람이 살짝 불어오면 향기가 코를 스친다. 때마침 꼴 베는 자가 낫을 가지고 와서 손 가는 대로 베어내는데, 아쉬워 돌아보거나 시샘하는 마음도 없다. 내가 이에 한숨을 쉬며 탄식하여 말하였다.

"땅이 낳고 하늘이 기르는바, 만물이 무성히 자라며 모두가 광대한 은택을 입는구나. 이에 따스한 바람을 불어 갖가지 형상을 새기고, 단비를 내려 온 둘레를 물들이니, 천기를 함께 타고나 형체를 부여받음에 각기 그 바탕에 따라 고운 자태를 드러내고 있다. 모란꽃의 진중珍重함과 해당화의 기려奇麗함에 견주어보면, 비록 크고 작은 차이는 있겠으나 어찌 공工하고 졸拙함에 다른 의도가 있었겠는가! 하물며 세세한 모습일수록 그것을 만듦에 있어서 더욱 수고롭고, 미약한 향기일수록 그것을 이룸에 있어서 더욱 어렵고 힘든 것이다. 송옥宋玉을 삼 년 동안 응시했지만 겨우 방불함을 얻었을 뿐이고, 신녀神女의 오색찬란한 비단옷을 보았으나 그 화려함을 다 파악하지 못하였다.[1]

그런데도 귀함이 저와 같고 천함이 이와 같아, 부호가의 깊은 장막 안에서 눈앞의 봄바람을 간직하고 있는 것과 어리석은 종의 짧은 낫으로 그 손아귀에서 가을 서리처럼 변해지는 것이다. 이 어찌 뜨락은 사람 가까이에 있고, 교외의 땅은 멀리 막혀 있음에 가까이 있는 것은 친하기 쉽고 멀리 있는 것은 서로 어긋나 있기 때문이 아니겠는가! 아니면 요황姚黃과 위자魏紫[2]는 성씨가 존엄한데 범상한 화초는 이름이 없으며, 성씨가 존엄한 것은 곱게 빛나는데 이름 없는 것들은 일반 백성이 되기 때문인가? 그도 아니면 뿌리가 깊은 것은 종족이 번성한데 빽빽이 늘어선 것들은 가늘고 작으며, 높고 큰 것은 높은 지위에 있고 가늘고 작은 것들은 재야在野에 있기 때문인가?

아! 낳는 것은 하늘에 있으나 영화롭게 하는 것은 인간에 달려 있다. 하늘은 사심이 없기에 그 조화가 균일하지만 인간이 널리 베풀지 못하

1_ **송옥宋玉을 … 못하였다** | 이 대목의 원문은 "宋玉於三年, 纔得髣髴, 剪隋錦於五采, 未盡媥爛"인데, 이는 송옥의 부賦 작품을 용사한 것으로 여겨진다. 송옥은 〈등도자호색부登徒子好色賦〉에서 자신이 호색하지 않는 것을 설명하면서 "天下之佳人, 莫若楚國, 楚國之麗者, 莫若臣里, 臣里之美者, 莫若臣東家之子. … 此女登牆闚臣三年, 至今未許也"라 하였고, 〈신녀부神女賦〉에서는 신녀의 의복이 화려함을 묘사하면서 "五色竝馳, 不可殫形. 詳而視之, 奪人目精"이라 하였다. 송옥은 중국 전국시대 초나라의 문인으로, 작품에 〈구변九辯〉, 〈초혼招魂〉, 〈고당부高唐賦〉 등이 있다.

2_ **요황姚黃과 위자魏紫** | 요황과 위자는 모란의 진귀한 품종을 일컫는 말이다. 요황은 요씨의 집에서 나온 노란색 모란이며, 위자는 중국 위魏나라의 재상인 인부仁溥의 집에서 나온 자주색 모란이다. 구양수의 《낙양모란기洛陽牡丹記》, 〈화석명花釋名〉 참조.

므로 소원함도 있고, 친함도 있는 것이다. 하늘이 이미 낳아주었는데, 또한 어찌 사람이 영화롭게 하고 그렇지 않게 한다고 원망하겠는가? 나는 비록 느낀 바가 있지만 풀은 무정한 것이니, 그것이 소의 목구멍을 채우는 것을 보매 나비의 향기 다툼의 대상이 되는 것과 다름이 있겠는가?"

고구마

근래에 남쪽 지방에서 고구마〔甘藷〕를 많이 심는데, 나 또한 일찍이 본 적이 있다. 고구마는 뿌리의 크기가 무만 하고, 모습은 웅크리고 앉은 올빼미와 같으며, 맛은 옥연玉延(마)과 같다. 전하는 말로는 떡이나 죽을 만들 수 있고, 찌거나 불에 구워서 밤처럼 먹으며, 잎은 소나 말에게 먹일 수 있다고 하니 좋은 구황 식물이다.

〈남도부南都賦〉[1] 주註를 보매 "저藷를 감자甘蔗라 한다"라고 하였고, 《박아博雅》[2]에서는 '저여藷薁' 또는 '서여薯預'라고 칭하였다. 또 《남방초목상南方艸木狀》을 살펴보니, "감자는 크기가 서너 촌寸이며, 길이는 한 발〔丈〕이 넘으며, 잘라서 먹으면 매우 단맛이 난다"[3]라고 하였다. 그렇다면 저藷와 자蔗는 맛이 다를 뿐 아니라 모습 또한 다르니,

---

1_ **〈남도부南都賦〉** | 중국 한나라 때의 문인인 장형張衡이 지은 부. 그는 반고의 〈양도부兩都賦〉에 자극을 받아 〈양경부兩京賦〉, 〈남도부南都賦〉, 〈사현부思玄賦〉 등의 작품을 지었으며, 천문학자로도 유명하다.

2_ **《박아博雅》** | 장읍張揖이 찬술한 자전字典인 《광아廣雅》를 말한다. 《광아》에 대한 자세한 내용은 〈새 이야기 · 도요새〉편의 주註 참조.

3_ **《남방초목상南方艸木狀》을 … 단맛이 난다** | 《남방초목상》은 중국 진대晉代에 혜함嵇含이 지은 책으로, 초草 · 목木 · 과果 · 죽竹의 4개 부문 80여 종의 초목 특성을 논하였다. 고구마에 관련된 내용은 다음과 같다. "諸蔗一曰甘蔗, 交趾所生者, 圍數寸, 長丈餘. 頗似竹, 斷而食之甚甘. 笮取其汁, 曝數日, 成飴入口, 消釋彼, 人謂之石蜜."

〈저설藷說〉

고구마가 일본에서 유래하여 조선에 퍼진 경위와 고구마의 효용에 대해 서술한 성해응成海應(1760~1839)의 글이다. 《여주이씨 퇴로 쌍매당 장본驪州李氏退老雙梅堂藏本》(한국학중앙연구원 소장)에서 인용.

생각건대 서여薯蕷의 별종으로 우괴芋魁(토란)와 같은 종류가 아닌가 한다.

완전한 식물

천하 사물이 완전히 구비한 것은 없으니, 식물 또한 그러하다. 줄기로는 대나무처럼 긴 것이 없고, 잎은 파초처럼 큰 것이 없고, 꽃은 연꽃처럼 성한 것이 없으며, 열매는 수박처럼 큰 것이 없다. 지금 만약 열 길 되는 대나무에 파초만 한 잎이 매달려 있고, 연꽃만 한 큰 꽃이 피고, 수박만 한 큰 열매가 맺힌다면 이는 천하에 진귀한 나무일 것이다. 그렇지만 각기 그 한 가지만을 얻었고, 겸비한 것은 있지 않은바 천하의 사물에 완전히 갖추어진 것을 요구할 수는 없는 일이다. 선비 중에 재주가 높은 자는 간혹 경박하고, 여자 중에 용모가 아름다운 자는 절개가 곧은 자가 드물며, 말 중에 빨리 달리는 놈은 잘 놀라니, 이는 이치가 그러한 것이다. 나는 일찍이 모란을 읊으면서, "시인은 꽃에 열매가 없다고 한하지 말게나, 열매가 없어도 인간 세상에서 꽃이 된다네(詩人莫恨花無實, 無實亦人間可花)"라고 한 적이 있다.

서울 민가와 시골 민가의 차이

한양의 일반 백성들의 집은 집이 초라하며 비좁고 사람 또한 청빈하여도, 매양 집 한 켠에 일 년 된 벽오동 한 그루를 심어서 그 높이가 담장을 넘게 되고, 담장 아래에 조약돌을 모아서 작은 섬돌을 쌓고, 섬돌 주변에 심는 것은 일 년 된 감나무와 오색 금봉화金鳳花(봉선화)·향려지鄕荔支·석죽화石竹花(패랭이꽃)·계관화鷄冠花(맨드라미) 등 네댓 본本이다. 담장 주변에는 흙을 북돋아서 당초초唐艸椒 몇 뿌리를 심어 놓아 꽃이 피고 열매를 맺으면 또한 절로 소쇄한 정취가 있다.

시골 백성들은 그렇지 않아서, 집 주변에 조금만 빈 땅이 있으면 담배나 박을 심으며, 비록 묵혀 버려두더라도 꽃이 피는 풀은 심지 않는다. 이는 참으로 꽃과 열매가 나누어지는 바요, 도회와 시골이 구별되는 바이다.

— 이상 신익철 옮김

연경 烟經

서문

옛 사람들은 일상생활의 먹고 마시는 일에 있어서 책으로 기록하지 않은 것이 없었다. 그런고로 추평공鄒平公은 《식헌食憲》 오십 장五十章이 있었으며,[1] 왕적王績은 《주보酒譜》가 있었고,[2] 정운수鄭雲叟는 《속주보續酒譜》가 있었고,[3] 두평竇苹 역시 《주보酒譜》가 있었다.[4] 육우陸羽는 《다경茶經》이 있었는데,[5] 주강周絳이 이를 보충하였으며,[6] 모문석毛文錫은 《다보茶譜》가 있었고,[7] 채군모蔡君謨와 정위丁謂는 《다록茶錄》이 있었다.[8]

1_ **추평공**鄒平公**은 … 있었으며** | 추평공은 중국 당나라 때 인물 단문창段文昌을 가리킨다. 그의 자는 묵경墨卿 · 경초景初. 음식에 관한 《식경食經》 50권을 편찬하였다. 이를 《식헌食憲》이라고도 하는데, 50장으로 구성되어 있다.

2_ **왕적**王績**은 … 있었고** | 왕적은 중국 당나라 때 인물로 그의 자는 무공無功이다. 그는 술을 몹시 좋아하여 《주경酒經》과 《주보酒譜》를 각 1권씩 찬하였다.

3_ **정운수**鄭雲叟**는 … 있었고** | 정운수는 중국 당나라 때 인물 정오鄭遨를 가리킨다. 운수는 그의 호. 그는 고금의 술에 관한 얘기를 모아 10권으로 편찬하였고, 왕적의 《주보酒譜》를 계승한다는 뜻에서 《속주보續酒譜》라 명명하였다.

4_ **두평**竇苹 **… 있었다** | 두평은 중국 송나라 때 인물로 그의 자는 자야子野이다. 그 역시 술에 관한 저술 《주보酒譜》를 찬하였는데, 1권으로 구성되어 있다.

5_ **육우**陸羽**는 … 있었는데** | 육우는 중국 당나라 때 인물로 그의 자는 홍점鴻漸이다. 차를 매우 즐겨 《다경茶經》 3권을 찬하였으며, 차를 파는 자들은 그를 높여 다성茶聖이라 하였다.

6_ **주강**周絳**이 … 보충하였으며** | 주강은 중국 송나라 때 인물로, 건주建州의 지사를 역임하였다. 그는 육우의 《다경》에 건안建安에 관한 사항이 실려 있지 않아 이를 보충하여 《보다경補茶經》 1권을 찬하였다.

이같이 먹고 마시는 것 외에 맑은 감상에 이바지되고, 고사故事를 갖출 수 있는 것이 있었으니, 이를테면 범엽范曄의 《향서香序》,[9] 홍구보洪駒父의 《향보香譜》,[10] 엽정규葉庭珪의 《향록香錄》[11]은 모두 향 한 가지를 두고 기록한 것이다. 또한 군모君謨의 《여지보荔枝譜》,[12] 심립沈立의 《해당보海棠譜》,[13] 한자온韓子溫의 《귤록橘錄》,[14] 범석호范石湖의 《매국보梅菊譜》,[15] 구양영숙歐陽永叔의 《모란보牧丹譜》,[16] 유공보劉貢父의 《작약보

7_ **모문석毛文錫은 … 있었고** | 모문석은 중국 당나라 말엽 오대五代 때 사람으로, 차에 관한 고사를 기록하고, 그 뒤에 중국 당나라 사람의 시문을 첨부하여 《다보茶譜》라고 명명하였다. 1권으로 구성되어 있다.

8_ **채군모蔡君謨와 … 있었다** | 채군모는 중국 송나라의 인물 채양蔡襄으로 군모는 그의 자이다. 서예書藝에 능하여 당시 제일인자가 되었다. 《시다록試茶錄》 2권을 찬하였다. 정위丁謂 역시 중국 송나라의 인물로 자는 공언公言이다. 차 잎을 가루로 만들어서 대룡단大龍團과 소룡단小龍團이라는 다병茶餠을 처음 만든 인물이며, 《건안다록建安茶錄》 3권을 찬하였다. 여기서 말한 《다록》이란 《시다록》과 《건안다록》을 지칭한다.

9_ **범엽范曄의 《향서香序》** | 범엽은 중국 남북조시대 송나라의 인물로 자는 울종蔚宗이다. 《향서》는 향의 종류와 사용에 대해 찬한 것이다. 책의 원제는 《화향방和香方》이고, 《사문유취》 속집續集 〈향다부香茶部〉에도 《향서》 서문이 실려 있다.

10_ **홍구보洪駒父의 《향보香譜》** | 홍구보는 중국 송나라 때 인물 홍추洪芻를 가리킨다. 구보는 그의 자. 《향보》는 향의 품등, 향의 사용처 등을 기록한 것으로 1권으로 구성되어 있다.

11_ **엽정규葉庭珪의 《향록香錄》** | 엽정규는 중국 송나라 때 인물로 자는 사충嗣忠이다. 여기서 말한 《향록》이란 그가 찬한 《남번향록南番香錄》 1권을 지칭한다.

12_ **군모君謨의 《여지보荔枝譜》** | 중국 송나라의 채양蔡襄이 여지荔枝의 맛과 품등, 종류를 기록한 것으로 1권으로 구성되어 있다.

13_ **심립沈立의 《해당보海棠譜》** | 중국 오나라 사람 심립이 찬한 것으로 1권으로 구성되어 있다.

14_ **한자온韓子溫의 《귤록橘錄》** | 한자온은 중국 송나라 때 인물 한언직韓彦直을 가리킨다. 자온은 그의 자. 《귤록》 1권을 찬하였다.

15_ **범석호范石湖의 《매국보梅菊譜》** | 범석호는 중국 송나라 때 인물 범성대范成大를 가리킨다. 석호는 그의 호. 집 옆에 있는 정원을 범촌范村이라 하고, 이곳의 매화와 국화에 관한 《매국보》 2권을 찬하였다.

16_ **구양영숙歐陽永叔의 《모란보牧丹譜》** | 구양영숙은 중국 송나라의 학자 구양수를 가리킨다. 영숙은 그의 자. 낙양의 풍속이 모란을 중시여기는 것을 보고, 화품에 관한 내용을 엮어 《모란보》 1권을 찬하였다.

芍藥譜》,[17] 대개지戴凱之의 《죽보竹譜》,[18] 스님 찬녕贊寧의 《순보筍譜》[19]의 경우는 모두 이름난 꽃과 좋은 과실을 두고 기록한 것이다.

여기서 옛사람이 만물에 대하여 진실로 기록할 만한 좋은 점이 한 가지라도 있으면, 그 물건이 보잘것없다고 해서 버려두지 않고, 그 숨겨진 것을 수집·열거하고, 그 속에 포함된 것을 밝게 드러내면서, 모아서 책으로 만들어 후대에 가르침을 주지 않음이 없었음을 알 수 있다. 그것은 온갖 미물이라도 보잘것없고 초라한 것들을 밝게 드러내어 천하 후세의 사람들과 그 쓰임을 공유한 것이다. 그 뜻이 어찌 일시적인 붓장난에 불과하겠는가?

천하 사람들이 담배를 피운 지 또한 오래되었다. 《인암쇄어蚓菴瑣語》에 이르기를 "숭정崇禎(1628~1644) 초에 담뱃잎이 여송呂宋(필리핀 루손섬)에서 전래되었다"[20]라고 하였고, 송려상宋荔裳의 《수구기략綏寇紀略》에도 그것을 인용하여 "명말明末의 한 재앙이 되었다"[21]라고 하였으니, 담배가 남만南蠻에서 전래된 지 거의 네 번째 병자년[22]이 된다. 이식李植의 《택당집澤堂集》에도 〈남령초가南靈艸歌〉가 있고,[23] 임충민林忠愍 가전家傳에도 "금주錦州의 전쟁에서, 담배를 지고 가서 먹을거리를 바꾸

17_ **유공보劉貢父의 《작약보芍藥譜》** | 유공보는 중국 송나라 때 인물 유분劉攽을 가리킨다. 공보는 그의 자. 그의 형 유원보劉原父와 함께 넓은 학식과 화려한 문사文辭를 지녔다는 평을 받기도 하였다.《 작약보》 1권을 찬하였다.

18_ **대개지戴凱之의 《죽보竹譜》** | 대개지는 중국 진晉나라 때 인물로, 대나무 70여 종을 수록하여 《죽보》 1권을 찬하였다.

19_ **찬녕贊寧의 《순보筍譜》** | 찬녕은 중국 송나라 때 고승으로 유명한 인물이다. 같은 시기 고승 혜숭惠崇과 함께 《순보》 2권을 찬하였다.

20_ **《인암쇄어蚓菴瑣語》에 … 전래되었다** | 《인암쇄어》는 중국 명말청초에 이왕포李王逋가 향리인 가흥 지방에서 견문한 사실을 찬집한 필기 잡록으로 1권으로 되어 있다. 위 인용 대목은 〈연엽烟葉〉조에 보인다. 《인암쇄어》는 총서 《설령說鈴》에 수록되어 있기도 하다.

었다"[24] 라고 하였으니, 우리나라에 담배가 전해진 지도 또한 장차 이백 년이 된다.

그것을 심는 자가 기장과 삼을 기르듯 하여 심고 재배하는 방법이 지극하게 되었으며, 그것을 피우는 자가 술잔을 가까이하듯 하니, 손질하고 만드는 방법들이 갖추어지게 되었다. 품종이 점차 많아지게 되니 명칭과 품질이 달라지고, 지혜와 기교가 점점 높아지니 기용器用이 갖추어지게 되었다. 꽃에 취하고 달을 삼키듯 하니 담배에는 술의 오묘한 이치가 있으며, 푸른 것과 붉은 것을 불에 사르니 향香의 뜻이 서려 있고, 은으로 만든 그릇과 꽃 무늬가 새겨진 통이 있으니 차茶의 운치가 있으며, 꽃을 재배하여 향기를 말리니 또한 진귀한 열매와 이름난 꽃과 비교해도 손색이 없다 하겠다.

그렇다면 이백 년간 마땅히 문자로 기록한 것이 있어야 할 터인데,

21_ **송려상宋荔裳의 … 되었다** | 《수구기략》은 중국 청대의 문인인 오위업吳偉業이 편찬한 잡록이다. 오위업은 자가 준공駿公, 호는 매촌梅村으로 숭정崇禎 신미년에 진사에 올라 한림원 편수관·국자감 좨주 등의 관직을 역임한 인물이다. 송려상은 중국 명나라의 문인 송완宋琬(1614~1674)으로, 려상은 그의 호이다. 순치 4년에 진사시에 급제하여 호부주사戶部主事·절강안찰사浙江按察使 등의 관직을 역임한 인물이다. 송려상을 《수구기략》의 작자라 한 것은 이옥의 착오로 여겨진다.

22_ **네 번째 병자년** | 이옥이 《연경》을 쓴 경오년(1810)에서부터 다가올 네 번째 병자년은 1816년이 되고, 첫 번째 병자년은 1636년이 된다.

23_ **《택당집澤堂集》에도 … 있고** | 이식李植의 〈남령초가南靈草歌〉는 《택당선생속집澤堂先生續集》 권2에 실려 있다. 그 시에서 이식은 담배의 유래와 약재로서의 효능은 물론, 차 대신에 담배를 애용하는 왜인倭人들의 풍습과 그 폐해를 적시하고, 당시 우리나라에도 점차 담배가 성행, 이로 인한 재앙을 우려하였다.

24_ **임충민林忠愍 … 바꾸었다** | 임충민은 임경업林慶業을 지칭한다. 충민은 임경업의 시호. 여기서 말한 '금주錦州의 전쟁'이란 천계天啓 7년, 즉 인조仁祖 5년(1627)에 중국 명나라 장수 원숭환袁崇煥과 조솔교趙率教가 지키고 있던 영원寧遠과 금주錦州를 후금後金의 군대가 공격하였다가 실패한 전투를 말한다. 관련 내용은 《임충민공실기林忠愍公實紀》 2권의 〈연보年譜〉에 나온다.

편찬하고 수집한 자들이 이를 기록하였다는 것을 들어보지 못했으니, 아마도 자질구레하고 쓸모없는 사물은 문인들이 종사하기에 부족하다고 생각해서인가? 아마 있었지만 내가 보지 못하여, 비루하고 과문한 부끄러움이 있을 수 있는 것인가? 아니면 그것이 나온 지 오래되지 않아서 미처 겨를이 없어 후세 사람들이 붓을 들도록 남겨두었던 것일까?

나는 담배에 벽癖이 있어, 몹시 사랑하고 또 즐긴다. 이에 스스로 비웃음을 두려워하지 않고 되는 대로 엮었으니, 성글고 거칠어 진실로 그윽하고 신비로운 면을 들추어내지 못했으나, 그 기록한 뜻으로 말하자면 《주록酒錄》, 《화보花譜》의 종류와 비슷하다고 할 수 있을 것이다.

때는 경오년(1810) 5월[25] 하순에 화석산인花石山人이 쓰다.

25_ 5월 | 원문의 "명조지월鳴蜩之月"은 음력 5월을 달리 이르는 말로, 다음 《시경》, 〈빈풍 · 칠월〉 편에서 유래하였다. "4월에는 애기풀 열매, 5월에는 매미 울음. 8월에는 나락 거두고, 10월에는 낙엽지네.(四月秀葽, 五月鳴蜩. 八月其穫, 十月隕蘀.)"

첫째 권 — 연초 재배

예전에 번지樊遲가 채마밭 가꾸는 것을 묻자, 공자께서 말씀하시기를 "나는 채마밭에서 늙은 사람만 못하다"라고 대답하였으니,[1] 성인聖人의 뜻이 비록 질문의 비루함을 책망하였으나, 대개 채마밭을 가꾸는 것 또한 반드시 채마밭에서 늙은 사람을 골라 질문해야 한다는 의미이다.

내가 일찍이 마을에서 연초烟草 재배를 업業으로 한 자를 보았는데, 그를 '초농艸農'이라 불렀다. 연초 재배가 비록 농사는 아니지만, 힘들여 이익을 구한다는 점에서는 또한 농사와 마찬가지이다.

서울의 귀가집 자제들은 단지 담배가 피우는 것이라는 것만 알지, 담배를 어떻게 심고 수확하며 재배하는가 하는 과정은 전혀 알지 못한다. 그렇다면 흰쌀밥을 배불리 먹으면서 농사짓는 어려움을 모르는 것과 무어 다르겠는가?

내가 시골에 살면서 또한 담배를 많이 심다 보니, 늙은 농부에게 얻어들은 바가 있었다. 그렇기에 우선 심고 거두고 재배하는 방법을 기록하여, 담배를 피우는 자에게 담배를 만드는 것 또한 쉽지 않은 일임을 알려주려 한다.

1_ **번지樊遲가 … 대답하였으니** | 《논어論語》, 〈자로子路〉편에 자세한 내용이 보인다. "樊遲請學稼, 子曰吾不如老農, 請學爲圃, 曰: '吾不如老圃, 樊遲出.' 子曰: '小人哉!'"

1. 씨 거두기 收子

씨는 검으면서 약간 황적색이다. 작기가 무엇과도 견줄 수 없으니, 조 알갱이조차도 담배씨보다 세 배쯤 크다.

'오십엽五十葉'이라는 것이 있는데, 혹은 '서연西烟'[2]이라고도 한다. '우설엽牛舌葉'이라는 것이 있는데 맛이 못하다. 잎이 성근 것을 '왜엽倭葉'이라고 하는데, 키〔箕〕 모양을 하고 있으며 작다.

저장을 단단히 하지 않으면 쥐가 구멍을 뚫고 먹어치운다.

2. 씨 뿌리기 撒種

땅을 깎아 평평하게 한 다음, 갈지 말고 다지되 먼저 오줌물로 땅을 적셔 가라앉게 한다. 씨를 가져와 황토 또는 재를 섞어서 골고루 뿌리되, 너무 빽빽하게 하지 말아야 한다.

푸른 솔가지로 그늘을 만들어주었다가, 싹이 두 잎 정도 나면 그늘을 치우고 잡초도 제거한다.

3. 구덩이 심기 窩種

반 자(16촌) 간격으로 자그만 구덩이를 파고 똥과 재를 채우고 흙으

2_ **서연西烟** | 서초西草. 평안도·황해도 지방에서 생산되는 질 좋은 담배이다.

로 덮는다. 콩을 삶아 콩알 한 개마다 담배씨 네다섯 개를 붙여서 흙으로 덮어 드러나지 않게 해두면, 콩은 썩고 담배모가 나오게 되는데 옮겨 심는 것보다 낫다.

볏짚을 한 치 길이로 잘라 침으로 씨를 붙여서 심는 것도 좋다.

4. 담배 모내기 行苗

담배모가 한 치 이상 되었을 때, 비가 내리면 모두 옮겨 심는 것이 좋다.

날이 가물면 단단하게 흙을 쌓아주고, 장마가 지면 성글게 흙을 쌓아준다.

습지에는 볼록하게 심고, 마른 땅에는 오목하게 심는다. 무릇 땅을 두둑하게 쌓고 밭고랑을 만들어 거기에 심는다.

담배모가 지나치게 웃자란 것은 구부려서 묻되, 그 허리께까지 이르게 한다.

5. 뿌리 북주기 壅根

담배모를 옮긴 지 열흘쯤에 뿌리를 내려 살 것 같으면, 흙에 호미질을 하여 부드럽게 하고, 흙을 퍼서 수북이 모아주기를 개미집이나 흙덩이와 같이 하는데, 모의 크고 작기에 따른다.

또 열흘 만에 다시 똑같이 한다. 모종 때부터 벨 때까지 북주기를 자주할수록 좋다.

6. 뿌리에 물대기 漑根

북주기가 이미 끝났으면 장차 비 내릴 시기를 엿보아 오줌을 뿌리에 붓되 잎에 닿지 않게 한다.

물대기는 한 번에 그친다. 두 번, 세 번 물을 대면 잎이 비록 무성하나 담배역병에 이롭지 못하다.

7. 약주기 下藥

오래 묵은 굴뚝의 재, 흰 닭똥, 문드러진 쑥잎, 마른 말똥 등을 나누어 잘게 부수어 섞은 다음, 각 뿌리마다 한 홉 이상씩 준다. 호미로 그 쌓아두었던 흙을 헐어서 둥글게 둘러준다. 가까이 주되 담배 포기에 닿지 않도록 하며, 멀리 주되 뿌리 끝을 벗어나지 않게 하고는 다시 흙을 합쳐서 마무리 짓는다.

8. 곁순 치기 剔筍

담배모가 이미 무성해지면 그 기운이 옆으로 나와 순이 생긴다. 그대로 두고 제거하지 않거나, 제거하기를 부지런히 하지 않으면 가지가 줄기보다 강해져 독이 잎에까지 미치지 않는다.

순치기는 반드시 날마다 하여 순이 안 생기도록 기필해야 한다. 오직 땅에 가까운 하나는 남겨두어, 벤 뒤에 싹이 움트는 용도로 삼는다.

9. 꽃순 치기 禁花

순이 나오려다 나오지 못하게 되면 독이 잎에 모이지 않고 위로 뻗어 꽃이 된다. 꽃이 피면 열매를 맺고, 열매를 맺으면 잎이 여위고 맛이 열게 된다.

일찍 나온 이삭 한두 개를 골라 꽃을 피워 씨를 맺도록 하고, 그 나머지는 잘라 버려서 붉은 것이 나지막이 드리워질 수 없게 해야 한다.

10. 벌레 잡기 除蟲

담배의 독을 어떤 벌레는 오히려 달게 여긴다. 싹이 어릴 때에는 해무蟹拇[3]가 그 줄기를 깨물기도 하며, 좀 더 자라나면 꿈틀거리는 푸른 벌레가 그 잎을 갉아먹는다. 처음에는 오히려 하도낙서河圖洛書[4]의 무

3_ **해무蟹拇** | 식물의 어린 줄기를 잘라 놓는 해충. 게가 집게발로 집어내는 것처럼 농작물을 끊어 버린다고 하여 붙여진 이름이다. 거세미라고도 한다.

4_ **하도낙서河圖洛書** | 하도河圖는 복희伏羲가 황하黃河에서 얻은 그림으로, 이것에 의해 복희가 역易의 팔괘八卦를 만들었다고 하며, 낙서洛書는 하우夏禹가 낙수洛水에서 얻은 글로, 이것을 바탕으로 우禹는 천하를 다스리는 대법大法으로서의 홍범구주洪範九疇를 만들었다고 한다.

늬를 만들지만, 심해지면 잎이 전부 없어지고 만다. 아침 일찍 일어나 잎사귀 뒷면을 살펴서 잡아 없애야 한다.

11. 담배역병 조심하기 愼火

담배에 전염병이 있어 이를 '화火'라고 부르는데, 병이 들면 잎이 얼룩져 문드러지게 된다. 처음에는 붉은 흙을 뿌린 것처럼 붉은 반점이 생기다가 조금 지나서는 누렇게 되고, 또 조금 지나서는 허옇게 되니 모두 썩어가는 것이다.

한 포기가 병이 들면 백 포기가 따르게 되는 것이니, 화가 생기거든 즉시 제거하여 번지지 않게 해야 한다.

12. 잎 제거하기 騶葉

잎의 가장 아래에 있는 것을 '영影'이라고 하는데, 영은 흙과 가까워 해금사海金沙[5]가 많다. 게다가 햇빛을 받지 못하고 쇠하여서 오히려 독이 없다. 북줄 때 제거해서 기운을 분산시키지 말아야 한다.

그 영을 말려서 상신嘗新[6]의 용도로 쓰는 것이 또한 좋으니, '청초연

5_ **해금사**海金沙 | 실고사릿과의 여러해살이풀. 줄기는 덩굴져 다른 것에 감기고, 잎은 깃 모양 겹잎이다. 홀씨주머니 무리는 열편裂片 가장자리에 두 줄로 달린다. 산과 들에서 자라는데 한국 · 일본 · 중국 남부 등지에 분포한다.

6_ **상신**嘗新 | 맹추孟秋에 처음 거두어들인 오곡으로 선조에게 제사 지내는 것.

靑艸烟'이라고 한다.

13. 잎 따기 采葉

독이 이미 오르면 바로 딸 수 있다. 독이 생긴 징후는 잎이 갑자기 뻣뻣해져 풀을 먹인 것과 같고, 끈끈하여 아교를 바른 것과 같으며, 색이 매우 푸르면서도 은은한 황색을 띤다. 전신이 기울어져 똑바로 설 수 없는 것은 독을 스스로 이기지 못해서이다.

혹 줄기째 자르기도 하고, 혹 잎만 따기도 한다. 잎만 딴 것은 순이 다시 잎이 되고, 줄기째 자른 것은 가지가 다시 줄기가 된다.

북주고 물을 댄 힘에 따라 혹 세 번 따기도 하며, 혹 네 번 다섯 번 따기도 한다.

시기를 넘겨 잎을 따면 독이 다시 아래로 내려간다.

14. 잎 엮기 編葉

잎이 조금 시들면 볏짚을 꼬아 그 줄기를 엮는데, 넷은 나누고 셋은 합쳐서 고정시킨다.

꼰 새끼줄 한 코에는 두 잎 내지 대여섯 잎을 넣는데, 두 잎은 약하고 대여섯 잎은 너무 두툼하다. 두툼하면 뜨기 쉽다.

혹 오십 코를 내기도 하고, 혹 칠팔십 코를 내기도 하니, 길이는 정해진 것이 없다. 양쪽 끝은 새끼줄로 잇는다

15. 잎 말리기 暴葉

잎을 엮은 다음에는 바닥에 펼쳐서 이틀이나 사흘을 내버려두고 태양이 내리쬐면 뒤집어서 햇빛을 받게 한다. 뾰족한 끝부분이 조금 누렇게 되면, 즉시 거두어 처마에 매단다. 바람은 맞히고 비는 맞히지 않게 한다. 날마다 아침이건 저녁이건 헤쳐서 살펴보는데, 안쪽에 푸른 기운이 없으면 건조가 이미 완성된 것이다.

햇빛에서 말리면 붉은 빛깔이 돌고, 그늘에서 말리면 푸른 빛깔이 돌고, 잘 말리지 못한 것은 검은 빛깔을 띤다.

16. 잎 쬐기 曬葉

가을 이슬이 한창 심하게 내리면 바싹 마른 것도 오히려 축축해진다. 이에 처마에서 내려 지붕 위로 옮겨 밤에는 이슬을 맞히고 아침부터 햇빛을 받게 한다. 잎의 성질이 강한 것은 부드러워지고, 껄껄한 것은 매끄러워지고, 매운 것은 목구멍을 쏘지 않게 된다.

이렇게 무릇 사흘 밤을 지낸 뒤에야 비로소 거두어들인다.

17. 뿌리 싸기 罨根

서리가 내리기 전에 담배 뿌리를 거둔다. 큰 것은 싸서 토굴에 보관하면 2월에 싹이 튼다. 다음 해에도 또 이처럼 하여 두 해 겨울을 나면 뿌리를 싸지 않아도 심을 수 있다.

잎은 점점 가늘어지고 맛은 점점 독해진다.

— 이상 정은진 옮김

둘째 권 — 담배의 유래와 성질

공자께서 말씀하시기를 "마시고 먹지 않는 이가 없지만 맛을 아는 이는 적다"[1]라고 하셨으니, 맛을 아는 이도 오히려 적은데 하물며 그 유래한 곳이 얼마나 먼가를 알고, 그 시행하는 방법이 마땅한가를 아는 자가 몇 사람이나 되겠는가?

내가 일찍이 세상에서 담배 피우는 자를 보니, 대부분 남초南艸라는 것을 알고 있을 뿐 그것이 연烟이라고 하는지는 모르고, 단지 왜국倭國에서 들어온 것만 알 뿐 그것이 어디서 왔는지는 모른다. 시골 사람 중에는 담배를 비벼서 눌러 넣는 데는 익숙해도 저자에서 어떻게 써는지 모르는 자가 있고, 서울 사람 중에는 물건을 파는 데는 익숙해도 칼로 어떻게 자르는지 모르는 자가 있다.

담배를 피우는 것은 하나의 평범한 일상의 일이지만, 능히 그 알아야 할 바를 아는 자가 진정 드물다. 내가 그 유래와 성질과 맛, 그리고 펴고 포개고 말고 써는 방법과 담배를 떠서 채우고 불을 피워 태우는 방도를 상세히 갖추어 기술하여 잘 모르는 자에게 알려주고자 한다.

1_ **마시고 … 적다** | 이 대목의 원문은 "人莫不飮食也, 尠能知味"인데, 《중용中庸》 제4장에 나오는 말이다. 《중용》에는 '尠'자가 '鮮'자로 되어 있다.

1. 담배의 유래 原烟

옛날에는 중국에 담배가 없었는데, 명나라 숭정崇禎 초에 여송呂宋에서 민閩[2] 땅으로 전하여 들어와서 얼마 안 있어 북쪽 관문을 벗어나게 되었다. 처음에는 오히려 술에 쪄서 태웠는데 겨울에 많이 피웠다.

일찍이 엄중히 금했으나, 수졸戍卒들이 병이 나자 결국 금지령을 풀었다.

처음 들어왔을 무렵 담배 한 근 값이 말 한 필 값이었다.[3]

2. 담배의 별칭 字烟

담배를 일러 '언菸'[4]이라 하고, 우리나라[5]에서는 '남초南艸'라 한다. 또 '연차烟茶'라고도 한다.

시골에서는 '담파고淡巴菰'라 부르는데, 혹 '담파고痰破膏'라고 쓰기도 한다.

2_ 민閩 | 중국 남방의 지명. 지금의 복건성福建省 지방의 옛 이름이다.

3_ 처음 … 값이었다 | 이 대목은 《인암쇄어蚓菴瑣語》, 〈연엽烟葉〉조에 보이는데, 정조正祖의 책문策問 〈남령초南靈草〉에도 나오는 말이다.

4_ 언菸 | 담배를 언황菸黃이라고도 하였다.

5_ 우리나라 | 원문은 "조산朝汕"인데, 중국에서 조선朝鮮을 달리 부르던 말이다. 조선에 '산수汕水'라는 물이 있어서 이렇게 부르기도 하였다. 《사기史記》, 〈조선열전朝鮮列傳〉, '집해集解'와 《동사보감東史寶鑑》 참조.

3. 담배의 전설 神烟

혹자는 '담파고痰破膏'라고 하는데, 이는 틀린 말이다. 남만南蠻에 '담박귀淡泊鬼'라고 하는 여자가 있었는데, 남편이 병이 들었는데도 약을 구할 수 없었다. 남편을 따라 죽으면서 맹세하기를, "원컨대 약이 되어 사람을 구하겠노라"고 하였다. 이것이 담배가 되었다. 제녀帝女가 첨초詹艸로 화한[6] 격이다.

4. 담배의 효능 功烟

택풍자澤風子가 말하기를, "담배는 배부르면 배고프게 하고, 배고프면 배부르게 하며, 술에 취하면 깨게 하고, 술이 깨면 취하게 한다"[7]라고 하였다.

거룩하도다, 담배의 효능이여! 남쪽 지방에 빈랑과檳榔果[8]가 있는 것과 비슷하다.

6_ **제녀帝女가 … 화한** | 중국 진晉나라 장화張華의 《박물지博物志》에 "첨산詹山에 사는 제녀가 화하여 첨초詹草가 되었는데, 그 잎은 무성하며 꽃은 누르고 열매는 콩과 같다. 이것을 복용하면 사람을 미혹시킨다(詹山, 帝女化爲詹草, 其葉鬱茂, 其花黃, 實如豆, 服者媚于人)"라는 내용이 보인다.

7_ **택풍자澤風子가 … 한다** | 택풍자는 이식李植(1584~1647)의 호. 그런데 이 말은 《택당집澤堂集》에는 보이지 않고, 중국 송나라 나대경羅大經이 《학림옥로鶴林玉露》에서 빈랑檳榔의 효험을 예찬하는 대목에 나오는 말이다. 청대淸代 궁몽인宮夢仁의 《독서기수략讀書紀數略》, 〈초목草木〉에서도 '빈랑'의 네 가지 공功을 자세히 기술한 바 있다. 또한 장유張維의 《계곡만필谿谷漫筆》 제1권, 〈칭송남초지허실稱頌南草之虛實〉에도 비슷한 내용이 나오는데, 혹 이옥이 장유를 이식으로 잘못 기억했을 수도 있다.

5. 담배의 성질 性烟

담배는 맛이 쓰고 매우며, 성질이 대단히 뜨겁고 강한 독이 있다. 기울氣鬱 · 격체膈滯 · 후담喉痰 · 악심惡心을 주로 다스리고, 일체의 걱정스러운 생각을 치유한다.

한기寒氣를 물리치고 악취를 물리친다.

중독자는 무로 즙을 내어 해독한다.

6. 담배를 가장 즐긴 사람 嗜烟

담배가 처음 들어왔을 때, 한담韓菼[9]이 이것을 매우 즐겼다. 어떤 자가 그에게 물었다. "술 · 밥 · 담배 셋 중에 어쩔 수 없이 버려야 한다면 이 셋 중에 무엇을 먼저 버리겠습니까?" 한담이 말하였다. "밥을 버려야지요." 또 물었다. "어쩔 수 없이 버려야 한다면 남은 둘 중에 무엇을 먼저 버리겠습니까?" "술을 버려야지요. 술과 밥은 없어도 되지만 담배는 하루라도 없어서는 안 된다오."[10]

8_ **빈랑과**檳榔果 | 빈랑나무. 종려나뭇과의 상록 교목. 열매는 기호품으로 씹거나 염료로 쓰이고, 어린잎은 식용한다. 촌충약 · 설사약 · 피부약 · 두통약으로도 쓴다. 인도, 말레이시아에서 과수로 재배한다.

9_ **한담**韓菼 | 1637~1704년. 중국 청대의 문인. 자는 모려慕廬. 강희 12년(1674)에 장원으로 급제하여 예부상서禮部尙書를 지냈으며, 경사에 밝았고 문장에도 능하였다. 문집으로 《유회당시문고有懷堂詩文稿》 58권이 전한다. 그는 담배를 애호한 것으로 유명하다.

10_ **담배가 처음 … 안 된다오** | 이 일화는 〈남령전南靈傳〉 말미에도 나온다. 원래 청대의 문인 왕사정王士禎의 《분감여화分甘餘話》 권2에 수록되어 있는 내용이다.

7. 담배의 품등 品烟

서도西道(황해도)의 담배는 향기로우면서 맛이 달고, 강원도의 담배는 평범하면서 맛이 깊고, 호남의 담배는 부드러우면서 온화한데, 오직 함경도의 담배는 몹시 강하여 목구멍이 마르고 머리가 어질어질하다.

붉은 점토에 심은 것은 맛이 있지만 맵고, 진흙에 심은 것은 마르고 비린내가 난다.

옛날 불을 때던 집터에 심은 것이 맛이 좋아, 여기에 더할 수 없다.

8. 담배 품질의 감별 相烟

평범한 담배꾼은 직접 피워보아야 알고, 노련한 담배꾼은 코로 맡아보면 알고, 공교로운 담배꾼은 눈으로 보기만 해도 안다.

담뱃갑을 열었을 때 달콤한 향기가 코를 찌르는 것이 최상품이고, 매운 냄새가 나는 것이 그 다음이며, 털을 태우는 냄새가 나거나 풀 비린내가 나는 것, 아무런 냄새가 나지 않는 것이 가장 하품이다.

손으로 문지르면 꿀이 묻은 것 같이 진액이 배어나오고, 금빛 가운데 약간 붉은빛이 나는 것이 최상품이다. 부드럽고 붉으면서 지네의 다리와 같이 갈라진 것이 그 다음이다. 빛깔이 푸르기도 하고 검기도 하며 황백색을 띠기도 하면서 손으로 만지면 나비 날개처럼 부스러지는 것이 가장 하품이다.

대체로 색이 연한 것은 맛이 연하고, 두께가 얇은 것은 맛이 열다.

9. 가짜 담배의 판별 辨烟

담배 중에 비싼 것을 '서귀西貴'라고 한다. 그래서 이것도 가짜가 있는데, 모양은 서귀와 같고 색깔도 서귀와 같으나 단지 향기와 맛이 서귀와 다르다. 간혹 굴참나무 잎을 썩힌 것도 있고, 서리와 우박을 일찍 맞은 것도 있고, 비에 흠뻑 젖은 것도 있고, 홍람紅藍[11]의 노란 꽃도 있는데, 모두 피울 수 없는 것들이다.

교묘하게 가짜를 만드는 자가 있어, 엿을 고듯이 담배를 끓인 후 세 번 빨아내고, 감초 달인 물을 넣고, 또 박초朴硝[12] 물을 더한 다음, 화주火酒[13]를 부어 적신다. 비록 가짜이긴 하지만 맛은 대적할 만한 것이 없다.

10. 담배의 가격 校烟

어떤 때는 비싸고 어떤 때는 싼 것이 물산의 본질인데, 담배가 더욱 심하다. 값이 매우 비싼 경우가 있었는데, 한양 저자에서 동전 한 문文[14]을 가진 자는 담배 잎사귀를 반으로 갈라 그 줄기를 가루로 내어 담배 꼬바리〔烟杯〕[15]로 양을 재어 값을 매겼다. 또 매우 싼 경우가 있었는데,

---

11_ **홍람**紅藍 | 잇꽃. 연지臙脂 또는 홍화紅花라고도 한다. 국화과의 두해살이풀. 7~9월에 붉은빛을 띤 누런색의 꽃이 줄기 끝과 가지 끝에 핀다. 씨로는 기름을 짜고, 꽃은 약용하며, 꽃물로 붉은빛 물감을 만든다.

12_ **박초**朴硝 | 초석硝石을 한 번 구워서 만든 약재. 이뇨제로 쓴다.

13_ **화주**火酒 | 증류하여 알코올 도수가 높은 독한 술.

14_ **문**文 | 조선조의 화폐 단위. 100문은 1냥兩이다.

저자의 장사치로 담배를 파는 자가 한 전錢[16]에 두 묶음이나 엄지가 서로 닿지 않을 만큼 움켜쥐어도 되었다.

관서 지방에 열다섯 근〔一秤〕에 칠십 전 하는 것은 오직 순찰사巡察使만 맛보는 물건이다.

11. 담배 맛을 보강하는 방법 輔烟

멀리서 온 것과 보관하여 오래된 것은 굳어서 단단해진다. 쪼개면 돌조각처럼 되고 풀면 모래알처럼 된다. 곧 봉당수蜂餳水(꿀물)나 화주火酒를 담배 양쪽 끝에 넣어서 습기가 천천히 스미게 하면 맛이 곱절은 좋아진다.

강한 맛이 너무 센 것은 말린 대추 살점을 썰어 뒤섞으면 좋다. 혹 연잎을 썰어서 섞기도 하고, 혹 향가루를 휘저어 태우면 맛이 좋다.

담배가 없어서 괴로운 자는 뽕잎이나 대추잎, 도꼬마리 잎사귀를 피우기도 한다.

12. 담배에 물을 뿜는 방법 噀烟

담배의 품질이 좋은 것은 적시지 않아도 절로 진이 나오는데, 그 나

15_ **담배꼬바리**〔烟杯〕 | 담뱃대는 담배꼬바리, 담배설대, 물부리로 이루어져 있는데, 담배꼬바리는 담배설대 아래에 맞추어져 있는 담배를 담는 통을 말한다. 표준어로는 담배통이라고 한다.

16_ **전**錢 | 조선조의 화폐 단위. 1전은 10문文이다.

머지 담배는 물을 뿜어서 부드럽게 한다.

수분이 너무 적으면 잎이 상하고, 수분이 너무 많으면 맛을 해친다.

새벽에 널어놓아 이슬을 받은 것이 최상품이고, 땅바닥에 두어서 오랜 시간 습하게 한 것이 그 다음이다. 그렇게 할 수 없어서 물을 뿜을 경우에는 반드시 고르고 가늘게 한다. 물방울이 좁쌀처럼 맺히면 뒤적여서 이불을 두텁게 덮고 가볍게 밟아주면 곧 잎 전체에 습기가 두루 퍼져 알맞게 된다.

저자 사람들은 그렇게 하지 않고 물을 써서 무게가 나가게 하는 까닭에 빗자루를 휘둘러 비가 오는 것처럼 물을 뿌린다. 저자의 물건이 모두 불이 잘 붙지 않고, 맛이 없는 것은 수분이 많기 때문이다.

13. 담뱃잎을 펴는 방법 鋪烟

잎마다 펴고 살펴 다듬기를 오직 조심해야 한다. 모래는 털어내고, 재는 쓸어내고, 티끌은 긁어내고, 작은 부스러기는 주워낸다.

벽경壁鏡[17]을 조심해야 한다. 마치 하돈河豘의 독[18]이 조금이라도 실수가 있으면 사람을 죽이는 것과 같이 조심해야 한다.

그 큰 줄거리를 제거하고 그 모서리를 펴고, 넓게 깔아서 포개고, 두

17_ **벽경壁鏡** | 납거미의 일종으로 담장 따위에 동전처럼 둥근 알을 낳는다. 독이 있다. 벽전壁錢이라고도 한다.

18_ **하돈河豘의 독** | 복어의 독을 말하는 듯하다. 복어가 놀라거나 습격을 당하면 입으로 물이나 공기를 들여 마셔 배를 풍선 모양으로 부풀려 마치 하돈(새끼 돼지)과 같이 된다고 하여 붙인 이름인 것 같다. 복어는 간과 알, 피 등에 독이 있어서 먹을 때에는 전문가의 손질에 의해 독을 제거해야 한다.

꺼운 것과 얇은 것을 고르게 하고, 둥근 것과 타원인 것을 가지런하게 하여 세 번 말아서 접는다. 큰 칼로는 납작하고 넓게 하고, 작은 칼로는 다듬어서 두툼하게 한다.

왜倭의 담뱃잎은 추지硾紙[19]와 같아서 여러 겹으로 말아둔 것이므로, 붉은 끈으로 그 붙은 부분을 묶기만 하고, 넓게 까는 작업은 하지 않는다.

14. 담뱃잎을 써는 방법 剉烟

저자 사람은 작두를 쓰고 일반 사람들은 칼을 쓴다. 회를 치듯이 써는데 가늘수록 좋아한다.

실오라기나 머리카락 같은 것이 최상품이요, 꼴이나 여물 것 같은 것이 다음이요, 쌀겨나 씨앗 같은 것이 그 다음이요, 채소나 나물 같은 것이 가장 하품이다. 채소처럼 썰어 놓으면 사람들이 반드시 국거리냐고 물을 것이고, 불 냄새를 맡으면 오그라들어 다시 만들려고 해도 그럴 수 없다.

15. 담뱃잎을 보관하는 방법 儲烟

잎담배를 보관할 때는 마땅히 두텁게 싸고 단단히 묶어서 사람이 서

19_ **추지**硾紙 | 도침擣砧한 종이. 다듬잇돌에 놓고 다듬어 매끄럽게 한 종이를 말한다.

〈담배 썰기〉

담배 줄기를 다듬고 써는 장면으로, 작두를 사용해 회를 치듯 써는데, 실오라기나 머리카락처럼 가늘수록 최상품으로 쳤다. 김홍도金弘道(1745~?), 《단원풍속도첩檀園風俗圖帖》, 국립중앙박물관 소장.

있는 것처럼 세워두는데, 위로는 비를 막고 아래로는 습기와 구멍 쥐를 막고자 해서이다.

썰어둔 담배를 보관할 때는 사기항아리가 최상이고, 나무 궤짝이 다음이고, 종이주머니가 그 다음이다.

처음부터 끝까지 바람을 피해야 하는 것이니, 바람을 조심하지 않으면 건조하여 맛이 맵다.

보관하는 장소가 너무 막혀 통하지 않으면 흰 곰팡이가 생긴다. 곰팡이가 담뱃잎을 상하게 하는 것은 아니지만 썩으면 맛이 없어진다.

16. 담배를 채우는 법 斟烟

담배꼬바리〔烟杯〕를 헤아려 담배를 채울 때는 오직 도토리를 생각하며, 그 바닥을 편평하게 하여 구멍이 막히지 않게 하고, 정수리를 덜어내어 입술이 덮이지 않게 해야 한다.

진이 나는 것은 털어서 성글게 채우고, 마른 것은 뭉쳐서 빽빽하게 채우고, 흩어진 것은 단단하게 뭉치게 한다.

마른 것이 조금 지나치다 싶은 경우에는 갈고리로 들추어 세 번 입김을 불어넣으면 묘한 맛이 난다.

17. 담배에 불을 붙이는 법 着烟

무릇 담배에 불을 붙일 때는 부싯깃〔火茸火〕이 가장 좋고, 작은 불티

〔星星火〕가 다음이고, 벌건 숯불〔紅炭火〕이 가장 못하다. 장작불〔燃薪火〕이 또 그보다 못하고, 등촉불〔燈燭火〕은 또다시 그보다 더 못하고, 부탄불〔麩炭火〕[20]이 못한 것 중에 가장 못하다. 숯불과 장작불은 기세가 세차지만 불을 붙이기도 전에 담배꼬바리가 뜨거워지고, 등촉불은 달궈지기는 하지만 타지 않으며, 잘못하여 담배꼬바리를 벗어나면 담배와 기름을 버리게 된다. 부탄불은 향기롭고 단맛이 나는 담배를 모두 쌀겨 맛으로 만드니 아주 좋지 않다.

불을 붙이는데 한쪽으로 치우치면 기와 가마처럼 불이 깊숙이 들어가고, 불을 붙이는데 넓게 붙으면 들불처럼 원을 그리며 붙는다. 더디 태우거나 빨리 태우거나 천천히 태우거나 급격히 태우는 데에 오직 불이 가장 중요하다.

18. 담배 피우는 법 吸烟

이로 물되 물부리를 덮지 않게 하고, 입술로 풀무질을 하되 열었다 닫았다 하는데, 아이가 젖을 빨듯이 하지 말고, 물고기가 거품을 뿜어내듯이 하지 않아야 한다. 한 번 내뿜고 한 번 들이마시는 사이에 처음 닫혔다가 열리어, 그 맛의 무궁함은 모두 체득할 수 있다.

때때로 입을 다물고 연기가 새지 않게 하여 고요히 진기眞氣를 돌리고 콧구멍으로 뿜어내면 뇌수腦髓가 맑고 시원해지는데, 그 오묘함은 이루 다 말할 수 없다.

20_ **부탄불**〔麩炭火〕 | 숯이나 목탄으로 피운 불.

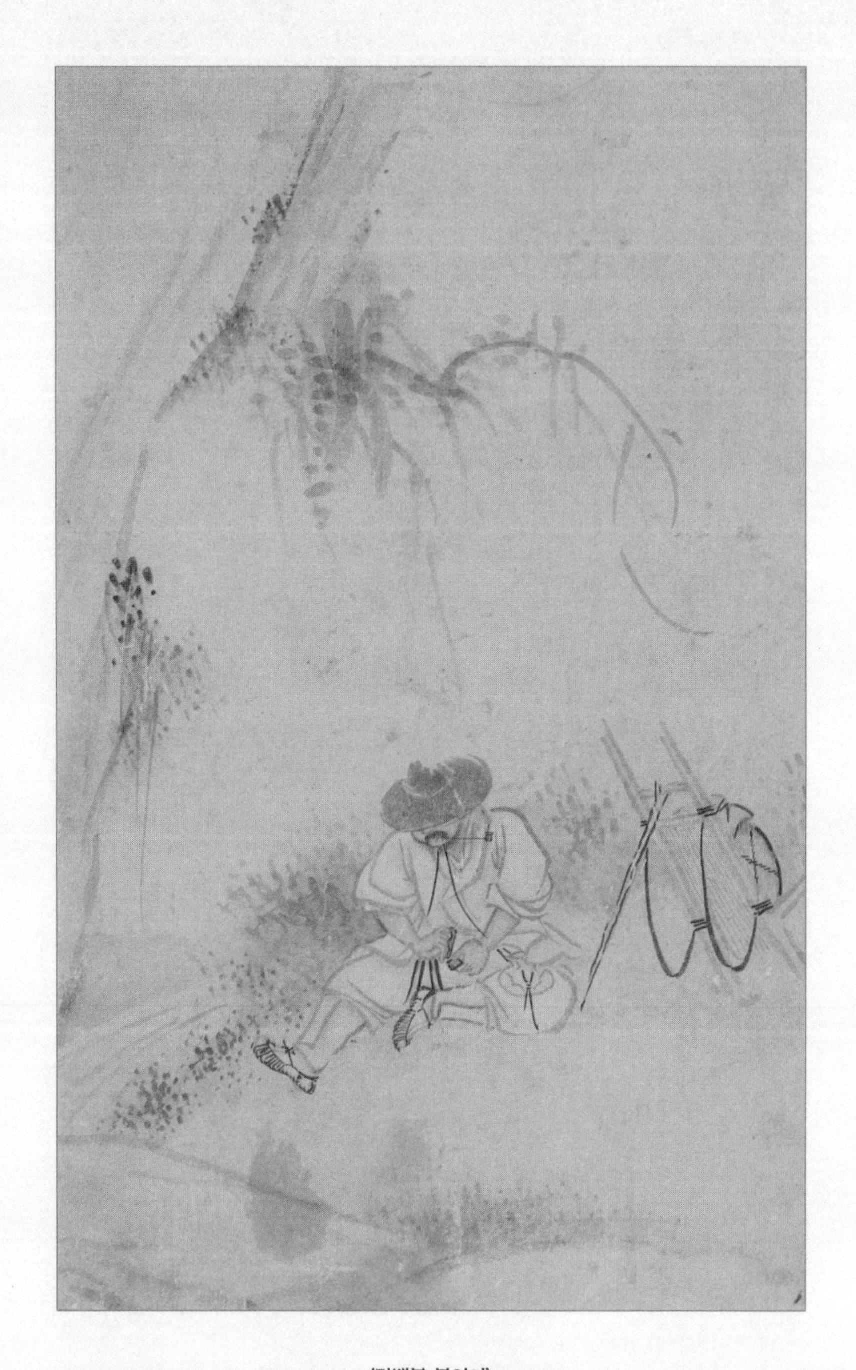

〈담뱃불 붙이기〉

잠시 지게를 옆에 두고 앉아 곰방대를 입에 물고 부시를 꺼내 불을 붙이고 있다. 허벅지 위에 올려진 담배주머니도 눈여겨볼 만하다. 이옥은 담배주머니를 차는 자는 시골 농부이거나 가난뱅이이거나 천한 사람이라 하였다. 작자 미상, 《풍속화첩風俗畵帖》, 국립중앙박물관 소장.

19. 통담배 피우는 법 洞烟

담뱃잎을 가져다가 두텁게 포개어 촘촘히 말아 작은 통을 만들되, 둘레는 담배꼬바리의 입구에 맞게 하고, 길고 짧은 것은 손을 기준으로 한다. 담배꼬바리 위에 단단히 꽂아서 그 꼭대기에 콩알만 한 불씨 하나를 얹어 놓고 빨아들이면 그 맛이 잘게 썬 담배보다 나아서, 통연洞烟 한 대로 일반 담배 석 대만큼 피울 수 있다. 시골에서는 이 담배를 '통담배'라고 한다.

— 이상 한재표 옮김

셋째 권 — 담배 도구

공자께서 말씀하시기를 "장인이 그 일을 잘하려면, 반드시 먼저 그 기구를 능률적이게 해야 한다"[1]라고 하셨다. 천하의 일이 기구器具 없이 가능한 것은 없다. 밥을 먹는 일상적인 것에도 반드시 주발·그릇·숟가락·젓가락이 필요하고, 술을 마시는 보통 때에도 반드시 술병·술독·술잔·잔받침이 필요하다. 그 일을 잘하기 위하여 반드시 그 기구를 능률적이게 하는 것이 어찌 다만 장인뿐이겠는가? 이에 채군모蔡君謨는《다록茶錄》하편에서 오로지 다구茶具만을 주요 내용으로 삼았다.

담배에도 도구가 있어서 다구 못지않다. 이것이 내가 따로 한 편을 지은 이유인데, 기본적인 것으로 담배 써는 칼과 담배합에서부터 그 외에 부젓가락과 부싯돌에 이르기까지 모두 담배의 도구가 된다. 이 또한 그 기구를 능률적이게 하고자 하는 뜻에서 나왔을 따름이다.

1. 담배 써는 칼 烟刀

시중 점포에서는 작두로 썰고, 야외에서는 칼로 썬다. 작두는 목이 길고 등이 두툼해야 하며, 칼은 얇으면서 넓어야 한다.

1_ **장인이 … 해야 한다** | 《논어》, 〈위령공衛靈公〉편에 나오는 말이다. "子貢問爲仁, 子曰: '工欲善其事, 必先利其器, 居是邦也, 事其大夫之賢者, 友其士之仁者.'"

작두나 칼은 숫돌 곁을 떠나 있어서는 안 되며 자르면서 다시 간다. 칼이 날카롭지 않으면 자르는 것이 가늘게 되지 않는다.

칼이 날카로워 조심하지 않으면 손가락에 피를 흘리게 되고 흠이 지기도 한다.

2. 담배 써는 받침 烟質

점포에서 칼을 쓸 때는 판이 있어 담요나 가죽으로 받친다. 일반 가정에서 자를 때는 일정한 도구가 없이 나무가 있으면 그 위에 두고 자른다. 나무가 너무 단단하면 칼날이 상하게 되고, 나무가 너무 무르면 하얀 가루가 생긴다.

톱으로 다섯 치 되는 나무토막을 잘라, 세워서 격자로 삼으면 칼날의 이가 빠지지 않고 받침에도 자국이 나지 않는다.

3. 담배꼬바리 烟杯

담배꼬바리의 품종으로는 백동白銅이 최상품이고, 황동黃銅이 다음이며, 홍동紅銅이 그 다음이고, 무쇠가 또 그 다음이다.

그 만든 방식이 구멍은 잘 통해야 하고, 빨아들일 때는 가늘게 조금씩 들어와야 하고, 그릇은 넓고도 깊어야 한다.

담배꼬바리에는 솟아나서 배추 몸통 같은 것이 있고, 배가 불룩하여 연밥 같은 것이 있고, 우묵하여 도토리 모양과 같은 것이 있고, 모서리

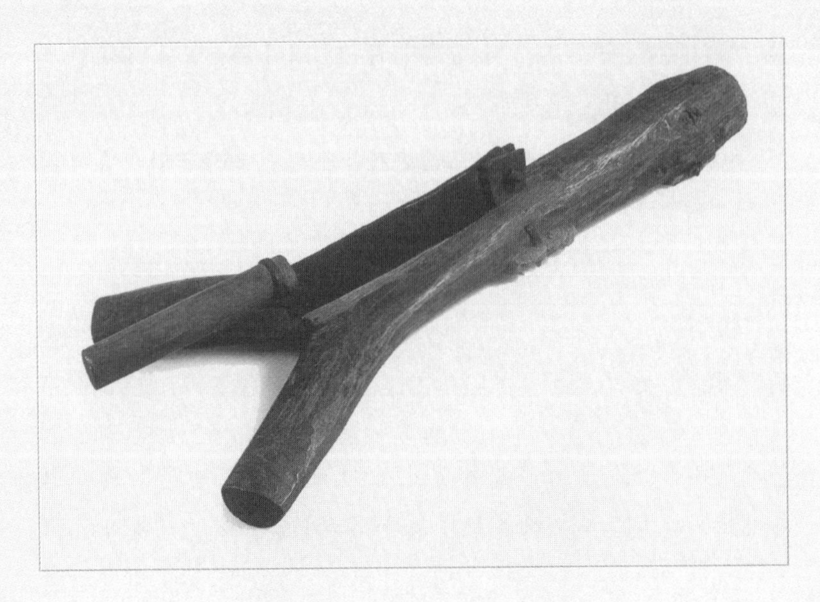

작두
약재나 담배 등을 써는 데 사용되었다. 한독의학박물관 소장.

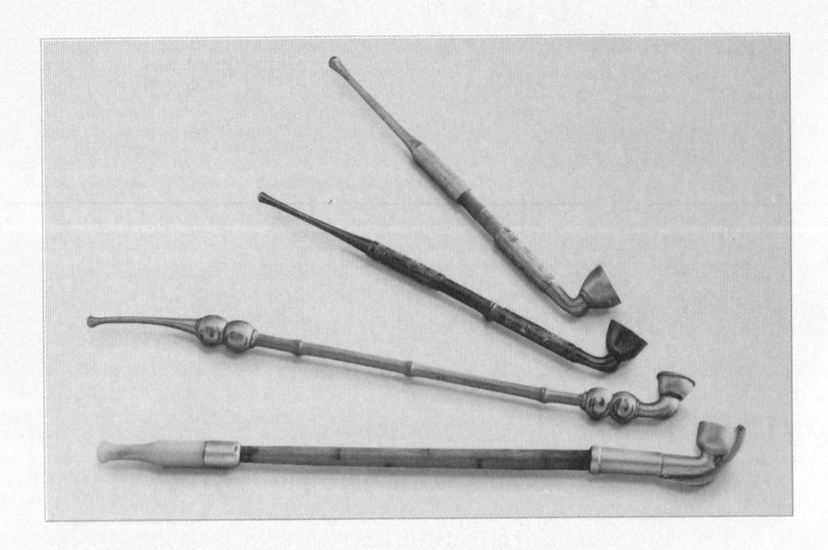

담뱃대
여러 가지 재료와 방식으로 제작된 다양한 담뱃대의 모습. 길이가 긴 아래쪽의 담뱃대를 장죽이라 하고, 길이가 짧은 위쪽의 것을 단죽 또는 곰방대라고 한다. 국립민속박물관 소장.

가 네 개인 것이 있고, 모서리가 여섯 개인 것도 있다. 삼층으로 만들되 은銀 · 동銅이 사이사이 섞인 것이 있고, 은테를 한 것도 있으며, 은으로 대臺를 만든 것도 있고, 은꽃을 아로새긴 것이 있고, 은으로 '수복壽福' 글자를 전서篆書로 새긴 것도 있다.

풍속이 사치스럽고, 장인들은 정교해지면서 새로운 것을 다투고 묘한 것을 숭상함에 그 제도가 하나가 아니어서 모두 다 말할 수 없다.

대저 너무 섬세하면 부녀자의 것에 가깝고, 너무 화려하면 유협游俠꾼의 것에 가깝고, 너무 투박하면 하인의 것에 가깝다. 사치하지도 않고 촌스럽지도 않고, 순수하면서 꾸미지 않고, 널찍하여 거리낄 게 없고, 넉넉하여 막힘이 없어야 이것이 아름다운 것이다.

또한 층이 있어 바리때 같은 것이 있고, 뚜껑이 있어 합 같은 것이 있고, 바퀴가 있어 수레 같은 것이 있으며, 커서 한 움큼의 담배를 받아들일 수 있는 것이 있다.

오직 법랑으로 꽃을 새긴 것은 써서는 안 된다.

4. 담배설대 烟筒

연기가 오가는 데는 담배설대가 통로가 된다. 담배설대가 너무 짧으면 불에 가까워 맛이 없다. 너무 길어도 좋지 않으니, 거만해 보이는 것이 첫 번째이고, 쉽게 부러지는 것이 두 번째이며, 자주 목이 메는 것이 세 번째이다.

벼슬이 없는 선비나 늙지 않은 남자의 담뱃대가 제 몸 길이와 같으면 사람들이 도리어 부끄러운 짓이라 한다. 길어도 네 자를 넘지 않고, 짧아도 세 치 이하가 되지 않아야 적절하다.

꽃무늬가 있는 것〔花斑〕이 최상품이고, 마디가 짧은 것〔促節〕이 그 다음이고, 검은 대〔皂竹〕가 또 그 다음이고, 흰 대〔白竹〕가 최하품이다.

꽃무늬가 있는 것이 진실로 좋으나, 오색이 비늘처럼 깔려 빈틈이 없는 것은 도리어 너무 사치스러울 수 있으니, 자주색 바탕에 홍매화가 점점이 찍힌 것이나, 노란 바탕에 복사꽃 두세 송이가 찍힌 것만 못하다.

마디가 짧은 것이 오래가기는 하나, 오히려 담뱃진을 뽑는 데 방해가 된다.

5. 담배주머니 烟囊

종이나 명주에 기름을 먹여서 자낭子囊[2]을 만들되, 그 복판을 둥그렇게 해서 해낭亥囊[3]을 만들기도 한다.

기름을 두껍게 먹여서 굳게 하여 끈기가 있어 건조하지 않게 하고, 비단으로 겉을 싸서 닳거나 뚫어지는 것을 막는다.

중국의 주머니는 향·차·약·담배 등 제한이 없이 차는데, 네 개 또는 여섯 개에 이르기도 한다. 우리나라 사람들은 부끄럽게 여겨 차지 않는다. 이것을 차는 자는 시골 농부거나 가난뱅이거나 천한 사람이다.

2_ **자낭子囊** | 음력 정월 첫 자일子日에 궁중에서 쥐의 피해를 막고 풍년을 비는 뜻으로 가까운 신하에게 나누어주던 길쭉한 비단주머니.

3_ **해낭亥囊** | 음력 정월 첫 해일亥日에 임금이 가까운 신하들에게 내려주던 비단주머니. 궁낭宮囊 또는 돼지주머니라고 한다.

뼈로 찌를 만들어 붉은 점을 그리고, 매듭 있는 곳에 꽂아두는 것은 저잣거리 아이들의 자랑거리이다.

6. 담배쌈지 烟匣

평양에서 만든 것이 최상품이고, 송도松都와 전주全州에서 만든 것이 다음이며, 한성漢城에서 만든 것이 그 다음이다.

어떤 것은 귤껍질처럼 주름을 잡아 만들고, 어떤 것은 연잎처럼 푸르게 만들기도 하는데, 모두 유리같이 투명하고, 사슴가죽같이 부드러운 것을 숭상하였다.

혹 자주색 비단으로 주머니 주둥이를 둘러서 예쁘게 하고, 혹은 짙푸른 남색 베로 씌운 것에 끈을 단다.

7. 담배합 烟盒

무늬나무에 황동黃銅으로 장식한 것, 황동에 꽃을 새겨 넣은 것, 유철油鐵에 은꽃을 도금한 것, 나무에 칠을 검게 하고 나전을 상감象嵌한 것 등 품종이 또한 한 가지가 아니다. 지위가 있는 사람들이 사용하는 경우가 많다.

담배쌈지와 담배합

담배쌈지는 유리같이 투명하고 사슴가죽같이 부드러운 것을 숭상하였으며, 담배합은 지위가 있는 사람들이 주로 사용하였다. 사진의 담배합은 목제와 철제은입사로 된 것들로, 성균관대학교박물관 소장품이다.

8. 화로 火爐

화로의 제도는 한 가지가 아니고, 각기 그 용도에 적합하게 하는 것인데, 담배화로는 작은 것을 귀하게 여기고, 가벼운 것을 귀하게 여기며, 깊은 것을 귀하게 여긴다. 작으면 공간을 널찍이 차지하지 않고, 가벼우면 좌우로 옮기기에 편하며, 깊으면 불을 오래 유지할 수 있다.

단 불덩어리 하나를 덮어두어서 하루낮, 하룻밤을 지낼 수 있는 것이 좋다.

중국 사람들은 대부분 담배나 향을 태우지만 화로는 필요로 하지 않는다.

9. 부젓가락 火筯

아래는 둥글게 하고 위는 모나게 하여, 음식 젓가락보다는 길고, 고리로 연결 지어 엮어둔다. 재를 헤치고 재를 덮을 수 있으면 좋다.

혹은 쇠숟가락을 쓰기도 한다.

10. 부시 火刀

일명 '화렴火鎌'으로, 우리말로는 '부시〔火鐵〕'이다.

담배는 부시의 불을 사용해야 가장 맛있다.

혹 작은 상자에 보관하거나, 혹 싸서 주머니에 넣어둔다.

밤에도 편리하고, 비가 올 때도 편리하고, 길을 갈 때도 편리하여 없어서는 안 된다.

그 품종에는 세 개의 둥근 바람구멍이 있는 것〔三孔風穴〕과 북두칠성 모양의 바람 구멍이 있는 것〔七星風穴〕과 만자 모양의 구멍 두 개가 난 것〔卍字雙穴〕이 있다. 또 동銅으로 용 모양을 엮어서 거기에 부싯날을 끼운 것도 있고, 길쭉하게 찌되 쪽과 같이 하여 두 개의 부싯날이 나오게 한 것도 있다.

옛날에는 남자들이 수燧(火鏡)를 차고 다녔는데, 수燧라는 것은 부수夫遂(청동거울)이니, 대개 같은 종류일 것이다.

대저 불을 치는 방법은 만든 모양이 쇠의 성질만 못하고, 쇠의 질은 부싯돌의 질만 못하고, 부싯돌은 사용하는 사람의 솜씨만 못한 것이다.

11. 부싯깃 火茸

단오취端午翠가 가장 좋고, 두꺼운 종이에 피마자의 잿물을 적신 것이 좋고, 메밀과 짚의 잿물을 적신 것도 좋다. 연초 줄기는 불이 쉽게 사그라지고, 명아주 재는 풀 기운이 있으며, 박초수朴硝水[4]는 너무 빨리 불이 붙는데, 혹 사람을 다치게 한다고도 한다.

수법이 훌륭한 경우에는 묵은 종이에 먹의 흔적이 있는 것도 모두 쓸 수 있다.

만약 부싯깃이 재빨리 인화引火하지 못하면, 유성이 흐르고 번개가

4_ **박초수**朴硝水 | 초석硝石을 한 번 구워 만든 약재.

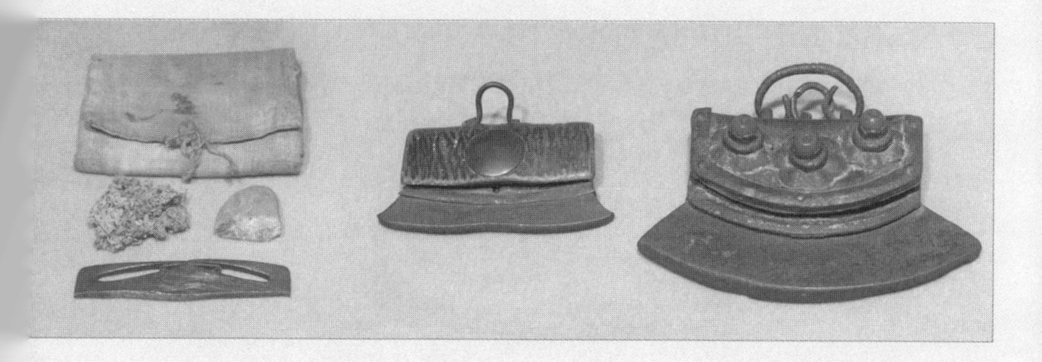

부시

부시는 왼쪽부터 조선, 중국, 티베트의 것이다. 특히 조선의 것은 위에서부터 차례로 부시주머니, 부시깃과 차돌, 그리고 부시의 모습이다. 우리나라의 것은 무늬가 없거나 박쥐 문양이 흔하고 중국과 티베트의 것은 더 크고 화려한 특징이 있다. 성균관대학교박물관 소장.

담뱃대받침[烟臺]과 담뱃대 후비개

담배꼬바리를 받치는 담뱃대받침과 담뱃진을 빼는 데 쓰는 담뱃대 후비개이다. 담배를 피울 때 담뱃대받침을 놓아두지 않으면 자리에 탄 자국이 생길 수 있다. 국립민속박물관 소장.

빨리 지나치듯 하여 이어서 다시 불을 붙여야 하므로 부싯돌은 그 날카로움을 잃게 되고, 쇠는 그 시도가 헛되게 되며, 사람은 팔만 아프게 된다.

돌은 중국 것이 우리나라 것보다 좋고, 흰색이 노란색보다 좋고, 붉은색이 푸른색보다 좋고, 부드러운 것이 강한 것보다 좋고, 납작한 것이 모난 것보다 좋다.

12. 담뱃대받침 烟臺

담배는 재가 되고, 재는 먼지가 되며, 먼지는 사람을 더럽히게 하니, 그 형세가 그렇게 되는 바이다. 이에 작은 상자를 만들어 뚜껑으로 열고 닫게 한다. 뚜껑에는 구멍을 내어 담뱃재를 받아들일 수 있도록 하며, 그 한쪽 면을 오목하게 하여 담배꼬바리를 안전하게 받칠 수 있게 한다. 속칭 '회궤灰匱(재상자)'라고 하는데, 실은 담뱃대받침이다.

담배를 피울 때 담뱃대받침을 놓아두지 않으면 자리에 탄 자국이 생기고, 옷에는 잿빛이 들며, 덜 태운 담배를 화로에 넣으면 독한 불꽃이 파랗게 일게 된다.

혹은 놋쇠로 잔과 같이 만들어 방바닥에서 간격이 있게 한다.

— 이상 김영죽 옮김

넷째 권 — 담배의 쓰임

주자朱子가 일찍이 사물의 이치에 대해 논하기를, "꽃병에는 꽃병의 이치가 있고, 초롱〔燭籠〕에는 초롱의 이치가 있다"[1]라고 하였으니, 이른바 이치라는 것은 이렇게 하면 되고 이렇게 하면 안 되며, 이렇게 하면 좋고 이렇게 하면 좋지 않다고 말한 것에 지나지 않는다. 그렇다면 담배 피우는 일은 하나의 한가롭고 부질없는 일에 불과하지만, 저 꽃병이나 초롱에 비해 오히려 긴요하게 여겨지기도 한다. 그렇다면 어찌 담배 피우는 일에 그 이치가 없을 수 있겠는가?

일찍이 원석공袁石公의 《상정觴政》[2] 편을 보니, 주로 취미의 해로움과 마땅함에 대해 논하였다. 그렇다면 담배도 술과 같은 종류인지라, 그 이치가 마땅히 술과 다를 것이 없다. 따라서 담배가 쓰이는 이치를 간략하게 논하여 이 글의 마지막에 싣는다.

1_ **주자朱子가 … 있다** | 《주자어류朱子語類》에 나오는 말이다. 《주자어류》에는 초롱〔燭籠〕이 서등書燈으로 되어 있다. "又問性卽理何如, 曰: '物物皆有性, 便皆有其理.' 曰: '枯槁之物, 亦有理乎.' 曰: '不論枯槁, 它本來都有道理.' 因指案上花瓶, 云: '花瓶便有花瓶底道理, 書燈便有書燈底道理.' "

2_ **원석공袁石公의 《상정觴政》** | 원석공은 중국 명대의 문학가인 원굉도袁宏道를 말한다. 석공은 그의 호, 자는 중랑中郎. 형 종도宗道·아우 중도中道와 함께 재명才名이 있어 삼원三袁이라 불렸으며, 시문詩文이 절묘하였다. 저서에 《원중랑집袁中郎集》, 《병화재잡록甁花齋雜錄》 등이 있다. 《상정》은 원굉도가 지은 저서명을 가리킨다. 본래 '상정觴政'이란 말은 주연酒宴의 흥을 더하기 위하여 마련한 음주飮酒의 규칙을 말하는데, 상령觴令 또는 주령酒令이라고도 한다.

1. 담배의 효용 烟用

첫째, 밥을 배불리 먹은 뒤 입에 매운 맛과 비릿한 냄새가 남을 때, 담배를 한 대 피우면 위장이 편해지고 비장이 상쾌해진다.

둘째, 아침 일찍 일어나 양치하기 전에 가래가 끼고 침이 탁할 때, 한 대 피우면 개운한 것이 씻어내는 듯하다.

셋째, 근심과 번민에 쌓이거나 할 일 없고 무료할 때, 천천히 한 대 피우면 술로 씻어 내리는 것 같다.

넷째, 술을 잔뜩 마셔 간에 열이 나고 숨통이 답답할 때, 시원스럽게 한 대 피우면 답답한 기운이 숨을 따라 빠져나간다.

다섯째, 강추위에 얼음이 얼고 눈이 내려 수염에 구슬이 맺히고 입술이 굳어질 때, 연거푸 몇 대 피우면 뜨거운 물을 마시는 것보다 낫다.

여섯째, 큰비에 물이 불어나고 자리와 옷에 곰팡이가 피었을 때, 늘 몇 대 피우면 기분이 훈훈하고 좋아진다.

일곱째, 시를 지을 때, 생각이 껄끄럽게 막혀 콧수염을 비비 꼬고 붓끝을 씹어대다가 특별히 한 대 피우면 시상이 담배 연기를 따라 떠오른다.

2. 담배 피우기 좋을 때 烟宜

달빛 아래에서 좋고, 눈 속에서 좋고, 빗속에서 좋고, 꽃 아래에서 좋고, 물가에서 좋고, 누각 위에서 좋고, 길가는 중에 좋고, 배 안에서 좋고, 베갯머리에서 좋고, 변소에서 좋고, 홀로 앉아 있을 때 좋고, 벗을 마주 대할 때 좋고, 책을 볼 때 좋고, 바둑을 둘 때 좋고, 붓을 잡았을 때 좋고, 차를 달일 때 좋다.

3. 담배를 피워서 안 될 때와 장소 烟忌

첫째, 높은 분 앞에서 안 된다.

둘째, 아들과 손자가 아버지와 할아버지 앞에서 안 된다.

셋째, 제자가 스승 앞에서 안 된다.

넷째, 천한 자가 귀한 사람 앞에서 안 된다.

다섯째, 젊은이가 연장자 앞에서 안 된다.

여섯째, 제사 지낼 때 안 된다.

일곱째, 여러 사람들이 모인 곳에서 홀로 피우면 안 된다.

여덟째, 급한 일이 있을 때 안 된다.

아홉째, 곽란〔癨〕을 앓아 신 것을 먹을 때 안 된다.

열째, 혹심한 더위나 가뭄이 들 때 안 된다.

열한째, 태풍이 불 때 안 된다.

열두째, 말 위에서 안 된다.

열셋째, 옷이나 이불 위에서 안 된다.

열넷째, 화약이나 화창火鎗(화승총) 주변에서 안 된다.

열다섯째, 매화 앞에서 안 된다.

열여섯째, 기침과 천식을 앓는 사람 앞에서도 안 된다.

일체 엄중한 예의를 갖추어야 하는 곳에서는 안 되며, 불조심을 해야 하는 곳에서도 안 되며, 연기가 방해되는 곳에서도 안 되며, 넘어질까 조심해야 하는 곳에서도 안 된다.

일찍이 내가 절에서 불상을 마주하고 담배를 피웠는데, 그 절의 중이 크게 민망해하였다.[3]

4. 담배가 맛있을 때 烟味

책상에 앉아 글을 읽을 때, 중얼중얼 반나절을 보내노라면 목구멍이 타고 침도 마르는데, 먹을 만한 것이 없다. 글 읽기를 마치고 화로를 당겨 담배를 비벼 넣고, 천천히 한 대 피우면 달기가 엿과 같다.

대궐 섬돌 아래로 달려가 임금을 모실 때, 엄숙하고도 위엄 있는 가운데 입을 다물고 오래 있노라면 입 안이 깔깔하다. 겨우 대궐 문을 빠져나와 황급히 담뱃갑을 찾아 재빨리 한 대 피우면, 오장이 모두 향기롭다.

길고 긴 겨울밤 첫닭 우는 소리에 깨어 대화할 상대가 없고 할 일도 없을 때, 잠시 부시를 탁 하고 쳐서 튀는 불꽃을 받아 천천히 이불 아래에서 은근히 한 대 피우면 봄기운이 빈 방에 피어난다.

서울 성 안에 날은 뜨겁고 길은 좁은데, 어물전과 도랑과 변소에서 온갖 냄새가 코를 찔러 사람들로 하여금 구역질이 나게 한다. 서둘러 친구 집으로 가 서로 인사를 마치기도 전에 집주인이 담배 한 대를 권하는데, 정신이 번쩍 나는 것이 새로 목욕한 듯하다.

3_ **일찍이 … 민망해하였다** | 〈남쪽 귀양길에서 · 연경烟經〉편에 이와 같은 내용이 나온다. 이옥은 정조 19년(1795) 9월 24일 유배 도중에 완주 송광사松廣寺에서 하룻밤을 묵으면서 그곳 사미승과 담배에 대해 담론하고, 〈연경〉이라는 짧은 글을 지은 바 있다.

〈휴식〉
신분이 다른 세 사람이 더운 여름날 소나무 아래 앉아 휴식을 취하면서 담배를 피우고 있다. 담배가 신분의 벽을 뛰어넘는 도구로서 사용되었음을 알 수 있다. 이교익李敎翼(1807~?), 국립중앙박물관 소장.

산길의 허름한 주막에서 병든 노파가 밥을 파는데, 밥은 벌레와 모래가 뒤섞여 있으며 젓갈은 비리고 김치는 시었다. 다만 내 몸, 내 목숨 때문에 할 수 없이 토하고 싶은 것을 참고 억지로 삼키노라면 위장이 멈춰 움직이지 않는다. 수저질을 겨우 마치고 곧 담배 한 대를 피우면 마치 생강과 계피를 먹은 듯하다. 이러한 담배 맛은 모두 그러한 상황을 당해본 자만이 알 것이다.

5. 담배 피울 때의 꼴불견 烟惡

아이 녀석이 한 길 되는 담뱃대를 물고 서서 담배를 피우다가 이따금 이 사이로 침을 뱉는다. 가증스러운 일이다.

규방의 치장한 부인이 낭군을 대하고 앉아 태연하게 담배를 피운다. 부끄러운 일이다.

나이 어린 계집종이 부뚜막에 걸터앉아 안개를 뿜어내듯 담배를 피운다. 통탄할 일이다.

시골 남정네가 길이가 다섯 자나 되는 백죽통白竹筒을 가지고 가루로 된 담뱃잎을 침으로 뭉쳐 넣고는 불을 댕겨 몇 모금 빨아들여 곧 다 피우고는 화로에 침을 뱉고 앉은자리를 재로 뒤덮어 버린다. 민망한 일이다.

다 떨어진 벙거지를 쓴 거지가 지팡이만 한 긴 담뱃대를 들고 길거리에서 사람들을 막아서서 한양의 종성연鐘聲烟[4] 한 대를 달란다. 두려운 일이다.

대갓집의 말몰이꾼이 짧지 않은 담뱃대를 가로로 물고 고급 서연西烟

을 마음대로 피워대는데 손님이 그 앞을 지나가도 잠시도 멈추지 않는다. 곤장을 칠 만한 일이다.

6. 담배로 시간 짐작하기 烟候

시간을 헤아려보는 방법에는 혹 자로써 그림자를 재어보기도 하고, 물시계의 종치는 소리로 알기도 하지만, 이러한 방법은 또한 아무 때나 알아볼 수 없고 아무 데서나 헤아려볼 수가 없다. 이는 모두 간편하고 쉽게 담배로 시간을 헤아려보는 것만 같지 못하다. 혹 시령詩令[5]을 정할 때, 혹 급하게 걷기를 재촉할 때, 혹 잠깐의 말미를 줄 때, 혹 가까운 기한을 약속할 때에 매양 담배 한 대나 두 대를 피우는 동안에도 세 대 네 대에 이르기까지로 기준을 정한다면, 비록 담배꼬바리에 깊고 얕은 차이가 있고, 비록 담배에 마르고 젖은 차이가 있긴 하지만 대체로 시간을 헤아리는 데에는 차이가 크지 않을 것이다. 어찌 화삭火索[6]이나 신종辰鐘[7] 따위를 기다리고 있겠는가?

4_ **종성연**鐘聲烟 | 당시 한양에서 유행하던 담배의 한 가지로 추정되나 자세히는 알 수 없다.

5_ **시령**詩令 | 시인들이 모여서 시를 지을 때 정하는 규칙. 시를 꼭 지어야 한다든지, 시간을 정한다든지, 어떤 조건을 정하여 이를 어기면 벌을 받는 것을 말한다.

6_ **화삭**火索 | 화약을 터뜨리는 데 필요한 도화선 같은 것. 여기에서는 화삭을 이용해 시간을 재는 일을 표현한 것으로 보인다.

7_ **신종**辰鐘 | 때에 맞추어 종을 치는 것을 말한다.

7. 담배벽 烟癖

좋아함이 남들보다 지나친 것을 '벽癖'이라고 한다. 밥에 대한 벽, 술에 대한 벽, 떡에 대한 벽, 엿에 대한 벽, 국수에 대한 벽, 여러 과일에 대한 벽, 외에 대한 벽, 두부에 대한 벽 등이 있는데, 담배에 있어서도 또한 벽을 앓는 사람이 많다. 옛날 한 재상은 약관의 나이에서부터 날마다 서연西烟 두 근씩을 피웠고, 한 판서는 항상 담뱃대를 두 개씩 번갈아가며 피워 담뱃대가 식을 겨를이 없었다고 한다. 근래에 한 재상과 한 장수가 모두 새로운 모양의 특별 제작한 담배꼬바리를 사용하는데, 담배꼬바리 모양이 거위 알의 껍데기 같았다고 한다. 또 어떤 세 살 먹은 아이는 종일토록 담배를 멈추지 않고 피워도 일찍이 취하여 어지럽게 되는 때가 없다고 하니, 담배도 또한 나면서부터 좋아하는 자가 있는 것인가?

처음에는 담배 피우는 사람이 백에 한둘이었고, 얼마 전까지만 해도 담배 피우지 않는 자가 그래도 열에 한둘이었는데, 지금은 남자들은 모두 담배를 피우고, 부녀자들도 모두 담배를 피우며, 천한 자들도 모두 담배를 피워 온 세상에 담배를 피우지 않는 이가 없다. 이리하여 귀한 자들이 벽을 가진 이가 많고, 수심이 많은 자들이 벽을 가진 이가 많으며, 한가한 사람들이 벽을 가진 이가 많다. 또한 벽을 가진 자가 많다고 할 것이다.

듣자 하니, 연경燕京에서는 부녀자들이 남자들보다 담배에 벽을 가진 정도가 더 심하다고 한다.

〈소 등에 탄 여인〉

조선조 담배가 보급되면서 남녀노소를 불문하고 담배 피우지 않는 이가 없다는 이옥의 말마따나 담배 피우는 부녀자를 그린 조선조 그림이 많다. 작자 미상, 《풍속화첩》, 국립중앙박물관 소장.

8. 담배의 소비 烟貨

산골짜기에 사는 사람들이 한 이랑의 땅이라도 있으면 곡식을 심지 않고 담배를 심으며, 시골에 사는 사람들이 좁은 땅뙈기라도 있으면 채소를 심지 않고 담배를 심는다. 그래서 산촌·어촌의 장시에 등에 지고 서로 줄을 잇는 것이 바로 담배이다. 한양은 대도시인데 동북에서는 말과 소에 실어 운반해오고, 서남에서는 배로 실어 와서 냇물처럼 밀려들고 구름처럼 모이는 것이 모두 담배이다.

도성 안팎으로 가게를 열어 놓고 궤짝에 기대어 앉아 담배칼 가는 소리가 여기저기에서 들린다. 아이 녀석이 바닥에 자리를 깔고 담처럼 둘러싼 사람들 속에서 고함을 질러가며 서연西烟과 홍연紅烟[8]을 파니, 그 소리가 사람들의 귀를 시끄럽게 한다. 가슴에 담배를 안고 팔러 다니는 사람들이 서로 뒤를 잇는다. 그러나 권세가와 부자들의 집에는 담배 선물이 날마다 들어와, 또한 일찍이 장시에서 담배를 사는 일이 없다. 담배의 소비가 또한 광범위하지 않은가? 하루에 그날 썰어 놓은 담배를 다 피워 버리고, 한 해에 그해 심어 놓은 담배를 다 피워 버리니, 이는 담배가 많은 것이 아니라 담배 피우는 자들이 많은 것이요, 담배 피우는 자들이 많은 것이 아니라 담배를 별나게 좋아하는 자들이 많은 것이다. 이렇게 담배를 살펴보매, 바야흐로 인구가 크게 불어나고 있음을 알 수 있다.

8_ **홍연**紅烟 | 붉은빛이 도는 살담배, 곧 잘게 썬 담배를 말한다.

9. 흡연의 품격 烟趣

천하의 일에는 일마다 모두 그에 맞는 품격이 있다. 만약 그 품격을 잃으면 문득 몰풍취하게 된다. 지금 담배의 품격을 논해본다면 지위가 높은 재상 · 관찰사 · 고을 수령 등은 여러 사람들이 우러러보는 대상인데, 사령이 발치에서 "담배를 올리라"고 한 소리를 하면, 으레 영리한 통인通引 녀석이 있어 바삐 구리 상자를 열어 금빛 담배를 꺼내어 일곱 자 되는 관음자죽觀音紫竹 담뱃대를 취하여 불을 붙인다. 거의 반쯤 타오르면 옷자락을 뒤집어 담뱃대를 닦아서 몸을 굽혀 올리면, 고관은 높이 화문석에 기대어 천천히 피운다. 바로 이것이 귀격貴格이다.

나이 지긋한 노인이 줄 지어 선 손자 · 증손들의 시중을 받으며 거동을 편한 대로 하고 담배 피우는 것 또한 가끔 한다. 밥이나 죽을 먹고 조금 후에 비로소 한 대 가져오라고 하면 어린 손주 녀석이나 계집종이 기름 먹인 담뱃갑을 천천히 펴고 양을 짐작하여 담배꼬바리에 눌러 담는다. 불기운이 피어오르면 담뱃대를 깨끗이 닦아서 노인께 올리고, 재떨이를 옮겨다 놓아드리면 앉아서 피우든 누워서 피우든 그 편한 대로 한다. 바로 이것이 복격福格이다.

젊은 서방님이 소매에서 작은 담뱃갑을 꺼내고는 은으로 만卍자를 새긴 동래배東萊杯를 끌어당긴다. 준비를 끝낸 뒤에 담뱃대를 왼쪽 입술로 비스듬히 물고, 또 주머니 속에서 좋은 부시를 꺼내 한 번 치면 탁 하고 불씨가 이미 손가락 가까이 일어난다. 불씨를 담배 속에 넣고 부지런히 입술과 혀를 놀려 한 번 빨고, 두 번 빨아들임에 연기가 곧바로 입에서 나온다. 바로 이것이 묘격妙格이다.

아리따운 여인이 님을 만나 애교를 부리고 잠자리를 같이하다가 님의 입속에서 아직 반도 태우지 않은 은삼통銀三筒 만화죽滿花竹 담뱃대를 뽑아서는, 재가 비단 치마에 떨어지는지 생각할 겨를도 없이, 침이 방울져 떨어지는 것도 모른 채, 바삐 앵두 같은 붉은 입속에 넣고서 웃으며 피워댄다. 바로 이것이 염격艶格이다.

무논을 김매던 농부가 호미질을 멈추고 수수밭 두둑의 푸른 풀밭에 앉아 보리막걸리를 한 순배 돌리고, 맨 상투머리 위에 비스듬히 꽂아둔 곰방대를 뽑아 담뱃잎을 말아 통담배 모양을 만들어 그것을 담배꼬바리 위에 얹어 놓고, 왼손으로는 담배꼬바리를 들고 오른손으로는 부시를 잡고 불을 사르면, 연기가 봉홧불처럼 피어올라 곧바로 코를 찌른다. 바로 이것이 진격眞格[9]이다.

사람들이 각기 그 나름의 품격을 가지고 있고, 각각의 품격은 그 나름의 운치를 가지고 있는 것인데, 서로 비방하며 말하기를, "자네만 아직 그 운치를 모르고 있다"라고 한다.

10. 흡연법의 여러 종류 烟類

불은 지극히 뜨겁고 연기는 지극히 독하여 사람들이 먹을 수 없는 것이다. 그런데 해외에서는 불을 먹는 사람[10]이 있다고 하고, 신선 중에 불을 토한 자[11]가 있다고 하니, 사람들이 담배를 피우는 것 또한 이런 경우와 비슷하다.

의서醫書에 통연법筒烟法이라는 것이 있어, 혹 귀에 연기를 쐬기도 하

9_ **진격眞格** | 꾸밈없는 진솔한 품격을 말한다.

고, 혹 이〔齒〕에 연기를 쐬기도 하니, 담배 피우는 것 또한 이러한 것과 무엇이 다르겠는가?

옛사람들이 담배 피우는 것을 남조南朝시대의 성화聖火와 비등한 것[12]으로 여겼고, 명明나라 말기에 붉은 이변이 일어난 것[13]에 돌리기도 하였으니, 그렇다면 담배 피우는 것은 아마도 불이 나무에 해를 가하는 것[14]과 같은 것이 아니겠는가?

요즘은 담배의 쓰임이 술보다 크고 그 공이 차보다 앞서니, 담배를

10_ **불을 먹는 사람** | 여기서 불을 먹는 사람이 정확히 누구를 지칭하는지 알 수 없지만, 여러 문헌에 종종 불을 먹는 사람에 대한 이야기가 전한다. 참고로《태평광기太平廣記》, 〈노욱盧郁〉편과 같은 글은 불을 먹는 사람에 대한 이야기를 소재로 하고 있는데, 내용 중 불을 먹는 일에 대해 이야기한 부분을 옮기면 다음과 같다. "郁問之曰, '姑何爲不食?' 姥曰, '妾甚饑, 然不食粟以故壽而安.' 郁好奇, 聞之甚喜, 且以爲有道術者, 因問曰, '姑旣不食粟, 何飽其腹耶, 豈常餌仙藥乎?' 姥曰, '妾家於華陰, 先人好神仙廬於太華, 妾亦常隱於山中, 從道士, 學長生法, 道士教妾呑火, 自是絶粒, 今已年九十矣, 未審一日, 有寒暑之疾.'"

11_ **불을 토한 자** | 《사문유취》, 〈선옹토화仙翁吐火〉편에 중국 삼국시대 오吳나라의 도인道人인 갈현葛玄이 입에서 불을 토하였다는 이야기가 전한다. "葛仙翁, 與客談語, 時天大寒, 仙翁謂客曰: '居貧, 不能人人得爐火, 請作一大火共致煖者.' 仙翁因吐氣, 火赫然從口中出, 須臾火滿屋, 客皆熱脫衣矣."

12_ **남조南朝시대의 … 비등한 것** | 《수구기략》에 중국 남조시대에 성화聖火가 있어 사람들의 병을 치유하였다고 하는데, 후에 담배를 이 성화에 비유한 언급이 보인다. "齊武帝永明十一年, 先是魏地謠言, '赤火南流, 喪南國.' 是歲有沙門, 從北齎此火至, 火赤于常火而微, 以療疾多驗, 都下名曰, '聖火'此與今之煙草相類, 熹廟時, 童謠曰, '天下兵起, 遍地皆煙.' 未幾, 閩人有此種, 名曰, 煙酒云, 可以已寒療疾, 此亦火異也."

13_ **명明나라 … 일어난 것** | 중국 명나라 말기에 일어난 기이한 이변에 담배를 비유한 언급은 자세하지 않다. 참고로《명사明史》, 〈지志〉류의 '적생적상赤眚赤祥' 조목에 보이는 다음과 같은 기사奇事에 대한 기록을 붙여둔다. "崇禎七年二月戊午, 海豐雨血. 八年八月戊寅, 宣城池中出血."

14_ **불이 … 가하는 것** | 여기에서는 담배를 오행五行의 상극相剋에 비유하여 '화려목火沴木', 즉 불이 나무에 해를 가하는 것으로 이야기하고 있다. 《학림學林》에 오행의 상극에 대해 서술한 내용이 보인다. "五行者, 有六沴, 謂金沴木也, 木沴金也, 水沴火也, 火沴水也, 金木水火沴土也, 金木水火土沴天也, 六沴之作, 皆緣五事之不修, 故五行爲之相違而沴焉."

곧 차나 술 종류라고 말할 수 있을 것이다.

사람 중에 향의 연기를 좋아하여 벽癖이 된 자가 있으니, 담배 피우는 것 또한 어찌 향의 연기와 비슷한 것이 아니겠는가?

남방 사람들이 빈랑을 습관처럼 먹어 항상 품이나 소매 속에 넣어 가지고 다니다가 재에 섞어 먹어 이가 붉으니, 이는 또한 씹는 담배[15]와 같은 것이다. 씹는 담배를 좋아하는 자들의 이는 모두 검어서 구노국拘奴國 사람들이 이에 옻칠한 것[16]과 같다.

근래에 서양인들이 또 비연법鼻烟法을 전하였는데, 황흑색 가루를 기장 알만큼 집어서 콧구멍으로 흡입하면, 좋은 담배 한 대를 피우는 데에 당할 만하다고 한다. 냄새 맡는 담배와 같은 것도 담배 피우는 또 다른 방법이다.

— 이상 이신영 옮김

15_ **씹는 담배** | 씹어서 자극성 향기를 맛보는 담배. 담뱃잎을 끈이나 판板 모양으로 눌러 굳히고 감미甘味, 색채 따위를 적당히 가하여 과자 모양으로 만든다.

16_ **구노국拘奴國 … 옻칠한 것** | 구노拘奴는 《후한서後漢書》, 〈동이전東夷傳〉 등에 보이는 왜국倭國의 하나인데, 왜인들이 흔히 이에 검게 옻칠을 하였으므로 왜인을 두고 '칠치漆齒'라 부르기도 하였다.

찾아보기

| ㄴ |

| ㄷ |

| ㄹ |

| ㅁ |

| ㅂ |

| ㅅ |

| ㅇ |

| ㅊ |

| ㅋ |

| ㅌ |

| ㅎ |

完譯
李鈺全集

완역 이옥 전집 3 벌레들의 괴롭힘에 대하여

이옥 지음
실시학사 고전문학연구회 옮기고 엮음

1판 1쇄 발행일 2009년 3월 9일

발행인 | 김학원
편집인 | 한필훈 선완규
경영인 | 이상용
기획 | 최세정 홍승호 황서현 유소영 유은경 박태근
마케팅 | 하석진 김창규
디자인 | 송법성
저자 · 독자 서비스 | 조다영(humanist@humanistbooks.com)
조판 | 홍영사
스캔 · 출력 | 이희수 com.
용지 | 화인페이퍼
인쇄 | 청아문화사
제본 | 경일제책

발행처 | (주)휴머니스트 출판그룹
출판등록 | 제313-2007-000007호(2007년 1월 5일)
주소 | (121-869) 서울시 마포구 연남동 564-40
전화 | 02-335-4422 팩스 | 02-334-3427
홈페이지 | www.humanistbooks.com

ISBN 978-89-5862-276-5 04810
978-89-5862-279-6 (세트)

만든 사람들

기획 | 최세정(se2001@humanistbooks.com) 박태근
편집 | 김은미
디자인 | 민진기디자인